Jo Graham
Der Hüter des Feuers

W0201823

GOLDMANN
Lesen erleben

Jo Graham

Der Hüter des Feuers

Historischer Roman

Aus dem Amerikanischen
von Marie-Luise Bezzenberger

GOLDMANN

Die Originalausgabe erschien 2010 unter dem Titel »Stealing Fire«
bei Orbit, New York.

Sollte diese Publikation Links auf Webseiten Dritter enthalten, so übernehmen wir für deren Inhalte keine Haftung, da wir uns diese nicht zu eigen machen, sondern lediglich auf deren Stand zum Zeitpunkt der Erstveröffentlichung verweisen.

MIX
Papier aus verantwortungsvollen Quellen
FSC® C083411

Penguin Random House Verlagsgruppe FSC® N001967

1. Auflage
Deutsche Erstveröffentlichung Februar 2022
Copyright (c) der Originalausgabe 2010 by Jo Wyrick
This edition published by arrangement with Orbit, New York, New York, USA
All rights reserved
Copyright (c) der deutschsprachigen Ausgabe 2022
by Wilhelm Goldmann Verlag, München,
in der Penguin Random House Verlagsgruppe GmbH,
Neumarkter Str. 28, 81673 München
Gestaltung des Umschlags und der Umschlaginnenseiten:
UNO Werbeagentur, München
Umschlagmotiv: FinePic®, München
Redaktion: Christiane Mühlfeld
BH · Herstellung: ik
Satz: Mediengestaltung Vornehm GmbH, München
Druck und Bindung: CPI books GmbH, Leck
Printed in the Czech Republic
ISBN: 978-3-442-49169-8
www.goldmann-verlag.de

Besuchen Sie den Goldmann Verlag im Netz

Für meine Tochter Beth, die mich gelehrt hat,
was Mut bedeutet.

In welch' Himmeln ungeheuer
schmolzen Deiner Augen Feuer?
Auf welch' Flügeln, unbenannt,
flog der, der ergriff den Brand?

William Blake, *Tyger*

I

Der König liegt in Babylon

Der König war tot. Alexander lag in Babylon, im Palast der Perserkönige, auf seinem Sterbebett. Und ich hatte über seinen Leichnam hinweg ohne verständlichen Grund einen Mann getötet.

Das Gerangel war selbst hier weitergegangen, in seinem Sterbegemach.

»Zu mir! Zu mir!«, schrie Perdikkas, barhäuptig und mit vor Schweiß glänzendem Gesicht. Er sei der Nachfolger, behauptete er, Alexander habe ihm seinen Ring in die Hand gedrückt.

Andere sagten, der Ring sei für Krateros bestimmt, der nicht hier war.

Und natürlich erhoben auch noch andere Anspruch. Sein Leichnam war noch nicht kalt.

Ich trat einen Schritt zurück. Das Blut lief in den Rillen der Schwertklinge hinunter, als ich in Abwehrhaltung ging; warme Rinnsale liefen über meine Fingerknöchel. Die Beine des Königs waren unter seinem Chiton nackt. Falls er bedeckt gewesen war, wie es sich ziemte, so war das Leichentuch beim Kampf verrutscht. Ein Tropfen fiel von meiner Klinge und glitzerte auf einem goldenen Haar.

Der junge Eunuch war über ihm zusammengesunken, schützte ihn mit seinem toten Körper. Zumindest nahm ich an, dass er tot war. Er lag ganz still, den Rücken wehrlos den Schwertern rund um die Totenbahre herum preisgegeben.

»Drängt sie zurück!«, brüllte Perdikkas. Anscheinend gewann er die Oberhand.

Das Schwert in der Hand, stand ich da. Niemand kam mir nahe. Ich hatte keinen Grund, irgendjemanden anzugreifen.

Ein Mann ging zu Boden. Perdikkas und zwei weitere Kämpfer stürzten der Tür entgegen, drängten ihre Gegner zurück. Ich vernahm den letzten Atemzug des Sterbenden, dieses typische Todesröcheln, und rührte mich dennoch nicht von der Stelle. Wem sollte ich mich anschließen? Perdikkas? Gut genug war er ja, aber er hatte nie auch nur ein Wort an mich gerichtet. Krateros, der Männer, die Frauen aus fremden Ländern heirateten, verlacht und ihre Söhne als Bastarde bezeichnet hatte?

Mein Herr war doch schon tot.

Und so stand ich über der Bahre und lauschte meinem Atem.

Draußen verhallte das Kampfgeschrei allmählich in der Ferne. Vielleicht hatte Perdikkas sie bis in die Halle zurückgetrieben oder zum Badehaus.

Die Lampe begann zu qualmen, bald wäre das duftende Öl verbraucht und der Gestank des Todes würde den Raum erfüllen.

In diesem Augenblick begann der junge Eunuch sich

zu regen. Er atmete flach. Da ich keinen Grund hatte, ihn zu töten, wischte ich mein Schwert an dem herabgefallenen Leichentuch ab, trat über den Sterbenden hinweg und verließ das Gemach.

Ich fand Glaukos in der Küche. Er hatte drei Weinkrüge vor sich, außerdem eine Zwiebel. Messer und Speisen lagen auf dem Tisch; die Bediensteten hatten gerade eine Mahlzeit zubereitet, bevor sie vor Angst das Weite gesucht hatten.

Glaukos blickte zu mir auf. Aus seinen Augen war alles Leben gewichen. »Dann kommst du also, um mich zu töten?«

Schwer setzte ich mich auf die Bank. »Warum sollte ich, du Säufer? Die Welt liegt in Trümmern, und du trinkst schon wieder.«

»Solltest du auch mal versuchen«, entgegnete er. »Spricht doch nichts dagegen.«

Ich goss ein wenig Wein in einen Tonbecher und nahm einen kleinen Schluck. Es war ein guter, starker baktrischer Rotwein, dunkel und vollmundig, völlig unverdünnt. Ich vermutete, dass er für die Tafel des Königs gedacht gewesen war.

»Elefanten, hat er gesagt«, brummte Glaukos. »Der König wollte Elefanten. Ich hab gesagt, ich kann unmöglich Elefanten auftreiben. So konnte man mit ihm reden. Ich hab gesagt, keine Elefanten, und warum er mich überhaupt nach den Biestern fragt, ich hab doch mein Lebtag noch nie etwas mit Elefanten zu tun gehabt. ›Glaukos‹, hat er gesagt, ›ich weiß, du kannst mir welche beschaffen.‹« Er schenkte sich nach, während ihm Tränen übers Gesicht liefen. »Dann also Elefanten.«

»Ich will nichts von deinen verfluchten Elefanten hören«, wehrte ich ab.

»Und als ich dann mit diesen vier Elefanten am Flussufer aufgetaucht bin …«

»Kein Wort von den Elefanten!«, herrschte ich ihn an und schlug ihm den Becher aus der Hand. Er zerschellte auf dem Boden und ein roter Weinfleck breitete sich dort aus.

Aus seinem Blick sprach Verblüffung, doch seine Stimme klang völlig unaufgeregt. »Das war aber nicht nett«, sagte er. Mit den langsamen, bedachten Bewegungen des Betrunkenen stand er auf, ging zu einem Bord an der Wand und kam mit einem neuen Becher zurück.

Ich warf noch einen Blick auf ihn und verließ die Küche.

Im Flur war es still. Falls der Kampf hier getobt hatte, so war er jetzt weitergezogen. Ziellos streifte ich durch die Korridore. In der Empfangshalle waren die goldenen Ornamente des Throns heruntergerissen worden, ein kleiner geschnitzter Tisch lag umgekippt auf der Seite. Ich ging den Flur hinunter zum Badehaus.

»Halt! Wer da?«, hörte ich eine bekannte Stimme rufen, gleich danach wurde ein Riegel zurückgeschoben.

Ich blieb stehen. »Lydias von Milet«, antwortete ich.

»Ah.« Er trat in die Lücke zwischen den Türflügeln des Badehauses. Hinter ihm konnte ich vier oder fünf weitere Männer sehen, einige gerüstet, in annehmbarer Schlachtordnung. »Nimm die Hand vom Schwertgriff«, befahl er.

Ich tat es. »Artashir.«

Er war ein Gefährte, allerdings war er mit einem Bogen

bewaffnet. Die Perser erlernen die Kunst des Bogenschießens sehr früh, und ich hielt es für klug, nicht daran zu zweifeln, dass er damit umzugehen wusste. Nicht, wenn der Pfeil direkt auf meine Brust zielte.

»Seid Ihr ein Freund oder Feind?«, wollte er wissen.

»Von wem?«, fragte ich.

Das Badebecken hinter ihm war blau und klar. Der König hatte hier den größten Teil seiner letzten Tage verbracht.

»Von uns«, antwortete Artashir nach nur ganz kurzem Zögern. Er war jünger als ich, hochgewachsen und eckig, mit einem kurzen Bart nach persischem Brauch.

»Ich bin nicht euer Feind«, sagte ich. Die Wahrheit war, ich kannte den Mann kaum. Bis zu der Zeit nach Gedrosia waren wir nie zusammen am selben Ort gewesen, und danach hatte ich keine Freundschaften geschlossen.

»Wir halten das Badehaus«, verkündete er.

»Für wen?«

»Für den König«, erwiderte er.

Ich lachte, und selbst in meinen eigenen Ohren klang es überspannt. »Der König ist tot. Ihr werdet das Badehaus bis in alle Ewigkeit halten.«

Artashir reckte sich, seine dunklen Augen schimmerten verdächtig. »Dann tun wir das. Wir werden auf Befehle warten, wie Gefährten es tun sollten.«

»Dann wartet eben und verrottet.« Ich machte kehrt und ging davon.

Niemand gab einen Pfeil auf mich ab..

Vom Hof der Stallungen her konnte ich Kampfgeräusche hören, doch ich hatte kein Verlangen danach, die Schlacht zu suchen. Mein Schwert wog zu schwer in meiner Hand, und der verlassene Palast war zu leer. Im Vorzimmer der Empfangshalle lagen Papiere herum, Briefe und Meldungen, all die Geschäfte des Reiches, die des Königs Hand harrten. Die Lampen brannten in ihren durchbrochenen Haltern. Draußen im Hof plätscherte der Springbrunnen. Halb rechnete ich damit, dass er erstarrt war, dass die Tropfen regungslos in der Luft schwebten. Gewiss konnte doch die Sonne nicht untergehen, die Tropfen nicht fallen.

Ich wanderte zurück in die Küche, wo Glaukos immer noch saß.

Trübsinnig blickte er vom Tisch auf. »Na, wieder da?«

Ich zuckte die Achseln. »Weiß sonst nichts Besseres. Ist wohl am besten, mit einem Freund zu sterben.«

»So ist's recht.« Glaukos rückte zur Seite und schenkte mir ein. Die Hälfte des unverdünnten Weins schwappte aus dem Becher, so unstet waren seine Hände. »Hab immer schon gedacht, dass ich mal mit dir draufgehen würde.«

Ich hob meinen Becher zum Gruß. »Auf den Tod, mein Freund Glaukos. Auf den Tod und eine Ewigkeit inmitten der Schatten.«

Glaukos hob seinen Becher und blinzelte mich an. »Weißt du, Lydias, seit Gedrosia bist du ein bisschen seltsam.«

»Seltsam nennst du mich?«, fragte ich. »Alexander ist tot. Spielt es da eine Rolle, ob ich seltsam bin? Wir werden in einer fremden Stadt abgeschlachtet werden, genau wie die Magi gesagt haben. So sind die Würfel eben. Wenn man oft genug würfelt, verliert man.« Der Wein war sehr gut. Mir kam der Gedanke, dass er möglicherweise für den König bestimmt gewesen war. Vielleicht war er ja vergiftet. Davon war gemunkelt worden.

Ich betrachtete den Bodensatz. Nichts zu sehen. Das flackernde Licht ließ die Form einer Gestalt auf der Oberfläche entstehen, die an einen Oktopus erinnerte.

Sanft berührte Glaukos meine Hand. »Trink aus, mein Freund«, sagte er.

Ich tat es. Wenn ich vergiftet wurde, so kümmerte es mich nicht länger.

Ich trank mit ihm, während die Nacht durch die Fenster hereinkam und die Lampen blakten und schließlich erloschen. Stille senkte sich über den Palast. Glaukos redete und redete, immer unsinnigeres Zeug. »Elefanten«, flüsterte er, bevor er den Kopf auf die Arme legte und die Augen schloss.

Gift, dachte ich. Natürlich.

Am anderen Ende der Küche raschelte etwas. Zwei grüne Augen starrten mich aus dem Dunkel unverwandt an.

»Tod«, flüsterte ich, als sich eine graue Katze langsam aus dem Schatten löste und ich anfing zu glauben, dass sie mit mir sprach. In Worten, die ich nicht verstand.

Und dann nahm mich die Nacht in sich auf.

Der Morgen drang bereits durch die Fenster, als ich von Glaukos' lautem, lästigem Schnarchen erwachte. Mein Kopf dröhnte schmerzhaft und auf dem Tisch waren fünfzehige Pfotenabdrücke aus rotem Wein.

Der König war noch immer tot.

Ich war noch immer am Leben.

2

Der Karer

Einst lebte ein Knabe in einer Stadt am Meer, die früher Millawanda gewesen war, die Stadt der gewaltigen Mauern, vor vielen Jahren, in jener Zeit, von der Homer kündet, als Troja fiel und finstere Seeräuber über das Meer herrschten. Er war ein dürrer, dunkelhaariger Junge von zehn Jahren, und sein Name war Jio.

Na schön. Ich kann das nicht erzählen wie ein Dichter. Ich bin Soldat und muss mich viel schlichter ausdrücken.

Einst war ich ein Knabe namens Jio und lebte in der Stadt Milet. Meine Mutter war eine Karerin von der Küste weiter im Süden, mit blitzenden dunklen Augen und hohen Wangenknochen, honigfarbener Haut und langen, schmalen Händen. Ihr langes Haar fiel ihr in Locken den halben Rücken hinunter, und sie war üppig und ungezähmt, neigte gleichermaßen dazu, leidenschaftlich um Adonis zu schluchzen und zu tanzen. Vielleicht, weil sie die Konkubine eines Mannes war, den sie nicht mochte, aber wer sucht sich schon aus, wem er dient?

Mein Herr – mein Vater – hatte ein Dutzend Söhne,

die Hälfte davon von ehelicher Geburt, und Enkel, die beinahe so alt waren wie ich. Er war ein wohlhabender Kaufmann von korinthischer Abstammung, dessen Vorväter schon vier Generationen vor meiner Geburt in Milet ansässig gewesen waren. Doch zu Hause sprach er griechisch und betrachtete sich als Schüler der attischen Philosophie. Wir sprachen nichts anderes als griechisch, sogar in den Frauengemächern, weil seine Gemahlin nichts anderes gestattete. Ihre Kinder sollten sich keinerlei Liederlichkeit angewöhnen, ihre Söhne würden vornehme griechische Herren sein.

Ich hatte die ganze Wildheit meiner Mutter geerbt, und nichts von ihrer Schönheit. Ich kletterte auf den Bäumen im Garten herum und verputzte die Früchte, entwischte über die Mauer und streifte durch die Stadt. Lief zum Hafen und sah zu, wie die Schiffe ein- und ausliefen, träumte von dem Tag, an dem ich auf einem dieser Schaluppen das Weite suchen würde, nach Tyros oder nach Sidon, nach Pelusium oder nach Syrakus. Im frischen Seewind stand ich auf der Mole, die Arme ausgebreitet wie Vogelschwingen, und träumte vom Fliegen. Nachts träumte ich, dass der Wind mich hochhob und ich wie Ikarus über Land und Meer schwebte, bis sich die ganze Welt unter meinen Flügeln erstreckte, prachtvoll wie ein mit bunten Fäden gestickter Wandbehang.

Im fernen Griechenland, auf der anderen Seite des Meeres, stritt Philipp, der König der Makedonen, mit Athen, und die Heilige Schar fiel auf dem Schlachtfeld von Chaironeia im Kampf gegen einen Prinzen von siebzehn Jahren. Noch kannte die Welt den Namen Alexander nicht. Ich hatte ihn noch nie gehört, doch der Wind wehte bereits, Blätter trieben vor dem Sturm dahin, der da kommen sollte.

Mein Vater, gerissener Kaufmann, der er war, hatte schon immer ein Auge für Profit, und er war nur zu gern bereit, mit Makedonien Handel zu treiben. Schiffe kamen und gingen, nach Amphipolis und Phillippopolis; ihre makedonischen Kapitäne wurden mit Wein und Gesprächen empfangen, die an Verrat grenzten. Ja, gewiss wären die griechischen Küstenstädte die Herrschaft der Perser gern los. Mein Vater spreizte die Hände. Doch das war selbstverständlich ein Wunschtraum, es sei denn, ein so mächtiger Anführer wie Philipp könnte ein neues, stärkeres Bündnis schmieden. Vielleicht ja ein König wie Philipp. Welche Stadt Griechenlands könnte das schließlich fertigbringen und Männer wie ihn aus der Knechtschaft unter Barbaren befreien?

Barbaren, dachte ich. Für ihn sind wir alle Barbaren, mit seinen philosophischen Schriftrollen, die er wahrscheinlich sowieso nicht versteht. Wir sind Barbaren, seine minderwertigeren Kinder. Ich konnte kein Wort lesen; die Dienste des teuren Sklaven aus Syrakus, der seine legitimen Enkel unterrichtete, wurden nicht an mich verschwendet. Und warum auch? Meine Welt war die Welt der Stadt; dort hieß es Botengänge erledigen und umherflitzen und tun, was die Frauen wollten. Ihnen Kleinigkeiten vom Markt besorgen, dem alten Eunuchen aus dem Weg gehen, der in der Küche das Regiment führte und mich ständig dazu anstellen wollte, irgendetwas zu schälen oder irgendetwas abzuwaschen. Es gab doch viel zu viel in dieser Welt, um Zeit mit Küchenarbeiten zu vergeuden.

Natürlich gab es manchmal Ärger, wenn ich mich davonmachte, und dann stritten meine Mutter und die anderen über meine Strafe. Ein paar Streiche mit der Rute waren nicht so furchtbar schlimm, und ich nahm sie als Preis für meine Freiheit hin. Doch meine Mutter bekam dann Wutanfälle und schrie, bis das ganze Haus aufgescheucht war, fuhr auf den alten Eunuchen los und versuchte, ihm die Augen auszukratzen, weil er ihren Sohn geschlagen hatte. Mir war das immer ein bisschen peinlich.

Oft ging das so lange, bis mein Vater eingriff. Mich nahm er kaum zur Kenntnis, doch auf die Possen meiner Mutter hin zeigte er sich ängstlich besorgt um sie. Er rief nach kühlem Wasser und einem dunklen Zimmer, benetzte ihr Hände und Gesicht, wisperte Zärtlichkeiten und hielt ihr mit eigenen Händen einen Becher mit verdünntem Wein an die Lippen, während seine Gemahlin weiter vor Zorn kochte.

Einmal fing der alte Eunuch meinen Blick auf, als dies geschah. »Die Liebe ist unergründlich«, meinte er. »Und sie unterwirft alle, sogar Könige.«

Diese Lektion nahm ich mir wahrlich zu Herzen.

Meine Mutter starb, als ich zehn war. Vielleicht hätte uns das in unserer Trauer einander näherbringen sollen, meinen Vater – meinen Herrn – und mich, doch so war es nicht. Statt sich an mich zu klammern, wollte er sich allem entledigen, was ihn an sie erinnerte. Und was sollte ihn mehr an sie erinnern als ihr gemeinsamer Sohn?

Ihre Bestattung war vielleicht eine Woche her, als mich eine der Frauen hereinrief und mir befahl, sofort ein Bad zu nehmen, der Herr wolle mich sehen. Ich wurde eilends abgeschrubbt, mein langes dunkles Haar wurde gekämmt und im Nacken zu einem nassen Pferdeschwanz gebunden. Dann wurde ich in einen zu kurzen Chiton aus gutem Tuch gesteckt, der dem ältesten Enkel gehörte. Noch rosig vom Bade wurde ich eilig ins Speisegemach geführt.

Mein Vater lag auf einem Ruhebett, und ein Mann, den ich nicht kannte, räkelte sich auf einem anderen, dem allerbesten, da er ein Ehrengast war. Angesichts seines bartlosen Gesichts dachte ich, er wäre ein Eunuch, doch wenn dem so war, so war er gekleidet wie ein vornehmer Herr. »Das ist Jio«, verkündete mein Vater. »Er ist im Frühjahr zehn geworden, zur Tagundnachtgleiche.«

Eigentlich war mein Geburtstag zwei Wochen später, doch ich war verblüfft, dass er überhaupt wusste, wie alt ich war.

»Komm her, Jio«, sagte der Mann, und ich ging zu ihm hinüber. Der Mosaikboden war kalt unter meinen schwieligen Füßen. »Sieh mich an.«

Ich tat wie geheißen und suchte in seinem Gesicht nach irgendeinem Hinweis. Ich verstand das alles nicht. Sein Blick wanderte über mein Gesicht, meinen Überbiss und mein spitzes Kinn. Über meine Brauen, die über den Augen zu einem einzigen langen Strich zusammenwuchsen, meine sonnendunkle Haut und meine gewöhnlichen braunen Augen.

»Dreh dich für den Mann, Jio«, befahl mein Vater. »Heb die Arme über den Kopf.«

Etwas beschämt tat ich es; als ich die Arme hob, rutschte nämlich der zu kleine Chiton so hoch, dass mein Gesäß halb entblößt war.

Die Stimme des Mannes klang belustigt. »Was habt Ihr Euch denn dabei gedacht? Der Junge gehört in den Stall, nicht ins Schlafgemach! Ohne Anmut und ohne jegliche Bildung, mit einem Gesicht, in das er erst mit zwanzig hineinwachsen wird! Ja, er hat gute Knochen, und ich glaube ja, dass seine Mutter eine Schönheit war, aber ich sage Euch ganz ehrlich, den nimmt Euch keiner ab. Nicht einmal als Gefälligkeit.«

»Du kannst gehen, Jio«, sagte mein Herr kalt, und ich sauste dankbar davon und war froh, dass ich entkommen war, wem oder was auch immer.

Ein paar Tage später wurde ich an einen Pferdehändler verkauft.

Der Pferdehändler, dessen Name Tehwaz war, war kein grausamer Mann. Weder Menschen noch Tieren war er besonders zugetan, doch er prügelte beide nie zum Vergnügen. Mensch und Pferd sollten gehorchen lernen, das war alles. Es war auch nichts Sanftmütiges in ihm. Er kaufte Pferde und verkaufte sie für einen höheren Preis. Sie waren Verkaufsware, und er verspürte keinerlei Zuneigung oder Liebe zu einem von ihnen. Natürlich mussten sie gefüttert und versorgt werden, sonst verloren sie ja an Wert.

Der letzte Junge war ihm an einem Fieber gestorben, und er brauchte einen neuen, um die Ställe auszumisten und die schmutzigsten Arbeiten zu verrichten. Jedes Pferd musste täglich gestriegelt und bewegt werden, und selbst die Jährlinge, die noch nicht zugeritten waren, mussten ins Freie gelassen werden. Wenn man Pferde einsperrte, würden sie krank werden, erklärte er mir, und für Pferde, die krank seien, gäbe es keinen guten Preis. Ebenso sorgte er dafür, dass Pferde und Menschen genügend Nahrung erhielten, und auch wenn das Essen stets das allerbilligste war, so war doch zumindest immer ausreichend da.

Natürlich versuchte ich wegzulaufen. Viermal versuchte ich es, und jedes Mal wurde ich erwischt, noch ehe ein halber Tag vergangen war, wurde zurückgebracht und bekam die unvermeidliche Tracht Prügel. Dabei lag kein Zorn in den Hieben, genauso wenig wie in denen auf den Junghengst, der nach Menschen biss. Das waren schlechte Angewohnheiten, die es Pferd und Knaben gleichermaßen auszutreiben galt.

Es wirkte. Nach dem vierten Mal ging mir auf, dass ein halber Tag Freiheit, der zu vier Tagen Schmerzen führte, keinen Sinn hatte, und dass ich nicht fliehen sollte, solange keine Aussicht bestand, dass mir die Flucht tatsächlich gelingen könnte. Ich würde warten und den richtigen Augenblick abpassen müssen. Schließlich war ich klüger als der Junghengst.

Und so fügte ich mich recht zufriedenstellend, machte meine Arbeit, mistete aus, schaufelte Pferdeäpfel und altes Heu hinaus und schaffte neues Heu herbei, um die Wandraufen zu füllen. Das tat ich den Winter über den ganzen Tag lang, denn es standen immer zwischen zwölf und vierzehn Pferde im Stall. Meine Armmuskeln wurden stärker, während ich immer dünner wurde, bis es den Anschein hätte, als bestünde ich nur aus Knochen und Muskeln. Größer wurde ich auch, einer dieser geheimnisvollen Wachstumsschübe. An meinem Geburtstag im Frühling, als ich elf wurde, sah ich nicht länger wie ein Knabe aus.

Mein Trost und meine Freude waren die Pferde. Früher hatte ich nie mit Pferden zu schaffen gehabt, jetzt jedoch verbrachte ich den lieben langen Tag mit ihnen. Da ich es war, der ihre Verschläge ausmistete und der sie beim Striegeln am Halfter hielt, der ihnen sauberes Heu brachte und nachts auf dem Heuboden über dem Stall schlief, gewöhnten sie sich sehr schnell an mich. Ein Pferd fasste besonderes Zutrauen zu mir. Eine schlanke weiße nisäische Stute, die von einem für seine Rennsiege berühmten Hengst trächtig war.

Das Fohlen sollte ungefähr zur Zeit meines Geburtstages kommen, und Tehwaz hegte große Hoffnungen, dass es eine Menge Geld wert sein würde. »Bei der Schönheit der Mutter und der Schnelligkeit des Vaters wird das ein Pferd, das eines Königs würdig ist«, sagte er.

»Werdet Ihr es verkaufen?«, fragte ich. Dabei hoffte ich, er würde damit eine Weile warten, weil ich die Stute sehr gern mochte.

»Nicht, bis es mindestens ein Jahr alt ist«, antwortete Thewaz. »Und wer weiß? Vielleicht behalte ich es ja, bis es zugeritten ist und ich den besten Preis kriegen kann.«

»Es verkauft sich bestimmt besser, wenn es ein oder zwei Rennen gewonnen hat, damit die Leute wissen, was es kann«, meinte ich listig. In meinem Kopf tauchte ein Bild auf: ich auf dem Rücken eines milchweißen Hengstes, der mühelos über die Ziellinie stürmte, während die Menge meinen Namen brüllte.

»Da könntest du recht haben, Jio«, brummte Tehwaz. »Wir werden sehen.«

Das Hengstfohlen kam in der Nacht der Tagundnachtgleiche zur Welt, und ich war es, der am Kopf seiner

Mutter stand, als es ins Stroh plumpste. Ein Hengst, ja, aber nicht milchweiß. Er war fast rot, mit weißer Blässe, weißen Fesseln und langen, spindeldürren Beinen; er würde so groß werden wie seine Mutter.

Als er mit weit gespreizten Beinen neben der Stute stand und trank, klopfte Tehwaz mir auf die Schulter. »Gut gemacht, Junge. Und auch wenn er nicht weiß ist, er sieht aus wie sein Vater, und das genügt. Der wird groß, wie die Nisäer eben sind. Schau doch, wie hoch er jetzt schon ist! Wenn der erwachsen ist, trägt er einen Mann in voller Rüstung.«

»Er ist wunderschön«, sagte ich, denn ich hatte mich gerade verliebt.

Von diesem Tag an verbrachte ich alles an freier Zeit mit ihm, was ich hatte. Tehwaz nannte ihn Glücksbringer, ich jedoch hatte einen anderen, besseren Namen für ihn. Wenn ich ihm dabei zusah, wie er auf der Weide herumtollte, zum Spaß die Beine in die Luft warf und im Frühlingssonnenschein galoppierte und sprang, dann schien es mir, als tanze er mit einem unsichtbaren Zwilling, mit dem Gott der Pferde, der gekommen war, um an seiner Seite zu spielen. Ich nannte ihn Göttertänzer.

Aus dem Spätfrühling wurde allmählich Sommer, und wir verließen Milet. Es war Zeit für die Rundreise zu all den Märkten entlang der Küste, von dem großen Pferdemarkt in Halikarnassos bis zu dem in Ehweh im Hochland, in den Bergen, wo selbst im Sommer Schnee auf den Gipfeln lag. Hethitische Länder, hieß es, wo die Menschen schon seit Urzeiten den Göttern der Höhen gehuldigt hatten. Auf den hohen Bergweiden wuchsen gute Pferde heran, und wir zogen lange dort hindurch, kauften und verkauften. Göttertänzer war natürlich nicht zu verkaufen, doch er zeigte sich von seiner besten Seite und tänzelte ausgelassen neben seiner Mutter die Straße entlang. Manche Pferde kommen nicht gut damit zurecht, jede Nacht woanders zu verbringen, ihn jedoch störte es überhaupt nicht.

»Für den Feldzug geboren«, stellte Tehwaz fest. »Nicht einen furchtsamen Knochen im Leib. Der wird mir den besten Preis einbringen, den ich jemals bekommen habe, merk dir meine Worte!«

Das tat ich. Göttertänzer würde verkauft werden, aber noch nicht jetzt. Noch nicht. Wir hatten noch mindestens ein Jahr, er und ich.

Häufig kauften wir in einem Ort ein Pferd und verkauften es ein Stück weiter wieder, daher lernte ich, alle möglichen verschiedenen Pferde zu reiten und mich auch auf den unberechenbaren zu halten. Oft ritt ich Göttertänzers Mutter, während er munter neben uns hertobte; wir bildeten die Nachhut des Trosses und sorgten dafür, dass keine unserer Neuerwerbungen vom Wege abkam. Der Himmel war blau und auf den Gipfeln glitzerte der Schnee. Auf den Luftströmungen hoch über uns hielten Adler Wacht und schienen hin und wieder beinahe regungslos im Raum zu stehen, vom Winde getragen.

Ich hätte davonlaufen können. Doch wohin? Ich war ein Stadtkind, was sollte ich ganz allein in offenem Gelände anfangen? Ich wusste nicht, wie man jagt oder Fährten liest, und ich wusste nicht, wohin ich mich wenden könnte. Und ich hätte Göttertänzer zurücklassen müssen. Tehwaz hatte mich ebenso sicher in seiner

Gewalt wie Göttertänzer, der ohne Halfter oder Strick dahinhüpfte und mir und seiner Mutter folgte.

Als der Herbst zu Ende ging und der Winter kam, kehrten wir nach Milet zurück. Ich glaube nicht, dass mein Vater mich erkannt hätte, wären wir uns auf der Straße begegnet. In den vergangenen zwei Jahren hatte ich mich verändert. Ich wuchs; genau wie Göttertänzer würde ich, nach der Länge meiner Beine zu urteilen, groß werden. Es schien, als sei alles an mir ungelenk, und die Knochen taten mir weh vom schnellen Wachsen. So etwas wie genug zu essen gab es nicht. Ich vertilgte den Anteil eines ausgewachsenen Mannes und war immer noch hungrig, wollte immer noch mehr. Den Winter verbrachten wir in Milet, und im Frühling waren wir von Neuem auf der Straße.

Tehwaz hatte von einem der vornehmsten Männer der Stadt ein Angebot für Göttertänzer bekommen, über das er laut lachte. »Wenn er das für einen Jährling bezahlen will, der noch nicht mal zugeritten ist, dann überleg doch mal, was er erst im Herbst bieten wird!«

Ich überlegte, das Gesicht an Göttertänzers glänzendes Fell gedrückt. Auch er wuchs heran. Bald würden wir damit anfangen, ihn zu schulen, und wenn er stark genug war, würde ich ihn reiten. Ich würde der Erste sein, versprach ich ihm. Er sollte keinerlei Grausamkeit erleben, sich keine schlechten Angewohnheiten aneignen. Wenn es so weit war, sollte er nichts als Liebe erfahren.

Und er liebte mich. Das erkannte ich an dem Eifer in seinen braunen Augen, daran, wie er wieherte, wenn ich in seine Nähe kam, ein schwacher Schatten des Hengstwieherns, das bald aus ihm hervorbrechen würde.

Natürlich würde er nicht kastriert werden; als Deckhengst würde er viel zu viel wert sein. In ihm würde sich jedes Versprechen erfüllen, stark und groß und sanftmütig, schnell und fügsam und mutig. Göttertänzer würde Fürsten dienen, niemand Geringerem.

Außerdem hatte es keine Eile, ihn zu veräußern, und es gab auch keinen Ansturm von Kaufangeboten. Im Frühjahr hatte Panik geherrscht, als das Gerücht umging, Phillip von Makedonien hätte vor, in Asien einzumarschieren und Schlachtrösser würden heiß begehrt sein. Es war viele Jahre her, dass die griechischen Kolonien Ioniens unabhängig gewesen waren, bevor die Perser sie erobert hatten, doch Leute wie mein Vater träumten noch immer von jenen Zeiten. Philipp hatte die letzten Städte Griechenlands besiegt, die gegen seinen Korinthischen Bund gewesen waren, und hatte einen mächtigen Eid geschworen, die Städte Asiens von den Persern zu befreien. Er war ein respekteinflößender Mann, und eine Zeit lang sah es so aus, als würde er tatsächlich mit einem Heer übersetzen. Doch er wurde bei einem Fest in seiner eigenen Stadt hinterrücks ermordet, und es würde keinen Einmarsch geben. Sein Nachfolger zählte kaum zwanzig Jahre. Die Satrapen der westlichen Provinzen seufzten erleichtert auf. Es würde lange Jahre dauern, bis Makedonien von Neuem eine Bedrohung darstellte. Ohne uns um Kriegsgerüchte zu scheren, brachen wir ins Hochland auf, zur Rundreise über die Pferdemärkte.

Eine Woche vor seinem zweiten Geburtstag fing ich an, Göttertänzer zu reiten, ohne Decke oder Zaumzeug, nur mit Halfter und Schenkeln. Ich sollte das lieber versuchen, bevor Thewaz es tat, dachte ich, damit ich ihm zeigen konnte, dass Göttertänzer bereits eingeritten war, und damit keine Grobheiten nötig sein würden. Dazu gab es in der Tat keinen Anlass. Wir übten des Nachts, im Licht des Mondes, und als Tehwaz einen Monat später mit dem Zureiten anfangen wollte, konnten wir mit einer hübschen Darbietung aufwarten. Im Schritt und im Trab ging es rund um den Reitplatz; mit stolz gewölbtem Hals folgte Göttertänzer bei jedem Schritt meinen Hilfen. Zusammen führten wir alles vor, was wir konnten, und trabten sogar über auf dem Boden liegende Stangen, die ersten Anfänge des Springens. Schließlich hielten wir genau vor ihm an, Göttertänzer mit straff gespitzten Ohren und ich mit einem Grinsen, das ich nicht unterdrücken konnte.

Tehwaz nickte, so wie er es tat, wenn er feststellte, dass ein Pferd unerwartet gut und mehr wert war, als er für es bezahlt hatte. »Aus dir wird noch mal ein Reiter«, brummte er. »Von heute an reitest du die Gäule.« Er kaufte einen neuen Knaben zum Ausmisten, und mir wurde stattdessen aufgetragen, die Pferde zu bewegen und mit ihnen zu arbeiten, um ihnen kleinere Unarten abzugewöhnen, wie zum Beispiel zu dicht auf das Vorderpferd aufzulaufen.

Göttertänzer war natürlich mein Liebling, doch die anderen Pferde liebte ich auch. Manchmal dachte ich insgeheim, der Gott der Pferde müsste zufrieden mit mir sein.

Tehwaz begann, Göttertänzer all die Dinge beizubringen, die ein Schlachtpferd können sollte, und ich lernte sie ebenfalls. Mein Herr war nicht mehr so jung wie früher, und Uferböschungen hinauf- und hinunterzuklettern oder durch die eisigen Bäche des Hochlands zu waten war kein Vergnügen für ihn. Hatte er uns beiden etwas gezeigt, war es an mir, es mit Göttertänzer zu üben. Wir stürmten auf ein Ziel los und wichen im letzten Moment aus, setzten über niedrige Hürden, ritten auf Dinge los, die flatterten oder Lärm machten, und lernten, im Galopp um Hindernisse herumzuschwenken. Auf diese Weise lernte auch ich.

»Nächstes Jahr, wenn er drei ist, bringt er genug ein, um mich zu einem reichen Mann zu machen!«, schwärmte Tehwaz. »Und dann überlasse ich die Reise zu den Pferdemärkten meinem Neffen und verbringe meine Tage daheim in Milet.«

Er strahlte vor Freude, doch mir war richtig übel. Göttertänzer würde irgendwo anders hinkommen, zu einem vornehmen Herrn, der ihn vielleicht lieben würde, vielleicht aber auch nicht. Und ich würde mit Tehwaz' Neffen geschlagen sein und endlose Runden über die Pferdemärkte drehen. Ich würde vierzehn Jahre alt sein, und doch schien es, als würde mein Leben ohne ihn zu Ende sein.

Im Frühling wurde kein Markt abgehalten. Die edlen Herren aus Milet waren von dem Satrapen von Sardes zu den Waffen gerufen worden, um sich dem Heer des Großkönigs anzuschließen, das von Anaya aus nach Westen marschierte. Der neue König von Makedonien hatte die Meerenge überquert und hielt just in diesem Moment Rituale am Grabe von Achilles von Troja ab. Sein Name war Alexander, und obgleich er sehr jung war, durfte man ihn doch nicht unterschätzen.

Während die hohen Herren von Milet nach Norden

marschierten, zogen wir über die frühen Pferdemärkte südlich von Halikarnassos. Dort strichen wir gutes Geld dafür ein, Göttertänzer zum ersten Mal decken zu lassen, was Tehwaz ungemein freute. Insgeheim hoffte ich, er würde ihn vielleicht doch nicht verkaufen wollen, sollte der Deckpreis hoch genug sein und regelmäßig genug bezahlt werden.

Während wir dort waren, kam die Nachricht – Alexander hatte das Heer des Großkönigs am Ufer des Granikos besiegt, und jetzt marschierte er die Küste hinunter. Städte öffneten ihm die Tore, Kaufleute wie mein Vater beteuerten, dass sie Makedonien schon immer bewundert hätten und ihn als Befreier betrachteten. Die Flotte des Großkönigs beabsichtigte, sich ihm im Hafen von Milet entgegenzustellen, und sie hatten die Stadttore verrammelt. Jetzt wurde Milet belagert.

»Für nichts in der Welt würde ich nach Milet gehen. Wir würden unsere ganze Herde verlieren«, knurrte Tehwaz. »Fürwahr, am besten, wir ziehen ins Hochland hinauf und überlassen das alles dem Großkönig.«

Natürlich kam mir der Gedanke, mich davonzumachen. Mit Göttertänzer könnte ich weit kommen. Doch er war nicht nur sehr leicht zu erkennen, sondern auch sehr wertvoll, und wenn man mich fasste, wäre ich ein Dieb und kein Ausreißer. Ich hatte kein Verlangen, es darauf ankommen zu lassen.

Wir waren in Emmen im Hochland, als wir hörten, dass Milet sich nach kurzer Belagerung ergeben hätte; die Tore standen offen und in der Stadt ging alles wieder seinen gewohnten Gang. Die Führer der Stadt hatten Frieden mit Alexander geschlossen, und es schien, dass alles gut sein würde, solange der Tribut an ihn und nicht an den Großkönig gezahlt wurde.

Tehwaz zuckte die Schultern. »Die hohen Herren drehen das Rad, und uns ist es gleich. Trotzdem, einem Heer sollte man besser nicht in die Quere kommen, vor allem nicht mit einer Herde Pferde. Wir brechen die Reise ab und kehren auf direktem Weg nach Milet zurück, da war dieser König ja schon.«

Und das taten wir auch. Tehwaz hatte recht damit, dass sich anscheinend wenig geändert hatte. Ich starrte die zertrümmerten Tore an, als wir in die Stadt ritten, die schwarzen Rußstreifen an einigen Mauern. Statt der persischen Flotte war der Hafen voller griechischer Schiffe, doch die Gebäude der Stadt schienen wenig Schaden genommen zu haben. Milet hatte nur sechs Tage gegen Alexander ausgehalten, und die meisten Kämpfe hatten auf See stattgefunden. Ich wünschte, ich wäre dabei gewesen. Krieg erschien mir sehr aufregend, und ich verfluchte Tehwaz' Vorsicht, die mich um die Gelegenheit gebracht hatte, eine Kostprobe davon zu erhalten.

Es waren noch immer Makedonen und Griechen in der Stadt, obwohl der König und das Hauptheer nach Halikarnassos weitergezogen waren. Die Verwundeten waren hier, und auch die Befehlshaber und Männer der Flotte, außerdem ein paar sehr junge Männer, die Verpflegung für das Heer beschaffen sollten. Sie plünderten nicht etwa das Land, sondern bezahlten für den Proviant, wenngleich auch nur ungefähr den halben Preis. Trotzdem, meinte Tehwaz, es hätte schlimmer kommen können. Noch hatte ich keine Vorstellung davon, was er meinen könnte.

Tehwaz erkannte selbstverständlich die Gelegenheit, die sich ihm bot. Das Heer des Königs von Makedonien würde junge Pferde brauchen, ehe die Männer sich auf den langen Weg nach Osten machten, auf der Persischen Königsstraße durch die Berge nach Gordion. Junge Pferde sind teuer, und gute sind nur schwer zu finden. Wir hatten mehr als die Hälfte unserer Herde zu guten Preisen verkauft, ehe das Schicksal zuschlug.

Der Junge, der den Stall ausmistete, kam angerannt, als ich gerade ein Hufgeschwür versorgte.

»Der Herr will, dass du Glücksbringer fertig machst, und er soll prächtig aussehen, so schnell du kannst! Da ist ein Herr bei ihm, und er hält ihn solange mit Wein hin!«

Das Herz wurde mir schwer, als ich den Hufkratzer weglegte und mich daranmachte, Göttertänzer zu zäumen und ihm rasch die Mähne zu bürsten. Ich legte ihm die Arme um den Hals und drückte die Nase an sein Fell, dann führte ich ihn in den Hof hinaus.

Tehwaz war gerade aus dem Haus gekommen, in Begleitung mehrerer vornehmer makedonischer Herren. Sie waren alle jung, und alle trugen schimmernde Brustharnische und Schwerter; ein prachtvoller Anblick und ganz und gar nicht das, was ich gewohnt war. »Also, meine Herren«, verkündete Tehwaz, »einen feineren Dreijährigen werdet Ihr auf der ganzen Welt nicht finden! Ich schwöre Euch, er ist wie mein eigener Sohn!«

Göttertänzer spitzte die Ohren, doch er scheute nicht vor dem hellen Licht, das von dem blank polierten Stahl der Harnische zurückgeworfen wurde. Geduldig und aufmerksam stand er da, fest auf allen vier Beinen.

»Was meinst du, Ptolemaios?«, fragte einer der Männer auf Griechisch.

Ptolemaios, ein unscheinbarer Mann, der seinen Helm unter dem Arm trug, zuckte die Achseln. »Ein ganz schön großer Bursche. Aber ich bin nicht zum Kaufen hier, schon vergessen? Nur als Gesellschaft.«

»Genau wie neulich im Hurenhaus!«, witzelte ein anderer. »Du kaufst nichts, du bist nur auf der Durchreise!« Die anderen lachten.

Einer von ihnen achtete nicht auf den Scherz. Er war hochgewachsen, mit rotem Haar, dunklen Augen und kantigem Kiefer. Er sah nur Göttertänzer an, sonst nichts. Langsam nickte er und kam auf mich zu; ich stand da und hielt den Zügel mit leichter Hand. Göttertänzers Blick folgte ihm, und er wartete geduldig, während der Mann ihn betastete und betrachtete. Er nahm mir den Zügel ab, hob den Kopf des Pferdes an und begutachtete seine Zähne, was Göttertänzer sich ohne Gegenwehr gefallen ließ. »Drei Jahre?«

»Ja, Herr«, antwortete ich.

Seine Augenbrauen zuckten; vielleicht war er überrascht, dass ich Griechisch sprach. »Und wie läuft er?«

»Wunderbar, Herr«, sagte ich. Halb war ich versucht, ihn anzulügen, irgendetwas zu behaupten, was ihn davon abhielt, Göttertänzer zu kaufen, doch ich konnte nicht. Ob es mir nun gefiel oder nicht, Göttertänzer würde verkauft werden, und dieser makedonische Herr schien sich wenigstens mit Pferden auszukennen.

»Wie heißt er?«, fragte er mich leise, während er dem Pferd das Zaumzeug abnahm und es ihm dann wieder anlegte, um zu sehen, wie er das Gebiss nahm.

»Göttertänzer«, antwortete ich, und seine Brauen zuckten abermals. Ich hatte seinen Namen auf Griechisch genannt, nicht auf Karisch.

»Also, Göttertänzer«, sagte er, die Hand auf der Flanke des Pferdes, »dann schauen wir doch mal, wie wir miteinander auskommen. Ich bin Hephaistion, Sohn des Amyntor.«

Ich fand es ein bisschen seltsam, sich einem Pferd vorzustellen, doch ich trat zurück und ließ ihn mit leichtem Schwung aufsitzen. Er war viel schwerer als ich und trug zudem noch einen stählernen Harnisch, doch Göttertänzer zuckte nicht, sondern wartete nur geduldig auf ein Zeichen. Ein Schenkeldruck, und er trat sauber an, ging im Schritt rund um den Hof, wendete mit Leichtigkeit. Sie sahen sich ähnlich, dachte ich im Stillen, das blutrote Pferd und der rothaarige Mann. Ich sah zu, wie er erst im Schritt und dann im Trab durch den Hof ritt. Er ließ Göttertänzer enge Kreise drehen, und ich war froh, dass wir das geübt hatten. Dann schickte er ihn im Kurzgalopp über den Hof; seine Hufe trommelten auf der festgestampften Erde. Als sie schließlich anhielten, sah ich, dass er grinste.

»Tehwaz, Ihr habt mir nichts vorgelogen! Ihr seid ein Mann der Wahrheit! Es stimmt, einen feineren Dreijährigen habe ich auf der ganzen Welt noch nicht gesehen!«

Der, den sie Ptolemaios genannt hatten, lachte. »Jetzt hast du noch ein paar Talente auf den Kaufpreis draufgelegt. Einen teureren Dreijährigen wirst du auf der ganzen Welt noch nicht gesehen haben!«

Die anderen Männer lachten, und Hephaistion schwang sich vom Pferd. Er hielt kurz inne, um Göttertänzer freundschaftlich zu tätscheln. »Ich erkenne einen Prachtburschen, wenn ich einen sehe, und ich bin bereit, zu bezahlen, was er wert ist.«

»Dann kommt und lasst uns bei gewässertem Wein darüber sprechen«, sagte Tehwaz, und ich konnte sehen, dass er sich des besten Handels seiner Laufbahn sicher war. »Dieses Pferd ist wie mein eigener Sohn und in der Tat eines Hipparchen und Gefährten würdig. Jio, kühl ihn ab und versorge ihn.«

»Ja, Herr«, sagte ich und übernahm Göttertänzers Zügel. Mir war elend zumute. Ich wusste, er würde ihn kaufen, dieser hochgewachsene junge Soldat, ich wusste es. Natürlich würde er ihn kaufen. Jeder würde das tun. Und er würde ihn nicht schlecht behandeln, aber ich würde für immer von ihm getrennt werden.

Die anderen Männer folgten den beiden ins Haus. »Bleibt ihr noch einen Tag?«, fragte einer den, den sie Ptolemäos genannt hatten.

Der schüttelte den Kopf. »Nein, nur Nicanor bleibt mit Nearchos hier. Für den Rest von uns geht's heute Abend zurück zum König, aber Hephaistion musste sich ja vorher unbedingt noch dieses unvergleichliche Ross ansehen!« Er warf die Hände empor, als sei dies ein uralter Witz. »Also werden wir spät aufbrechen und wahrscheinlich die ganze Nacht durchreiten.« Sie gingen hinein, und die Tür schloss sich hinter ihnen.

In diesem Moment wusste ich, was ich tun würde.

Der Morgen graute schon fast, als ich die Kolonne einholte. Schließlich waren sie zu Pferd unterwegs und ich nicht, und sie hatten erst sehr spät Halt gemacht und ein

Lager aufgeschlagen, waren unter dem hellen Mond bis tief in die Nacht weitergeritten.

Ich war hinausgeschlüpft, sobald ich den ganzen Haushalt im Bett glaubte. Tehwaz schnarchte leise, nachdem er viel Wein getrunken hatte, um den einträglichsten Verkauf seiner Laufbahn zu feiern. Göttertänzer hatte ihm fast genug eingebracht, um anstelle eines Pferdes eine Galeere zu kaufen; genug, um sich zur Ruhe zu setzen, so wie er es sich gewünscht hatte. Ich fand, es sei mehr als genug, um auch den Preis für mich abzudecken. Falls er ahnte, wohin ich entwischt war, so würde es ihn nicht genug kümmern, um mir nachzusetzen, nicht, wenn er dabei Gefahr lief, den so großzügigen makedonischen Herrn zu verdrießen. Hephaistion, Sohn des Amynthor, hatte für ein Pferd ein Vermögen ausgegeben.

Ihnen zu folgen war nicht schwer. So spät waren nur wenige auf der Königsstraße unterwegs, und schon gar kein weiterer Reitertrupp. Ich war dankbar, dass sie die meiste Zeit im Schritt geritten waren, trotzdem begannen die Sterne zu verblassen und der Morgen dämmerte, ehe ich sie einholte. Mir war noch gar nicht bewusst, dass ich sie endlich gefunden hatte, als ich plötzlich Göttertänzer leise wiehern hörte. Der Wind stand in meinem Rücken und trug ihm meine Witterung zu. Als ich über den Hügel kam, sah ich sie, die Reihen der angepflockten Pferde windabwärts vom Lager unter den Bäumen, sah seine weiße Blässe, als sein Kopf inmitten der dösenden anderen Pferde emporzuckte und er nach mir rief.

Ich zwang meine müden Beine, loszurennen; ich musste ihn erreichen, bevor er das ganze Lager aufweckte. Noch ein paar Köpfe hoben sich, als ich vorbeikam.

Doch Göttertänzer ließ sich nicht zum Schweigen bringen. Es hatte ihm überhaupt nicht zugesagt, dass er von mir getrennt gewesen war, und jetzt war alles wieder gut. Freudig trompetete er einen Gruß, zerrte mit eingestemmten Beinen rückwärts und riss den Pflock heraus, an dem er angebunden war, noch ehe ich an seiner Seite war.

Blitzschnell stand daraufhin alles in Waffen.

Ein Mann hielt mir ein Messer an die Kehle, sein Arm packte mich wie ein Band aus Stahl. Ich war klug genug, mich nicht zu wehren. Ein anderer brüllte, und es herrschte ein großes Gedränge.

Endlich schob sich ein Mann, den ich schon einmal gesehen hatte, durch die anderen hindurch, der, den sie Ptolemaios genannt hatten. »Was geht hier vor?«

»Wir haben einen Pferdedieb gefasst, Herr«, verkündete einer der Männer.

»Komischer Pferdedieb, der solchen Lärm macht«, bemerkte Ptolemaios.

Hephaistion zwängte sich zwischen den Männern hindurch, eine Fackel in der Hand und das Haar noch vom Schlaf zerzaust. Ich leistete keinen Widerstand, als das Licht auf mein Gesicht fiel. »Erhabener Gebieter, hört mich an!«, flehte ich auf Griechisch.

Seine Augenbrauen klommen empor. »Das ist ja Tehwaz' Pferdebursche«, stellte er fest.

Hinter mir machte Göttertänzer einen mächtigen Wirbel. Ich konnte einen Pferdeknecht fluchen hören, der versuchte, ihn festzuhalten.

»Das bin ich, Erhabener Gebieter«, antwortete ich. »Ich habe Göttertänzer gepflegt, seit er zur Welt gekommen ist, und ich bin Euch gefolgt, um zu fragen, ob Ihr mich zu Eurem Stallburschen machen würdet. Ich schwöre Euch, ich werde doppelt so hart arbeiten wie für Tehwaz! Tag und Nacht werde ich arbeiten.«

Hephaistion kratzte sich am Kopf, sein Blick hielt den meinen gefangen. Mit aller Macht wünschte ich mir, dass er mir glaubte. Wie hätte ich hoffen können, mich mit Göttertänzer davonzumachen? Er war doch viel zu wertvoll, und jeder würde ihn sofort wiedererkennen.

»Ich habe mitgeholfen, ihn zuzureiten, und ich kann alles, was notwendig ist«, beteuerte ich. »Ich will nicht von ihm getrennt sein. Bitte.«

Hephaistion legte den Kopf schief. »Bist du ein entlaufener Sklave?«, wollte er wissen.

»Ich bin ein freier Waisenjunge«, log ich. »Ich habe für Tehwaz gearbeitet, weil ich sonst nirgendwo hinkonnte, als mein Vater gestorben ist. Deswegen spreche ich auch Griechisch. Zu Hause haben wir immer Griechisch gesprochen.«

»Wie alt bist du?«

»Fünfzehn.« Ich konnte spüren, wie mir das Herz im Halse schlug.

»Und wie heißt du?«

»Lydias, Erhabener Gebieter«, antwortete ich. Gewiss würde er mich doch nicht nach meinem Namen fragen, wenn er vorhatte, mich als Pferdedieb hinzurichten.

»Lydias?«, fragte Ptolemaios, und mir fiel wieder ein, dass er ja dabei gewesen war, als Tehwaz mich Jio genannt hatte. Er musste ein Mann von wachem Verstand sein, um sich das gemerkt zu haben.

»Lydias«, wiederholte ich entschieden. »Tehwaz wollte

mich nicht bei meinem griechischen Namen nennen.« Tatsächlich war ihm der nie zu Ohren gekommen, ich hatte ihn nämlich gerade erfunden.

Hephaistion gab dem Mann, der mich festhielt, einen Wink, und ich spürte, wie dessen Arm mich losließ. »Also, Lydias von Milet, da wir gerade den größten Teil Ioniens geplündert haben, kann ich es mir wohl leisten, noch einen Mann in Sold zu nehmen. Du bekommst den Lohn eines Pferdeknechts, und ich erwarte, dass du dich genauso um andere Pferde kümmerst wie um Göttertänzer. Ich habe noch vier andere, und du wirst für alle die niederen Arbeiten verrichten, bis du dich bewährt hast.«

»Ja, Erhabener Gebieter.« Ich machte Anstalten, mich vor ihm auf die Knie zu werfen.

»Nichts da«, wehrte er ab und packte mich am Arm. »›Ja, Herr‹ genügt. Im Heer katzbuckeln wir nicht, nicht einmal vor dem König.«

»Ja … Herr.« Ich würgte die Worte »Erhabener Gebieter« hinunter, bevor sie herauskamen.

Er klopfte mir auf die Schulter und wechselte dabei einen belustigten Blick mit Ptolemaios. »Nun denn. Willkommen im Dienst des Königs, Lydias von Milet.« Und so wurde ich wiedergeboren.

3

Asche

Der König lag tot bei den Einbalsamierern. Seit drei Wochen war er tot, und doch lebte ich.

Wir verließen Babylon bei Nacht, unter Ištars gehörntem Mond. Es kümmerte mich nicht, wohin es ging. Ein Ort war so gut wie der andere, doch ich hatte meine Befehle.

In einem der Innenhöfe des Palasts saßen wir auf. Es war nach Mitternacht, doch die Lichter des großen Tempels waren noch immer zu sehen. Glaukos, einer meiner Männer, schob sich an mich heran, als ich die Decke auf dem Rücken meines Pferdes zurechtrückte. »Bist du sicher, dass das richtig ist?«, fragte er und deutete mit dem Kinn auf die dunklen Fenster des Palasts.

Ich zuckte die Achseln und zerrte an meiner Tasche, um mich zu vergewissern, dass der Riemen hielt. »Heerführer Ptolemaios hat dasselbe Recht, uns irgendwo hinzubeordern, wie jeder andere. Er ist doch einer der Regenten, oder?«

Glaukos nickte; unter dem Helm nagte er noch immer

an seiner Lippe. »Kommt mir nicht richtig vor«, brummte er.

»Gar nichts kommt einem richtig vor.« Ich drehte mich um und sah ihn an. »Hör zu, Mann, der König ist tot, und so ist es eben. Die verfluchten Regenten werden sich alle gegenseitig umbringen. Irgendwer hat schon Königin Stateira kaltgemacht, und alle warten ab, ob Roxane einen Sohn zur Welt bringt. Wenn ja, schön und gut. Dann bringen die Regenten sich nur gegenseitig um. Wenn's ein Mädchen wird, gibt es Krieg. Und falls du's noch nicht bemerkt hast, wir sitzen hier zwischen zwanzig Millionen Persern, die uns gern alle los wären. Das ist nicht gut!«

Er öffnete den Mund und machte ihn dann wieder zu.

Ich senkte die Stimme und sprach leise auf ihn ein. »Also, niemand sagt, dass du was von Politik verstehen musst. Wir befolgen Befehle, und Ptolemaios gibt immer noch Befehle, die sinnvoll sind. Wir sind die verschissene Reiterei, Hephaistions Ilç. Wir tragen für alle Ewigkeit seinen Namen, und wir tun, was uns gesagt wird. Ptolemaios ist zum Satrapen von Ägypten ernannt worden, und was meinst du, wie er das anstellen soll, ohne einen einzigen Mann in Ägypten? Unsere Aufgabe ist, die Festung von Pelusium einzunehmen und sie für ihn zu halten. Und wenn wir so aus Babylon herauskommen, umso besser.«

»Wie sollen wir denn mit sechzig Mann eine Festung einnehmen?«, wollte Glaukos wissen und reckte widerborstig das Kinn vor.

Ich zuckte mit keiner Wimper. »Das auszutüfteln ist meine Sache, nicht wahr? Schließlich bin ich der Hipparch und nicht du.«

»Na, besser du als ich«, brummte er, aber er fing wieder an, sich marschbereit zu machen.

Ich hörte ein Geräusch und schaute zum Portikus hinauf, doch es war nur Ptolemaios, der in Begleitung einiger anderer Leute zu uns herunterkam. Sein Kopf war unbedeckt, doch er trug volle Rüstung. Jeder trug jetzt volle Rüstung, selbst im Palast, sogar beim Schlafen.

»Alles bereit?«

Ich nickte. »Alles bereit, Herr«, antwortete ich leise. »Wir werden zum Tor hinaus sein, bevor irgendwer dazu kommt, Fragen zu stellen.«

Er reichte mir zwei Schriftrollen. »Gut. Hier sind die Briefe für den Statthalter in Gaza und für Artamenes in Pelusium. Ich weiß nicht, ob er sich ergeben wird, aber wir sind früher gut miteinander ausgekommen. Wenn er es tut, stell seine Befehlsgewalt nicht in irgendwelchen Dingen infrage, die nichts mit dem Heer zu tun haben.« Ptolemaios hielt inne und fuhr sich mit der Hand durch das feuchte Haar. Der Haaransatz war bereits ein klein wenig zurückgewichen. »Irgendwann wirst du tun müssen, was du für das Beste hältst, Lydias. Ich weiß nicht, wie die Lage ist. Die Nachricht vom Tod des Königs kann sie frühestens vor ein paar Tagen erreicht haben. Ihr werdet ihr auf dem Fuße folgen.«

Ich steckte die Schriftrollen in meine Tasche. »Und Ihr werdet hinter uns sein.«

Einen Moment lang begegnete sein Blick dem meinen. »Ich hoffe es«, sagte er.

Ich nickte.

»Aber nicht vor Roxanes Niederkunft«, fuhr er fort. »Noch drei Monate. Und dann ...« Ptolemaios beendete den Satz nicht. Es hatte auch keinen Sinn, über etwas so Fernes zu sprechen, etwas so in Blut Gehülltes.

»Wir halten Pelusium für Euch«, versprach ich, um überhaupt etwas zu sagen. Ptolemaios sah sich um. »Ich habe noch etwas, das du mitnehmen musst«, sagte er, und eine der verhüllten Gestalten neben ihm trat vor. Unter dem dunklen Umhang sah ich ihre Augen. Thaïs, die Athenerin, die Hetäre, die jetzt seit zehn Jahren mit Ptolemaios umherzog, seit sie nach Asien übergesetzt waren.

Mein Gesicht musste Verblüffung gespiegelt haben, denn sie beteuerte rasch: »Ich kann reiten, Hipparch. Was meint Ihr denn, wie ich all die Jahre mitgehalten habe?«

»Gewiss«, antwortete ich.

Ihr Umhang bewegte sich, und ich sah das Kind, das neben ihr stand, so dicht, dass ein Mantel sie beide bedeckte. Sie hielt noch ein zweites in den Armen, das an ihrer Schulter schlummerte.

Ich machte den Mund auf und schloss ihn wieder.

Ptolemaios' Stimme war sehr leise. »Ich vertraue dir Thaïs und unsere Kinder an, Lydias. Bring sie nach Pelusium.«

»Wir haben keine Sänften oder Wagen«, wandte ich ein. »Heerführer …«

Ptolemaios' Blick huschte zu Thaïs hinüber. »Thaïs kann reiten«, sagte er. »Und wenn du Chloe vor dich aufs Pferd nimmst, wird sie dich nicht behindern. Thaïs kann Lagos in einer Schlinge am Körper tragen, so hat sie das immer gemacht.«

Ich nickte knapp.

»Ich danke Euch, Hipparch«, sagte Thaïs mit ihrer volltönenden Stimme. »Wir werden Euch nicht aufhalten. Das verspreche ich Euch.«

Ich murmelte die eine oder andere Nettigkeit und verstaute die letzten Habseligkeiten in meiner Tasche. Dabei merkte ich, dass Ptolemaios neben dem Kind niedergekniet war, das die Arme um seinen Hals geschlungen hatte, während er der Kleinen leise etwas ins Ohr sagte. Dann stand er auf und hob sie hoch; ein kleines Mädchen von etwa sieben Jahren, nur ein kleines Bündel in einem dunklen Umhang.

Thaïs bog ihren Kopf zu dem seinen hinüber, und ich vernahm seine Worte, als er sich aufrichtete. »Wir sehen uns in Pelusium, meine Taube«, hörte ich ihn geloben. Und ich hörte auch das Stocken in seiner Stimme und wusste, dass er damit rechnete, zu sterben.

Mit zusammengebissenen Zähnen schwang ich mich auf den Rücken meines Pferdes. »Ilç, aufgesessen!«

Emsiges Rühren und das Klappern von Lanzen, als alle aufsaßen. Ein Soldat hielt den Zaum, während Thaïs verblüffend geschickt aufstieg.

Ptolemaios reichte ihr das jüngere Kind hinauf, und ich erhaschte einen kurzen Blick auf sein schlafendes Gesichtchen, ein Junge, vielleicht eineinhalb Jahre alt, fest in eine Schlinge gebettet, die ihn an den Leib seiner Mutter drücken würde. Dann half er dem kleinen Mädchen vor mir aufs Pferd. »Halt dich gut fest, hier«, wies er sie an und legte ihre Finger dorthin, wo sie sein sollten. »So wie du es bei mir immer machst. Der Hipparch Lydias lässt nicht zu, dass du herunterfällst.«

»Der Hipparch Lydias hofft es«, brummte ich und fragte mich, wie im Namen des Chaos' ich die Kleine festhalten sollte, wenn ich mein Schwert benutzen musste. Nun, am Tor sollte es nicht dazu kommen.

»Viel Glück«, sagte Ptolemaios, und ich trieb mein Pferd an.

Die Straßen Babylons waren breit und leer. Wir ritten in lockerem Verbund; Thaïs mittig hinter mir. Das Kind war unter ihrem Umhang nicht zu sehen, mit der Tuchschlinge fest an sie gebunden. Zumindest im Schritt schien sie reiten zu können. Sati war nie geritten. Sie hatte Angst vor Pferden gehabt …

Ich riss mich von diesem Gedanken weg. »Wenn wir zum Tor kommen, Jungs, dann überlasst das Reden mir. Aber wenn sie versuchen, uns aufzuhalten, lasst euch nicht auf einen Kampf ein. Brecht einfach durch. Die sind nicht beritten, und sie werden uns nicht einholen.«

Ich sah das Nicken, sah, wie Glaukos meine Worte nach hinten weitergab.

Vor mir saß das Mädchen sehr gerade. Ihr Körper schwankte ganz leicht mit den Schritten des Pferdes, lehnte sich sachte gegen meine Brust. Dass ihr Vater verzweifelt war, verstand sich von selbst. Bestimmt sah er in Babylon für sie nichts anderes als den Tod voraus.

»Wenn wir fliehen müssen, musst du dich gut festhalten«, sagte ich, und sie nickte. Ihr Gesicht konnte ich nicht sehen.

»Ich halte mich fest«, versprach sie, und ihre Stimme zitterte nicht.

Die Wachen riefen uns an.

»Hephaistions Ile von der Hetairenreiterei«, antwortete ich, »auf Befehl eines der Regenten.«

»Wir haben keine Befehle erhalten«, sagte der Führer

der Wache. Die Torflügel waren offen, doch zehn oder zwölf Mann standen bereit.

»Schön, aber ich habe welche!«, gab ich hochmütig zurück. »Wir sind *hetairoi,* Mann, Gefährten. Uns sagt man, was Sache ist.«

Der Wachführer fuhr auf, doch er zog nicht blank, als wir näher kamen. »Heerführer Perdikkas hat gesagt, ohne seine Erlaubnis dürfen keine Boten die Stadt verlassen.«

»Sehe ich vielleicht aus wie ein verschissener Bote?«, höhnte ich. »Ich brauche Heerführer Perdikkas' Erlaubnis nicht. Ich sage dir doch, der Regent schickt uns.« Ich hob die linke Hand, die rechte mit den Zügeln um das Kind gelegt. »Vorwärts!« Damit berührte ich die Flanken meines Pferdes mit den Fersen.

Wir preschten durch das Tor, mitsamt Thaïs und allen anderen. Mehrere Wachen warfen sich unter Flüchen und Verwünschungen zur Seite.

Die Persische Königsstraße vor uns war um diese Nachtstunde leer. »Vorwärts!«, brüllte ich. »Auseinander!«

Natürlich konnten Bogenschützen vom Torhaus oder von der Mauer aus schießen, doch wenn wir schnell genug waren, würden wir außer Schussweite sein, bevor sie bereit waren. Ich hörte nicht einen einzigen Bogen singen, während wir dahingaloppierten, der Wind an uns vorbeirauschte und wir aus alter Gewohnheit einen Keil bildeten, mit mir an der Spitze. Die Kapuze des Kindes fiel herunter und ihr dunkles Haar verwirrte sich im Wind, während mein Arm sie fest umfasste und wir Babylon hinter uns ließen.

Über uns leuchteten die Sterne und verwandelten die Königsstraße in ein Band aus Licht, das uns nach Westen führte. Irgendwo, Tage und Wochen vor uns, war das Meer, war die Wüste, die Ägypten schützte. Unter Ištars Sternen flogen wir dahin.

Wir folgten der Persischen Königsstraße westwärts über Ebenen und Hügel, eine Schar, die rasch von einem Straßenposten zum nächsten zog. Ein Meldereiter, der häufig das Pferd wechselte, hätte uns einholen können, doch keiner tat es. Perdikkas scherte sich anscheinend nicht sonderlich um sechzig Männer. Entweder das, oder er sah keinen Gewinn darin, Ptolemaios wegen einer solchen Kleinigkeit offen anzugehen.

Oder, dachte ich am zwölften Tag, als wir über einen Hügel kamen und auf den Hang vor uns hinunterblickten, vielleicht wäre es ihm ganz recht, wenn Ptolemaios selbst nach Ägypten aufbrechen würde. Je weniger Heerführer in Babylon blieben, desto weniger wären übrig, um ihn herauszufordern.

Nie zuvor hatte etwas so Wertvolles in so unsicheren Händen gelegen. Alexanders Reich erstreckte sich über die halbe Welt, vom Adriatischen Meer bis zu den Städten Indiens, ungezählte Millionen von Menschen, unschätzbare Reichtümer. Niemand hatte daran gedacht, dass der König sterben würde. Schließlich hatte er Schlacht um Schlacht überlebt und war erst zweiunddreißig Jahre alt. Wer hätte denn je geglaubt, dass er an einem simplen Fieber zugrunde gehen würde?

Oder vielleicht war es ja auch gar nicht so simpel. Gift, Meuchelmord … Aus Geflüster waren in den letzten Tagen in Babylon Gerüchte geworden. Zu viele hatten zu viel zu gewinnen. Sein einziges Kind ruhte noch im Mutterschoß, und der Regent für den ungeborenen Prinzen hatte Jahre der uneingeschränkten Macht vor sich, bevor an die Mannbarkeit des Knaben auch nur zu denken war.

Wer konnte es je wissen?, dachte ich. Selbst ich, der dabei gewesen war, selbst ich, der neben seiner Totenbahre gekämpft, sich als Gefährte gegen Gefährten gewandt hatte, um Alexanders Leichnam zu sichern, wusste eigentlich nicht viel außer Gerüchten und Andeutungen.

Es hieß, in des Königs letzten Stunden hätte er Heerführer Krateros zu seinem Nachfolger bestimmt, doch Krateros war unterwegs nach Makedonien und führte die alten Kämpfer nach Hause, denen der Ruhestand versprochen worden war. Er hatte ein Heer, und er würde sich Perdikkas nicht ohne Weiteres beugen. Ich hatte nicht direkt etwas gegen ihn, doch in der Vergangenheit hatte er eine Menge Dinge über Halbblut-Kinder von Makedonen und Frauen aus den eroberten Ländern zu sagen gehabt, die mir nicht gefielen. Das war dasselbe, als würde er meinen Sohn als Bastard bezeichnen, und das würde ich mir nicht gefallen lassen, auch wenn mein Sohn tot war.

In Makedonien selbst hatte der König Antipatros als Regenten zurückgelassen. Antipatros hatte schon dem Vater des Königs treu gedient. Ich war ihm nie begegnet und wusste nur sehr wenig über ihn, außer dass er angeblich ein geschickter, wahrhaftiger Mann sein sollte, wenngleich hochbetagt. Seinen Sohn Kassander kannte und verabscheute ich. Er prügelte seine Pferde, manchmal für nichts und wieder nichts, einfach nur aus Jähzorn.

Als Pferdeknecht hört man so einiges, und man sieht Dinge, die die Höheren vor ihresgleichen zu verbergen suchen. Seit jenen Tagen hatte ich es weit gebracht, doch ich hatte nichts vergessen. Ein Mann, der seine Pferde schindet, wird seine Männer schinden, wenn sich die Gelegenheit dazu bietet, und wird Frauen und Eunuchen ohne einen einzigen Gedanken genauso behandeln wie seine Pferde. Wenn Antipatros unterstützen hieß, dass man sich auf Kassanders Seite schlagen musste, so würde ich lieber anderswo sein.

Perdikkas selbst hatte viel, was für ihn sprach. Er war einer derjenigen gewesen, die sich nicht an die alten makedonischen Sitten gebunden sah, war gewillt, von den Völkern, denen wir begegnet waren, ebenso viel zu lernen wie von ihnen zu nehmen. Ich konnte nicht recht erklären, was man gegen ihn haben könnte. Er war höflich, ein annehmbarer Heerführer, und jetzt war er für Alexanders ungeborenes Kind eingetreten. Wenn er skrupellos war, was machte das bei einem Soldaten schon aus? Und was nützte es, zu sagen, dass Hephaistion besser gewesen wäre? Hephaistion war tot.

Hephaistion hätte natürlich nichts und niemanden vor Alexanders rechtmäßigen Erben gestellt. Er hätte nicht selbst nach Macht gestrebt, sondern sie als heilige Pflicht seinem König gegenüber verwahrt, so wie er es stets getan hatte. Und als der Chiliarch, im Grunde genommen als Großwesir des Reiches, hätte er auch die Macht gehabt, das zu tun. Doch Hephaistion war seit noch nicht einmal einem Jahr tot, und wer sollte in seiner Abwesenheit folgen?

Ebenso gut Ptolemaios wie jeder andere.

Wenn wir haltmachten, reichte ich das Kind zu seiner Mutter hinab, und die Kleine dankte mir artig, den Kopf gesenkt, sodass ich nur ihren Scheitel sehen konnte. Es erschien unwahrscheinlich, dass sie uns Scherereien machen würde. Und sie schien sich auch nicht im Mindesten zu fürchten, schaute stattdessen nach allem, woran wir vorbeikamen, und fragte mich hin und wieder nach Dingen, die wir sahen.

In der vierten Nacht schlugen wir unser Lager zu einer vertretbaren Stunde auf, anstatt uns so zu eilen. Männer und Pferde waren müde.

Nachdem die Wache aufgestellt war, machte ich eine letzte Runde durchs Lager. Die Pferde dösten mit hängenden Köpfen an ihren Pflöcken. Wir hatten keine Zelte, und die Nacht war sternklar und nicht allzu kühl. Die Kinder schliefen als kleine Bündel auf dem Boden, aneinandergeschmiegt wie junge Hunde. Thaïs die Athenerin saß neben ihnen, die Arme um die Knie geschlungen wie ein Knabe, und blickte zum Nachthimmel empor. Ihr Himation lag um ihre Schultern, ihr blondes Haar schimmerte im Mondlicht. Ich setzte mich zu ihr, jedoch nicht nahe genug, um Missverständnisse aufkommen zu lassen.

Sie sah mich von der Seite her an und lächelte, als hätte sie meine Gedanken erraten.

»Ich will Euch nicht kränken«, sagte ich.

Thaïs nickte. »Ich weiß. Ptolemaios sagt, Ihr seid kein Mann, der stiehlt, was ihm anvertraut worden ist.«

»Nein«, antwortete ich.

Wieder schaute sie zum Himmel hinauf, als tränke sie das Mondlicht in sich hinein. Ihre hellen Augen waren voll davon.

»Trotzdem«, meinte ich, »Ihr solltet Euch in Acht nehmen.« Sie war hier ganz allein mit mir und meinen Männern, ohne irgendjemanden aus ihrer Sippe, außer ihren Kindern. Und sie kannte mich nicht, oder irgendeinen derer, die mir dienten; sie wusste nur, dass Ptolemaios mir vertraut hatte. Ich war mir nicht sicher, ob ich das auch getan hätte.

Thaïs sah erheitert aus. »Ich ziehe jetzt seit zehn Jahren mit dem Heer«, bemerkte sie. »Ich glaube, ich weiß, welchen Männern ich trauen sollte und welchen nicht.«

»Können das schon zehn Jahre sein?«, entfuhr es mir. »Ihr müsst ja noch ein Kind gewesen sein.«

Thaïs lachte, ein kristallklarer Laut. »Ich war zwanzig«, erwiderte sie. »Und Ihr schmeichelt wie ein vornehmer Herr.«

»Ich will gar nicht schmeicheln«, beteuerte ich ziemlich steif; ich wusste nicht recht, ob sie das ernst meinte oder nicht.

»Das sehe ich«, sagte sie, und ihre Stimme nahm einen völlig anderen Ton an. »Wisst Ihr, ich war achtzehn, als Ptolemaios mit Alexander nach Athen kam. Er hat mich aufgrund einer Wette aufgesucht. Irgendjemand hatte mit ihm gewettet, dass er nicht zu einer athenischen Hetäre gehen würde, die gleichermaßen in den Künsten der Liebe bewandert ist wie in der Philosophie. Dass so eine ihm die Tür vor seiner ungehobelten makedonischen Nase zuknallen würde.«

»Ich nehme an, das habt Ihr nicht getan«, bemerkte ich.

Thaïs bedachte mich mit einem ziemlich durchdringenden Blick. »Ptolemaios hat bei Aristoteles studiert, und er hat seine Zeit nicht verschwendet«, sagte sie. »Als

Alexanders Vater einen Lehrer für seinen Sohn in seine Dienste genommen hat, hat er sich die Mühe gemacht, jemand Bekanntes auszuwählen.«

»Und Ptolemaios war einer von denen, die an diesen Studien teilhatten.« Ich hatte natürlich gewusst, dass die Freunde des Prinzen auch von seinem Lehrer unterrichtet worden waren, damit der Prinz das Disputieren lernte und die Adeligen durch die Teilnahme ihrer Söhne geehrt wurden. Aber Ptolemaios war doch bestimmt zu alt gewesen. Er war fast neun Jahre älter als Alexander und wäre schon ein junger Mann gewesen, als der König ein Knabe war.

Natürlich war immer das Gerücht umgegangen, Ptolemaios' Mutter sei die Geliebte König Phillips gewesen, als beide noch sehr jung gewesen waren, und sein Same sei in ihr aufgegangen, ehe sie mit Lagos vermählt worden war, einem Landadeligen, der für sein mildes Wesen und seine Treue zum Thron bekannt war. Aber vielleicht war da auch nichts dran. Auf jeden Fall hatte sie Lagos' Kinder geboren, und nie war von irgendwelchen Unschicklichkeiten geraunt worden. Aber diesen ältesten Sohn, ihren Erstgeborenen – warum hatte Phillip ihn ins Schulzimmer geschickt, als er schon zweiundzwanzig gewesen sein musste? War das nur Höflichkeit Lagos gegenüber gewesen, für seine jahrelangen guten Dienste, oder das Einzige, was er für einen Sohn hatte tun können, den er niemals anerkennen konnte?

Ich nahm an, dass Ptolemaios es selbst nicht wusste. Und wie konnte man auch jemals die Wahrheit darüber wissen, was vor vierzig Jahren zwischen Menschen geschehen war, die jetzt tot waren?

»Ich bin mit Ptolemaios nach Asien gegangen«, sagte Thaïs und lächelte. »Meine Freundinnen haben gesagt, ich wäre verrückt, die Schönheit Athens zu verlassen, um auf Wanderschaft zu gehen, mit einem wilden Makedonen, der mich wahrscheinlich in irgendeiner fremden Stadt sitzenlassen würde.«

»So ein Mensch ist er nicht«, wehrte ich ab und dachte daran, wie er sich in Babylon über das Kind gebeugt hatte, wie sich die Arme der Kleinen beim Abschied um seinen Hals geklammert hatten.

»Ist er auch nicht«, pflichtete sie mir bei. »Das wusste ich damals, und das weiß ich heute. Wenn er uns Euch anvertraut hat, dann weil er sich sicher ist, aus welchem Holz Ihr geschnitzt seid.«

»Dann weiß er mehr als ich«, brummte ich. »Ich weiß nämlich selbst nicht, aus welchem Holz ich geschnitzt bin.«

»Nicht?« Thaïs sah mich neugierig an. »Habt Ihr eine Familie?«

Ich schluckte, doch meine Stimme war trotzdem rau. »Meine Frau und mein Sohn sind in Gedrosia umgekommen. Er hatte grade gelernt, sich auf die Beine zu stellen. Seine ersten Schritte hatte er noch nicht getan, als ...« Ich hielt inne und schluckte abermals.

Thaïs' Gesicht war weiß im Mondschein. »Es tut mir leid«, sagte sie. »Ich wollte Euch nicht daran erinnern.«

»Ich will es nicht vergessen.« Ich schaute zum dunklen Himmel hinauf. »Sein Name war Sikander. Er hatte schwarzes Haar, das sich über seiner Stirn lockte, und ein wunderbares Lachen, genau wie seine Mutter. Ich will das niemals vergessen.«

»Es tut mir so leid«, wiederholte sie.

Ich schloss die Augen. »Meine Frau Sati hat geglaubt, dass wir alle irgendwo auf der Welt wiedergeboren werden, in Verhältnissen, die das Leben widerspiegeln, das wir geführt haben, und das Gute, das wir verdient haben. Wenn das so ist, dann kann ich wissen, dass sie irgendwo in Frieden sind, und dass es nur meine Selbstsucht ist, die mich um sie trauern lässt. Stattdessen sollte ich mich freuen, dass sie dem Leid entkommen sind und stattdessen in einem ruhigen Land leben, das nie Krieg gekannt hat.«

»Ich bin mir nicht sicher, ob es so einen Ort gibt«, sagte Thaïs sanft.

»Ich weiß«, erwiderte ich.

Thaïs veränderte ihre Haltung, und einen Moment lang dachte ich, sie wolle mich berühren, doch natürlich durfte sie das nicht tun.

Wieder schluckte ich, das Gesicht den Sternen zugewandt. »Aber ich kann nicht anders, bei jedem kleinen Kind, in dessen Gesicht ich sehe, frage ich mich, ob es Sati ist, oder Sikander. Ob sie noch hier sind und noch immer im Staub der Heere stehen.«

»Ich verstehe«, sagte sie leise.

Ich öffnete die Augen. »Ich bringe Euch wohlbehalten nach Pelusium. Ich habe Ptolemaios mein Wort gegeben.«

Thaïs nickte ernst. »Und was werdet Ihr dann tun?«, fragte sie.

»Die Festung für Ptolemaios halten, bis er kommt«, antwortete ich. Wenn er kommt, dachte ich im Stillen. Wenn er nicht in Babylon ermordet wird, wie er es erwartet. Doch dem wird er sich tapferer stellen, wenn er weiß, dass er seine Frau und seine Kinder in Sicherheit gebracht hat.

»Wir werden in Pelusium auf Ptolemaios warten«, sagte Thaïs. Ihre Augen blickten in meine, und es waren keine Tränen darin. »Er ist schwerer zu töten, als Ihr vielleicht glaubt.«

Wir überquerten die Grenze zu Ägypten des Nachts. Niemand behelligte uns, andererseits würde wohl selbst in den Wadis und den gefährlichen Gegenden, wo bekanntlich Straßenräuber lauerten, niemand eine so große Männerschar angreifen. Damals gab es an der Grenze keinerlei Markierungen, doch ich wusste trotzdem, wo sie war. Wir ritten zwischen Klippen dahin, deren Schatten nicht ganz über die Straße reichten. Hier waren Felsen, kein Sand, rot in der Sonne und nicht golden. Es wäre leicht, sich zu verirren; ein Felsen sah aus wie der andere.

Und doch merkte ich es, als wir Ägypten betraten. Die feinen Härchen in meinem Nacken stellten sich auf, als würden wir beobachtet. Unsere Pferde wurden unruhiger.

Endlich sah ich etwas knochenbleich im Mondlicht schimmern. Eine Sphinx, so groß wie ein kleines Pferd, halb begraben im Schmutz. Seltsame Worte und Symbole waren auf ihr eingraviert. Sie stand neben der Straße; ein geborstener Sockel auf der anderen Seite zeigte, wo ihr Zwilling gewesen war.

»Halt«, rief ich.

Ich saß ab und ging hin. Ihre leeren, gemeißelten Augen schienen mich zu mustern. Vielleicht hatte sie vor langer Zeit vom Triumph irgendeines Pharaos gekündet, oder sie hatte Wache über dieses Stück Straße gehalten, ein stummer Posten am Rande Khemets.

Ich holte einen Schlauch mit gutem Wein hervor und goss ein großzügiges Trankopfer ihr zu Füßen in den Staub. »Wächterin Ägyptens«, betete ich laut, damit meine Männer es hören konnten, »wir betreten dein Land nicht als Feinde, sondern im Dienst des Göttlichen Alexander, den du in der Oase Siwah als Sohn des Amon willkommen geheißen hast. Lass uns passieren, wir bitten dich, und leite unsere Schritte ohne Fehl nach Pelusium.«

Ich neigte den Kopf. Der Nachtwind streifte an mir vorüber wie eine Katze und ließ mir den Umhang um die Beine wehen. Fast glaubte ich, die Sphinx wispern zu hören *Passiere, Lydias, und wisse, dass du ein anderer werden wirst.*

Nun, dachte ich, das ist ja keine so große Gefahr.

Ich hob den Kopf. »Wir reiten weiter«, sagte ich und saß wieder auf.

4

Khemet

Das erste Mal kam ich als Stallbursche nach Ägypten. Etwas mehr als ein Jahr war vergangen, seit ich aus Milet fortgelaufen war und mich genau wie Göttertänzer in den Dienst von Hephaistion gestellt hatte, dem Sohn des Amynthor. Doch es schien schon viel mehr Zeit vergangen zu sein. Es war die Zeit, in der ich vom Knaben zum Mann wurde. Gewiss, ich war noch nicht ganz siebzehn, doch mehr als ein Jahr beim Heer hatte mich verändert, obgleich ich noch keine Schlacht miterlebt hatte. Den Knaben Jio gab es längst nicht mehr.

Ich hatte Berge und Ebenen überquert, war zusammen mit den Ersatzpferden und den Zelten im Tross mitgetrottet und hatte die grauenvoll Verwundeten der Schlacht bei Issos betrachtet. Monatelang hatte ich vor Tyros gehockt, als wir die Stadt belagerten, und hatte das Gemetzel hinterher mitangesehen, die Verteilung der Gefangenen. Bisher hatte es auf diesem Feldzug keine Plünderungen gegeben, nur die gewaltlosen Besetzungen, wie wir sie in Milet erlebt hatten, doch Tyros hatte viele

Monate lang Widerstand geleistet. Und so hörte ich zum ersten Mal das Schreien der Frauen, sah, wie die verängstigten Kinder für den Sklavenmarkt von Damaskus in Reihen getrieben wurden. Da verstand ich, warum Tehwaz gesagt hatte, es hätte schlimmer sein können.

Ich lernte auch andere Dinge. Ich versuchte mich am Bogen und fand es schwieriger, als es aussah, für unser Abendessen einen Wasservogel im Flug zu erlegen. Und ich lernte mit dem Schwert umzugehen. Zweifellos stellte ich mich fürchterlich ungeschickt an, doch wenn das Tagwerk getan war, vor allem während der langen Monate, die wir vor Tyros verbrachten, veranstalteten ein paar der Pferdeknechte und Diener Spiele, Ringkämpfe oder Scheingefechte mit Schwertern und ahmten den Zeitvertreib unserer Herren nach. Ich hatte noch nicht meine volle Größe erreicht, aber ich war groß genug und tödlich schnell. Ein Schwert wog weniger als die Schaufeln und Rechen, mit denen ich hantiert hatte, und es war auch besser ausbalanciert.

Daher war ich, als ich nach Ägypten kam, wie ein Junghengst an der Grenze zum Erwachsensein, bereits zugeritten, aber noch nicht zuverlässig und noch nicht ganz ausgewachsen.

In Ägypten gab es kein Gemetzel. Die Ägypter hassten die Perser, die sie nach einer kurzen Zeit der Unabhängigkeit nur elf Jahre später erneut unterworfen hatten, und anstatt Widerstand zu leisten, begrüßten sie uns überschwänglich. Selbst für uns im Tross war der Einzug in Memphis ziemlich überwältigend. Ich ritt ganz am Ende der Reihe auf Göttertänzer, während die Menschen uns mit Blumen überschütteten und die Mädchen uns Kusshände zuwarfen. Göttertänzer tänzelte mit hoch erhobenem Kopf dahin.

Vielleicht spreizte ich mich auch ein wenig. Als ein Mädchen aus den Reihen entlang der Straße hervorstürzte und angerannt kam, um mir eine Blume zu überreichen, das Gesicht zu mir empor gewandt wie eine Rose in der Sonne und die dunklen Augen vor Lachen funkelnd, verstand ich kein Wort von dem, was sie sagte. Doch ich sah die Bewegungen ihrer Brüste unter dem weißen Kittel und fühlte mich in diesem Moment in der Tat wie ein Mann. Ägyptische Frauen verschleiern sich nicht wie die Frauen in Milet, und sie dürfen reden, mit wem sie wollen. Ich fand das erschreckend – so viel Schönheit zum Greifen nahe. Ich wusste nicht, was ich sagen sollte. Die Welt der Pferdeställe ist eine Männerwelt, und nie hatte ich auch nur ein Wort mit Tehwaz' Töchtern gewechselt. Das hätte mir eine Tracht Prügel eingetragen.

Und was Memphis angeht, was kann ich sagen? Die Stadt war prächtiger als Tyros, und sogar noch älter. Die gewaltigen Pyramiden standen ganz in der Nähe Wache in der Wüste, schon jetzt unermesslich alt. Die Tempel, die Straßen, die Mauer entlang des Flusses, die sieben Mannslängen hoch war, aus goldenem Sandstein errichtet, der im Sonnenuntergang leuchtete … Was kann ich über Memphis sagen, das nicht schon tausendmal gesagt worden ist, von jedem Reisenden, der durch die Tore der Stadt getreten war? Ich hielt Memphis für die schönste Stadt der Welt, und so dort einzureiten, mit Gesang und Posaunen, sogar die Stirnen der Diener von Siegerkränzen gekrönt, war ein unvorstellbares Wunder. Ich kam nach Memphis wie ein Kind, das nach Hause kommt.

Jetzt kam ich nicht als Kind oder als Diener nach Pelusium, sondern als Soldat.

Artamenes, der Statthalter, war ein persischer Adliger in mittleren Jahren. Alexander, dem nichts Schlechtes über ihn zu Ohren gekommen war, hatte ihn in seiner Stellung bestätigt. Beklommen hörte er mich an.

»Nun«, gab er zu bedenken, »woher soll ich wissen, dass diese Befehle auch rechtens sind?«

»Ptolemaios ist von den Regenten als Satrap von Ägypten bestätigt worden, und er ist selbst einer der Regenten. Er wird bald persönlich hier eintreffen, nachdem die edle Roxane von ihrem Kind entbunden worden ist.«

Artamenes strich sich über den Bart. »Und wenn das Kind ein Mädchen ist?«

Ich spreizte die Finger. »Das liegt in den Händen der Götter«, antwortete ich fromm. »Wenn sie wollen, dass Alexander einen Sohn hat, dann wird es so sein.«

»Und wenn nicht?«, fragte er.

»Dann wird ohne Zweifel Arrhidaios gekrönt werden, der Bruder des Königs.« Hoffentlich hatte er nicht gehört, dass Arrhidaios von schwachem Verstande war. Ich zweifelte gewiss nicht daran, dass Persien sich erheben würde, wenn mangels eines anderen Nachfolgers Arrhidaios den Thron des Großkönigs bestieg.

»Ich verstehe«, sagte Artamenes, und ich gab mir alle Mühe, eine völlig ausdruckslose Miene aufzusetzen. Nur ein einfacher Soldat, der keine Ahnung von Politik hatte.

»Aber wie dem auch sei«, fuhr ich fort, »ich weiß nur, dass Ptolemaios der neue Satrap ist, und er hat mir befohlen, hier in Pelusium zu Euch zu stoßen und in jeder Hinsicht mit Euch zusammenzuwirken. Ich hoffe, meine

Truppen können Euch bei allen Herausforderungen eine Hilfe sein.« Als ob sie auf irgendjemand anderen hören würden als auf mich, dachte ich im Stillen.

Artamenes nickte. »Da wäre das Problem mit Kleomenes in Memphis. Wahrscheinlich wisst Ihr nicht, dass ich dem König seinetwegen mehrere Male geschrieben habe. Er lebt selbst wie ein König von den Steuern Ägyptens und tut nicht, was notwendig ist. Er hält die Straßen nicht instand und bringt Ausreden vor, wenn nach Getreide geschickt wird.«

»Davon habe ich nichts gehört«, meinte ich. »Ist er auch Perser?«

»Grieche.« Artamenes furchte die Stirn. »Er war wohl mit irgendjemandem befreundet, um in diese Stellung eingesetzt zu werden, aber ich sage Euch, er schröpft den Großkönig in unschicklicher Art und Weise.«

Ich machte ein ernstes Gesicht. »Ich werde Heerführer Ptolemaios, dem neuen Satrapen, auf jeden Fall alles berichten, was Ihr sagt.«

Interessiert hob Artamenes das Kinn. »Zieht er Euch ins Vertrauen?«

»Hätte er mir sonst seinen Harem anvertraut? Seine erste Konkubine und seine Kinder?« So war es in Babylon natürlich nicht gewesen. Und Thaïs wäre zweifellos erzürnt, als Erste Konkubine bezeichnet zu werden und nicht als freie Hetäre, aber ich war nun einmal in der Satrapie Sardis aufgewachsen, nicht in Griechenland.

»Das ist wahr«, meinte Artamenes nachdenklich. »Dergleichen würde man nur einem Bruder anvertrauen, oder einem Busenfreund, dessen Treue ohne jeden Tadel ist.« Ich sah, wie ich in seiner Hochachtung stieg. »Dann werden wir Euch in Pelusium willkommen heißen, auf dass der neue Satrap erfahren möge, dass wir hier treu sind, was immer Kleomenes auch treibt. Die Frauengemächer werden für den Harem des Satrapen hergerichtet werden, und für Euch und Eure Männer wird Unterkunft in der Festung geschaffen, damit Ihr Heerführer Ptolemaios berichten könnt, dass alles seinen Wünschen gemäß verlaufen ist.«

Höflich neigte ich den Kopf, die halbe Verbeugung eines Adligen vor einem anderen und nicht vor einem Höhergestellten. Schließlich waren wir Brüder im Dienste Ptolemaios' und wussten, was dem anderen zustand. »Ich danke Euch für Eure Freundlichkeit. Und wenn es Eure Zeit als viel beschäftigter Mann nicht allzu sehr in Anspruch nimmt, würde ich es zu schätzen wissen, in die Verwaltung Pelusiums eingeführt zu werden – woher Ihr Eure Steuern bezieht, die Straßen und die Fährnisse des Reisens und wie der Hafen betrieben wird. Das sind Dinge, die ein gewissenhafter Diener zu lernen bestrebt sein sollte.«

»Es wäre mir ein Vergnügen, Euch all das zu zeigen, Hipparch«, beteuerte er, und so kamen wir nach Pelusium.

Meine Unterkunft war mit Abstand die beste, die ich jemals bewohnt hatte. Durchbrochene Läden aus geschnitztem Holz ließen Licht und Luft aus einem Innenhof herein, der wie eine Laube gestaltet war. Ein Springbrunnen plätscherte. Es gab keine Statuen, nur reine, ansprechende Linien, und Feigenbäume beschatteten einen kleinen Blumengarten. In meinem Zimmer standen ein riesiges, schweres Bett und zwei Truhen aus edlem Zedernholz sowie ein Pult und Stühle von persischer Machart. Hätte ich nicht gewusst, dass ich mich in Ägypten befand, so hätte ich geglaubt, ich sei in Persien.

Ich schlief nicht gut. Vielleicht lag es daran, dass ich mich an einem fremden Ort befand, oder vielleicht auch daran, dass das Bett ein klein wenig muffig roch, doch ich wälzte mich geraume Zeit hin und her, ehe der Schlaf mich endlich übermannte.

Ich träumte, und im Traum stand ich auf einer Ebene aus Sand unter dem Vollmond. Dünen wallten von mir fort, Sandhügel auf Sandhügel zeichnete die weglose Wüste. In der Ferne schimmerten die Mauern einer Stadt, kalt wie der Tod im Mondlicht, und ich dachte, dass sie mich an irgendeine Stadt erinnerte, die ich kannte, regungslos und perlmuttbleich wie eine Stadt der Toten.

Der Nachtwind wehte um mich herum, ließ Sandwolken aufwirbeln, sprach mit gehetzten Stimmen zu mir. Gebeine und Nacht. Alte Geister trieben in der Finsternis ihr Unwesen, bevor es Feuer gab, wispernde Geschöpfe, aus Wind erschaffen. Sie spielten mit mir, hoben mein Haar an und zerrten an meinen Kleidern, sprachen von Verzweiflung und Schweigen, vom Niederlegen im kalten Sand und vom Sterben unter dem Mond. Es gab einen Ort, wo ich hinmusste. Es gab etwas, das ich tun musste, nur konnte ich mich nicht erinnern, was es war.

Mit einem Windschwall gleich einem Atemstoß schlüpften sie beim Geräusch ihres Kommens davon wie Schatten, und ich schaute auf und erblickte die Sphinx. Sie war nicht länger aus Stein, sondern hatte ein goldbraunes Fell wie ein Löwe und kam auf gewaltigen Pranken auf mich zu. Ihr menschliches Antlitz war seltsam schön.

»Du bist nach Ägypten zurückgekehrt, Lydias von Milet«, sagte sie, und ihre Stimme gemahnte nicht an die einer Frau, sondern an die reine Tonlage einer Eunuchenstimme. »Hüte dich, denn dies ist eine gefährliche Zeit, um unterwegs zu sein, sowohl in den Zwei Landen als auch in ihren Entsprechungen in der Traumwelt.«

»Warum?«, fragte ich schaudernd. »Ich habe hier früher nichts Schlechtes gespürt, und ich habe in Ägypten nichts Böses getan.«

»Sie sind losgelassen worden«, sagte sie, und ihre Stimme klang wie Bronze. »Alle Geister des Roten Landes, die in Banden liegen sollten. Der Tod des Pharao hat sie befreit, und noch mehr. Hier und anderswo streifen sie umher, und der Tod wandelt in der Nacht.«

»Warum?«, fragte ich noch einmal. »Wo sind sie hergekommen?«

»Sie wurden von Menschen geschaffen«, antwortete sie. »All die dunklen Geister und Erinnyen, all die Hexen und boshaften, verfluchten Wesen. Ihr habt sie erschaffen. Ihr habt sie euch vorgestellt und sie so ins Leben geholt. Ihr habt euren Ängsten eine Art Fleisch verliehen und sie in die Welt entlassen.«

»Wir haben sie erschaffen?«

»Ja.« Sie nickte. »Die Menschen haben sie erschaffen. Für Menschen ist es leicht, sich Ungeheuer auszumalen, ihnen Macht zu verleihen. Es ist leicht, sich Schuld und Furcht und Schmerz in greifbarer Gestalt vorzustellen. Und wenn ihr das tut, macht ihr sie zu etwas Wirklichem. In Ägypten wurden sie vor langer Zeit durch die Macht des Pharao ins Rote Land verbannt. Alexander konnte sie bannen, so wie die Pharaonen es tausend Jahre lang getan haben, aber er ist tot und sie sind frei. Sein Erbe muss diese Aufgabe übernehmen und sie in Bande legen.«

Ich blickte zu ihr auf, unter den Sternen dieses Himmels, wo selbst die Sternbilder fremd waren. »Es könnte einen Erben geben. Doch wenn, dann ist sein Erbe ein Säugling. Wir wissen nicht einmal, ob Roxane einen Knaben oder ein Mädchen trägt.«

»Alexanders Sohn wird niemals über das Schwarze Land herrschen«, sagte sie, und ihre Augen schimmerten blau wie glasierter Ton. »Ägypten muss einen Pharao haben, keinen gleichgültigen Lehnsherrn, der nicht tut, was notwendig ist. Durch den Tod des Pharao ist alles entfesselt und sie durchstreifen die Welt. Siehst du nicht, dass die Erinnyen sich alles holen werden? Siehst du nicht, dass die Geschöpfe eurer Gedanken sich an Blut laben und erstarken werden, wenn sie nicht zur Ordnung gerufen und von Neuem mit dem Bann belegt werden, der sie gefangen halten sollte?«

»Was muss geschehen?«, fragte ich, obwohl ich irgendwie das Gefühl hatte, dass ich es bereits wusste.

»Horus muss Osiris in allen Ehren bestatten und bei Tage hervorkommen, als Verteidiger Ägyptens«, verkündete sie.

»Herrin, das sind Rätsel«, erwiderte ich. »Könnt Ihr mir nicht rundheraus sagen, was ich tun soll?«

»Bring den König nach Memphis.« Eine Wolke schwebte vor dem Mond vorbei und verhüllte sie, und als sie sich verzog, erwachte ich.

Aufrecht saß ich in dem großen persischen Bett. Nach

der kühlen Wüste, von der ich geträumt hatte, kam es mir im Zimmer drückend heiß und stickig vor. Ich stand auf, ging zum Fenster und schaute in den Garten hinaus. Das Mondlicht beschien jedes Blatt, jede Knospe.

»Ägypten«, flüsterte ich. »Khemet.« Mir war nicht ganz klar, was das Land von mir wollte.

Es dauerte nur ein paar Tage, bis wir sonderbaren Besuch bekamen. Artamenes und ich saßen gerade in seinem Arbeitszimmer, wo er mir auf den Karten die Straßen zeigte, die durch das Delta führten, nach Tanis und Pi-Ramesse und zu anderen Orten, die man nicht direkt auf dem Fluss erreichen konnte, ohne einen weiten Umweg nach Süden zu machen, als ein Bote eintrat.

»Herr«, meldete er, »da ist ein Priester aus Memphis den Fluss hinuntergekommen, der sagt, er ist hier, um mit dem Gefährten Lydias zu sprechen.«

Ich richtete mich auf. »Ich kenne keinen Priester.«

Artamenes zog die Augenbrauen hoch. Die Perser und die Priesterschaft Ägyptens standen nicht eben auf gutem Fuß miteinander. Irgendwie ging es da um das Töten heiliger Tiere, glaubte ich. Doch soweit ich wusste, hatten wir die Priester in keiner Weise gekränkt.

»Er sagt, er heißt Manetho und ist ein Priester des Toth«, berichtete der Bote. »Herr, werdet Ihr den Mann empfangen?«

Ich dachte, Artamenes würde ablehnen, doch ich war als Erster auf den Füßen. »Ich komme«, sagte ich. »Vielleicht hat er ja Neuigkeiten von Kleomenes, die nützlich sein könnten.«

Artamenes nickte. »Dann ist es vielleicht klug.«

Ich nickte ihm freundlich zu und ging nach unten.

Der Mann, der im Innenhof der Festung stand, sah aus, als wäre er eben von der Wand eines Tempels oder einer Grabkammer heruntergestiegen. Sein Kopf war kahlgeschoren und er trug einen kunstvoll gefältelten Leinenrock. Über der einen Schulter und schräg über der braunen, glattrasierten Brust trug er ein Gepardenfell. Er verbeugte sich nicht.

»Ich bin der Hipparch Lydias«, sagte ich und trat zu ihm hinaus. »Ihr wolltet zu mir?«

»So ist es«, antwortete er. »Ich bin Manetho, und ich bin aus Memphis gekommen, um mit Euch zu sprechen. Gibt es hier einen ruhigen Ort?«

»Ja«, sagte ich und führte ihn in den inneren Garten. Der Springbrunnen würde es jedem schwer machen, uns zu belauschen, und ich fürchtete eigentlich nicht, dass er versuchen würde, mich niederzustechen. Darauf konnte ich es ankommen lassen. »Aber Ihr müsst Memphis vor mehr als einer Woche verlassen haben. Wie konntet Ihr wissen, dass ich hier sein würde?«

Er drehte sich um und betrachtete mich ernst. »Wir haben selbstverständlich erfahren, dass Alexander, der Sohn Amynthors, tot ist. Es ist doch einleuchtend, dass bald ein Mann nach Pelusium kommen würde, und ich habe die Wachen am Tor natürlich nach Eurem Namen gefragt. Habt Ihr mit einer anderen Antwort gerechnet?«

»Selbstverständlich nicht«, erwiderte ich.

Wir gingen in den Garten. Ich sah, wie er sich umblickte und dabei bewusst keine Miene verzog. Es war ein sehr persischer Garten.

»Kommt Ihr vom Großkönig von Persien?«, wollte Manetho wissen.

»Ich komme vom Heerführer Ptolemaios, dem Satrapen von Ägypten«, antwortete ich vorsichtig.

»Und wem dient er?«

»Dem Regentschaftsrat«, sagte ich, »der das Reich für Alexanders Kind verwahrt.«

»Oder für seinen Bruder«, bemerkte Manetho.

Ich nickte. »Falls nötig.«

Manetho setzte sich auf eine Bank unter einem der Feigenbäume, und mir wurde klar, dass er recht jung war, mindestens fünf Jahre jünger als ich. »Ägypten wird keinem persischen König dienen«, sagte er.

»Seid Ihr hier, um mich vor einem Aufstand zu warnen? Oder mit einem zu drohen?«

»Diesmal nicht«, erwiderte Manetho ruhig. »Wir haben keine Prinzen. Nektanebos ist tot; er war unser letzter Pharao, bevor die Perser zurückkehrten und uns zermalmten. Seine Linie ist erloschen.« Manetho spreizte die Hände. »Es gibt viele edle Anführer in Ägypten, einige aus Oberägypten und einige aus Unterägypten, aber niemanden, der tun kann, was getan werden muss.«

»Und das wäre?«

»Uns die Freiheit zu bewahren.« Der Blick seiner braunen Augen begegnete meinem. »Ist die Freiheit so ein geringes Ziel für das menschliche Streben?«

Ich nickte bedächtig. »Und was Ihr wollt, ist, dass Satrap Ptolemaios Euch die Freiheiten zusichert, die Alexander Euch zurückgegeben hat und die Ihr unter den Persern nicht hattet? Wie das freie Ausüben Eures Glaubens und das Anbeten Eurer Götter?«

Manetho nickte. »Zweifellos habt Ihr gehört, dass der Großkönig von Persien den Apis-Stier getötet hat, und dass er gelacht hat, als wir weinten. Aber Ihr wisst vielleicht nicht, wie sehr uns ihr Joch gedrückt hat, wie sehr es uns verdrossen hat, ihre Gesetze und ihre Bräuche zu befolgen. Wir sperren unsere Frauen nicht weg oder gestatten einem Mann, zehn Gemahlinnen zu haben. Wir fesseln Ehemann und Ehefrau nicht aneinander, wenn sie beschlossen haben, sich zu trennen, oder machen junge Knaben zu Eunuchen. Sie haben sich ägyptische Frauen als Konkubinen genommen und ihnen gesagt, sie dürften nicht fortgehen, wenn sie es wollten, und sie haben unsere Söhne entmannt.« Er rückte auf der Bank herum, und seine friedfertige Miene passte nicht zu seinen Worten. »Und dann kam Alexander, der Sohn des Amon, und hat uns zurückgegeben, was uns gehörte. Es heißt, er hat in all seinen Ländern alle Menschen nach ihren eigenen Sitten und Bräuchen leben lassen.«

»Das stimmt«, bestätigte ich.

»Wir werden nicht noch einmal unter persischer Herrschaft leben«, sagte Manetho. »Das verkünde ich Euch als Tatsache, auf dass Ihr es Heerführer Ptolemaios weitersagen mögt.«

»Heerführer Ptolemaios hat kein Verlangen danach, sich in ägyptische Bräuche oder ägyptisches Recht einzumischen«, erklärte ich behutsam, »außer in jenen Städten oder an jenen Orten, die vorrangig von Griechen gegründet worden sind. Ihr wisst, dass die neue Stadt, die Alexander gegründet hat und die seinen Namen tragen wird, dafür gedacht war, Kaufleute aus vielen Ländern anzuziehen, von denen man erwarten kann, dass sie alle ihre eigenen Sitten und Bräuche mitbringen. Und dass sie sich an vorgegebene Gesetze halten – Bürgergesetze, ein Recht für alle, auf dass es bei den Strafen für Verbrechen keine Unterschiede zwischen verschiedenen Menschen gibt, nur weil ihre Muttersprache oder ihre Herkunft eine andere ist. Ich glaube nicht, dass Ptolemaios bereit sein wird, das aufzugeben.«

Manetho suchte in meinem Gesicht, und plötzlich hatte er etwas an sich, das mich an den König erinnerte. »Ich verstehe«, sagte er. »Dann seid Ihr ein Mann des Regierens?«

»Ich bin ein einfacher Soldat«, wehrte ich ab. »Kein Priester oder Philosoph.«

Seine Brauen hoben sich. »Und doch versteht Ihr etwas vom Herrschen.«

»Ich habe viele Länder bereist«, meinte ich, »und in jedem habe ich etwas gesehen, was mir zugesagt hat. Ich sage nicht, dass mich das weise gemacht oder mich gelehrt hätte, wie man herrscht. Ich bemühe mich nur, meinen Herrn würdig zu vertreten.«

»Und doch heißt es, man kann aus dem Betragen seiner Diener viel über einen Herrn herauslesen«, bemerkte Manetho.

»Auch das stimmt«, antwortete ich. »In diesem Fall solltet Ihr vielleicht etwas über Heerführer Hephaistion herauslesen, denn bis zu seinem Tod habe ich ihm viele Jahre gedient.«

Manetho legte den Kopf zurück und schaute zu dem Feigenbaum über uns hinauf. »Ich habe gehört, Alexander hat befohlen, dass ihm in Alexandria ein Tempel errichtet wird. Ich weiß nicht, ob die Arbeit bereits begonnen hat.«

»Ich bin sicher, dass Ptolemaios die Wünsche des Königs erfüllen wird«, erwiderte ich recht kurz angebunden.

Manetho nickte höflich. »So sollte es auch sein. Wart Ihr schon dort?«

»In Alexandria? Ich war dort, als die Stadt geplant wurde, aber seitdem nicht mehr.«

Ich hatte Göttertänzer am Zügel gehalten, als Hephaistion hinausgeritten war, um zu sehen, warum der König die Arbeit eines gemeinen Straßenbauers verrichten musste. Er hatte ihn barhäuptig und sonnenverbrannt vorgefunden, wie er mit den Männern lachte und plauderte, die mit Pflöcken und Schnüren die Straßen absteckten, und mit dem Landvermesser mit seinen Winkeln und seinem Dreifuß. Ich stand da und hielt das Pferd, während der Wind vom Meer her mir das feuchte Haar aus dem Nacken blies, und sah zu, wie die wilden Seevögel in der Luft kreisten. Ptolemaios wollte unbedingt aufbrechen und trat von einem Bein aufs andere, während Alexander sich nicht zufriedengeben wollte, bis er alles selbst erledigt hatte. Ich sah zu, blickte hinaus auf die dunkelblauen Tiefen des Mittelmeers und beobachtete die schwarzgeflügelten Möwen, die kreischend über der riesigen, natürlichen Schüssel des Hafens auf dem Wind schwebten. Einen Moment lang hatte es den Anschein, als kippe die Welt unter mir weg. Vielleicht war es nur diese Schönheit, die mich anrührte.

»Vielleicht werdet Ihr noch dort hinreisen«, meinte Manetho.

»Wenn Heerführer Ptolemaios mich schickt.«

»Ganz richtig«, sagte Manetho und verabschiedete sich.

Nachdem er fort war, schritt ich noch ein wenig durch

den Garten. Es stimmte: Hätte ich nicht gewusst, dass ich mich in Ägypten befand, so hätte ich mich angesichts des Gartens in Persien gewähnt. Sie hatten alles ausgelöscht, was nicht von ihnen stammte.

Und doch war der Garten schön.

Die Wölbungen der Springbrunnenstrahlen waren nicht ägyptisch. Die durchbrochenen Läden mit ihren kunstvollen Schnitzereien schienen geradewegs aus Susa oder aus Persepolis zu stammen, jenem Palast, den Alexander vor langer Zeit niedergebrannt hatte; Thaïs hatte die erste Fackel geschleudert. Die Blumen, die hier wuchsen – ich wusste ihre Namen nicht –, hatte ich in Babylon gesehen.

Und doch war es schön.

Durfte Schönheit nur eine einzige Form haben?, überlegte ich. Das ist doch, als würde man sagen, alle Frauen müssen blass sein oder alle Knaben müssten dunkle Rehaugen haben. Gibt es, wie die Perser glauben, nur eine einzige richtige Art zu leben und diese ist die Wahrheit, alles andere ist Lüge? Und wenn viele Dinge wahr sein können, auf welche Weise sollte man dann leben?

Ich grübelte unter dem Feigenbaum, doch mein Herz antwortete mir bereits. Indem man seinem Herzen folgt, dachte ich. Indem man allzeit auf Liebe und Ehre achtet. Wirklich, das war alles, was ich an Antworten benötigte.

Ich hatte wahr gesprochen, als ich zu Manetho gesagt hatte, er solle, wenn der Wert eines Mannes nach dem Betragen seiner Diener beurteilt werden könne, eher Hephaistion in Betracht ziehen als Ptolemaios. Schließlich diente ich Ptolemaios erst seit ein paar kurzen Monaten. Wenn ich ein Vorbild dafür gehabt hatte, wie ein Gefährte sich verhalten sollte, so war es Hephaistion gewesen, und wenn ich irgendetwas über das Herrschen gelernt hatte, dann von ihm.

Nach der Schlacht bei Issos war ich sechzehn gewesen, noch immer ein Pferdebursche, und ich hatte keinen Anteil am Kampf gehabt. Danach war Alexander in aller Eile die Küste hinunter nach Ägypten geritten, und die Städte entlang seines Weges hatten sich ihm ergeben. In Sidon floh der persische Satrap, als das Gerücht von unserem Herannahen umging, und die Tore der Stadt standen uns offen. Alexander verweilte nur eine einzige Nacht, ehe er weiter nach Süden zog, und überließ es Hephaistion, dort alles zu ordnen.

Zu all den Dingen, die getan werden mussten, gehörte auch, die Herrschaft über die Stadt zu regeln. Es war Alexanders Gewohnheit, nur dann ein makedonisches oder griechisches Stadtoberhaupt einzusetzen, wenn dessen Aufgabe außergewöhnlich schwierig war, in einer Stadt, die heftigen Widerstand geleistet hatte. Ansonsten übergab er die Leitung einer würdigen Person aus deren Umfeld, die den dort geltenden Sitten und Bräuchen gemäß regieren würde. So vermied er es, eine Spur aus Zorn und Verbitterung zu hinterlassen.

Also gab Hephaistion in Sidon ein Festmahl für Adelige aus den bedeutenden Familien, um herauszufinden, wer von ihnen würdig sein könnte, zum Herrscher von Sidon gemacht zu werden. Obgleich viele ihre Ansprüche nachdrücklich äußerten, sagten ihm zwei junge Männer, dass der König nach alter Sitte aus einem bestimmten Geschlecht stammen müsse, einem Geschlecht, das von Ashteret der Seegeborenen gesegnet worden sei, die wir Aphrodite Khytera nennen, die Schaumgeborene. Nur einer aus dieser Linie dürfe von Rechts wegen über die Stadt herrschen. Hephaistion fragte herum und fand heraus, dass es noch einen Mann aus diesem Geschlecht gab, von dem nur Gutes gesagt wurde; allerdings war er vor einiger Zeit in Not geraten und tat jetzt Dienst als Gärtner.

Er schickte nach diesem Mann, dessen Name Abdalonymus lautete, doch der weigerte sich und ließ ausrichten, er sei gerade dabei, die Bäume zu beschneiden, und habe keine Zeit.

Darüber wären viele Männer erzürnt gewesen, Hephaistion jedoch lachte und wies mich an, Göttertänzer zu holen; er wolle zu Abdalonymus, wenn dieser denn nicht zu ihm käme.

An einem schönen Morgen ritten wir zum Stadtrand hinaus. Hier gab es keine großen Villen, sondern bescheidene, aber solide Behausungen mit nur einem oder zwei Räumen. Als ich Hephaistion die Straße hinunter folgte, wunderte ich mich über eine davon, die wir zuerst aus einiger Entfernung erblickten. Das Dach war von Kletterrosen überwuchert, ein leuchtendes Gewirr aus Rot und Rosa, und jedes Fleckchen des Gartens war dicht bepflanzt. Feigen-, Mandel- und Pfirsichbäume bogen ihre schweren Äste herab, Gurken und Melonen und alles Schmackhafte wuchs sorgsam an Gittern festgebunden empor, und die Bienen summten im Lavendel. Es war das schönste Häuschen, das ich je gesehen hatte. Jede einzelne Pflanze war vollkommen und aufs Beste gepflegt.

Rasch nahm ich dem Heerführer den Zügel ab und er stieg vom Pferd. Ich sah, dass er angesichts der Schönheit dieses Ortes genauso von Ehrfurcht ergriffen war wie ich. Es gibt Gärten, und es gibt Paradiese.

Ein Mann in mittleren Jahren stand auf einer Leiter oben im Pfirsichbaum. Hephaistion trat unter den Baum. »Seid Ihr Abdalonymus?«, rief er hinauf.

»Ja«, knurrte der Mann, ohne sich umzuschauen.

»Werdet Ihr herunterkommen und mit mir sprechen?«, fragte Hephaistion, die Hand in die Hüfte gestemmt.

»Nein, ich habe zu tun.« Er blickte nicht einmal nach unten, fuhr einfach mit dem fort, was er tat. »Was wollt Ihr denn?«

»Euch zum König von Sidon machen«, antwortete Hephaistion. Ein Anflug von Belustigung schwang in seiner Stimme mit.

Daraufhin drehte der Mann sich doch um, eine Schere in der Hand und scharfe, leuchtende Augen im stoppligen Gesicht. »Warum?«

»Weil Ihr, wenn Ihr so für das sorgt, was Euer ist, genau der richtige Mann seid, um diese Stadt zu regieren«, erwiderte Hephaistion. »Wollt Ihr herunterkommen und mit mir sprechen? Ich bin Hephaistion, der Sohn des Amyntor, und der König von Makedonien hat mich beauftragt, einen guten Hirten für dieses Volk zu finden.«

Jetzt kam Abdalonymus herunter. »Und wenn ich nicht König von Sidon sein will?«

Hephaistion rieb sich verlegen die Nase. »Nun ja, ich kann Euch nicht zwingen, König von Sidon zu werden, nicht wahr? Aber irgendjemand muss es sein. Lieber jemand, der aufbaut und Früchte hervorbringt, als ein Mann, der raubt und plündert, meint Ihr nicht? Wenn Ihr es nicht tut, werdet Ihr Euch jedes Mal fragen, ob Ihr es hättet richten können, wenn etwas fehlgeht.«

»Hephaistion, der Sohn des Amyntor?«

»Ja.«

»Kommt herein, Hephaistion, Sohn des Amyntor. Trinkt einen Schluck Wein und erzählt mir ein bisschen mehr über diese Königsgeschichte«, sagte Abdalonymus, und sie gingen ins Haus. Hephaistion hielt sich einen Schritt hinter ihm, denn ein junger Mann sollte dem Älteren den Vortritt lassen.

Ich stand unter dem Pfirsichbaum auf der Straße und hielt Göttertänzer am Zügel fest.

5

Träume und Albträume

Roxane gebar einen Knaben, ein recht gesundes Kind, hieß es, das sofort zu Alexander IV. ernannt wurde. Damit war der Bürgerkrieg fürs Erste abgewendet. Wäre das Kind ein Mädchen gewesen, hätte er sich mit hoher Wahrscheinlichkeit nicht verhindern lassen. Die Regenten richteten sich auf lange Dauer ein – es würde sechzehn Jahre dauern, bis der Knabe Macht ausüben würde, fast eine Ewigkeit. Ptolemaios traf zehn Wochen später mit annähernd tausend Mann in Pelusium ein.

Sein Tross war sogar noch größer. Die meisten Männer hatten ihr gesamtes Hab und Gut sowie ihre Familien mitgenommen. Ich sah zu, wie sie nacheinander in Pelusium einmarschierten. Die Frauen mit ihren argwöhnischen Augen, abgeklärt von zu vielen Lagern und zu vielen Jahren auf der Straße, während ihre Kinder wie Welpen um sie wuselten und alles aufmerksam betrachteten. Die Ältesten waren schon fast Jünglinge und junge Mädchen, zehn oder elf Jahre alt, mit heller Haut und hellem Haar, Kinder von Griechen und Ioniern. Dann gab es noch die dunkelhaarigen Sprösslinge von Karern und Persern und die grünäugigen Kinder der Meder. Eine oder zwei der Frauen mit honigfarbener Haut fielen vor Dankbarkeit auf die Knie, Ägypterinnen, die endlich heimgekehrt waren.

Als Nächstes kamen die Baktrier und die Sogder, zartknochig und flink wie ihre Vorfahren auf den Ebenen nahe des Kaspischen Meeres, und die Söhne und Töchter der Inder mit ihren dunklen Augen; sie wurden getragen oder fuhren auf Karren mit, weil sie noch zu klein waren, um so weit zu laufen. Zuletzt wurden die Babylonier in Schlingen auf den Hüften ihrer Mütter getragen oder wölbten die Bäuche der Frauen auf den Karren.

Sikander wäre dreieinhalb gewesen, dachte ich bei mir. Er hätte in einem der Wagen neben seiner Mutter hocken sollen, hätte winken und auf die golden und blau bemalten Tore zeigen sollen. Das Herz schmerzte mir in der Brust.

Alexander hatte davon geträumt, eine Ilç aufzustellen, welche »Die Nachfolger« genannt werden sollte, gebildet aus den Söhnen seiner Soldaten, aus Jünglingen aus vielen Ländern, die alle als Brüder gemeinsam lernen und gemeinsam kämpfen sollten, als wäre die ganze Menschheit nichts weiter als ein Volksstamm. Dazu war es nicht gekommen. Und doch, als ich hier zusah, wie die Kinder von Ptolemaios' Männern in Pelusium einzogen, wusste ich, dass ich etwas Neues sah. Sie sahen keine Griechen und Perser, keine Ägypter, Meder, Baktrier, Inder. Sie sahen nur einander, die Spielkameraden der langen Reise, plapperten untereinander in verfälschtem Griechisch, das reichlich mit Worten aus den Sprachen ihrer Mütter gespickt war. Sie unterschieden nicht zwischen Menschen und Barbaren.

Als ich dort oben auf der Mauer stand und auf Ptolemaios wartete, sah ich jäh alles vor mir, was sein könnte, alles, was Alexander geplant hatte. Sein heiliges Feuer war dahin, war zu tausend Funken zerstoben, und ich erblickte sie alle in den müden Gesichtern der Frauen aus einem Dutzend Ländern, bestrebt, die bestmögliche Unterkunft zu finden, in den Gesichtern ihrer Kinder.

»Etwas Neues«, flüsterte ich und spürte, wie es mich durchzuckte wie Schmerz.

»Ja«, bestätigte Ptolemaios. Ich hatte nicht gehört, wie er neben mir auf die Mauer gestiegen war, Thaïs an seiner Seite, den Arm unter seinem Reitumhang um seine Taille geschlungen. Die Sonne hatte ihm die Stirn verbrannt, dort, wo der Haaransatz zurückwich.

»Heerführer.« Ich wandte mich um und riss mich zusammen.

Thaïs' blaue Augen blickten mich mitfühlend an; sie erriet wohl, was ich dabei empfand, dass meine Frau und mein Sohn nicht unter den anderen waren. »Der Hipparch Lydias war der liebenswürdigste Reisegefährte, den man sich nur vorstellen kann«, bemerkte sie. »Ich bin dankbar für seine Begleitung.«

»Ich danke Euch«, sagte ich.

Ptolemaios schaute in den Hof hinunter, der sich schnell füllte. »Ich weiß nicht, was wir heute Abend mit all den Menschen machen sollen, aber wir werden es wohl irgendwie schaffen.«

»Sie haben das auf den Feldzügen schon tausendmal geschafft«, erwiderte Thaïs. »Lass mich zu ihnen hinuntergehen und den Anführerinnen erklären, wo sie Wasser finden und wo die Aborte sind, und dass sie im großen Hof kochen können, aber nicht in dem zwischen den Ställen.« Sie drückte ihn noch einmal und eilte die Mauer entlang, wobei sie sich ihr Himation über den Hinterkopf zog, um ihr Haar zu bedecken.

Ptolemaios seufzte. Er sah müde und ausgelaugt aus, fand ich.

»Wie viele sind es?«

»Hunderte. Ich habe den Verdacht, dass manche davon gar nicht zu Männern in meiner Ilç oder meiner Phalanx gehören. Aber wenn sie ihre Männer verloren haben oder von denen sitzengelassen worden sind, die mit Krateros gezogen sind, dann müssen sie ja irgendwo hin, oder sie müssen in Babylon betteln gehen. Dort gibt es keinen Platz für sie, und sie glauben wohl, dass sie hier besser dran sind. Alexander wollte eine Schule für die Kriegswaisen einrichten, aber …«

»Das wird jetzt nie geschehen«, sagte ich. Ich war ein Kind gewesen, das als Sklave verkauft worden war. Und jetzt wusste ich, was für ein Glück es gewesen war, von Tehwaz gekauft worden zu sein.

»Der Tod kann jederzeit kommen und uns holen. Ich wüsste gern, dass dann jemand für Thaïs und die Kinder sorgt.«

»Ich kann mir vorstellen, dass Thaïs sehr gut für sich selbst sorgen kann.«

Daraufhin lächelte er. »Das stimmt. Aber Chloe und ihr Bruder Lagos …« Er holte tief Luft. »Es steht nicht gut in Babylon, Lydias. Krateros und seine makedonischen Anhänger wollen alles wieder so haben, wie es früher war; sie wollen einfach nach Pella zurückkehren und vergessen, dass das alles passiert ist, außer dass sie jetzt reicher sind.«

Ich nickte. Diese Gruppe hatte es immer schon gegeben, Makedonen, die ihrem König gefolgt waren, um Krieg gegen die persischen Barbaren zu führen, und die nicht verstehen konnten, warum ihm, nachdem er gewonnen hatte, irgendetwas anderes in den Sinn kommen könnte als Reichtümer und Heimkehr. Sie waren diejenigen gewesen, die am wenigsten Geduld für die Geschäfte des Regierens gehabt und die gemurrt hatten, dass der König sich zu persisch kleide, zu viele persische Gerichte äße und zu viele Perser in seiner Nähe dulde.

»Perdikkas will Großkönig von Persien werden«, fuhr Ptolemaios fort, »und es gibt eine ganze Schar persischer Adliger, die ihn darin unterstützen. Er hat eine persische Ehefrau aus einer der edelsten Familien, und gleichzeitig bemüht er sich um Alexanders Schwester Kleopatra. Rühr noch einen Haufen halbgarer Herausforderer in diesen Brei hinein, und du hast eine Katastrophe. Jeder will Alexander sein.«

»Und niemand ist Alexander«, stellte ich fest.

Ptolemaios sah mich von der Seite her an. »Das war eine glückliche Fügung aus äußeren Umständen und Begabung, die nicht wieder vorkommen wird.«

»Die Götter wollten es so«, sagte ich.

»Ja, das auch. Aber auf jeden Fall kann man die Auswirkungen des Versuchs nicht vorhersagen.«

»Und Roxanes Sohn?«, fragte ich.

Ptolemaios blickte in den Hof hinunter, wo Thaïs und seine Tochter sich zu den anderen gesellt hatten. Thaïs gestikulierte und sprach mit drei Frauen; eine davon war eine dunkelhaarige Inderin in einem zerschlissenen, bedruckten Sari. »Glaubst du wirklich, sie werden zulassen, dass er zum Mann heranwächst? Liegt es in irgendjemandes Interesse, dass er länger als ein paar Jahre lebt?«

»Es liegt in Roxanes Interesse«, entgegnete ich und spürte, wie sich mein Magen zusammenzog.

»Roxane, ja«, brummte er. »Sie ist eine Tigerin. Genau wie Alexanders Mutter Olympias. Die hat jeden ermordet, der ihr in die Quere kam. Wenn man am Leben bleiben wollte, hat man ihr besser keinen Grund geliefert, einen zu fürchten.« Unten im Hof hatte Thaïs den anderen offenbar zu verstehen gegeben, wo die Aborte waren, wozu es für die Frauen, die anscheinend kein Griechisch sprachen, ausführlicher Gesten bedurfte. »Roxane hat Königin Stateira umbringen lassen. Das ist der Grund dafür, dass Oxathres Perdikkas nicht unterstützt. Stateira war seine Nichte, und er wird sich keiner Gruppe anschließen, die den Mord an ihr billigt.« Ptolemaios schüttelte den Kopf. »Das heißt, wenn es Krieg gibt, wird der persische Adel gespalten sein, je nach Blutsverwandtschaft und nach Sippe. Deswegen ist auch Artashir mit mir gekommen. Er wird niemanden unterstützen, der es mit Roxane hält. Nicht nur haben wir uns entlang der Bruchlinien aufgespalten, mit denen man gerechnet hätte, sondern jetzt auch noch das. Artashir und Perdikkas sollten eigentlich zur selben Schar gehören – Perdikkas war immer einer von den Fortschrittlichen, immer einer, der sich gut mit Persern verstanden hat. Aber wenn er es mit Roxane hält, dann hat er Stateiras Sippe verloren.«

»Das ist nicht gut«, bemerkte ich. Ich hatte erwartet,

dass sich die alten Makedonen – die Männer, die schon Alexanders Vater gedient hatten wie Antipatros und Krateros – mit den jüngeren Gefährten überwerfen würden, die in letzter Zeit vom König in vornehme Ämter befördert worden waren. Aber wenn diese beiden Seiten auch noch unter sich aufgesplittert waren, wer wusste dann, wo das alles enden würde?

»Und in der Zwischenzeit sind Athen und etliche andere Städte in Griechenland kurz davor, sich gegen Antipatros zu erheben.«

Ich stieß einen langen Luftschwall aus. »Bürgerkrieg sowohl in Persien als auch in Griechenland. Was bleibt uns da?«

»Ägypten«, antwortete Ptolemaios.

»Und wenn Perdikkas und Antipatross beide Truppen verlangen?«

Ptolemaios fuhr sich mit der Hand durchs Haar. »Damit befassen wir uns, wenn es so weit ist. Bis dahin müssen wir unser Bestes tun, in Ägypten aufzuräumen. Also, was ist das für ein Problem mit Kleomenes, von dem ich da gehört habe? Er ist ein Freund von Perdikkas, ich muss mich also in Acht nehmen.«

»Es gibt noch mehr«, berichtete ich. »Ein Priester namens Manetho ist aus Memphis gekommen, und ich glaube, Ihr solltet mit ihm reden.«

Und so erzählte ich ihm alles, was ich wusste.

Einen Monat später brachen wir auf dem Seeweg nach Alexandria auf und ließen eine Schutztruppe in Pelusium zurück. Ptolemaios erwartete noch mehr Männer, die später aufgebrochen waren, eine weitere Phalanx und den dazugehörigen Tross, um die tausend Mann. Sie würden Pelusium verstärken, wenn sie eintrafen.

In der Zwischenzeit würden wir, die Männer, die zuerst nach Pelusium gekommen waren, und ihre Angehörigen, nach Alexandria weiterziehen. Da dies eine neue Stadt war, bot Ptolemaios jedem Mann als Teil des Soldes Land an, eine Zugabe dafür, in seine Dienste getreten zu sein. Jeder Mann sollte ein Grundstück von einer seinem Rang entsprechenden Größe erhalten, und so sollte die Stadt besiedelt werden. Alexander hatte das auch getan, hatte in neuen Städten Grund und Boden an seine altgedienten Kämpfer vergeben, die sich zur Ruhe setzten. Ptolemaios gab auch jenen Männern Land, die noch dienten.

»Sie werden noch besser dienen«, sagte er zu mir, »wenn es ihr eigenes Heim ist, das sie verteidigen.«

»Und die Frauen werden Euren Namen bis in alle Ewigkeit preisen«, fügte ich hinzu.

Als ich Alexandria das letzte Mal gesehen hatte, war es ein Feld aus Schnüren und Pflöcken gewesen. Jetzt konnte ich allmählich die Umrisse der werdenden Stadt erkennen. Breite Straßen kreuzten sich in scharfen rechten Winkeln, manche bereits mit weißem Sandstein gepflastert. Die Stadt bog sich um den natürlichen Hafen herum; die erste Landungsbrücke war bereits fertig, während eine zweite noch im Bau war. Schwere Steinpfosten waren in den Schlamm des Hafens getrieben, aber noch nicht mit einer Auflage versehen worden. Draußen auf der Insel vor dem Hafen erhob sich ein Wachturm, doch noch fehlten die Stadtmauern. Ich konnte sehen, wo sie sein würden, von gewaltigen Toren durchbrochen.

Die Wohnviertel waren merkwürdig – jede Straße lag

baumlos da, und vielleicht eins von zehn Häusern erhob sich aus dem Erdboden, die kahlen Mauern frisch gestrichen oder verputzt, hier und da mühte sich eine frisch gepflanzte Ranke daran hinauf. Die anderen Häuser waren nicht mehr als nackte Erde mit einem Pflock darin, auf den eine Nummer gemalt war.

Ich sah die Frauen in Gruppen durch die Straßen streifen, ihre Kinder im Schlepptau, und nach der richtigen Nummer suchen. Sah sie stehenbleiben und mit dem Finger zeigen, wenn sie sie fanden, und sich die Häuser ausmalen, die dort stehen würden, die Entfernung zu den Häusern von Freundinnen abmessen. »Hier wird dein Haus sein, und hier meins.«

Sati hätte das gefallen, dachte ich. Sie hätte sich einen Springbrunnen gewünscht, und einen Pfirsichbaum. Einmal hatte ich ihr Pfirsiche mitgebracht, und sie hatte gelacht und mich geküsst. Ihr Mund hatte nach Pfirsich geschmeckt.

Einer der öffentlichen Märkte war bereits fertig, und an den Ständen drängten sich Händler, die aus Kanopus und anderen Städten heraufgekommen waren und Gemüse und Fisch zu unverschämten Preisen feilboten. Dagegen würde man etwas unternehmen müssen, dachte ich. Obwohl ja einiges dafürsprach, sich durch Geldausgeben ein Willkommen zu sichern.

Die Tempel waren nicht mehr als mit Seilen abgeteilte Areale. Im Augenblick waren Landungsbrücken wichtiger als Tempel.

Natürlich war vieles von den Bauarbeiten gar nicht zu erkennen. Die gewaltigen Zisternen, die Süßwasser speichern sollten, und die Abwasserkanäle, die sich unter allem erstreckten, waren unsichtbar. Die riesigen Berge, die durch das Ausgraben des Hafenbeckens entstanden waren, lagen unter der Oberfläche. All diese Dinge waren nicht zu sehen, doch wenn sie erst fertig war, würde Alexanders Stadt die schönste auf der ganzen Welt sein.

Der ursprüngliche Plan hatte auch einen Palast vorgesehen, und es waren Befehle gegeben worden, ihn zu errichten, doch nur sehr wenig war wirklich geschehen. Das Gebäude war lang und niedrig und sah mehr aus wie eine Stoa oder eine Markthalle als wie ein Palast. Wahrscheinlich konnte man es noch um ein Stockwerk erweitern. Der Standort, am Fuß des Kap Lochias am rechten Ende des sichelförmigen Hafens, hätte nicht schöner sein können. Dort wehten die Seewinde, und von der Säulenhalle an der linken Seite des Gebäudes aus sah man die ganze Stadt vor sich liegen.

Ptolemaios hatte ein Amtszimmer, das aussah, als sollte es eigentlich eine Marktbude sein, drei Wände und eine offene Seite zur Säulenhalle hin. Wieder fragte ich mich, welchen Marktstandbauer man mit dem Bau des Palastes betraut hatte. Aber andererseits hatte es hier auch keine bedeutenden Baumeister gegeben, nachdem Deinokrates mit dem König abgereist war.

Er blickte von seiner Arbeit auf, als ich hereinkam. Vor ihm lagen ein Wust aus Schriftrollen und eine Wachstafel, und er hielt einen Griffel in der Hand. »Schon heimisch geworden, Lydias?«

»Ich denke schon«, erwiderte ich. Außer einem Zelt hatte ich nichts, wo ich heimisch werden konnte. Ich hatte nicht auf den Plan geblickt und somit nicht gesehen, ob es da eine Nummer gab, neben der mein Name stand. Wahrscheinlich war dem so. Der Hipparch einer Ilç müsste ein ordentliches Grundstück bekommen, doch ich sah keinen Grund, es in Augenschein zu nehmen. Es gab niemanden, den es kümmern würde, ob dort jemals etwas gebaut wurde.

»Gut, in drei Tagen brechen wir beide nämlich nach Memphis auf, du und ich.«

Bestimmt hatte ich ein erschrockenes Gesicht gemacht. Ptolemaios streckte die Beine unter dem Schreibpult aus. »Ich muss mit Kleomenes sprechen und diese Geschichte persönlich regeln. Er ist ein Freund von Perdikkas, das macht das Ganze politisch schwierig; anscheinend hat er sowohl mit den Ägyptern als auch mit den Persern Probleme. Ganz zu schweigen davon, dass die Steuern, die er die letzten drei Jahre für den Bau von Alexandria hätte aufwenden sollen, hier jedenfalls nicht ausgegeben worden sind. Mit den Stadtmauern ist noch nicht einmal angefangen worden, nicht ein Fundament ist gelegt. Du kommst als mein Berater mit, ich brauche einen Mann, der sich mit Politik auskennt.«

»Herr, ich bin kein Staatsmann«, begann ich.

Ptolemaios furchte die Stirn. »Mit Artamenes bist du in Pelusium genau richtig umgegangen. Der Einzige, der das genauso gut kann, ist Artashir, aber den kann ich nicht nach Memphis mitnehmen. Einen Perser mitzubringen wäre eine Kränkung für die Priester dort, und deren Unterstützung brauche ich. Artashir bleibt hier, um sich um die Probleme mit den Befestigungen zu kümmern, und du kommst mit mir.« Bevor ich etwas sagen konnte, hob er die Hand. »Ja, ich weiß, Artashir ist ein berittener Bogenschütze, kein Festungsbaumeister. Aber wir müssen uns alle an neuen Dingen versuchen, so wie unsere Pflicht es eben erfordert.« Er sah mich an, und seine Augen glitzerten. »Außerdem, ist Staatskunst denn so anders als der Umgang mit Pferden?«

Ich lachte. »Wahrscheinlich nicht«, antwortete ich. »Nur können wir die Bösartigen nicht kastrieren.«

»Ich ziehe das ernsthaft in Erwägung«, brummte Ptolemaios.

Wir segelten auf einer schnellen Galeere den Nil hinauf, einem jener schmalen Schiffe mit großem Dreieckssegel, die die Ägypter für den Flussverkehr bauten. Und so kam ich zum zweiten Mal in meinem Leben nach Memphis. Vom Saitischen Flussarm aus gesehen erschien die Stadt sogar noch imposanter, als ich sie in Erinnerung hatte. Die Stadtmauer war gewaltig, mit riesigen quadratischen Tortürmen, und unterhalb davon waren die Deiche, die während der Hochwasserzeit den Fluss fernhielten, drei Mannslängen hoch.

Als wir an der Stadt vorbeiglitten und uns anschickten, zu den Anlegern hin beizudrehen, deutete Ptolemaios auf ein mächtiges Eisengitter, das in den Deich eingelassen worden war. »Wofür ist das wohl?«, fragte er.

Das Gitter sah aus, als sei es dafür gedacht, hochgezogen zu werden, und das sagte ich auch.

Manetho, der uns begleitet hatte, war zu uns getreten und lächelte. »Dort liegt der Tempel des Sobek. Er ist der Rächer der Schandtaten und nimmt die Gestalt eines Krokodils an. Dieses Gitter führt zu dem Teich, in dem die heiligen Krokodile leben. Die kleinen können durch das

Gitter hinein und hinaus, die großen jedoch bleiben im Tempelteich.«

»Wie groß sind denn die großen?«, erkundigte ich mich. Die Löcher in dem Gitter waren groß genug, dass ein Knabe hätte hindurchschwimmen können.

Manetho zuckte die Schulter. »Die größten sind drei Mannslängen lang, und die ältesten sind über hundert Jahre alt. Wir haben sie vor den Persern beschützt, als die hier waren.«

»Ich verstehe.« Ptolemaios sah beeindruckt aus.

Ich selbst war nicht unbedingt der Meinung, dass ein hundert Jahre altes Krokodil, das dreimal so lang war wie ein erwachsener Mann, besonderen Schutzes bedurfte.

Kleomenes war ungefähr so alt wie Ptolemaios, also um die vierzig. Nach griechischer Sitte war er glattrasiert, außerdem in guter körperlicher Verfassung und offenkundig eitel. Eigentlich hatte er keinen Grund, die Arme in seinem kurzärmeligen Chiton so oft zu beugen, außer um zu zeigen, wie viel Zeit er im Gymnásion verbrachte und dass er ganz sicherlich nicht verfettet war wie viele andere Männer, die viel im Sitzen arbeiteten.

Ptolemaios, der schon seit Jahren keine Zeit mehr für Ringkämpfe und Gewichtheben im Gymnásion hatte, war gereizt, doch er verbarg es gut. Ich hatte mich als Knabe ganz sicher nicht in einem Gymnásion geübt und wäre dort auch erst seit Kurzem willkommen gewesen, daher hatte ich noch weniger Geduld mit dergleichen. Ein Mann, der so viel Zeit für die Vervollkommnung seiner Muskeln aufbringen konnte, dachte ich bei mir, arbeitete gewiss nicht viel.

Kleomenes war sehr entgegenkommend, hilfsbereit und ganz wild darauf, mit Ptolemaios die Steuerrollen durchzugehen. Und er war entzückt, dass wir bei allen möglichen Zerstreuungen seine Gäste sein würden. Es gab Festessen und Trinkgelage, Musik- und Tanzdarbietungen. Selbstverständlich waren Manetho und die anderen Ägypter nicht eingeladen. Kleomenes hatte den persischen Brauch beibehalten, die Bewohner eines eroberten Landes nicht miteinzubeziehen. Ich war der Ansicht, dass das vielleicht nicht besonders klug war, doch Ptolemaios behielt seine Gedanken für sich und nahm an allen Veranstaltungen teil, allerdings schien ihm allmählich seine gute Laune abhandenzukommen. Er hätte die Zeit lieber damit verbracht, sich mit den Steuerrollen und den restlichen Tätigkeiten des Statthalters zu beschäftigen. Ich hegte den Verdacht, dass er abgelenkt werden sollte.

Am achten Tag in Memphis lud Kleomenes zur Jagd in der Wüste ein. Wir brachen sehr früh auf. Die Sonne war noch nicht über den Wadis auf der östlichen Seite des Flusses aufgegangen, und der Himmel fing gerade erst an, heller zu werden. Die Männer standen in kleinen Grüppchen herum, lachten und teilten Scherze und Brot miteinander. Ich saß ab und überließ mein Pferd einem Stallburschen.

Ptolemaios blickte auf und bot mir eine Flasche an. »Der Zeitvertreib der Pharaonen, wie?« Er trug Chiton und Leder, keine volle Rüstung. Wer konnte auch tagsüber in der Wüste herumlaufen und dabei in Stahl gehüllt sein?

Ich nahm die Flasche und trank einen kleinen Schluck. Starker, unverdünnter Wein zum Frühmahl, davon drehte sich mir alles im Kopf. »Jagen ist Jagen, Herr«, antwortete ich achselzuckend. »Und natürlich sollten die Menschen am besten sehen, dass man jagt wie die Pharaonen.« Mir war der Gedanke gekommen, dass zumindest Ptolemaios wie ein echter Herrscher wirken konnte.

»Ich hoffe, es wird eine gute Jagd«, meinte Ptolemaios. »Aber diese Katzen da, an die bin ich nicht gewöhnt.« Ein kleines Stück entfernt schritten drei Geparde an leichten Leinen aus scharlachrotem Leder auf und ab; ihre Führer gingen neben ihnen.

Ich zog eine Braue hoch. Die dünnen Lederschnüre würden die Geparde nicht einen Augenblick lang halten, wenn sie losstürmen wollten. Sie waren darauf abgerichtet, an der Leine zu bleiben. »Mit denen habe ich noch nie gejagt«, sagte ich, während mein Blick den Schritten der Tiere folgte. Geschmeidige Muskeln regten sich unter makellosen gefleckten Fellen.

»Man kann sie auf den Bildern an den Tempelmauern sehen, schon vor tausend Jahren«, erwiderte Ptolemaios. »Aber die werden der Schönheit dieser Tiere nicht gerecht.«

»Überhaupt nicht«, pflichtete ich ihm bei und bewunderte, wie ein elegantes Weibchen kehrtmachte, den anmutigen Schwanz hochgereckt wie eine zufriedene Hauskatze. Das Tier sah mich an, und ich schaute nicht weg. Grüne Augen begegneten den meinen, als wäre sie es, die meinen Wert abschätzte. Ich hob das Kinn, wich ihrem Blick jedoch nicht aus.

Da kam sie auf mich zu. Ihr Führer folgte ihr und befahl ihr, stehenzubleiben. Unwillkürlich griff Ptolemaios nach dem Messer in seinem Gürtel.

Ich sah ihr in die Augen. Im Stillen dachte ich, sie könnte die Mutter aller Katzen sein, so ruhig und weise war ihr Blick.

»Nicht bewegen, Erhabener Herr!«, sagte der Gepardenführer, als das Tier sich auf die Hinterbeine stellte und die Vorderpfoten auf meine Schultern legte. Ihre Krallen drangen durch das Leinen meines Chitons, prüften ganz leicht die Haut. Ihre grünen Augen waren direkt vor meinen, ihre mächtigen Kiefer beinahe an meiner Kehle.

Ich hatte keine Angst; der Gepardenführer brauchte mir das nicht zu sagen. Sie sah mich eindringlich an, prüfend, ihr heißer Atem streifte mein Gesicht. Und doch spürte ich keine Bedrohung, nur Neugier.

»Nein, Erhabener Herr«, stieß der Führer hervor, als ich hörte, wie Ptolemaios blankzog. »Wartet.«

Die Gepardin senkte den Kopf und stupste mich mit dem weichen Fell oben auf ihrem Schädel unters Kinn, gab Köpfchen wie eine Katze. Ich beugte mich vor und stupste meinerseits mit dem Kinn auf ihren Kopf, rieb die Wange an ihr. Einen Moment lang standen wir so da, wie ein Liebespaar in inniger Umarmung.

Dann löste sie sich von mir. Sie nahm die Pfoten von meinen Schultern, ließ sich auf alle viere fallen und trottete ein paar Schritte davon, woraufhin sie sich unbekümmert hinsetzte, um sich zu putzen.

Ptolemaios stieß die Luft aus, das Schwert in der Hand. »Das war ... interessant.«

Der Gepardenführer musterte mich eingehend. »Sie wollte Euch betrachten, Erhabener Herr. Und vor einer Katze darf man nie weglaufen.«

»Ich weiß«, antwortete ich, und mein Blick ruhte noch immer voll Bewunderung auf ihr. »Sie ist wunderschön.«

Der Gepardenführer brummte halblaut etwas vor sich hin und ging seinen Schützling holen.

»Was hat er gesagt?«, fragte ich, denn ich hatte ihn nicht ganz verstanden.

Ptolemaios sah erheitert aus, und nicht nur das. »Er hat gesagt, Basted ist dir wohlgesonnen, mein Freund.«

»Oh«, sagte ich.

Wir ritten in die Wüste, bevor die Sonne hoch am Himmel stand. Gegen Mittag war ich zu dem Schluss gekommen, dass dies ein ziemlich hoffnungsloses Unterfangen war. Wie man mit einer Truppe aus zwanzig Männern und zwölf Pferden Wild ausfindig machen sollte, war mir nicht klar. Zweifellos sahen wir prachtvoll aus, doch seit Stunden hatten wir nichts gesichtet außer einem Falken, der hoch über uns auf der heißen Luft dahinschwebte, die von der Wüste aufstieg. Vielleicht sollten wir ja gar keine Beute machen. Vielleicht ging es nur darum, gut auszusehen.

Kleomenes schien das alles nicht zu beirren. Wir hielten im Schatten einer überhängenden Klippe an und aßen und tranken, hielten ein recht üppiges Jagdmahl. Dann rasteten wir eine Weile satt im Schatten.

Ptolemaios war liebenswürdig zu Kleomenes, doch ich hatte den Eindruck, dass er langsam ärgerlich wurde. Ein ganzer Tag mit Nichtstun verschwendet, damit, im Schneckentempo in der Wüste umherzureiten! Sogar die Geparde sahen gelangweilt aus. Sie dösten und wuschen sich lustlos die Tatzen.

Der Nachmittag kam mit langen Schatten. Fasziniert

sah ich den Tierführern und ihren Schützlingen zu und hörte nur halb hin, als Ptolemaios zu Kleomenes sagte, dass wir uns vielleicht auf den Heimweg machen sollten.

»Aber Ihr habt doch nichts erlegt!«, wandte Kleomenes ein. »Und ich habe gehört, dass es hier in der Nähe Löwen gibt. Ein paar Männer haben sie gesehen! Ich würde mich als entehrt betrachten, wenn Ihr heimkehrt, ohne Beute gemacht zu haben!«

»Ihr dürft nicht so streng mit Euch ins Gericht gehen«, gab Ptolemaios trocken zurück. »Und überhaupt, wie sollen wir denn mit diesem Gefolge einen Löwen zur Strecke bringen? In Makedonien jagen wir Löwen zu Fuß, mit fünf oder sechs Männern.«

Kleomenes lachte herzhaft. »Ihr haltet uns hier bestimmt für sehr verweichlicht! Das kann ich nicht ertragen! Lasst uns das Gefolge wegschicken, wie Ihr es nennt, und Löwen jagen, wie Könige es tun sollten, nur mit unseren Speeren!«

Und mit Hunden, dachte ich. In den meisten Ländern benutzte man Hunde zur Löwenjagd, doch wir hatten keine bei uns, denn die Geparde würden sie nicht dulden. Meine Nackenhaare richteten sich auf.

»Es ist schon so spät geworden«, setzte Ptolemaios an.

»Es ist doch noch früh«, wehrte Kleomenes ab und fing an, Befehle zu geben, dass die Geparde und ihre Führer heimkehren sollten, ebenso die Männer und Pferde, die unser Mittagsmahl mitgebracht hatten.

Ich sah die Geparde nur ungern gehen. Das wunderschöne Weibchen wandte sich um, als es davongeführt wurde, und bedachte mich mit einem ruhigen Blick, als wolle es mich warnen. Ich lockerte mein Schwert in der

Scheide. Falls er Ptolemaios töten wollte, dann war es umso besser, je weniger Zeugen dabei waren, das war mir klar. Ich zumindest war jemand, den er würde umbringen müssen.

Ich behielt Kleomenes im Auge, und das war mein Fehler, denn ich merkte kaum, dass die Schatten dunkler wurden. Und ganz bestimmt achtete ich nicht genau darauf, wohin wir gingen.

Endlich fand einer der Fährtenleser Dung, von dem er behauptete, er stamme von einem Löwen. Er lag am Rand eines Wadis, einer steilen Schlucht aus rötlichem Fels mit einem trockenen Bachbett am Grunde. Vielleicht fiel mir deshalb das Atmen schwer. Vielleicht gab ich deshalb nicht acht, als Ptolemaios sagte, wir würden hinuntersteigen. Ich suchte nach einem Grund, genau das nicht zu tun.

Ein ausgetrocknetes Flussbett, eine schattige Schlucht, in der man in der Hitze des Tages lagern kann …

Mir gefror das Blut in den Adern und mein Atem ging stoßweise. Stechende Schmerzen durchzuckten meine Brust und mir verschwamm alles vor den Augen. Unwillkürlich fragte ich mich, ob ich hier und jetzt sterben würde, und was Ptolemaios dann wohl sagen würde. Ich würde mich auf den Beinen halten, solange ich konnte, so tun, als wäre alles wie immer. Und so waren wir alle am Fuß der Klippe, bevor ich wieder mehr wahrnahm als meine Füße auf dem Weg.

»Ich glaube, wir sollten uns nach links wenden«, meinte Ptolemaios.

Das ist nicht derselbe Ort, sagte ich mir. Dies ist nicht die Schlucht in Gedrosia. Das hier ist nicht jener Ort.

Dies ist eine andere Schlucht in einem anderen Land. Sie sieht nur auf den ersten Blick genauso aus. Ich würde Herr über mein eigenes Herz bleiben. Ich würde nicht zulassen, dass diese Panik ein Tier aus mir machte, mich zur Beute machte.

Ich folgte ihm.

Wir gingen das trockene Bachbett hinauf. Die Sonne war ganz und gar hinter den Wänden des Wadis verschwunden. Der Abend dämmerte, und die Nacht zog herauf.

»Ich sehe keine Spuren«, bemerkte Ptolemaios. Er blieb stehen, einen Fuß auf einem Felsblock, und kratzte sich dort, wo einer der oberen Riemen seiner Stiefel gescheuert hatte. Sein Gesicht war rot vor Sonnenbrand und Anstrengung. »Das Chaos soll dies alles holen!«, verkündete er. »Ich habe genug von diesem Herumwandern. Wir kehren nach Memphis zurück.«

Bestimmt habe ich etwas Passendes geantwortet. Er hatte nichts bemerkt. Atmen, befahl ich mir. Tief durchatmen. Dies ist nicht jener Ort. Siehst du, es ist Abend, nicht Morgen.

Es war Nacht. Die Nacht brach herein. Ich konnte den ersten blassen Stern sehen.

»Kleomenes?«, rief Ptolemaios. »Sagt den Fährtenlesern, wir kehren um.«

Keine Antwort. Ich setzte mich auf einen Felsen und hoffte, dass ich nur müde aussah. Dafür gab es eine Ausrede.

Ptolemaios rief abermals, und dann noch einmal.

Er erhielt keine Antwort.

Er stieg das Wadi wieder ein kleines Stück hinauf und

brüllte abermals. Dann schaute er zu mir herunter, und ich sah, wie sich seine Miene von Verdruss zu etwas anderem wandelte. »Sie sind weg«, verkündete er.

Ich blickte auf.

Ptolemaios kam wieder herunter, mied achtsam lose Steine. »Sie haben uns sitzengelassen.«

Jäh dämmerte es mir. »Ohne Pferde, und wir kennen den Weg zurück nicht.«

»Und ohne Wasser«, fügte Ptolemaios hinzu.

»Wo jederzeit ein Unglück geschehen kann«, knurrte ich. »Schlangen, ein Steinschlag …«

»Ein Fehltritt, der einen Knochen brechen lässt«,

meinte Ptolemaios. »Ein tragischer Unglücksfall. Das könnte jedem passieren, der sich in der Wüste verirrt hat.«

Ich sah ihn an und er mich.

Irgendwo über uns, von den Wänden des Wadis zurückgeworfen, hörten wir das Antwortsgebrüll eines Löwen.

6

Im Mondlicht

»Wir sollten dem Bachbett folgen«, sagte Ptolemaios.

Ich nickte. Ein ausgetrocknetes Bachbett würde irgendwann in einen größeren Wasserlauf münden, und ein größerer Wasserlauf würde zum Nil führen. Waren wir erst auf den Fluss gestoßen, würde es ein Leichtes sein, den Rückweg nach Memphis zu finden.

Wir gingen los. Der Boden war uneben und voller Löcher und herabgefallener Steine, und wir kamen nur mühsam voran, nicht zuletzt wegen der Finsternis. Nach einem kurzen Stück machten wir halt, als Ptolemaios sich den Fuß verdrehte. Ich stand neben ihm, während er fluchte und sich den Knöchel rieb.

»Wir können nicht bis zum Sonnenaufgang warten«, sagte er.

»Ich weiß.« Wir wussten nicht, wie weit das Bachbett sich durch die Wadis wand. Obwohl wir in Vogelfluglinie nicht mehr als einen halben Tagesritt vom Nil entfernt sein konnten, könnte es sehr viel weiter sein, wenn wir zu Fuß dem Bachbett folgen mussten. Wenn wir die Wand der Schlucht hinaufkletterten und versuchten, querfeldein zu gehen, hätten wir nicht nur einen gefährlichen Aufstieg vor uns, sondern wir würden auch nicht wissen, wo wir uns befanden, und nur ungefähr eine Richtung einschlagen können. Und wenn die Sonne aufging und die Tageshitze einsetzte, würden wir den Wassermangel spüren. In der Kühle der Nacht weiterzugehen war die beste Entscheidung.

Ich hatte den Löwen nicht noch einmal gehört und hoffte, das hieß, dass er weit weg war und sich nicht für uns interessierte. Unglücklicherweise wusste ich sehr gut, dass der Löwe, den man hört, keine Bedrohung darstellt. Der Löwe, den man nicht hört, ist es, der sich leise an einen heranschleicht.

Ich weiß nicht, wie lange wir marschierten. Der Mond stieg hoch über uns empor, eine blasse Sichel am dunklen Himmel, geneigt wie die Sense eines Schnitters. Wir kamen an eine Stelle, wo das Bachbett steil abfiel, und ich glaubte, das schwache Rieseln von Wasser zu hören. Rasch kletterten wir hinunter, rutschten halb auf den bröckelnden Steinen hinab. Dort, am Fuß des Abhangs, wo ein zweiter staubiger Kanal zu dem ersten stieß, war ein dünnes Rinnsal. Wir schöpften das Wasser mit den Händen und schlabberten es wie Hunde. Ich wünschte mir, das Mittagsmahl wäre nicht gar so salzig gewesen, obgleich es jetzt schon viele Stunden zurücklag.

Ganz in der Nähe ertönte Geheul. Schakale.

»Scheiße«, brummte Ptolemaios.

Für gewöhnlich tun Schakale Menschen nichts, doch wir beide waren allein und waren wahrscheinlich in ihr Revier eingedrungen.

Ich konnte sie sehen, wie sie an den Felsen entlangschlichen; sie bewegten sich nicht wie sonst im flinken Trab und waren von dunkler Farbe. In Ägypten haben Schakale die Farbe von Sand und Stein. Diese hier waren schwarz, und sie bewegten sich wie Schatten. In der Finsternis glühten ihre Augen in einem unheimlichen Licht.

»Was sind das für Biester?«, fragte ich. Sie schienen direkt aus den Felsen hervorzukommen.

»Ich weiß es nicht«, antwortete Ptolemaios grimmig, dann brüllte er: »Rücken an Rücken!« Der erste Schakal sprang.

Schulter an Schulter standen wir da. Ich war ein wenig größer als er, aber er war stämmiger gebaut. Hätten wir einen Streitwagen bemannt, so hätten wir gut zusammengepasst, dachte ich völlig unsinnig. Und dann sprang der Schakal mir an die Kehle.

Ich fing ihn mit dem linken Unterarm ab, spürte die scharfen Kanten seiner Zähne direkt über dem ledernen Handgelenkschutz, den ich trug, obwohl er nicht zubeißen konnte. Das Schwert in meiner Rechten zuckte empor und ich schlug zu, ein Hieb, der ihm den Bauch hätte aufreißen müssen, nur war er nicht da.

Ein zweiter Schakal fuhr knurrend auf meine andere Seite los, und ich drosch ihm mit einem Rückhandschlag den Schwertknauf ins Gesicht. Hinter mir taumelte Ptolemaios einen Schritt zurück, als einer mit seinem ganzen Gewicht gegen seine Schulter rammte. Mit einem Ruck schleuderte er ihn weg, und das Tier landete mit einer Wucht auf dem Boden, die ihm das Rückgrat hätte brechen müssen.

Nur war es nicht da.

Ich hatte den Schakal nicht im Kampfgetümmel aus den Augen verloren. Ich sah ihn fallen, und dann sah ich den nackten Boden.

»Sie sind nicht wirklich!«, schrie ich und trat mit erhobenem Schwert vor.

»Sie beißen aber wirklich«, entgegnete Ptolemaios, doch ich konnte die Ungläubigkeit in seiner Stimme hören.

Sie bissen tatsächlich. Die Schrammen an meinem linken Arm bluteten, nicht sehr, aber genug, dass man es merkte.

Einen Moment lang wichen sie zurück, umkreisten uns. Wir standen nebeneinander, unsere Schultern berührten sich fast.

»Es sind zu viele«, meinte Ptolemaios. Sein Atem ging in kurzen Stößen. Schakale jagen in kleinen Rudeln, aber ich hatte nie mehr als sechs oder acht auf einem Haufen gesehen, die Welpen eingeschlossen. Hier waren mindestens doppelt so viele, magere schwarze Schakale mit Augen, die das Perlmuttlicht des Mondes widerspiegelten.

»Sie sind nicht echt«, beteuerte ich. Irgendetwas an dem Ganzen erinnerte mich an meinen Traum in Pelusium, den von der Sphinx. Ich fühlte, wie sich etwas mit einem Klicken an seinen Platz fügte, wie ein Schwert, das in die Scheide gleitet. »Es sind Gedankengeschöpfe, die gekommen sind, um sich an unserem Blut und unserer Furcht zu laben, Ungeheuer, die wir uns in Gedanken ausgemalt haben.«

»Und was schlägst du vor, wie wir die Biester loswerden?« Ptolemaios drehte sich herum, um seine Klinge weiter gegen eine schlanke dunkle Gestalt zu richten, die sich näher heranwagte.

»Hört auf, Euch zu fürchten«, antwortete ich.

Er lachte grimmig auf. »Du zuerst.«

Ich holte tief Luft und richtete mich aus meiner geduckten Kampfhaltung auf. Irgendwo, irgendwann hatte ich dergleichen gekannt, war jemand gewesen, der sie kurzerhand abgetan hätte.

Einst war ich jemand gewesen, der die finsteren Orte nicht fürchtete. Das hatte Sati mir gesagt – dass alles, was ich je gewesen war, noch immer in mir lebte, wie die Erinnerung eines Vogels an das Ei, oder die eines Schmetterlings an die Raupe, die er einmal gewesen war.

Irgendwo in mir war alles, was ich brauchte.

Das Herz schlug mir bis zum Hals. Ich sah dem Schakal, der mir am nächsten war, in die Augen und ließ die Schwertspitze sinken. »Ihr habt kein Recht, uns anzurühren«, sagte ich. »Wir sind Gefährten Alexanders, des Sohn Amons, der, dessen Wort euch gebannt hat. Wir fürchten den Tod nicht.«

Die Kreatur knurrte, schlich aber nach links.

Ich folgte ihr im Kreis. »Geht zurück dorthin, wo ihr herkommt. Ihr könnt uns nichts tun.«

Neben mir richtete Ptolemaios sich auf. Ein blutiger Kratzer zog sich über sein Gesicht, doch es schien nichts Ernstes zu sein. »Ihr könnt uns nicht anrühren«, sagte er. »Geht zurück in die tiefe Wüste und behelligt uns nicht.«

Die Kreatur lachte, mehr Hyäne als Schakal, und mir schien es, als spräche sie. »Du bist nicht Pharao, Ptolemaios, Sohn des Lagos. Alexander liegt unbestattet in Babylon, und wir sind frei!«

»Sie greifen nicht an«, flüsterte ich.

Er nickte. »Halt sie uns vom Hals«, sagte er aus dem

Mundwinkel. »Versuch, sie bergab zu drängen. Ich rede weiter.«

»Verstanden«, bestätigte ich grimmig.

»Ihr wurdet von Alexander gebannt«, fuhr Ptolemaios fort. »Also müsst ihr seinen Männern gehorchen. Ich bin einer der Regenten für seinen Sohn.«

Der Schakal knurrte. »Einen Sohn mag es geben, aber Alexander ist nicht der herabgestiegene Osiris. Er liegt noch immer in Babylon, und es ist keiner seiner Sippe da, um seine Seele nach Amenti zu begleiten oder um seinen zugestopften Mund zu öffnen. Bis das geschieht, kann nur er uns in Bande legen, und wir sind auf die Welt losgelassen.«

Ich schob mich langsam hangabwärts. Vor uns, jenseits der Einmündung des zweiten Wadis, sah ich etwas, von dem ich hätte schwören können, dass es eben noch nicht da gewesen war. Ein Haus stand im Schutz der Klippe, eine schlichte Behausung aus Lehmziegeln, wie Bauern sie errichteten, doch sie war von einer niedrigen Mauer mit einer Pforte darin umgeben, und in dem schmalen Fenster hoch oben konnte ich den Schein eines Feuers flackern sehen.

Wieder lachte der Schakal. »Viele Jahre werden vergehen, bevor wir gebannt werden, Sohn des Lagos! Jener Junge in Babylon wird vielleicht nie einen Fuß auf ägyptischen Boden setzen, oder wenn er es doch tut, wird es zwanzig Jahre dauern, ehe er die Macht Pharaos ausüben kann, ehe wir Horus und seine leuchtenden Augen zu fürchten haben!«

Etwas Sonderbares war in Ptolemaios' Stimme. »Aber nur sein Erbe kann euch bannen? Gewiss gab es doch in der Vergangenheit mehr als einen Pharao, der noch ein Kind war?«

Näher. Jetzt konnte ich das Haus deutlich sehen. Ich konnte Rauch riechen. Das Haus hatte eine feste Tür, und die Fenster waren alle klein und hoch oben. Ich überlegte, ob die Meute uns zu fassen bekommen würde, bevor wir die Pforte erreichten, wenn wir losrannten.

»Früher wandelte, wenn der Herrscher noch ein Kind war, ein Blutsverwandter an seiner statt auf den Pfaden Amentis und half Osiris, herabzusteigen. Doch es gibt niemanden, der solcherart für Alexander sprechen kann. Wir sind frei, und niemand kann uns in Bande legen!«

»Das Haus«, raunte ich leise. »Wir müssen fliehen.«

Ich sah ihn nicken, und dann machten wir wie ein Mann kehrt und rannten los.

Die Meute heulte auf, doch wir achteten nicht darauf, sondern stürmten, so schnell wir konnten, auf das Haus zu, das Rudel uns dicht auf den Fersen. Fast meinte ich den heißen Atem der Bestien zu spüren. Ich rannte über den holprigen Boden, war mir sicher, dass sie sich auf mich stürzen würden, wenn ich fiel, und hörte Ptolemaios dicht hinter mir.

Ich erreichte die Pforte als Erster und stieß sie auf. Ptolemaios hastete an mir vorbei und hämmerte gegen die Tür. »Lasst uns ein! Lasst uns ein!«

Ich schlug die Pforte zu und rammte sie dabei dem Anführer der Meute gegen die Brust.

Die Tür des Hauses schwang unter Ptolemaios' Händen auf und ich folgte ihm hinein, stieß fast mit ihm zusammen, als er herumfuhr, um die Tür zuzuschlagen und einen Riegel vorzulegen. Ich lehnte mich dagegen, lauschte dem dumpfen Aufprall eines schweren Leibes gegen das Holz und dem Pochen des Blutes in meinen Schläfen.

Sie heulten, doch die Tür gab nicht nach. Sie war aus gutem festem Holz und der Riegel war stark.

»Ich bitte Euch aufrichtig um Vergebung«, sagte Ptolemaios, und ich drehte mich um, um zu sehen, mit wem er sprach.

Neben der Herdstelle saß die einzige Bewohnerin des Hauses, eine junge, hochschwangere Frau, die einen bedruckten Leinenkittel trug. Gleichmütig blickte sie von ihrem Schemel neben dem Feuer auf.

»Wir werden Euch nichts zuleide tun«, versicherte Ptolemaios und schob sein Schwert in die Scheide. »Wir wären nicht auf diese Weise in Euer Haus eingedrungen, hätten wir uns nicht in Lebensgefahr befunden.«

Ich sank gegen die Tür. Gewiss müsste sie doch völlig verängstigt sein, müsste losschreien? Eine Frau allein, in diesem Zustand, und zwei blutverschmierte, bewaffnete Männer kamen plötzlich hereingestürmt, verfolgt von den Hunden des Chaos'? Und doch war ihr schönes Antlitz unbesorgt. Das Licht des Feuers spielte auf ihrer honigfarbenen Haut.

»Kommt und setzt euch ans Feuer«, sagte sie. »Ihr müsst müde sein. Hier ist Wasser.«

Sie hob einen bemalten Krug und goss etwas in einen tönernen Becher, den sie in der Hand hielt, bot ihn Ptolemaios und mir an.

Ptolemaios nahm den Becher; ein merkwürdiger Ausdruck lag auf seinem Gesicht. »Was ist da drin?«

»Nur Wasser«, antwortete sie. Ihr Haar war zu Dutzenden fester Zöpfe geflochten, und die Perlen an deren Enden klimperten, wenn sie den Kopf bewegte.

Er trank und reichte den Becher an mich weiter, doch sein Blick wich nicht von ihrem Gesicht.

Ich schaute auf den Becher hinab und sah dann zu ihr auf. »Aus welchem Fluss?«, fragte ich sie.

Da lächelte sie, ein beglücktes Lächeln wie das eines jungen Mädchens, das ein Geschenk bekommen hat, oder das einer Mutter, nachdem ihr Kind etwas ganz besonders Schlaues getan hat. »Aus dem Nil«, antwortete sie. »Möchtest du dich an alles erinnern, Lydias?« Ihre Augen waren wie tausend Sterne, und ich erkannte sie.

»Erhabene Herrscherin«, sagte ich und sank auf die Knie.

Ptolemaios stand unsicher neben mir. »Wer seid Ihr?«

Ihr Blick huschte über sein Gesicht. »Lydias kennt meinen Namen, nicht wahr, Lydias?«

»Ihr seid Isis.« Meine Kehle war trocken. »Ihr seid die Herrin der Lebenden und der Toten, die Mutter der Welt.«

»Mutter der Welt«, wiederholte sie, »und ungeborener Welten, Begehrende aller Dinge, die noch sein mögen.« Sie blickte zu Ptolemaios auf, der noch immer neben mir stand. »Komm und setz dich zu mir, Ptolemaios von Ägypten. Die Götter des Schwarzen Landes wollen dir ein Angebot machen.«

Bedächtig legte er den Kopf schief. »Ich werde mir Euer Angebot anhören, Herrin. Aber zuerst will ich wissen, ob Ihr Wirklichkeit seid.«

Isis lachte. »Du magst mich berühren, und es wird dir erscheinen, als sei ich Wirklichkeit. Und morgen werde ich dir wie ein Traum vorkommen. Was ist Wirklichkeit, Ptolemaios von Ägypten?«

»Seid Ihr wirklich hier oder seid Ihr in meinem Kopf?«

Wieder lachte Sie, und Ihre Stimme war reines Entzücken, wie über Steine plätscherndes Wasser in der Wüste. »Du bist sehr starrköpfig. Ich bin Wirklichkeit, und ich bin in deinem Kopf. Kann denn nicht beides zugleich wahr sein?«

»Ich weiß es nicht«, erwiderte er.

Ihr schönes Gesicht war ernst. »Soll ich dir sagen, dass ihr die Götter aus euren Gedanken erschaffen und uns Leben geschenkt habt? Dass wir die Spiegel eurer Seelen sind?«

»Dann würde ich Euch fragen, was eine Seele ist«, entgegnete Ptolemaios.

Isis' Augen funkelten. »Aristoteles hat dich gut in der Kunst des Disputes unterwiesen. Also werde ich dir antworten, so gut ich es vermag, und wissen, dass du die Antwort eines Tages verstehen wirst. Eine Seele ist ein einzigartiges Quantenmuster, von physikalischer Energie geformt und entstellt.«

»Wie diese Geschöpfe dort draußen«, sagte ich. »Sie sind da, weil Menschen sie geträumt und ihren nächtlichen Ängsten eine Gestalt gegeben haben.« Ihre Worte verstand ich nicht, doch ich glaubte zu begreifen, was Sie meinte.

Ptolemaios musterte mich scharf.

Sie lachte, und Ihr Blick richtete sich auf mich. »Da ist einer, der in Gleichnissen denkt und nicht an seinen eigenen Sinnen zweifelt. Willkommen, Lydias, der du in vergangenen Jahren Priester und Priesterin gewesen bist.

Das Schwarze Land braucht dich, und du brauchst das Schwarze Land.«

Ich schlug die Augen nieder. Ihre strahlten zu hell.

Ich hörte, wie Ptolemaios sich auf die grob gezimmerte Bank neben der Herdstelle setzte. Seine Stimme war ruhig, ernst und furchtlos. »Wie lautet Euer Angebot, Herrin? Ich werde es wohlwollend überdenken, vorausgesetzt, es steht nicht im Widerspruch zu anderen Pflichten und Gelübden.«

»Wohlan«, sagte Sie, und es schien, als hingen Ihre Worte in der Luft, wenn Sie sie aussprach. »Hier ist unser Angebot. Die Götter Ägyptens werden dir die Macht verleihen, die Geschöpfe zu bändigen, die durch Alexanders Tod entfesselt wurden, und ganz Ägypten gegen alle Widersacher zu halten, jetzt und dein Leben lang. Wir werden dich zum Pharao machen, zum Herrscher über die Zwei Lande, und die Kinder deines Leibes zum rechtmäßigen Herrscherhaus Ägyptens. Als Gegenleistung fordern wir, dass du wahrhaftig Pharao bist, dass du keine Herrschaft außerhalb der uralten Grenzen Khemets anstrebst und dass du dem Volke Ägyptens die Treue hältst, wie ein Hirte es tun sollte, und dass du zum Wohle Meiner Kinder über das Land herrschen wirst.«

Ptolemaios schnappte nach Luft, und ich hob den Kopf.

Sein Blick ruhte auf Ihr. »Mein ganzes Leben lang«, brachte er heraus, »habe ich nie einen Thron begehrt. Ich habe das Unglück gesehen, das dergleichen bringt, und wie das gierige Streben nach dem Feuerrad Männern und Frauen den Untergang gebracht hat.«

»Alexander hat es nicht den Untergang gebracht«, bemerkte Sie.

»Er war Alexander.« Ptolemaios lächelte schmal. »Ich habe seit dem Tage seiner Geburt gewusst, was er war.«

Isis machte ein interessiertes Gesicht. »Daran würdest du dich wohl erinnern.«

»Ich war acht Jahre alt, Herrin«, erwiderte er. »Es war der Tag, an dem meine Mutter mir gesagt hat, dass Königin Olympias mich töten wolle.« Er legte die Hände um den Wasserbecher und hob ihn von Neuem an den Mund. »Es gab Gerede. Meine Mutter hat mir versichert, sie wären nicht wahr, aber es gingen trotzdem Gerüchte um, dass sie dem König beigelegen hätte, dass ich sein Sohn sei, nicht der Sohn des Lagos. Nie dürfe ich mich über andere auszeichnen, hat meine Mutter gesagt, sonst würde Königin Olympias mich töten, weil sie mich als Rivalen Alexanders betrachten würde. Immer müsste ich mich unauffällig im Hintergrund halten, in der Menge verschwinden. Ich dürfe niemals etwas tun, was ihre Aufmerksamkeit erregen würde. Also habe ich genau das getan.« Er trank einen großen Schluck aus dem Becher.

»Gewiss hat doch Alexander die Gerüchte ebenfalls vernommen«, sagte Sie.

»Natürlich. Sobald er laufen konnte, hat Olympias ihm gesagt, er müsse sich von mir fernhalten, weil ich versuchen würde, ihn zu töten. An dem Tag, als ich ihm zum ersten Mal begegnet bin, ist er nicht vor mir davongelaufen, weil er zu stolz war, um vor einem Kampf auf Leben und Tod zurückzuscheuen.« Ptolemaios stellte den Becher weg und lächelte. »Er war sechs und ich vierzehn. Natürlich habe ich nicht versucht, ihn zu töten, und natürlich ist er nicht davongelaufen. Wir waren uns einig, dass unsere Mütter töricht wären und dass wir nicht zulassen sollten, dass alberne Gerüchte zwischen uns stünden. So sollte ein König sich nicht verhalten, hat Alexander gesagt.«

»Und daher hat keiner von euch beiden sich so verhalten.« Isis sah erfreut aus. Sie legte die Füße auf den ummauerten Rand der Herdstelle, um Ihren schwangeren Leib bequemer zu lagern.

»Ich werde nicht widerrechtlich den Thron seines Sohnes einnehmen«, sagte Ptolemaios. »Vielleicht bin ich nicht in der Lage, das Reich zu bewahren, oder sogar das Leben seines Sohnes zu schützen, aber ich werde nicht der Mann sein, der den Anfang macht. Ich werde nicht nehmen, was Alexander gehört.« Seine Augen leuchteten. »Ich werde ihm die Treue halten.«

»Ägypten braucht einen Pharao«, erwiderte sie. »Wir brauchen dich, Ptolemaios von Ägypten. Du bist der Mann, der die Kraft und die Weisheit hat, um zu herrschen und noch mehr. Du hast die nötige Selbstbeherrschung. Du kannst Ägypten vor fremden Herrschern bewahren, die das Land ausbluten lassen und alles zermalmen werden.«

»Bin ich denn kein fremder Herrscher?« Ptolemaios zog eine Braue hoch. »Ich bin Makedone, Herrin, kein Ägypter.«

»Du wirst Ägypter werden«, verkündete Sie gelassen.

»Alexander ist kein Ägypter geworden.«

»Er war Alexander.« Isis lächelte. »Er ist ein Wind, der durch die Welt bläst, und kein Land kann ihn halten. Doch seinesgleichen werden wir nicht so bald wiedersehen.« Sie stellte die Füße wieder auf den Boden und beugte sich vor; Ihre Miene wurde ernst. »Aber Alexander liegt unbestattet in Babylon. Er ist nicht frei, um nach Amenti hinabzusteigen, um als Osiris im Westen zu herrschen, um zu diesen Landen zurückzukehren, wenn er es will. Er muss befreit werden, Ptolemaios. Ihr könnt ihn nicht bei euch behalten, indem ihr ihm eine Bestattung verwehrt.«

»Ich weiß.« Rasch schielte Ptolemaios zu mir herüber. »Aber der Regentschaftsrat kann sich nicht einigen. Roxane will, dass er in Babylon beigesetzt wird, in einer großen Gruft, die der Grundstein einer neuen Dynastie sein soll, ausgehend von ihrem Sohn. Und Perdikkas unterstützt sie darin. Königin Olympias und Antipatros, der Regent in Makedonien, wollen, dass er nach Aigai zurückgebracht wird, um in der königlichen Gruft neben seinem Vater zu ruhen. Es geht eine Geschichte um, dass er gebeten hat, im Tempel des Amon in Siwah bestattet zu werden, aber ich habe keine Ahnung, wie das zu bewerkstelligen sein könnte. Alexander kann nicht bestattet werden. Zumindest nicht jetzt.«

Ihre Augenbrauen hoben sich empor. »Er ist seit acht Monaten tot. Ist es denn Brauch bei den Griechen, Leichname einbalsamiert herumliegen zu lassen und ihnen zu verwehren, dass sie bestattet und angemessen betrauert werden, weil sich die Erben um den Nachlass streiten müssen?«

»Ich habe nicht gesagt, dass es schicklich wäre, Herrin. Nur dass es so ist.«

»Bring den König nach Memphis«, sagte ich und erschrak dann. Mir war kaum bewusst gewesen, dass ich gesprochen hatte, bis die Worte hervorsprudelten und beide mich anstarrten. Es war das, was die Sphinx in meinem Traum gesagt hatte.

Ptolemaios lachte, doch es schwang ein nervöser Unterton dabei mit. »Und wie soll ich das machen? Und warum?«

Isis nickte. »Memphis ist der Mittelpunkt des Schwarzen Landes. Wenn Alexander in Memphis liegt, in der Gruft eines Helden, dann wäre das ein mächtiger Talisman für Khemet. Und du, sein Erbe, würdest in Frieden herrschen.«

»Ich bin nicht sein Erbe«, wehrte Ptolemaios ab, und sein Blick hielt unbeirrt dem Ihren stand. Sein Ton war mild, doch sein Kiefer starrsinnig nach vorn gereckt.

Die Göttin war diejenige, die zuerst wegsah. »Und wenn das Kind stirbt?«

Ptolemaios schaute auf seine Hände hinunter. »Wenn das Kind ohne mein Verschulden stirbt, dann werde ich in Erwägung ziehen, was Ihr sagt. Arrhidaios kann nicht herrschen, und er wäre nur eine Puppe für die mächtigen Männer hinter ihm.«

»Kannst du nicht wenigstens so handeln, wie ein Regent und Verwandter es tun sollte?«, fragte Sie. »Kannst du nicht wenigstens die Macht beanspruchen, um alles zu bannen, was durch seinen Tod in Khemet entfesselt worden ist? Kannst du ihn nicht nach Memphis bringen und ihm eine angemessene Bestattung zuteilwerden lassen? Schuldest du denn nicht wenigstens seiner Seele ihre Freiheit?«

Ptolemaios schloss die Augen. »Ihr sagt, Alexanders Seele liegt in Banden?«

»Er wurde zum Pharao gekrönt, und außerdem zum Großkönig, einem lebendigen Gott. Das kann er ohne die richtigen Rituale nicht ablegen. Ansonsten, ja, ansonsten bleibt Alexander an den Körper gefesselt, den er einst bewohnt hat.« Isis legte den Kopf zurück, und die Perlen in Ihrem Haar knisterten abermals. »Dafür sind die Rituale da, Ptolemaios von Ägypten! Das bewirken sie! Horus verlässt den toten Pharao, auf dass dieser in den Westen gehen kann.«

»Und wenn ich ihn nach Memphis bringe?« Ptolemaios öffnete die Augen und sah Sie an. »Kann er dann befreit werden?«

»Wenn du tust, was notwendig ist, ja.«

»Kann ich das tun, ohne den Thron an mich zu reißen?«

Mir fiel wieder ein, was die Geschöpfe dort draußen gesagt hatten. »Gewiss gibt es doch eine Möglichkeit, wenn der Erbe minderjährig ist. Ptolemaios könnte doch sicher als Stellvertreter für den Knaben dienen.« Ich sah ihn an. »Wäre das angemessen?«

Ptolemaios nickte langsam. »Ich wäre bereit, sein Stellvertreter zu sein.« Wieder begegnete sein Blick dem von Isis. »Solange eindeutig klar ist, dass ich mich nicht des Throns bemächtige.«

»Das ist eindeutig klar«, beteuerte Sie feierlich.

»Dann werde ich alles überdenken, was wir gesagt haben, Herrin«, sagte er. »Wie soll ich Euch mitteilen, wie meine Antwort lautet?«

Isis lächelte, und es war kein Zorn in Ihr. »Ich bin sehr leicht zu finden. Ruht hier, und findet morgen früh den Heimweg.«

Mir war, als verdunkle sich der Feuerschein und als strecke ich mich irgendwo aus, wo es warm und sicher war. Mit irgendeinem noch wachen Teil meines Verstandes fragte ich mich, wieso das so war, dann jedoch schlief ich.

Als ich erwachte, lag ich neben Ptolemaios auf dem Boden einer Bauernhütte aus Lehmziegeln. Langsam setzte ich mich auf und hörte, wie er sich regte. Die Sonne war noch nicht über die Wände des Wadis emporgestiegen, doch über uns war der Himmel von reinem, makellosem Blau. Ich fühlte mich ausgeruht, als hätte ich die ganze Nacht traumlos auf der weichsten Matratze geschlummert. Und doch …

Rasch sah ich mich um. Dort, wo es eingestürzt war, konnte ich den Himmel durch das Dach sehen. In einer Ecke lag ein Gewirr aus alten Vogelnestern. Die Herdstelle war leer bis auf längst erkaltete Asche. Dort hatte seit Jahren niemand mehr Feuer gemacht. Dieses Haus musste schon seit Jahrzehnten verlassen sein.

Ptolemaios setzte sich auf, und ich sah, wie er genau dasselbe dachte.

Ich streckte die Hände aus. Eine lange Risswunde zog sich an meinem linken Arm hinunter, das Spiegelbild derer in seinem Gesicht. Sie sahen aus, als wären wir des Nachts vielleicht auf den Felsen ausgerutscht oder an irgendeiner scharfen Kante entlanggeschrammt. So etwas konnte sehr leicht geschehen, wenn man bei schwindendem Mondlicht umherkletterte.

Ptolemaios blinzelte. Einen Moment lang dachte ich, er würde mich etwas fragen, doch er tat es nicht. Er erhob sich und klopfte seine Kleider ab, schaute durch die zerborstene Tür der Hütte in die Schlucht hinaus. Ich konnte sein Gesicht nicht sehen.

»Schau«, sagte er.

Ich trat neben ihn.

Unter uns wurde die Schlucht breiter und ich konnte Grün sehen, den Rand der bestellten Felder, die den Nil säumten. Wir konnten nicht weiter als eine Meile vom Fluss entfernt sein.

»So nahe«, sagte ich. Natürlich hatten wir das im Dunkel der Nacht nicht gesehen.

»Komm, Lydias.« Ptolemaios schlug mir auf die Schulter. »Zurück nach Memphis. Baden, frühstücken und uns Kleomenes vornehmen.«

»Ich glaube nicht, dass er sich freut, uns zu sehen«, bemerkte ich.

Er freute sich nicht. Ptolemaios schickte noch vor dem Mittag nach ihm, frisch gebadet und rasiert. Kleomenes kam unter vielen Herzenserleichterungen hereingeeilt.

Ptolemaios schnitt ihm das Wort ab. »Das brauche ich alles nicht zu hören. Euer Plan ist fehlgeschlagen, und jetzt werdet Ihr die Folgen tragen.« Er blickte zu Glaukos hinüber, der mit der Hand am Schwertgriff neben der Tür stand, der ranghöchste Soldat der Leibwache.

»Hinrichten«, sagte er.

7

Gefährte

Das ganze Ausmaß von Kleomenes' Verbrechen wurde erst später deutlich; die genaue Überprüfung seiner Dokumente und seiner Umtriebe brachte sie ans Licht. Nicht nur hatte er Steuern unterschlagen, die für die Befestigung Alexandrias vorgesehen gewesen waren, er hatte auch ein Zehntel des Soldes der Soldaten einbehalten und im ganzen Schwarzen Land von jedem Bestechungsgelder angenommen, der seinem Anliegen bei Hofe hatte Gehör verschaffen wollen.

Ptolemaios war mehr als verstimmt. »Wie sollen wir die Menschen davon überzeugen, dass wir gerecht sind, wenn wir ihnen Schurken wie den als Beispiel vorsetzen? Was hat Alexander sich nur dabei gedacht?«

Darauf antwortete ich natürlich nicht; ich erkannte eine rhetorische Frage, wenn ich eine hörte.

Doch Kleomenes war in den letzten Lebensmonaten des Königs ernannt worden, auf Empfehlung von Perdikkas, nach Hephaistions Tod. Alexander hatte sich vor Trauer so sehr verzehrt, dass er zweifellos allem zugestimmt hätte, was Perdikkas vorschlug. Ihm war es gleich gewesen.

Könige, dachte ich, dürfen keine Menschen sein. Menschen werden von Trauer und Kummer heimgesucht und vernachlässigen ihre Pflichten, wenn das Leben für sie keinen Glanz bietet. Sollte ich sterben, oder sollte ich mich einfach hinlegen und nicht aufstehen, um meiner Arbeit nachzugehen, was würde geschehen? Ich würde jenen Unannehmlichkeiten bereiten, die meine Aufgaben übernehmen müssten, aber dem Reich würde ich nicht wirklich schaden. Könige dürfen keine Menschen sein. Sie müssen Götter sein.

Und ich, ich war nichts weiter als ein Soldat.

Ihr mögt euch jetzt fragen, wie es kam, dass ich zum Soldaten wurde, da ich doch nur ein Pferdebursche gewesen war. Wie es kam, dass ich neben einem stand, der vielleicht Pharao werden würde. Wie viele Dinge auf der Welt war auch dies etwas, das sich nach und nach ergab.

Ich habe euch erzählt, wie ich zu Heerführer Hephaistions Pferdeknecht wurde, und doch habe ich bisher nur wenig über diesen Mann gesprochen. Ich weiß kaum, was ich sagen soll. Wenn ich behaupte, dass er der kühnste und der beste von Alexanders Gefährten war, so bekunde ich damit nur meine eigene Ergebenheit. Lasst mich also hiermit beginnen – als ich nach Jahren der harten Fron bei Tehwaz in seine Dienste trat, verehrte ich ihn, so wie ein Knabe einen Helden verehrt, der unverhofft Interesse an ihm gefunden hat. An Arbeit war ich gewöhnt, nicht aber an Dank, und sein gelegentliches lobendes Wort für eine gut verrichtete Tätigkeit stürzte mich in Verwirrungen der Glückseligkeit. Ich hatte gut ausgemistet! Ich hatte Göttertänzer für die Heerschau sehr ansehnlich hergerichtet!

Wahrscheinlich zappelte ich unter Lobesworten herum wie ein junger Hengst, der gern gehorchen und gepriesen werden möchte, aber nie etwas anderes gekannt hat als Härte. Ganz gewöhnliche Freundlichkeit war für mich ein Geschenk des Himmels. Ich wäre für ihn durchs Feuer gegangen, hätte er mich darum gebeten.

Was er stattdessen von mir verlange, war sehr viel vernünftiger – seine Pferde gut zu versorgen, auch während des Marsches, und sie zu hegen und zu pflegen wie meine eigenen Kinder. Als er mich ein Jahr später zum obersten Pferdepfleger ernannte, erfüllte mich das mit Stolz, und ich mühte mich ab, noch besser zu werden, unterhielt mich mit dem Oberstallmeister des Königs, wann immer ich Gelegenheit dazu fand, und sog an Pferdekunde in mich auf, was ich aufschnappen konnte.

Außerdem lernte ich mit einem Schwert umzugehen. Einmal übten ein paar andere Knaben und ich gerade zusammen und droschen lachend mit stumpfen, ausgemusterten alten Waffen aufeinander ein, als Hephaistion vorbeikam. Vielleicht war es irgendetwas an meiner Haltung, oder die Tatsache, dass ich stets gute Arbeit geleistet habe, doch er gebot mir sehr ernst Einhalt.

»Lydias, komm her«, befahl er, »und lerne, wie man sich richtig mit der Klinge deckt.«

Ich stand neben ihm, und er wies mich an, das Heft in meiner Hand anders zu fassen.

»So«, sagte er. »Ganz leicht. Das Erste, was ein Mann aus Angst tut, ist, den Schwertgriff zu umklammern, als wolle er Korn mähen. Ganz leicht zufassen. Lass das Schwert in deiner Hand ruhen, als Verlängerung deines Arms. Die Klinge sollte eine gerade Linie mit deinem Unterarm bilden und nicht so zur Seite zeigen.«

Ich bemühte mich, die Waffe so zu halten, wie er sagte, und es schien, als wöge das Schwert dann weniger.

»Nicht so ducken.« Er ging um mich herum, betrachtete meine Haltung. »Steh ganz natürlich da, die Knie ein bisschen gebeugt, wie ein Athlet.« Hephaistion legte mir die Hand auf den Rücken. »Mit geradem Rücken.« Ich spürte seine Berührung durch meinen Chiton hindurch und empfand sie plötzlich als enorme Ablenkung, obwohl sie überhaupt nichts zu bedeuten hatte.

»Schon besser«, stellte er fest. Dann trat er an meine rechte Seite und runzelte die Stirn. »So.« Er drückte meinen Ellenbogen dichter an meinen Körper. Bei seiner flüchtigen Berührung bekam ich am ganzen Körper Gänsehaut. »Und fuchtele nicht so mit dem Ellenbogen herum. Wie fühlt sich das an?«

»Gut«, versicherte ich. Meine Haltung war besser, doch ich wusste die Röte kaum zu benennen, die mir ins Gesicht stieg.

Hephaistion nickte. »Sieht auch besser aus. Übe weiter! Talent genug hast du.« Er lächelte und schlenderte davon.

Ich wusste nicht recht, ob ich vor Stolz rot anlaufen sollte oder von einem ganz anderen Gefühl.

Natürlich wusste ich, dass er der Geliebte des Königs war. Jeder wusste das. Seit ihrer Knabenzeit waren sie zusammen, hatten gemeinsam an den Gräbern des Achilles und des Patroklos in Troja geopfert, als sie nach Asien übergesetzt waren. Es war nicht so, dass ich dachte, es könnte vielleicht etwas geschehen. Wie denn auch? Wenn er Alexander hatte, warum sollte er dann einen Pferdeknecht auch nur eines zweiten Blickes würdigen? Damit hatte meine Unruhe nichts zu tun.

Um die Wahrheit zu sagen, wenn es um Liebe ging, war ich ziemlich hintendran. Als ich Tehwaz gehört hatte, gab es niemanden, den ich hätte begehren, auf den ich ein Auge hätte werfen können. Jetzt, beim Heer, gab es Gelegenheiten in Hülle und Fülle, sowohl mit den anderen Knaben als auch mit den Dienstmägden und Huren, die uns wie Schatten folgten, ein Teil des bunten, lebendigen Wesens, das der Tross darstellte.

Und doch hielt ich mich zurück. Ich war schüchtern, und einfach dreist meinen Lohn hinzulegen und hinter einem Wagen zur Sache zu kommen schien mir nicht das zu sein, was ich wollte. Ich war schüchtern, und die anderen Burschen in meinem Alter erschienen mir verglichen mit der Schönheit der Gefährten wie niedere Geschöpfe. Ich wollte sowohl Liebe als auch Schönheit.

Als ich Hephaistion an den angepflockten Pferden vorbei davongehen und mit diesem oder jenem Mann ein paar Worte wechseln sah, ging mir auf, dass ich mich als würdig erweisen musste, um sowohl Schönheit als auch Liebe zu erlangen. Kein Mann, den ich begehren könnte, würde einen ungepflegten Schmutzfink von Pferdeknecht wollen, und ein ungepflegter Schmutzfink von Pferdeknecht durfte auch nicht auf ein gutes Eheweib hoffen.

Ein Weib. Ich wollte kein stumpfäugiges Geschöpf, das schon vom halben Heer hinter irgendeinem Wagen hergenommen worden war, sondern eine Ehefrau. In meiner Vorstellung war sie schön, ihr Gesicht war sauber und strahlte vor Freude, mich zu sehen. Ich würde ihre zitternde Hand in der meinen fühlen, als sie sich mir versprach, würde in liebende Augen blicken, die vor freudiger Erwartung leuchteten.

Als wir an jenem Abend auf dem langen Marsch nach Persien hinein unter den Sternen lagerten, blickte ich zum Mond empor, der gleichmütig über den Hügeln leuchtete. Ich nahm den Wein, der zu meiner Ration gehörte, und ging hinaus in die Hügellandschaft, fort vom Lager, fort von den anderen. Dort goss ich ein Trankopfer auf den Boden.

»Ich weiß nicht, welche Worte ich sprechen soll«, flüsterte ich. »Ich weiß nicht einmal, mit welchem Namen ich Euch ansprechen soll. Herrin der Sterne, macht mich der Liebe würdig.«

Der Nachtwind strich mir das Haar aus der Stirn wie eine sanfte Hand, wie die Hand einer Mutter, aus frühester Kindheit erinnert. *Süßer Knabe,* wisperte sie, *alles, was du brauchst, ist eine günstige Gelegenheit.*

Ich neigte den Kopf und betete um eine günstige Gelegenheit, um eine Gelegenheit, alles aus mir zu machen, was ich sein konnte.

Ich bekam meine Gelegenheit, allerdings nicht so, wie ich es mir vorgestellt hatte. Sie bot sich in Blut, nicht in Liebe.

Wir marschierten nach Norden, hinein ins Herz von Persien. Irgendwo würde der König bald eine Schlacht mit dem Großkönig Dareios erzwingen. Bald würden wir ihm gegenüberstehen.

Als es so weit war, geschah es nicht an einem Ort unserer Wahl. Die Ebene von Gaugamela war groß und flach und nur mit ein wenig Gras und Gestrüpp bewachsen, ohne Flüsse oder größere Hügel, wie geschaffen für die Streitwagen des Großkönigs. Und er war uns zahlenmäßig erheblich überlegen. Dem Gerede im Lager nach fünf zu eins, was ich im Geiste auf zwei oder drei zu eins herunterrechnete; keine guten Aussichten, aber nicht unmöglich. Und doch wurde nirgends von einer Niederlage geraunt. Wir hatten ihn schon einmal besiegt, bei Issos, und hatten gesehen, wie Dareios Fersengeld gegeben und seine Familie zurückgelassen hatte, sogar seine betagte Mutter. Zwei oder drei gegen einen? Was war das schon, wenn wir Alexander hatten und sie Dareios?

Hephaistion ritt an jenem Morgen nicht Göttertänzer. Der war das jüngste seiner vier Schlachtrösser, das Nachwuchspferd, das noch geschult wurde. Für eine Schlacht wie diese wollte er Zephyr nehmen, sein erfahrenstes Pferd, das er aus Griechenland mitgebracht hatte. Ich machte Zephyr bereit und überprüfte sein Zaumzeug dreimal, um sicherzugehen, dass alles gut saß. Dann kratzte ich ihm noch einmal die Hufe aus, während wir auf Hephaistion warteten. Ein eingetretener Stein konnte heute tödlich sein.

Es war kurz nach der Morgendämmerung. Der Tag würde sengend heiß werden, jetzt jedoch wehte eine Brise und der Himmel war von blassem Blau, mit hohen, dünnen Wolkenschlieren. Die ganze Welt war im Sonnenaufgang golden und azur. Bestimmt gab es in irgendeiner Sprache Lobgesänge darauf, doch ich kannte sie nicht.

Die Heerführer waren gegangen, um zuzusehen, wie die Omen vor dem Heer gedeutet wurden. Ich stand mit Zephyr bei den angepflockten Pferden. Göttertänzer stampfte unruhig. Es gefiel ihm nicht, dass ein anderer den Ruhm ernten sollte. Ich streichelte ihn, und er warf den Kopf hoch, sah mich an, als wollte er sagen, du und ich, Lydias, wir könnten das doch auch.

»Nein, könnten wir nicht«, flüsterte ich und zog seinen Kopf an meine Brust. »Unsere Zeit ist noch nicht gekommen.«

Er stampfte abermals, als wolle er widersprechen. Ich war achtzehn und er vier. Vier Jahre ist auch für das beste Schlachtross noch zu jung, doch im Notfall hätte er eingesetzt werden können.

Hephaistion kam vom Opfer zurück. Sein rotes Haar glänzte in der Sonne. Er war ernst, trat nicht großspurig auf. »Alles klar, Lydias?«

»Ja, Herr«, versicherte ich. »Zephyr ist so gesund und munter, wie ein Pferd nur sein kann.«

»Braver Bursche.« Er klopfte mir auf die Schulter und schwang sich mit Leichtigkeit aufs Pferd. Dann fasste er die Zügel mit der Linken und blickte auf mich herab. »Pass gut auf die anderen auf.«

»Das werde ich tun, Herr«, antwortete ich. Nur weil es heute eine Schlacht geben würde, hieß das nicht, dass die anderen Pferde nicht wie immer gestriegelt und bewegt werden mussten.

Eine Stunde nach Sonnenaufgang waren sie alle fort und eine seltsame Stille senkte sich über das Lager. Nur wir Bedienstete waren zurückgeblieben. Die Köche waren schwer beschäftigt, denn Männer, die aus der

Schlacht zurückkehrten, würden hungrig sein. Irgendwo bellte ein Hund; es klang laut in dem leeren Feldlager.

Ich striegelte Göttertänzer von Kopf bis Fuß.

Draußen auf der Ebene würde jetzt die Schlacht beginnen. Wir konnten nichts sehen außer den Vögeln, die sich hoch oben auf den Luftströmen sammelten und über der Stelle kreisten, wo das Gemetzel angefangen hatte. Meine Hände schwitzten. Göttertänzer warf den Kopf hoch.

Ich führte ihn von den anderen fort, um ihn ein wenig zu bewegen. Vielleicht würde ein kleiner Spaziergang ihn beruhigen.

Wir gingen durchs Lager, und ich blieb hier und da stehen, um mit jemandem zu plaudern, mit einer Frau, die in der Asche des Feuers Brot buk, während ihre Kinder um sie herum spielten. Neben dem Zelt der Wundärzte hoben ein paar Männer Gruben aus, um die Arme und Beine hineinzuwerfen. Ein Stück weiter, näher am Zelt des Königs, standen die Zelte einiger der Heerführer.

Der helle Sonnenschein schimmerte auf dem Haar einer Frau, die vor einem Zelt stand. Mit der Hand schirmte sie ihre Augen vor dem Licht ab, während sie in die Richtung spähte, in die sie geritten waren. Ihr blauer Schleier lag um ihre Schultern und hob sich im Wind. Ihre Miene war gefasst wie die einer aus Stein gemeißelten Göttin, doch ihre Augen waren scharf. Nicht nur Aphrodite, überlegte ich. Auch Athene hat sie berührt. Die Frau eines Heerführers, dachte ich. Noch kannte ich ihren Namen nicht.

Jäh hob sie den Kopf, und ich schaute dorthin, wo sie hinblickte.

Eine lange Staubwolke wälzte sich auf uns zu, gelb und

brodelnd. Ich brauchte einen Moment, um zu begreifen, was das sein musste.

Die persische Reiterei war durch unseren linken Flügel durchgebrochen, zwischen den Quadraten aus Fußvolk, wo Heerführer Parmenio verzweifelt standhielt.

Und jetzt preschte sie auf unser Lager zu.

Jemand schrie auf. Nicht sie. Sie war bereits in dem Zelt verschwunden.

Ich sah sie schließlich aus der wabernden Staubwolke auftauchen, sehnige persische Reiter auf schnellen Pferden und mit blutigen Säbeln. Sie hatten sich bereits durch die Linien des Fußvolks gekämpft.

Göttertänzer stieß ein lautes Wiehern aus, seine Augen waren weit aufgerissen.

Ohne nachzudenken schwang ich mich auf seinen Rücken. Hatte Hephaistion mir nicht aufgetragen, auf alles aufzupassen, was ihm gehörte?

Hinter mir schrie die Bäckerin den Namen eines ihrer Kinder, während sie es an sich raffte. Der Wundarzt schaute aus seinem Zelt, ein langes Messer in der Hand. Alles schien unglaublich langsam zu geschehen.

Die Umrisse im Staub wurden deutlich sichtbar. Ein junger Mann mit schwarzem Bart, ein braunes Pferd, vom Staub vergoldet. Er ritt direkt auf mich zu. Sein Schwert zielte auf mein Herz.

»Hier!« Ein Schrei gellte neben mir auf, und ich blickte nach unten und sah sie, die Frau in Blau, die mir ein Schwert entgegenstreckte. Ich schloss die Finger um das Heft und riss es aus der Scheide, ein Prunkschwert mit eingelegtem Knauf, dem sein Besitzer zweifellos eine brauchbarere Waffe vorgezogen hatte.

Und doch wog es leicht in meiner Hand, gewichtslos wie Feuer.

Ich dankte ihr nicht. Stattdessen berührte ich Göttertänzers Flanken mit den Fersen und gab ihm endlich den Kopf frei.

Eine Gans stob davon, fast schon unter unseren Hufen, als wir losschnellten wie ein Pfeil von der Sehne. Mein Feind hatte mich zu seinem Gegner auserkoren, und ich ihn zu dem meinen.

In einem sauberen Pass trafen wir aufeinander, rechte Seite an rechte Seite. Mein Schwert fing das seine ab, und die Wucht des Schlages ließ meinen ganzen Arm erzittern. Göttertänzers Schulter war auf einer Höhe mit der seines Pferdes, und er rammte es. Das persische Pferd kam aus dem Tritt und stolperte.

Und mit dem Stolpern löste ich meine Klinge von seiner. In dem Moment, als er sein Pferd abfing, stieß ich ihm mein Schwert in den Nacken.

Ich riss die Klinge heraus, und sein Blut spritzte in einem Schwall über mich. Ein zweiter Perser kam herangestürmt, und ich warf Göttertänzer herum. Er empfing den Mann mit erhobenen Hufen, halb aus der Wendung heraus, so, wie ein Pferd es laut Xenophon tun soll, das Gewicht auf den muskelbepackten Hinterbeinen. Vom Schwung des Pferdes getragen, trennte ich dem Perser den Schwertarm ab.

Göttertänzer machte abermals einen gewaltigen Satz, und einen Moment lang dachte ich, ich würde herunterfallen. Er hatte mich aus der Bahn von zwei Reitern getragen, die aufeinander zuhielten. Je einer hätte rechts und links von mir sein sollen, jetzt jedoch war einer zwischen mir und dem anderen, sodass der äußere nichts ausrichten konnte

Ich glaube nicht, dass der neben mir begriff, was geschah, bevor ich ihn niederstreckte.

Hinter mir, am Eingang zu seinem Zelt, wehrte der Wundarzt einen Reiter ab. Eigentlich hätte er sofort getötet werden müssen, hätte das Pferd sich nicht in den Leinen verfangen, mit denen das Zelt an den Pflöcken festgemacht war.

Ich wendete Göttertänzer, und wir fuhren wie ein Donnerschlag von hinten auf den Mann los. Göttertänzer rammte das verstrickte Pferd mit voller Wucht, das wild um sich schlagend zu Boden ging und seinen Reiter unter sich begrub. Der Wundheiler machte sich mit seinem Messer über ihn her.

Rasch blickte ich mich um. Da kamen noch mehr. Noch viele, viele mehr. Fünfzig, hundert …

Ich merkte, dass Göttertänzers Rücken nass von meinem Urin war, doch das war nicht weiter wichtig. Es waren keine weiteren Reiter auf der Lagerstraße. Hoffentlich waren die Bäckerin und ihre Kinder geflohen, war die Frau des Heerführers geflohen. Gewiss hatte ihnen das Ganze doch ein wenig Zeit verschafft.

Ich sah sie aus dem Staub auftauchen. Viele, viele mehr.

»Komm, mein Junge«, sagte ich und streichelte seine Mähne.

Und dann drückte ich ihm die Fersen in die Flanken.

Wir krachten in den ersten Mann hinein. Abfangen, abfangen, decken und zustoßen. Wieder und wieder. Blut rann an dem Prunkschwert hinunter, die Hohlkehle der Klinge floss über und meine Hand klebte am Heft fest. Zustoßen und decken. Endlos und langsam, eine Ewigkeit.

Göttertänzer war schwerer als viele ihrer Pferde, und seine Größe verlieh meiner Hand Kraft. Hauen und zuschlagen.

Und dann übertönte etwas anderes das Getöse, der hohe, reine Klang von Hörnern. Der Staub wirbelte. Noch mehr. Bestimmt kamen noch mehr.

Aus dem Staub kamen Reiter gestürmt; Sonnenlicht glitzerte auf Stahl. Es waren nicht noch mehr Perser. Es war unsere Gefährtenreiterei, Alexander auf seinem Rappen, sein hoher weißer Helmbusch wehte.

Einen Moment lang sah ich es, dann traf mich etwas an der Schulter, heftig genug, dass meine Zähne aufeinanderschlugen und ich von Göttertänzers Rücken geschleudert wurde. Benommen lag ich im Staub, rollte mich nicht einmal zur Seite, um den Hufen zu entgehen. Meine Schulter war ein loderndes Feuer.

Hufe tanzten um mich herum, und diese Hufe erkannte ich sofort. Es war Zephyr. Hephaistion stand über mir und focht mit einem Perser. Ihre Pferde tänzelten.

Ich sah zu, wie er ihn niederstreckte. Hephaistions Miene war gefasst und angespannt, als ging es nur um die Schönheit des Schwertkampfes, nicht um das Leben eines Mannes.

Dann beugte er sich seitwärts aus dem Sattel und sah mich an. »Alles in Ordnung, Junge?«

»Ja.« Ich mühte mich auf die Beine. Noch immer hielt ich das Prunkschwert in der Hand.

Er nickte energisch, und ich dachte, er wollte etwas sagen.

Hinter ihm sah ich den Lanzenreiter heranstürmen.

Die meisten Perser waren mit kurzen Schwertern bewaffnet gewesen. Dies war einer ihrer Lanzenreiter, und sein kleines, leichtes Pferd schwebte fast über den Boden. Ich hatte keine Zeit zum Nachdenken. Ich hatte keine Zeit zum Rufen. Vielleicht war ich immer noch benommen, oder vielleicht ging es wirklich so schnell.

Der Reiter mit der Lanze traf Hephaistion mit voller Wucht; die Spitze drang direkt unter dem Rand des Harnischs tief in seine rechte Schulter.

Zephyr bäumte sich mit wirbelnden Hufen auf, versuchte, den Perser nicht näher heranzulassen.

Hephaistion stürzte vom Pferd. Die Muskeln seines Armes versagten ihm den Dienst, Blut quoll überall hervor. Ich taumelte vor, das Schwert noch immer in der Hand, und verließ mich darauf, dass Zephyr mich erkannte, dass er nicht auf mich losgehen würde, wie ein Schlachtross es laut Xenophon tun soll, wenn sein Reiter am Boden liegt.

Zustoßen und abwehren, wieder zustoßen und abwehren, zu Fuß gegen einen Lanzenreiter, und dabei teilweise noch durch Zephyrs Sprünge gestört.

Zephyrs Schrei, als der Lanzenreiter ihm seinen Schild ins Gesicht drosch.

Etwas traf mich und ich fiel hin, war mir nur halb bewusst, dass der Körper neben mir Hephaistion war, der sich bemühte, aufzustehen.

Und dann ein Trompetenwiehern, das die ganze Welt herausforderte. Ich blickte hoch. Alles, was ich sehen konnte, war Göttertänzers Bauch. Mit gebleckten Zähnen stand er vor uns beiden.

Mir schwanden die Sinne und die Welt kippte aus meinen Augen.

Als ich wieder zu mir kam, vernahm ich Schreie.

Ich lag im Zelt der Verwundeten, und der Wundarzt nahm gerade einem Mann den Arm ab.

Ich starrte die Zeltplane über mir an und versuchte gar nicht erst, aufzustehen. Wir müssen gewonnen haben, dachte ich, wenn ich hier liege und nicht den Gnadentod im Felde empfangen habe. Ich bin kein hoffnungsloser Fall, wenn man mich nicht aus Barmherzigkeit noch auf dem Schlachtfeld getötet hat.

Und damit schlief ich wieder ein.

Als ich abermals erwachte, war es Nacht. Ein Knabe hielt mir kühles Wasser an die Lippen.

»Gib acht,«, warnte der Wundarzt. »Man muss sehr vorsichtig sein, wenn man Männern mit Kopfverletzungen Wasser gibt. Es könnte sein, dass sie nicht schlucken können und es stattdessen einatmen. Befeuchte ihm nur die Lippen.«

Ich gab einen krächzenden Laut von mir und öffnete Lider, die ganz bestimmt aus Stein waren. Die ganze Welt schwankte um mich herum und wollte nicht deutlich sichtbar werden.

»Ah«, meinte der Wundarzt, und mir wurde klar, dass es derselbe Mann war, den ich während der Schlacht gesehen hatte. »Weißt du, wer du bist?«

»Lydias«, flüsterte ich. Das Wasser tat so gut. »Was ist passiert?«

»Das ist das Beste, worauf wir hoffen können«, erklärte

der Wundheiler dem Jungen. »Er weiß seinen Namen und scheint zu wissen, wo er ist.«

»Ich kann nicht sehen.« Ein Unterton der Panik schwang in meiner Stimme mit.

»Siehst du kein Licht oder kannst du nicht deutlich sehen?« Der Mann klang besorgt; er winkte dem Knaben, eine Lampe zu bringen. Ich konnte die helle Flamme sehen und ein wenig von seinem Gesicht dahinter, doch alles war verschwommen, als wäre ich unter Wasser.

»Nicht deutlich«, antwortete ich.

Er hielt die Lampe hoch und bewegte sie ein paar Mal vor und zurück.

»Siehst du?«, fragte er den Jungen. »Die Pupille seines rechten Auges verändert sich nicht, wenn ich die Lampe näher heran und weiter weg halte. Das kommt bei Kopfverletzungen oft vor.«

»Bin ich blind?« Ich fühlte, wie die Panik mich mit ihren Klauen packte.

»Nein«, versicherte der Heiler. »Wenn du dich klar ausdrücken kannst, hast du keine größeren Gehirnblutungen. Und das Auge erholt sich normalerweise wieder. Gib ihm ein paar Wochen Zeit. Außerdem haben wir dir die Kopfhaut genäht, und deine linke Schulter ist verbunden. Du hast einen schweren Schlag bekommen, der dir das linke Schlüsselbein gebrochen hat. Aber mit der Zeit wird das schon wieder werden, denke ich.« Er stellte die Lampe weg. »Trink etwas Wasser, lieg still und versuch zu schlafen«, meinte er trocken. »Du bist einer von denen, die Glück gehabt haben.«

Das stimmte. Zwar sah ich alles verschwommen, doch ich merkte, dass es besser wurde. Mein Kopf tat weh und die Fäden juckten, am schlimmsten jedoch war mein fest verbundener Arm, mit dem ich überhaupt nichts anfangen konnte. Der Wundheiler sagte mir am nächsten Tag, dass ich den Arm mindestens die nächsten eineinhalb Monate nicht heben sollte.

»Ich habe den Bruch gerichtet«, erklärte er, »aber das ist nicht wie bei einem Bein oder so. Deine Schulter hängt an dem Knochen, und die Bruchstücke verschieben sich, wenn du den Arm bewegst. Deswegen bist du auch so verschnürt.« Lange Leinenstreifen waren um meinen Arm gewickelt, banden ihn fest an meinen Leib.

Ich zappelte herum, bis er sagte: »Wenn du den Arm jemals wieder gebrauchen willst, lass ihn in Ruhe.«

Da hörte ich auf, denn zu was taugt ein einarmiger Pferdebursche schon?

Auch um die Pferde machte ich mir Sorgen, bis zum dritten Tag.

Ich wachte auf, als sich jemand auf mein Lager setzte, öffnete die Augen und erblickte Heerführer Hephaistion.

Auch er sah verhärmt und krank aus. Sein rechter Arm ruhte in einer Schlinge, und seine Schulter war dick verbunden.

»Herr«, stieß ich hervor und versuchte, mich zu erheben.

»Ganz ruhig, Lydias«, beschwichtigte er. »Du hast es dir verdient, liegen zu bleiben. Mich haben sie auch gerade erst aufstehen lassen.«

»Die Pferde?«

Er lachte und warf dabei den Kopf zurück, zeigte die

lange Linie seiner sonnengebräunten Kehle. »Natürlich, du machst dir zuerst Sorgen um das Wichtigste! Göttertänzer ist wohlauf; er hat über uns gestanden, bis der König gekommen ist. Zephyr hat abgebrochene Zähne, und er ist auf einem Auge blind. Ich fürchte, seine Zeit im Krieg ist vorbei, jetzt heißt es für ihn nur noch decken.«

»Das tut mir sehr leid, Herr«, stammelte ich. Ich wusste, dass er seine Pferde in meine Obhut gegeben hatte, und ich wusste, wie Zephyr verletzt worden war. Der Schlag mit dem Schild mitten in sein Gesicht. »Es war meine Schuld.«

»Deine Schuld, dass du mitgeholfen hast, das Lager zu sichern, und dass du mir vielleicht auch noch das Leben gerettet hast?« Hephaistion sah belustigt aus. »Ich habe Ptolemaios übrigens sein Schwert zurückgegeben. Er lässt dir dafür danken, dass du Thaïs verteidigt hast.«

Ich schluckte. Irgendwie hatte ich wohl das Schwert eines Heerführers gestohlen.

Hephaistion rückte ein kleines Stück zur Seite. »Der König hätte dir etwas zu sagen, aber ich habe ihm gesagt, ich würde das lieber selbst erledigen.«

»Bitte«, setzte ich an, bereit, mit irgendeiner Entschuldigung aufzuwarten, ich wusste nicht, mit welcher.

Seine braunen Augen waren ernst. »Lydias, als Pferdebursche taugst du nicht für meine Dienste. Ich weiß, du hast dein Bestes getan, aber so kann es nicht weitergehen. Von jetzt an bist du Soldat und kein Diener mehr. Ich erhebe dich in den Rang eines Gefährtenreiters, um in meiner Ilç neben den besten Männern zu kämpfen, die ich kenne.«

Meine getrübten Augen füllten sich mit Tränen und ich brachte kein Wort hervor.

»Wir werden ein eigenes Pferd für dich auftreiben müssen, wenn du wieder reiten kannst, Lydias von Milet. Und ein Schwert. Wir setzen nämlich Dareios nach, der wieder einmal vom Schlachtfeld geflohen ist und seine Verwundeten zurückgelassen hat, und ich werde dich brauchen, damit du mir den Rücken deckst.« Er umfasste mein Handgelenk und ich das seine, ein Handschlag von Mann zu Mann. »Sei willkommen in einer tapferen Schar, und sei gewiss, dass du dir deinen Platz dort verdient hast.«

Ich hätte seine Hand an meine Lippen gezogen und sie vor lauter Dankbarkeit geküsst, doch das war etwas, was ein Diener täte. Ich war jetzt Soldat. »Ich werde Euch niemals enttäuschen, Herr«, sagte ich stattdessen.

»Ich weiß«, antwortete er, als wäre er sich dessen vollkommen sicher.

8

Das Herz des Schwarzen Landes

Nach Kleomenes' Hinrichtung gab es in Memphis viel Arbeit. Der Staatshaushalt Ägyptens war ein einziges Chaos; niemand wusste, was bezahlt worden war und was nicht. Dass es zu allem zwei Niederschriften gab, machte alles noch schlimmer – Kleomenes' eigene Bücher sowie die amtlichen, die die Ägypter in ihrer eigenen Sprache geführt hatten, in demotischer Schrift, die Ptolemaios nicht entziffern konnte.

Ungefähr eineinhalb Monate später schickte Ptolemaios mich nach Oberägypten. Er wolle Meinungen hören, sagte er. Dokumente hatte er zuhauf, hunderte Bittschriften an den Satrapen wegen diesem und jenem, Steuerrollen und gerichtliche Klagen, Fakten, Fakten und Fakten. Was er nicht hatte, war ein echtes Gespür für das Land, für die Stimmung des Volkes. Keiner von uns war je weiter nilaufwärts gereist als bis nach Memphis, als wir damals mit Alexander hier gewesen waren, und jetzt, da alles so unsicher war – Perdikkas und die ganze politische Lage –, war es zu gefährlich für Ptolemaios, sich so weit von der Küste zu entfernen.

Stattdessen schickte er mich aus, um seine Augen und Ohren zu sein.

»Lydias«, sagte er, »du beleidigst andere nicht, du behältst deine Ansicht für dich und du bist klüger, als jeder es von einem einfachen Soldaten erwartet. Ich brauche Meinungen, nicht nur Fakten. Geh und bilde dir welche.«

Und so segelte ich in der Trockenzeit vor dem Nilhochwasser nach Süden, den Fluss hinauf und in die Vergangenheit.

An jene Tage zu denken ist für mich im Rückblick so, als erinnere man sich daran, wie man sich verliebt hat. Ich stand im Morgengrauen auf und sah zu, wie die Sonne über den Gefilden aufging, in denen Leben und Tod aufeinandertrafen, die scharf gezeichnete Linie, wo die Äcker Ägyptens endeten und die Wüste begann. In der klaren Morgenluft trieb der Geruch von backendem Brot übers Wasser herbei und Rauch stieg von den Dorföfen auf. In den Feldern sammelten die Ährenleser die letzten Reste der Ernte auf.

Am ersten Tag der Reise von Memphis beobachtete ich einen kleinen Jungen, sechs oder sieben Jahre alt, umgeben von einer Schar Gänse und mit einem Stock in der Hand. Als er unser bunt bemaltes Schiff erblickte, winkte er, und ein braun-weiß gefleckter Hund sprang neben ihm immer wieder in die Höhe. Ich hob zur Antwort die Hand, und als er abermals winkte und uns mit seinem ungebärdigen Hund ein kleines Stück am Ufer entlang folgte, spürte ich, wie sich in meiner Brust etwas löste.

Am zweiten Morgen sahen wir Nilpferde. Wir nahmen Fahrt weg und fuhren vorsichtig zwischen ihnen hindurch, eine große Herde aus zwanzig oder dreißig Tieren, die nicht die mindeste Furcht vor uns zeigten und dahinschwammen, als wäre das alles gar nichts. Ich konnte nicht aufhören zu grinsen. Eigentlich hatte ich gedacht, so dicht bei den Behausungen der Menschen gäbe es solche sonderbaren Tiere nicht, doch überall um uns herum waren Dörfer, und das schien die Nilpferde überhaupt nicht zu stören. Sie waren nicht so groß wie die Elefanten, die ich in Indien gesehen hatte, aber ein bisschen erinnerten sie mich an sie. Ich grinste immer weiter, selbst als wir sie hinter uns ließen und nach Herakleopolis weiterfuhren.

Dort machte ich halt, und dann in Oxyrhynchos, und dann abermals in Hermopolis, sprach mit Adligen und Priestern und redete mit den persischen Beamten, die der König oder Kleomenes auf ihrem Posten bestätigt hatte. Hermopolis war die letzte Stadt in Richtung Süden, in der es persische Beamte gab, und sie sprachen über Oberägypten, als sei es ein fremdes, barbarisches Land. »Sorgt ja dafür«, rieten sie mir, »dass Ihr stets genug Leibwächter habt. Vor allem in Theben. Einer der Männer des Großkönigs ist am helllichten Tag auf dem Markt von Theben umgebracht worden, und niemand wollte etwas sagen, nicht einmal, als die Zeugen gefoltert wurden.«

Ich dankte ihnen ergeben für diesen Rat und beschloss, in Oberägypten überhaupt keine Leibwächter um mich zu haben. Das war das Erste, was sie von Ptolemaios sehen, das erste Urteil, das sie sich über ihn bilden sollten. Ich würde nicht mit persischem Hochmut auftreten, sondern versuchen, mich so zu verhalten, wie sie es vielleicht von einem Diener des Pharaos erwarten würden. Zu diesem Zweck tauschte ich Helm und Harnisch gegen einen wunderschön gearbeiteten weißen Chiton ein, über dem ich meinen Schwertgurt trug, und ließ mir in Hermopolis von den Dienern Arme und Beine rasieren. Eigentlich war das gar nicht so absonderlich, schließlich schabte ich mir ja jeden Tag das Gesicht glatt. Für die Ägypter galt es lediglich als eine Frage der Sauberkeit, auch den Rest des Körpers zu rasieren. In Griechenland rasierten sich natürlich nur Lustknaben überall, um jünger zu erscheinen, als sie waren; allerdings war es eine Art Mode, sich Rücken und Brust kahlzuscheren, um im Gymnásion glatt und sauber auszusehen. Die Makedonen hätten das weibisch gefunden, was nicht heißen soll, dass manche von ihnen es nicht getan hätten! Für die Ägypter jedoch würde ich lediglich gepflegt aussehen.

Am Tag danach, an dem Morgen, als wir von Hermopolis nach Abydos aufbrachen, ereignete sich der sonderbarste Vorfall der ganzen Reise.

Ich stand auf dem Deck und genoss den Luftzug unserer Fahrt in der Wärme des Tages. Mir schien, dass die Landschaft sich unmerklich veränderte, als wir gen Süden fuhren. Das grüne Band entlang des Flusses war schmaler, und dahinter schien das Land am Westufer felsiger zu sein, mehr Wadis und Klippen als Sandwüste. Ich überlegte, wie weit es wohl bis nach Abydos war und ob ich versuchen sollte, den Schiffsführer zu fragen. Seine Griechischkenntnisse waren dürftig, und meine des Ägyptischen noch dürftiger.

Vor uns sah ich hinter einer Flussbiegung eine Stadt auftauchen. Als wir näher kamen, sah ich, dass sie größer und prächtiger war als jede andere, die wir seit Memphis gesehen hatten, mit einem riesigen gemeißelten Phylon, einem Tor mit Flankentürmen, das mit Malereien verziert war, und einer breiten Prachtstraße, die quer durch die Stadt zu einem Palast führte, der wie ein Juwel zwischen Gärten und Teichen eingebettet war.

Gewiss musste das Abydos sei, dachte ich, obgleich die Stadt sowohl größer als auch älter zu sein schien, als ich erwartet hatte. War es möglich, dass wir an Abydos vorbeigesegelt waren und uns jetzt Theben näherten? Von den prachtvollen Tempeln Thebens war oft die Rede gewesen.

Doch als wir noch näher kamen, zweifelte ich daran. An den Ufermauern lagen keine Lastkähne oder Schiffe, und ich sah keine Menschen umherlaufen. Die breiten Straßen schienen verlassen zu sein.

Ein Schauer lief mir den Rücken hinunter. Als wir an den ersten Gärten vorbeiglitten, war auch in den Bäumen kein Vogel zu hören. Die Brunnen plätscherten nicht. Die Wassertropfen hingen reglos in der Luft und glitzerten wie Glaströpfchen.

Rasch ging ich zum Schiffsführer ans Heck. »Was ist das für eine Stadt?«, fragte ich ihn stockend auf Ägyptisch.

Er schaute weg, das Steuerruder in der schwieligen Hand, und sagte etwas, das ich nicht verstand.

»Ich habe nicht verstanden«, sagte ich.

Der Mann sah mir in die Augen. »Verflucht«, sagte er auf Griechisch. »Verflucht. Nicht hinschauen, verstehen? Lass Tote Stadt in Ruhe.« Er spuckte über die Reling.

Ich drehte mich um, um abermals hinzuschauen.

Die Stadt, die ich gesehen hatte, war verschwunden.

Stattdessen ragte ein geborstener Phylon aus dem Sand, und ein paar abgebrochene Säulenstümpfe nahe am Ufer zeigten, wo vielleicht der Eingang zu den Gärten gewesen war. Wind peitschte goldenen Sand über braune Dünen, wölbte sie zu Formen auf, die nicht ganz natürlich erschienen. Die Stadt war fort, war vor tausend Jahren verfallen. Über ihr kreiste ein Falke auf dem Wind. Unter ihm strömte der Fluss an ein paar jämmerlichen Ruinen vorüber.

Ich starrte darauf. Wo waren all die Gärten? Wo waren die Paläste und Straßen, die ich gesehen hatte? Dahin, alle unter dem Sand verschwunden, unter dem Roten Land, das diesen Ort wieder in Besitz nahm.

»Die Tote Stadt?«, fragte ich den Schiffsführer.

Er warf keinen Blick in ihre Richtung. »Lass ab«, sagte er. »Böses haust dort. Vor langer Zeit waren die Götter erzürnt über einen, der ihr Feind war, und das Schwarze Land wurde fast zerstört. Lass ab davon, ich sage es dir. Es ist ein verfluchter Ort.«

Ich nickte.

Dir Ruinen verschwanden hinter uns. Bald würden sie wieder außer Sicht sein.

»Babylon«, flüsterte ich. Das war es, woran die Stadt mich erinnerte. Hatten diese Paläste leer gehallt, der König tot und das Böse auf das Land losgelassen? Hallten sie noch immer? Würde Babylon so widerhallen, in tausend Jahren?

In dieser Nacht nächtigten wir auf dem Nil, und ich schlief, und ich träumte.

Ich träumte, ich ritte in einem riesigen Tross auf einer

Fuchsstute, folgte Karren voller Wegzehrung, voller Verwundeter. Es war Spätsommer, und um uns herum waren die Felder im Sonnenschein grün. Ich ritt eine Fuchsstute namens Fee, und ich trug einen Säbel an der Seite. All das erschien mir nicht merkwürdig, nicht einmal der Frauenkörper, den ich an jenem Ort hatte, athletisch und älter, als ich jetzt war.

Wir kamen über eine Anhöhe, und ich hielt an, um zu schauen.

Jenseits der Ebene wartete eine Stadt in der Sonne, schimmernde Mauern und die hohen, glitzernden Kuppeldächer von Tempeln, wie Zwiebeln geformt und scharlachrot und golden bemalt. Die Stadt wartete wie der Untergang im Sonnenschein unter dem blauen Himmel. Ich hielt an und sah. Im Umriss der Mauern sah ich den Schatten Babylons, den Schatten der Stadt der Toten. Vor mir wanden die Marschkolonne und der Tross sich dahin wie eine dunkle Schlange.

Es war natürlich nicht Babylon, sondern eine andere Stadt, noch nicht erbaut. Ich träumte, und ich wusste, dass ich die Zukunft träumte.

»Was ist das für ein Ort?«, flüsterte ich. Die Ebene, die Stadt, die marschierende Kolonne waberten, als stünde ein Dunst zwischen ihnen und mir.

Ich stand auf der Anhöhe über der Kolonne und blickte auf sie hinunter.

»Das ist, was sein könnte«, sagte Sie. Ich drehte mich um und sah Isis neben mir stehen. Ihr dunkles Haar war zu vielen Zöpfen geflochten und mit einem silbernen Schleier bedeckt, wie der Mond im Trauergewand. »Lydias«, sagte Sie.

»Erhabene Herrin.« Ich fiel auf die Knie.

Sie hob mich auf; Ihre Hand unter meinem Ellenbogen – es war mein eigener Körper, ich war wieder ich selbst.

Rasch blickte ich über die Anhöhe hinweg und sah sie von außen, die Frau auf dem Fuchs. Ihr Haar von der Farbe des Sonnenlichts, so kurz geschnitten wie das eines griechischen Knaben. Ihre sonnenverbrannte Nase und ihre scharfen blauen Augen, einen Körper, der sich bewegte wie der eines Jünglings oder eines Eunuchen, obwohl sie der Vierzig nahe sein musste. »Bin ich das?«, fragte ich.

»Es könnte sein«, erwiderte Isis. »Die Zukunft hat viele Pfade, und die Götter können nicht sehen, was geschehen wird. Dafür müssen wir uns auf die Orakel verlassen, die die Entscheidungen der Menschen genau sehen.«

»Ihr wisst nicht, was passieren wird?«, fragte ich neugierig.

Wehmütig schüttelte Sie den Kopf. »Nein. Wir mögen wissen, was wahrscheinlich ist, oder Gründe kennen, die ihr noch nicht versteht, aber wir können nicht erkennen, wie die Menschen entscheiden werden. Die Zukunft ist fern vom Jetzt, und viele Entscheidungen liegen zwischen jetzt und dann. Ich könnte dies hier nicht sehen, würdest du den Weg nicht öffnen.« Sie hob das Kinn und deutete damit auf die Frau auf dem Pferd. »Von dir zu dir. Von dir zu einer Frau, die einst Lydias war und der etwas auffällt, das sie an dich erinnert.«

»Das sind für mich sehr tiefe Wasser«, gestand ich. »Wie kann es sein, dass ich eine Frau sein werde?«

Isis lächelte. »Glaubst du denn, die Seele hat ein Geschlecht? Oder sind Männer und Frauen nicht beide menschliche Wesen?«

»Manche Philosophen sagen, es ist nicht so«, erwiderte ich. »Aber ich bin kein gebildeter Mann, und ich weiß nichts von solchen Dingen. Ich kann nur sagen, was ich sehe. Männer und Frauen sind gleichermaßen menschlich und leiden dieselben Schmerzen.« Da fiel mir etwas ein, etwas, das Sie gesagt hatte, als ich mit Ptolemaios in der Wüste geträumt hatte. »Erhabene Herrin, Ihr habt mich Priester und Priesterin genannt. Ist es das, was Ihr meint?«

Ihr Lächeln wurde breiter. »Die Vergangenen sehen die Götter deutlich, denn das ist nur eine Frage des Erinnerns. Ja, du warst früher sowohl Priester als auch Priesterin des Schwarzen Landes, Gemahlin des Amon und Priester des Toth, und noch mehr. Du bist kein Fremder für uns, Lydias, auch wenn du mit fremdem Namen und Antlitz kommst. Wir kennen dich, so wie dein König es getan hat.«

»Alexander«, fragte ich. »Ist es wahr, dass er in Banden liegt?«

Sie nickte. »Ja. Ist es nicht der Glaube vieler Menschen, dass die Seele verweilt, bis die Bestattung vollzogen ist? Wie kann er weiterziehen, wenn er nicht bestattet ist? Und während er unbestattet ist, wüten die Geister, die Pharao in seinem Bann hält, zügellos durch die Welt.«

»Habe ich deshalb die Tote Stadt gesehen?«, fragte ich.

Einen Moment lang fand ich, dass Sie erschrocken aussah. »Es kann sein. Das Chaos geht im Lande um, und Tod und Krankheit werden folgen. Ptolemaios könnte es bannen, wenn er es wünschte.«

»Wenn er Pharao wäre«, sagte ich rundheraus. »Dazu kann ich ihn nicht drängen, und ich werde es auch nicht tun. Kein Mann sollte König sein, der diese Bürde nicht auf sich nehmen will.«

Ihre Augen blitzten. »Und geschieht das nicht immer? Welcher Prinz entscheidet sich dafür, dass sein Vater herrschen soll? Ein Prinz muss die Pflicht auf sich nehmen, für die er geboren ist, genau wie jeder Mann es tun muss. Wenn dir eine Pflicht auferlegt wird, wimmerst du dann und sagst, dass sie zu schwer ist?«

»Nein«, erwiderte ich, »aber ich habe mich dafür entschieden, meinen Gefährteneid abzulegen, und ich werde ihn halten, solange Atem in mir ist. Ptolemaios wird keinen Thron besteigen, auf den er kein Anrecht hat. Er ist kein Mann, der sagt, ich will es, und darum ist es rechtens.«

»Und genau deswegen sollte er Pharao sein«, sagte Sie. »Glaubst du denn, ich würde einen Despoten auf Ägyptens Thron wollen? Dieses Land hat genug Leid erlebt.«

Sie ging ein Stück von mir weg, und hinter Ihr konnte ich noch immer die Kolonne der Pferde und Karren sehen, die lange Reihe des Trosses der Zukunft, der sich den Hügel hinunter auf die Stadt zu wand, dunkelblaue Mäntel und seltsame kurze Stäbe über der Schulter jedes Soldaten. Die Frau auf dem Pferd sah ihnen zu, ihre Augen so blau wie der Himmel des Schwarzen Landes.

Noch immer mit dem Rücken zu mir, sprach Isis abermals, und Ihre Stimme war leise. »Ich weiß nicht. Wirst du mich vergessen, Lydias, wenn zweitausend Jahre vergangen sind?«

Wieder blickte ich zu der Frau hinüber, wie sie auf

dem sonderbaren Lederpolster auf dem Rücken ihres Pferdes saß, wie sie die Zügel locker in der Linken hielt, als hätte sie das schon seit zweitausend Jahren getan, auf mehr Feldzügen, als ich mir vorzustellen vermochte. »Ich glaube nicht«, antwortete ich. »Ich glaube, ich bin nicht gut im Vergessen.«

Die Rufe der Bootsleute weckten mich, als wir in Abydos einliefen. Ihre Stimmen hallten übers Wasser, als wir am Steg anlegten.

Das Gefühl des Fremdseins begleitete mich den ganzen Nil hinauf, bis nach Theben und wieder zurück.

In Oberägypten hatten die Menschen Alexander nicht geliebt. Sie hatten ihn nicht gekannt. Für sie war er nur ein Name. Ein guter Name, gewiss, da sie die Perser nicht geschätzt hatten, doch die Hand des persischen Großkönigs hatte leicht auf Oberägypten gelegen, und persisches Recht war eigentlich nie mit Gewalt durchgesetzt worden. In Memphis und im Delta hatten sie die Perser gehasst und Alexander mit offenen Armen willkommen geheißen; in Oberägypten waren die Menschen vorsichtig.

Gewiss, ich wurde freundlich empfangen. Alle waren durchaus höflich, doch ich hatte das Gefühl, dass mir oft die Hälfte dessen entging, was gesagt wurde, und beschloss, so schnell es ging, Ägyptisch zu lernen. Ja, natürlich waren alle froh, zu erfahren, dass Alexanders kleiner Sohn am Leben und wohlauf war. Ja, natürlich waren alle seinem Satrapen Ptolemaios treu ergeben. Es war gut, zu hören, dass Ägypten unter ägyptischem Recht regiert werden sollte.

Und doch war unter all dem eine Strömung zu spüren, die mir nicht gefiel. Irgendetwas stimmte nicht.

Bis zum fünften Tag in Theben hatte ich keine Ahnung, was los war. An diesem Morgen erwachte ich noch vor dem Morgengrauen und hörte Diener draußen im Hof und das Schluchzen von Frauen. Ich sah aus dem Fenster. Anscheinend standen sie um einen Leichnam herum, der von zwei Männern in einer Tuchschlinge hereingetragen worden war. Verwandte und Freunde eilten herbei, um ihre Kleider zu zerreißen und zu klagen.

Später am Tag fragte ich meinen Gastgeber danach.

Der Priester des Amon machte ein beklommenes Gesicht und wich meinem Blick aus. »Ein Bauer«, sagte er auf Griechisch. »Nichts, worüber man sich Gedanken machen müsste. Er ist bei einem Sturz in der Wüste umgekommen.«

»Ah.« Es war sicher wahr, dass das geschehen konnte; die Wadis am Westufer des Flusses waren von steilen Klippen gesäumt. Da konnte ein Mann durchaus zu Tode stürzen. Aber warum die Heimlichkeit, warum die Furcht, die ich in seiner Miene sah?

Es war Abend, und die Lampen wurden gerade entzündet, als ich in mein Gemach zurückkehrte. Eine der jungen Dienstmägde stand auf einem Schemel und hängte die frisch gewaschenen Vorhänge vor das Fenster, doch sie bat mich hastig um Verzeihung, als ich hereinkam.

»Ich wollte eigentlich schon fertig sein«, beteuerte sie, während sie eilig von dem Schemel stieg. »Bitte entschuldigt, Erhabener Herr.« Ich fand ihr Griechisch besser als das ihres Herrn. Ihre Augen waren rotgeweint.

Sie stand da, als warte sie auf Anweisungen. Ich überlegte, ob ihr wohl befohlen worden war, sich zu meiner Verfügung zu halten, und ob der Gedanke, mich zu erfreuen, für sie so unerfreulich war.

»Warum weinst du?«, erkundigte ich mich behutsam. »War der Mann, der umgekommen ist, mit dir verwandt?«

Wieder füllten sich ihre dunklen Augen mit Tränen. »Mein Onkel«, sagte sie. »Bitte, Erhabener Herr, vergebt mir. Ich benehme mich unschicklich.«

»Nein, nein, nicht im Mindesten«, wehrte ich ab und gab acht, ihr nicht zu nahe zu kommen, falls sie mich missverstehen sollte. »Wir mögen Fremde sein, aber wir halten es wahrlich nicht für unschicklich, den Tod des eigenen Onkels zu betrauern. Gewiss ist das doch verständlich. Wie ist er denn ums Leben gekommen?«

»Ein Löwe.« Sie ließ das Gesicht in die Hände sinken. »Sie sagen, es war ein Löwe.«

»Ein Löwe?« Dass ein recht betagter Bauer nachts draußen in der Wüste auf einen Löwen stoßen sollte, erschien mir ungewöhnlich.

»Ein Löwe«, wiederholte sie mit erstickter Stimme. »Wir haben die Krallenspuren gesehen, dort, wo seine Klauen ihn zerrissen haben.«

»Ah«, sagte ich.

Sie blickte auf. Ihr junges Gesicht flammte und ihre Stimme war leise. »Es war kein Löwe, Erhabener Herr. Es waren die Nachtgeister. Sie sind wieder da, und sie werden stärker! Niemand verlässt jetzt des Nachts den Schutz der Mauern, außer, es muss sein. Sie kommen vom Westen, aus dem Roten Land, und sie hassen die Menschen! Schon treiben sie am anderen Ufer des Nils ihr Unwesen. Lasst Euch das eine Warnung sein und geht nachts nicht hinaus, sonst ergeht es Euch wie meinem armen Onkel!« Schluchzend rannte sie aus dem Zimmer.

Mit dem Nilhochwasser kehrte ich nach Alexandria zurück; der Fluss stieg, während wir auf seiner breiten Brust stromabwärts fuhren. Wir verließen ihn, bevor wir Alexandria erreichten, denn die Stadt war nicht am Fluss, sondern am Mareotis-See erbaut worden, wo es einen besseren Hafen gab als in den Untiefen der Flussmündung. Ich war fassungslos, was sich in den sieben kurzen Monaten, seit Ptolemaios und ich nach Memphis aufgebrochen waren, verändert hatte.

Als ich abgereist war, waren die meisten Straßen nichts anderes gewesen als schlammige Pfade; Pflöcke und Schnüre hatten angezeigt, wo Häuser und Läden sein sollten. Jetzt war es eine Stadt.

Gewiss, es gab noch immer ungepflasterte Straßen, noch immer Grundstücke, auf denen lediglich ein Pflock mit einer Nummer zu finden war, doch aus dem Erdreich erhoben sich Häuser aus Lehmziegeln, manche getüncht und spärlich verziert, oder auch halb fertige Mauern mit einem Zelt als Dach in der Mitte. Die Straßen hallten wider vom Hämmern der Zimmermänner, vom Geschrei herumrennender und spielender Kinder, vom Handeln und Feilschen in einem Dutzend verschiedener Sprachen auf den behelfsmäßigen Marktplätzen. Es war, als wäre ein Tross zu etwas Dauerhaftem geworden, als fände das unstete Lagerleben jetzt zwischen Ziegelmauern anstelle von Zeltplanen statt. Kochdünste stiegen in die Abendluft empor. Ich hätte schwören können, dass ich mit Curry gewürztes Lammfleisch roch.

Ich suchte mir den Weg zu dem Gebäude, das der Palast sein sollte, um Ptolemaios Bericht zu erstatten, vorbei an Sonnensegeln, die über frisch gepflasterte Höfe gespannt waren, an Tavernen, die Soldaten und Bürgern der Stadt gleichermaßen Wein ausschenkten. Sogar ein paar Juden glaubte ich zu erblicken und fragte mich, wo sie wohl herkamen. Ein großes Stück Bauland war leer; ein Schild verkündete auf Griechisch, dass dort bald ein Gymnásion für die Söhne der Stadt stehen würde und dass Tutoren und Ausbilder angestellt würden, sobald die Geldmittel es zuließen. Preise für eine Mitgliedschaft und weitere Auskunft möge man bitte bei Phaidon aus Achilles' Ilç erfragen; für Väter, die mehr als einen Sohn anmeldeten, gäbe es einen Preisnachlass, und für den dritten koste es nur den halben Preis.

Für die Söhne der Stadt, dachte ich. Nicht für junge griechische Adlige. Und wie denn auch? Es gab doch kaum griechische Frauen hier. Die meisten Söhne würden Mütter aus anderen Ländern haben, persische oder medeische, ägyptische oder indische. Unverhofft schnürte sich mir die Kehle zu.

Hier würde ich nichts Ungewöhnliches sein, halb Grieche und halb Karer. Hier wäre ich kein uneheliches Balg gewesen, das als Sklave verkauft werden konnte, sondern ein Sohn der Stadt. Diese Knaben würden nicht verkauft werden wie ich, sondern zur Schule gehen. Sie würden lesen und schreiben und keinen Unterschied zwischen dem Sohn eines Karers und dem Sohn eines Inders machen. Im Laufe der Zeit würden sie sich mit den Schwestern der jeweils anderen vermählen, und wir würden ein ganz neues Volk werden. Alexandriner.

Wenn wir Zeit dazu hatten. Das war die Frage. Würde dieses zerbrechliche Gebilde überdauern oder beim ersten Krieg zu Asche verbrennen?

Ich stand da, spät am Abend, neben einem schlammigen Grundstück, wo eines Tages ein Gymnásion stehen würde, und schloss die Augen.

O meine Stadt, betete ich, o Geist der Stadt, Geist von Alexandria, ich gelobe, dass ich tun werde, was ich kann, um dich zu bewahren, für alle Söhne unserer Söhne. Ich werde mein Bestes tun.

Ich fühlte, wie der Nachtwind mich umwehte, erfüllt vom Geruch neu behauenen Holzes und frischen Fischs, von Küchen-, Pferde- und Menschengeruch. Die Stadt umarmte mich.

Zu Hause, flüsterte sie. *Lydias, du bist zu Hause.*

Zu Hause, dachte ich. Ich habe ein Zuhause, und es ist hier.

Und dann öffnete ich die Augen und ging Ptolemaios Bericht erstatten.

Ich rechnete nicht damit, dass er noch in seinem Amtszimmer sein und noch immer arbeiten würde. Er blickte auf, als ich hereinkam. »Oh, gut, Lydias. Du kommst gerade rechtzeitig zurück.«

»Wirklich?« Ich fürchtete, dass ich sehr gemischte Neuigkeiten für ihn hatte, und manches davon würde ihn wohl kaum erfreuen.

Ptolemaios legte das Dokument hin, das er in der Hand hielt, und deutete auf den Schemel auf der anderen Seite des Tisches, ihm gegenüber.

»Nimm dir etwas Wein«, sagte er. »Ich muss mit dir

reden. Gerade habe ich einen Brief von den Einbalsamierern bekommen.«

Ich schenkte mir aus einer Amphore ein, die nahebei stand, und goss Wasser aus dem Krug dazu. »Einbalsamierer?«, fragte ich verständnislos. Mir war nicht klar, welche Einbalsamierer er meinte.

»Als Hephaistion gestorben ist, hat Alexander nach den besten Einbalsamierern geschickt, um den Leichnam bis zur Bestattung zu erhalten. Die kamen natürlich aus Ägypten, von den Priestern des Anubis, denen dergleichen anvertraut wird. Da der König nur wenige Monate nach Hephaistion gestorben ist, waren die Einbalsamierer noch in Babylon. Sie wurden beauftragt, den Leichnam zu bewahren.«

»Oh.« Darüber hatte ich mir in dem Chaos im Palast von Babylon nicht viele Gedanken gemacht.

»Sie sind noch immer dort, und Manetho steht mit ihnen in Verbindung, so wie ich mit anderen Hochgestellten im Gefolge des Königs in Verbindung stehe.« Ptolemaios stellte seinen bemalten Becher dicht an der Tischkante ab. »Und so habe ich etwas Unerfreuliches erfahren. Olympias hat sich mit Perdikkas verbündet.«

»Verflucht«, knurrte ich. »Ich dachte, die beiden sind Todfeinde. Olympias will Alexanders Leichnam doch in Makedonien bestatten, und Perdikkas in Babylon.«

»Olympias hasst Antipatros, den Regenten in Makedonien, mehr als Perdikkas. Und Perdikkas hat Roxane, und für Olympias ist nur eins wichtig ist: dass ihre Enkel gegen alle Widersacher obsiegt, den Thron besteigt und als König in Pella herrscht. Um das zu erreichen, hat sie Perdikkas ein Angebot gemacht, das er annehmen wird.« Ptolemaios hielt inne und sah mir unverwandt in die Augen. »Perdikkas wird Alexanders Leichnam nach Makedonien schicken, und Olympias wird Perdikkas das Einzige senden, was noch wichtiger ist – Alexanders einzige Schwester Kleopatra als seine Braut.«

Ich stieß die Luft aus und nippte an meinem Wein, ehe ich sprach. »Wir sind erledigt. Was machen wir jetzt?«

Ptolemaios nickte. »Ich habe einen Briefwechsel mit Antipatros begonnen. Er war mir zugetan, als ich noch ein Knabe war, und er hat sich bereit erklärt, mir seine Tochter Eurydice als Gemahlin zu schicken.«

»Das hilft ein wenig«, meinte ich. Kassanders Schwester, dachte ich im Stillen. Ihn hatte ich nie auch nur im Mindesten leiden können, aber vielleicht war seine Schwester anders. Es hatte keinen Sinn, zu fragen, was Thaïs davon hielte. Dies war eine Vermählung aus Staatsgründen und hatte nichts mit ihr zu tun. »Genügt es?«

»Nein.« Ptolemaios stützte die Ellenbogen auf den Tisch. »Und damit kommen wir zu deiner Aufgabe.«

»Als Kuppler tauge ich nicht besonders viel«, sagte ich.

»Sollst du auch nicht«, erwiderte Ptolemaios. »Du wirst Alexanders Leichnam stehlen.«

9

Ein schlauer Plan

Ich werde was?«, fragte ich entgeistert. Man kann doch seinen Befehlshaber nicht fragen, ob er den Verstand verloren hat.

»Alexanders Leichnam stehlen«, wiederholte Ptolemaios.

»Und wie soll ich das anstellen?« Die Vorstellung war einfach grotesk. »Ihn packen und mich davonmachen? Er wird doch bestimmt bewacht, und es ist ja auch nicht so, als würde es niemand merken, wenn er weg ist …« Ich vermochte mir das kaum vorzustellen. Alexander lag in Babylon, im Palast des Großkönigs, der größte Held seines Zeitalters. Bestimmt war er doch von Wärtern umgeben, von Bediensteten, Wachen …

Ptolemaios goss mehr Wein in meinen Becher, sodass der Inhalt stärker war. Mit finsterer Belustigung musterte er mich von der Seite her. »Nein, nicht einfach packen und dich davonmachen. So eine Mumie ist übrigens ganz schön schwer. Ich weiß ja nicht, ob du schon mal eine hochgehoben hast.«

»Kann ich nicht behaupten.« Im Stillen überlegte ich, ob er wohl zu Übungszwecken Mumien gehoben hatte oder ob das nur seine übliche Gründlichkeit war.

Sicherheitshalber schenkte er sich auch noch mehr Wein an, nahm einen kleinen Schluck und stellte seinen Becher wieder hin. »Perdikkas hat sich bereit erklärt, den Leichnam des Königs heimzuschicken, zu Olympias nach Makedonien. Zu diesem Zweck hat er einen gewaltigen Leichenwagen bauen lassen. Das Ding ist riesig, mit allem möglichen vergoldeten Zierrat, und dazu kommt noch ein goldener Sarkophag, der ungefähr so viel wiegt wie ein Ochse. Vierzig Pferde sind nötig, um das Ding zu ziehen, oder irgendeine ähnlich absurde Anzahl. Und bewacht wird er von gut achthundert Mann.«

»Das macht das Ganze ja so viel leichter!« Ich hielt mir den Kopf. »Ich danke Euch tausendmal! Jetzt ist alles wesentlich klarer!«

Ptolemaios lachte und berührte meinen Becher mit dem seinen. »Lydias, ich schwöre dir, ich bin nicht verrückt! Hör dir an, was ich vorhabe, und sag mir dann, ob du es für unmöglich hältst. Wir nehmen das Ganze zusammen auseinander.«

»Ich höre.« Ich spreizte die Hände. »Dass Ihr verrückt wärt, habe ich bisher noch nie erlebt.«

Ptolemaios grinste und trank einen Schluck. »Der Plan lautet folgendermaßen: Der Leichenwagen kommt nicht schnell voran. Er ist zu groß und zu schwer und kann nur auf der Persischen Königsstraße fahren. Und bei schlechtem Wetter kommt er in den Bergen nicht vom Fleck. Also muss er Asien im Sommer durchqueren, weil selbst ein kleines bisschen Eis oder Schlamm die Berge für den

Wagen unpassierbar machen wird. Es ist für dieses Jahr zu spät, um jetzt von Babylon aus aufzubrechen.«

»Stimmt«, brummte ich und dachte an die Berge bei Milet, und an die Königsstraße nach Gordion. Wir hatten die Reise zu den Pferdemärkten immer nur im Frühling und im Sommer angetreten, und das auch ohne schwere Fuhrwerke. In den Hochlanden ging der Sommer bereits zu Ende, und in ein paar Wochen würden Regenfälle einsetzen. Es würde nicht mehr lange dauern, bis die Menschen im Hochgebirge morgens Eis vorfanden. Hier in Ägypten vergaß man leicht, dass der Winter nahte.

»Der Wagen wird Babylon im nächsten Frühling verlassen müssen, damit die Pässe schneefrei sind. Welchen Weg würdest du wählen?«

Ich schloss kurz die Augen und sah die Landkarten vor mir. »Von Babylon aus würde ich die Königsstraße zur Küste nehmen und mich dann nach Norden wenden, auf die Königsstraße nach Gordion, so wie die reitenden Boten es tun. Das ist die beste Straße mit den sanftesten Steigungen, und mit einem riesigen Leichenwagen wäre das wichtig. Dann würde ich mich von Gordion aus wieder nordwärts halten, auf den Hellespont zu, anstatt den Weg durch die Städte Ioniens zu nehmen. So wäre ich so wenig wie möglich in unmittelbarer Nähe des Meeres.«

»Und die Stelle, die uns am nächsten ist?«

»Ist nicht gerade besonders nahe«, brummte ich. »Es gibt keinen Grund, nach Süden bis Theben zu fahren, oder sogar bis nach Damaskus. Am nächsten dran wäre wohl die Gegend um Issos, da, wo die Straße von den Bergen herunterkommt und nach Norden abbiegt.« Im Geist sah ich den Pass vor mir, wie die Straße durch steile

Klippen hindurchschnitt und dann breiter wurde, als sie durch die letzte Bresche führte und zur Ebene hin abfiel. Dort hatte Dareios vor all den Jahren beschlossen, gegen Alexander anzutreten. Ein hervorragender Ort für einen Hinterhalt.

»Du wirst den Leichenwagen entführen«, erklärte Ptolemaios.

Ich öffnete die Augen und nickte bedächtig. »Da, wo die Straße aus den Hügeln herauskommt und zum Meer hinunterführt.« Ich griff wieder nach meinem Becher und trank einen Schluck. »Es gibt da ein paar Probleme. Das ist kein ägyptischer Grund und Boden. Wenn wir da irgendwo einen Posten einnehmen oder irgendwo in der Nähe Truppen aufmarschieren lassen, weiß Perdikkas genau, was wir vorhaben, und dann schickt er den Leichenwagen entweder gar nicht dort entlang oder mit gewaltigem Geleitschutz.«

Ptolemaios schüttelte den Kopf. »Wir können keine Truppen aufmarschieren lassen; das Ganze muss schnell gehen. Ich schicke dich mit einem reinen Reiterheer los. Genug, um die Wache zu überwältigen, aber nicht genug, um Städte einzunehmen und zu halten. Du musst schnell ans Werk gehen.«

»Und mich dann nach Süden wenden, nach Ägypten.« Die Straße bog nach Norden ab, doch sie führte auch nach Süden, nach Tyros und zu den Städten an der Küste, nach Aschkelon und Gaza und schließlich nach Pelusium. So war ich nach Ägypten gekommen, als ich mit Thaïs Babylon verlassen hatte. Ich kannte diese Straße.

»Nach Ägypten«, bestätigte Ptolemaios.

»Schnell wird das nicht gehen«, gab ich zu bedenken.

»Nicht, wenn ich den Leichenwagen erst mal habe. Dann komme ich nur noch im Schritttempo voran. Es ist ein langer Weg, und sobald Perdikkas davon hört, wird er die Verfolgung aufnehmen.«

Ptolemaios nickte ernst. »Und niemand weiß, wo genau er sein wird, wenn er davon hört, oder wie schnell er da sein kann. Er könnte in Susa oder in Babylon sein, oder auch viel näher. Wenn ich Perdikkas wäre …«

»Dann würdet Ihr uns nur mit der Reiterei nachsetzen, und zwar so schnell Ihr könntet«, sagte ich. »Weil Ihr Euch denken würdet, dass wir auch nur Berittene sind, schweres Fußvolk hätten wir nämlich nicht rechtzeitig herbeischaffen können.« Nachdenklich trank ich abermals einen großen Schluck. »Es ist zu weit. Er wird uns einholen, bevor wir es nach Ägypten schaffen. Wenn wir einen guten Vorsprung haben, schaffen wir es vielleicht bis nach Aschkelon oder Gaza, aber Gazas Befestigungen sind einen Dreck wert, seit wir vor zehn Jahren Löcher in die Mauern geschlagen haben. In der Ringmauer ist eine Bresche, da könnte man eine Viehherde durchtreiben. Nur mit Reiterei kann ich Gaza nicht halten.«

»Ich weiß«, meinte Ptolemaios. »Wenn du es bis nach Pelusium schaffst, ist das etwas anderes.«

Ich zuckte die Schultern. »Oh, Perdikkas könnte versuchen, Pelusium mit Reitern einzunehmen, bis der Mond grün wird! Das Problem ist, bis nach Pelusium schaffe ich es nicht. Das ist zu weit. Wenn ich mich erst einmal nach dem Leichenwagen richten muss, brauche ich für den Weg die Küste hinunter Wochen anstatt Tage. Er wird uns ein gutes Stück vor Pelusium zu fassen bekommen.« Ich sah ihn an. »Wie viele Männer wolltet Ihr mir geben?«

»Wie viele brauchst du?«, fragte er zurück. »Du wirst ihn dir vom Leibe halten müssen.«

»Kommt auch auf die Stärke der Truppe an, die den Leichenwagen bewacht.« Ich dachte an die berittenen Truppen, die bei Perdikkas in Babylon geblieben waren, an die Männer, die einst an meiner Seite gekämpft hatten. »Ich würde nicht annehmen, dass er mehr als fünfzehnhundert oder zweitausend Mann mitschicken könnte, jedenfalls nicht sofort. Um mehr zu bekommen, müsste er Männer aus Susa und aus östlichen Posten abziehen, nur Berittene. Und das wird er nicht tun wollen. Schnelligkeit hat mehr Bedeutung.«

»Wir haben neunhundertsechsundfünfzig«, sagte Ptolemaios. »Wenn man jeden Mann mitzählt. Die Überlebenden von Hephaistions Ilç und meiner eigenen. Krateros' Ilç ist bei ihm geblieben. Außerdem ein paar persische Bogenschützen, die aus Dynastiegründen übergelaufen sind, und ein paar Männer aus dieser oder jener Einheit, die Perdikkas nicht mögen. Ich könnte dir so um die achthundert geben, eine volle Ilç.«

»Und Perdikkas bringt nicht mehr als doppelt so viel zusammen«, antwortete ich nachdenklich. »Nicht, wenn er sofort aufbrechen will. Und wahrscheinlich schickt er eher tausend bis zwölfhundert.«

»Ich kann dir nicht sagen, wie du das anstellen sollst, Lydias«, sagte Ptolemaios und schenkte uns noch mehr Wein ein. »Ich kann dir nicht sagen, wo du auf ihn treffen wirst oder wie viele Männer er haben wird. Das wirst du unterwegs herausfinden müssen.« Er sah mir eindringlich in die Augen. »Genau deswegen musst du es ja tun.«

Ich holte tief Luft.

»Du kannst auf eigene Faust handeln. Du kannst eigenständig denken. Und das wirst du auch müssen. Bei dieser Angelegenheit ist zu viel möglich.«

Ich legte die Fingerspitzen aneinander und ließ das Kinn darauf ruhen. »Um so viel Zeit wie möglich zu schinden, müssen wir sie vollkommen überrumpeln. Wenn sie Boten zu Perdikkas schicken, bevor wir den Leichenwagen haben, kann er Tage früher handeln. Das Ganze muss blitzsauber ablaufen. Wie gut sind denn Eure Einbalsamierer?« Ich runzelte die Stirn. »Und kennen die zufällig den Zeitplan und die Stärke der Geleitschutztruppe? Wissen sie irgendetwas über das Lager oder die Marschordnung?«

Ptolemaios schüttelte den Kopf. »Sie werden gar nicht dabei sein. Sie haben um Erlaubnis ersucht, nach Ägypten heimzukehren, und Perdikkas hat sie ihnen gegeben. Also müssen sie jetzt aufbrechen, und sie werden wieder daheim sein, bevor der Leichenwagen Babylon verlässt. Er ist ja nicht dumm; er weiß doch, dass sie Ägypter sind, und sie den Leichnam begleiten zu lassen, würde Ärger bedeuten.«

Ich schüttelte den Kopf.

»Zum Glück sind sie nicht meine einzige Verbindung«, fuhr Ptolemaios fort. »Es gibt da noch jemand Höhergestellten, der den Leichnam begleiten wird. Er wird alle Einzelheiten über den Marsch wissen. Wenn du ihn erreichen kannst, wird es dir das Ganze sehr viel leichter machen.«

»Und wer ist das?« Mir war klar, dass ich von Ptolemaios verlangte, das Leben dieses Mannes in meine Hand zu geben. Perdikkas würde nicht zögern, einen Verräter augenblicklich hinrichten zu lassen.

Er zögerte nicht, senkte nur unwillkürlich die Stimme. »Der Eunuch Bagoas, der Alexander gehört hat.«

Natürlich wusste ich, wer Bagoas war, obgleich ich nie mit ihm gesprochen hatte. Er war Alexanders Liebling gewesen und hatte als solcher erheblichen Einfluss bei Hofe genossen. Zusammen mit dem Rest von Dareios' Putz und Prunk war er in Alexanders Besitz gelangt, als wir Persien erobert hatten, und obwohl er ein Favorit des Großkönigs gewesen war, war das vorher gewesen, es hatte ihm nicht zum Schaden gereicht. Natürlich war er schön, aber mehr noch, er war verschwiegen und ruhig und wusste bei kleinen Streitigkeiten zu schlichten und die leicht gekränkten persischen Edelleute mit genau dem richtigen Maß an Ehrerbietung und Hochachtung zu beschwichtigen, mit genau den richtigen Gesten seitens des Königs. Wie bei einer griechischen Hetäre konnte man darauf zählen, dass unter seiner Leitung alles Wichtige erledigt wurde.

Alexander hatte ihn wohl zu nutzen gewusst. Die persischen Adligen hatten damit gerechnet, in Alexander einen ungehobelten Eroberer zu finden, der ganz wild darauf war, sich an allerlei Luxus zu ergötzen, und die Hälfte dessen, was er anfasste, zuschanden machte, wie ein Schwein in einer menschlichen Behausung. Stattdessen wurden sie von Bagoas mit genau dem Maß an Förmlichkeit begrüßt, das ihr Stand erforderte, und vor den neuen Großkönig Alexander geführt, der ihre Kniefälle als angemessene Huldigungen entgegennahm und sich in allem so verhielt, wie man es von einem König erwarten würde. Und anstatt heimzukehren und wegen erlittener Kränkungen zum bewaffneten Aufstand zu rufen, waren sie angenehm überrascht. Vieles davon war

Bagoas zu verdanken, der beim König ein offenes Ohr fand.

Selbstverständlich war genau das der Grund dafür, dass andere ihn hassten. Ein schöner persischer Kastrat an des Königs Seite? Was könnte mehr verdeutlichen, wie tief Alexander gesunken war? Zuerst trug er gelegentlich Hosen, dann hielt er nach persischem Brauch Audienzen für Perser ab. Aber einen Eunuchen bei sich zu haben wie irgendein östlicher Herrscher, das war nun wirklich des Guten zu viel.

Ich für meinen Teil fand wenig dabei. Das war eben etwas, das zu Persien gehörte, genau wie die Paläste und die Speisen, Und wie die Paläste und die Speisen war auch Bagoas durchaus hübsch anzusehen. Ich konnte Schönheit bewundern, auch wenn mein Rang nicht für königliche Audienzen ausgereicht hatte.

Jetzt sah ich Ptolemaios an und zog eine Braue hoch. »Ihr traut ihm? Was hat er von Euch zu gewinnen, was er nicht von Perdikkas bekommen kann? Schließlich gehört Perdikkas doch auch zu denen, die den Persern zugetan sind.«

»Es geht nicht nur um Perdikkas. Es geht um Roxane«, antwortete Ptolemaios. »Sie hat mehr als einmal versucht, ihn umzubringen, als der König noch am Leben war.« Er zuckte die Schultern. »Eifersucht.«

»Und das wisst Ihr ganz sicher?«, fragte ich. Wir gingen hier ein gewaltiges Wagnis ein, und das auf das Wort von jemandem hin, den ich nicht kannte.

Ptolemaios' Blick war ernst. »Das weiß ich ganz sicher. Einmal war ich dabei, als es passiert ist, und auch, als der König davon erfahren hat. Sie hat ihn gehasst, weil Alexander ihm mehr vertraut hat als ihr.«

Falls Hephaistion eifersüchtig auf Bagoas gewesen war, so hatte ich es nicht bemerkt. Aber andererseits war auch niemandem mehr vertraut worden als Hephaistion.

»Wenn Ihr sicher seid, dass man sich auf ihn verlassen kann«, meinte ich.

Ptolemaios nickte. »Bagoas muss weg aus Babylon, und weg von Roxane. Genau wie Olympias hat sie ein gutes Gedächtnis, und sie hat bewiesen, dass sie zu einem Giftmord fähig ist. Seine Tage sind gezählt, wenn er in ihrer Nähe bleibt. Und er wäre ein Narr, den Leichenwagen tatsächlich bis nach Makedonien zu begleiten, wo er den Rest seines Lebens als Zielscheibe für jeden nur erdenklichen Spott dienen würde, oder als Spielzeug für Kassander. Hier wäre er weitaus besser dran.«

»Was habt Ihr ihm versprochen?«, wollte ich wissen.

»Dass er der Totenpriester Alexanders sein würde, und dass er hier in Ägypten ein Auskommen hätte, damit er beim König bleiben und sich seiner annehmen könne.« Wieder zuckte Ptolemaios die Achseln. »Nicht gerade viel. Aber das war das, was er verlangt hat.«

»Dann ist es wohl abgemacht«, bemerkte ich.

Und so kam es, dass ich den Winter in Alexandria verbrachte, die Stadt um mich herum emporwachsen sah und die Männer, die mit mir reiten sollten, erbarmungslos üben ließ.

Die Einbalsamierer trafen zur Wintersonnenwende ein und brachten genauere Kunde über den Leichenwagen, wenngleich nicht über dessen Bewachung. Er war so groß wie ein kleines Schiff und genauso breit und war in Gestalt eines ionischen Tempels gezimmert worden. Der

Eingang befand sich auf der Rückseite – damit die Zugtiere die Schwelle nicht beschmutzten –, zwischen zwei goldenen Löwen. Im Innern war die Decke gewölbt wie die einer Gruft statt flach wie die eines Wagens, und die Wände waren mit prachtvollen bunten Farben bemalt. An der einen Wand war Alexander auf seinem Ross abgebildet, wie er die Gefährten anführte, auf einer anderen eine Flotte Galeeren unter vollen Segeln. Auf der dritten sah man Kriegselefanten, die zum Sturm ansetzten, und die vierte zeigte Alexander als Großkönig in seinem prächtigen Streitwagen. Herrscher über Griechenland, Herrscher über Persien, Herrscher über Indien und Herr des Mittelmeeres – alles, was er gewesen war. Außer Pharao von Ägypten. Das entging mir nicht. Perdikkas mochte mit Ruhm prunken, den er für sich zu beanspruchen gedachte, Ägypten jedoch war nicht sein, und er glaubte auch nicht, dass er es je sein Eigen nennen würde.

Politik, dachte ich. Alles ist Politik. Und zu was werde ich, dass ich in den Wandmalereien eines Leichenwagens Politik entdecke? Zu mehr als einem einfachen Soldaten, denn das war alles, wofür ich mich hielt. Jetzt sollte ich zu einem Heerführer werden. Dieser Überfall auf den Leichenzug könnte das Schicksal des Reiches entscheiden.

Während auf den Äckern Ägyptens die Ernte grünte, übten wir, formten eine Ilç aus den Männern verschiedener Einheiten, die zusammenfinden mussten. Wir könnten es mit einem Rebellen zu tun bekommen, der Anspruch auf den Thron erhebe, sagte ich. Kein Mann hier wusste, was wir planten. Nicht das leiseste Gerücht durfte Perdikkas vorher zu Ohren kommen

Nicht einmal Atashir, dem ich vertraute, wurde eingeweiht. Er hatte unerwartetes Talent an den Tag gelegt, den Bau der Stadt zu beaufsichtigen, ganze Schiffsladungen Steine dorthin zu schaffen, wo sie hingehörten, und dafür zu sorgen, dass die Stadtmauer und die Molen auch so errichtet wurden, wie es die Zeichnungen vorgaben. Er konnte drei verschiedene Sprachen lesen und hatte Mathematik studiert. Die Winkel von Mauern und das Gewicht von Befestigungen waren für mich lediglich Reihen von übereinander geschriebenen Zahlen, er jedoch stand jeden Tag mit Maurern und Zimmermännern und Steinmetzen zusammen und beriet mit ihnen, ob diese Ladung Steine lieber hierhin oder dorthin sollte.

Artashir war in den Hochlanden Mediens geboren und aufgewachsen, lange bevor Alexander nach Persien gekommen war. Er war von edlem Stande gewesen, der zweite Sohn eines kleinen Adligen mit Gütern in den Bergen. Und er hatte in der Schlacht von Gaugamela einen Trupp berittener Bogenschützen gegen uns geführt, jene tödlich flinken Soldaten, die Seide anstatt Stahl trugen und aus der Ferne verheerende Pfeilschwärme abfeuern und dann davongaloppieren konnten, ehe das Fußvolk herangekommen war.

Doch nach Gaugamela hatte sich vieles verändert. Als Bessos Großkönig Dareios gestürzt und den Thron an sich gerissen hatte, hatte Dareios' Sippe Frieden mit Alexander geschlossen, um seinen Mörder zu bestrafen. Damals war Artashir übergelaufen, zusammen mit Oxathres und anderen, die mit Dareios verwandt waren. In Indien war er irgendwann zu einem Gefährten geworden, allerdings wusste ich nicht genau, wann. Ich war damals bei Hephaistions Leichnam gewesen, nicht beim

König. Was den Grund betraf, aus dem er sich Ptolemaios angeschlossen hatte, so argwöhnte ich, dass es wegen Roxane geschehen war. Sie hatte Königin Stateira gleich nach Alexanders Tod in Babylon ermorden lassen. Wenn Artashir irgendwie mit Dareios verwandt war, dann sicher auch mit dessen Tochter Stateira, und das machte den Mord zu einer Frage der Familienehre. Er konnte ihrer Mörderin nicht dienen, nachdem Perdikkas und Roxane gemeinsame Sache gemacht hatten.

Also war er mit Ptolemaios gezogen und hatte seinen ganzen Haushalt mitgebracht. Der, fand ich, war recht umfangreich.

Nicht lange nachdem ich nach Alexandria zurückgekehrt war, lud Artashir mich zum Abendessen in sein Haus ein. Ich erwartete etwas sehr Schlichtes, dem Lagerleben Angemessenes. Schließlich war die Stadt noch neu und noch immer nicht einmal zur Hälfte erbaut.

Zu meinem Erstaunen war sein Haus mehr als ein zwischen halbfertigen Mauern aufgestelltes Zelt. Ein Tor öffnete sich von der Straße zu einem Innenhof, auf dem ein Springbrunnen plätscherte. Um den Brunnen herum wuchsen niedrige Büsche, eine Nachahmung der großen Gärten, die ich in Persien gesehen hatte. Im Innern des Hauses war das Speisezimmer kühl und gemütlich. Die Wände glänzten weiß, doch erst auf einer Seite war dicht unter der Decke mit Verzierungen begonnen worden. Drei Liegebetten waren nach griechischer Sitte aufgestellt worden, jedes mit einem kleinen Tisch. Zwei Lampen, in denen duftendes Öl brannte, hingen von der Decke herab.

Seine Ehefrauen würden nicht mit uns essen, so war

es sowohl bei den Griechen als auch bei den Persern Sitte – nur Hetären speisten zusammen mit Männern, außer wenn man im eigenen Heim unter sich war. Allerdings war dieser Brauch im Heerlager ein wenig auf der Strecke geblieben. Die Ägypter finden solche Verbote töricht, genau wie die Inder, was unglücklicherweise dazu geführt hatte, dass viele ehrbare Frauen irrtümlich für Dirnen gehalten worden waren.

Im Haus wurde von Artashirs ältestem Sohn Wein mit viel Wasser gereicht. Mardonias war ein dunkelhaariger Knabe von neun Jahren, der aussah, als wäre er aufs Gründlichste abgeschrubbt worden, und der uns mit ernster, feierlicher Miene achtsam einschenkte.

»Gut gemacht«, lobte sein Vater leise, als er fertig war, und Mardonias bedachte Artashir mit einem raschen Lächeln, bevor er wieder in die Küche flitzte.

Ich lehnte mich auf meinem Liegebett zurück und trank einen kleinen Schluck. Der Wein war in der Tat sehr stark verdünnt, doch eigentlich ist es bei den Persern nicht Brauch, vor dem Mahl überhaupt Wein zu kredenzen. Der Wein war ein Entgegenkommen, genau wie die Liegebetten.

»Ein gut gewachsener Bursche«, meinte ich. »Mardonias? Ist das ein Familienname?«

Artashir nickte und streckte die Beine auf dem Liegebett aus. Er trug eine Hose und ein Hemd aus Leinen anstelle eines Chitons, was ich zu Pferde ja für durchaus sinnvoll hielt, obgleich ich mich einfach nicht daran gewöhnen konnte, die Beine verhüllt zu haben. »Richtig. Eigentlich heißt es Mardunaya, aber auf Griechisch sagt man Mardonias. Wir stammen von jenem Mardunaya ab, der als Heerführer unter Xerxes gedient und die Schwester des Großkönigs geheiratet hat. Und so stammen wir von Dareios dem Großen ab.«

»Ja«, sagte ich, »dieser Name ist in Milet bekannt.« Und so war es natürlich auch. Milet war Teil des Perserreiches gewesen, als Mardonias dort seine Flotte gesammelt hatte, um in Griechenland einzufallen. »Wie viele Kinder habt Ihr jetzt? Entschuldigt, ich glaube, ich habe nicht mitgezählt.«

»Drei Söhne und zwei Töchter«, antwortete er. »Er ist der Älteste. Mit Amina war ich schon vor dem Krieg verheiratet, und dann habe ich in Indien Rania geheiratet.«

»Ich kann mir nicht vorstellen, mehr als eine Ehefrau zu haben«, meinte ich. »Mir scheint, das dürfte sehr schwierig werden.«

Artashir zuckte entspannt die Schultern. »Ist wesentlich unproblematischer, als man vielleicht glaubt. Tatsächlich hat Amina Rania ausgesucht. Sie stehen sich so nahe wie Schwestern und teilen sich sogar ein Bett.« Er grinste. »Manchmal denke ich, sie brauchen mich gar nicht, so zugetan, wie sie einander sind.«

»Oh.« Dafür gab es im Griechischen ein Wort, doch ich wusste beim besten Willen nicht, was »sapphisch« auf Persisch hieß.

»Wir kommen alle gut miteinander aus«, fuhr Artashir fort. »Allerdings wird es gut sein, Mardonias in eine Schule zu schicken. Er ist der Einzige, der alt genug dafür ist, und es ist höchste Zeit, dass er lernt, sich einzufügen.«

»In eine griechische Schule?«

Artashir zuckte abermals die Schultern und trank einen winzigen Schluck. »In die Schule der Stadt. Die Männer, die er befehligen wird oder die ihm Befehle geben werden, werden dort Schüler sein. Er muss lernen, wo sein Platz ist.« Er setzte sich auf, sein attraktives Gesicht war voller Leben. »Wir haben gewusst, was wir taten, als wir hergekommen sind, Amina, Rania und ich. Uns war klar, dass wir niemals nach Persien zurückkehren würden. Aber hoffentlich haben wir das Beste Persiens mitgebracht.« Er blickte zu den hängenden Laternen hinauf, die in der Abendluft Schatten an die Wand warfen. »Manche Männer versuchen, Veränderungen zu verhindern. Das ist, als wolle man eine Welle aufhalten, als wolle man das Meer vom Ufer fernhalten, oder den Schnee von den Bergen. Es ist besser, zu erkennen, was geschehen muss, und zu wählen, was man mit Mitras Segen bewahren will.«

Ich hatte gerade Luft geholt, um zu antworten, als aus der Küche ein lautes Krachen ertönte, gefolgt von Frauengeschrei und Kindergebrüll.

Artashir und ich sprangen auf, und ich folgte ihm in die Küche, wo das Chaos herrschte.

Eine schwarzgeflügelte Möwe kreiste mit einem Fisch in den Klauen wild flatternd durch die Küche. Zwei dunkelhaarige Frauen schrien auf den Vogel ein; eine versuchte, nach ihm zu schlagen, und die andere, ihn zu packen, während ein kleines Mädchen von ungefähr sechs Jahren sich abmühte, das schwere Fenster zu schließen. Auf dem Boden brüllte ein etwa zweijähriger Junge aus vollem Hals: »Böser Vogel! Böser Vogel! Böser Vogel!« Mardonias griff nach einem schweren Topf und fuchtelte damit herum. Es sah aus, als würde er eher gleich seine Schwester erschlagen als den Vogel.

Artashir schnappte sich den Topf. »Lass das!«

Die dunklere der beiden Frauen zog gerade mit einem Knall das andere Fenster zu, als der Kleinste plötzlich losheulte.

Fauchend machte ein gewaltiger schwarzer Kater einen Satz und versuchte, den Vogel zu packen. Er verfehlte ihn, doch es gelang ihm, den Fisch zu schnappen. Der Vogel ließ los und schoss durch das noch offene Fenster hinaus, wobei er fast das Haar des kleinen Mädchens streifte. Die Kleine kreischte auf.

Mitten auf dem Tisch, auf dem halb geschnittenes Gemüse lag, schnupperte der schwarze Kater einmal geziert an dem Fisch und leckte ihn dann sehr entschieden ab.

Artashir und die beiden Frauen wechselten wortreiche Bemerkungen auf Persisch. Artashir hielt noch immer den Topf in der Hand.

Ich bückte mich und hob das weinende Kind hoch. »Ist ja gut«, sagte ich und entsann mich der indischen Worte, die ich gelernt hatte. »Nicht weinen, kleiner Junge. Ist ja alles vorbei.« Er war schwerer, als Sikander gewesen war, fast ein ganzes Jahr älter.

Als meine Stimme vertraute Worte sprach, hörte der Kleine auf zu weinen und sah mich mit riesengroßen, runden braunen Augen an. Das Herz tat mir weh.

»Ich glaube, das war es dann mit dem Abendessen«, stellte Artashir fest und schüttelte lächelnd den Kopf. »Alexander triumphiert.«

Auf dem Gemüse sitzend blickte der Kater von dem Fisch auf, den die Krallen der Möwe zerfleischt hatten, und nahm dann einen Bissen, die grünen Augen fest auf uns gerichtet.

»Wie bitte?«

»Der Kater heißt Alexander«, erklärte eine der Frauen, deren braunes Haar sich aus den Nadeln löste. Sie sprach Griechisch, mit Akzent, aber ansonsten vollkommen fließend. Ich nahm an, dass sie Amina war, die ältere Gemahlin. »Mardunaya hat ihn so genannt. Er ist aufgetaucht, gleich nachdem wir hier eingezogen waren, und jetzt wohnt er wohl hier.«

»Hier und in zehn anderen Häusern«, brummte Artashir. »Die Ägypter verehren Katzen und sind es gewöhnt, dass sie nach Belieben in den Häusern der Menschen ein und aus gehen.«

»Er hat aber wirklich tapfer gegen den Vogel gekämpft«, sagte das kleine Mädchen.

»Ja, das stimmt«, bekräftigte Artashir. »Und Alexander bekommt die Beute. Ich nehme nicht an, dass irgendwer von uns den Fisch noch essen möchte?«

Wir alle sahen den Fisch an. Alexander sah uns an.

»Ein bisschen mitgenommen sieht er ja schon aus.« Ich reichte den kleinen Jungen an seine Mutter weiter, an die jüngere Ehefrau Rania.

»Ich fürchte, wir haben sonst nichts zum Abendessen, was für Gäste angemessen wäre«, stammelte sie und lief ob dieses demütigenden Verstoßes gegen die Gastfreundschaft dunkelrot an.

»Wir könnten einen Spaziergang machen«, sagte ich zu Artashir. »Wir könnten eine Weile herumlaufen und später wiederkommen. Es ist schließlich noch recht früh fürs Abendessen.«

Artashirs Blick wanderte von einer Frau zur anderen. »Das klingt wie ein ausgezeichneter Plan. Wir machen einen langen Spaziergang.«

Und das taten wir. Als wir außer Hörweite des Hauses waren, lachte ich los, ich konnte nicht anders. Gleich darauf stimmte Artashir ein. Er lachte, bis ihm fast die Tränen kamen. »Der Vogel, der Fisch …«

»Der Kater«, japste ich. »Und die Kinder!«

»Chaos, Lydias«, keuchte er. »Aber gutes Chaos.«

»Ich weiß.« Ich hörte auf zu lachen.

Er verstummte ebenfalls und strich sich das lange Haar aus den Augen. »Ihr trauert noch immer?«

Ich zuckte die Achseln.

Er schloss mich in die Arme, die Hände auf meinem Rücken, wie ein Verwandter. »Ich kann Euch nicht sagen, Ihr sollt vergessen, denn ich würde niemals vergessen, wenn ich Rania oder Amina verlieren würde, oder eins der Kinder. Aber man kann öfter als einmal lieben. Ein zweites Kind zu lieben schmälert die Liebe zum ersten nicht. Ich liebe Mardonias nicht weniger, weil Cyxara seine kleine Schwester ist.«

»Ich weiß nicht einmal, wie ich damit anfangen soll«, antwortete ich. »Ihr lasst Schwieriges so einfach erscheinen.«

Er ließ mich los, und wir schlenderten schweigend zum Hafen hinunter, wo gerade die Mole im Bau war. Es dunkelte, als wir daran entlanggingen; die Wogen brandeten eine Mannslänge unter unseren Füßen gegen die Steine. Der Wind vom Mittelmeer hob mein Haar und blähte meinen Chiton, als wolle er mir Flügel verleihen.

»Es ist finster draußen auf See«, bemerkte ich.

»Schaut zum Himmel hinauf«, erwiderte er.

Ich legte den Kopf zurück und sah zu, wie die Sterne erschienen, strahlend hell vor dem nachtblauen Himmel.

Der Jäger mit seinem Gürtel aus Feuer stieg klar und deutlich aus dem Meer empor.

»Fragt Ihr Euch je, was die ersten Menschen, die hierhergekommen sind, wohl gedacht haben?«, fragte Artashir leise. »Als sie in kleinen Schilfbooten den Nil heruntergekommen und am Ufer entlanggeschritten sind, zum Himmel hinaufgeblickt haben, und hinaus aufs Meer?«

Ich sah ihn von der Seite her an. Seine Augen blickten wach und leuchtend zu den Sternen empor, und einen Moment lang war mir, als hätte ich schon einmal so mit ihm dagestanden, in irgendeinem fernen Traum. »Sie haben sich wohl gefragt, ob der Himmel auch ein Meer ist«, sagte ich.

»Wahrscheinlich.« Artashir hatte die Hände hinter dem Rücken verschränkt und schaute zum Himmel hinauf.

»Vielleicht ist er ja eins«, überlegte ich, und als ich es aussprach, wusste ich, dass es wahr war. »Wir werden ein Boot aus Stahl und Silber bauen, um das hohe Meer der Nacht zu befahren, und Ihr werdet es steuern, und eines Tages werden wir dort hinreisen.«

»Das werden wir wohl tun«, antwortete Artashir. »So Alexander will.« Er umfasste mein Handgelenk und ich das seine. »Es ist gut, einen Freund wie Euch zu haben, Lydias.«

»Ja, das ist es«, bestätigte ich. »Mein Freund, auf immer.«

Artashir sah mich von der Seite her an. »Immer ist eine sehr lange Zeit.«

»Ich weiß«, sagte ich.

10

Schwingen aus Feuer

Endlich hatte der Sommer auf den Hochlanden Einzug gehalten, und selbst die höchsten Pässe waren schneefrei.

Hier jedoch, im Tiefland am Meer, nicht weit vom Schlachtfeld bei Issos entfernt, war es tagsüber glühend heiß. Nachts war es erträglich.

Ich wartete im Schatten eines Steins, eine etwas dunklere Gestalt und in der Finsternis so gut wie unsichtbar. Die Nacht war mondlos, aber die Sterne waren sehr hell. Sothis war hinter den Gipfeln aufgegangen und stieg in den Himmel empor, während ich Wache hielt, fest in meinen Umhang gehüllt, damit kein Stahl glitzerte. Es würde mich nicht wundern, wenn ich die ganze Nacht wartete, so wie die letzten beiden Nächte. Wir wussten nicht genau, wie nahe der Leichenzug war. Das war der Grund dafür, dass ich hier stand. Ich hätte an meiner statt natürlich auch jeden anderen schicken können, doch wenn das hier so ablief, wie wir erwarteten, konnte man es wohl kaum einem Soldaten anvertrauen.

Heute Nacht könnte es geschehen. Vor vier Tagen waren wir einem Kaufmann begegnet, der sagte, er hätte den Leichenwagen auf der Straße nach Westen überholt. Ein prachtvoller Zug, die Ochsen, die den schweren Wagen zogen, trotteten langsam dahin. Seine Wagen hätten ihn mit Leichtigkeit hinter sich gelassen. Es könnte heute Nacht geschehen.

Zu meiner Überraschung brauchte ich nicht lange zu warten. Der Große und der Kleine Hund waren kaum über die Gipfel gestiegen, als sich weiter unten etwas bewegte. Da kam jemand leise näher, barfuß und verhüllt.

Ich wartete. Es könnte ein Schafhirte aus der Gegend sein, der irgendwelchen nächtlichen Tätigkeiten nachging oder nichts Gutes vorhatte. Es könnte einer von Perdikkas' Kundschaftern sein. In diesem Fall war ich ihm gegenüber im Vorteil und hatte mein Messer bereits in der Hand, während er vermutlich noch nicht wusste, wo genau ich war, nur dass Ptolemaios ebenfalls Kundschafter ausgesandt haben musste, wenn er irgendetwas zu unternehmen gedachte.

Es war kein Hirte. Als der Mann den Pfad heraufkam, fiel seine Kapuze zurück und das Sternenlicht fiel auf sein Gesicht, dessen reine, schöne Züge unverwechselbar waren. Solch hinreißende Schönheit kam nicht einfach so vorbeigeschlendert.

Ich gab ein leises Geräusch von mir und erhob mich. Er fuhr zusammen, und einen Moment lang dachte ich, er würde die Flucht ergreifen.

Rasch schob ich meinen Umhang zurück und hoffte, dass er vielleicht mein Gesicht erkennen würde, obgleich mir das unwahrscheinlich erschien. Die Geste an sich war das, was zählte.

Ich sah, wie er sich entspannte. Leicht und schnell kam er die letzten Schritte herauf.

»Bagoas«, sagte ich und bot ihm die Hand, als sei er ein Mann.

Er zögerte, dann fasste er zu. In Anbetracht seiner zarten Knochen war sein Händedruck erstaunlich fest. »Ich weiß Euren Namen nicht mehr«, sagte er.

»Lydias von Milet«, sagte ich. »Wie solltet Ihr auch? Ich war nicht oft beim König, nachdem Ihr zu uns gekommen wart. Ich habe unter Heerführer Hephaistions Befehl gestanden.«

Der Blick seiner dunklen Augen verweilte auf meinem Gesicht. »Ich glaube, ich bin Euch in Persepolis begegnet, nachdem wir aus der Wüste zurückgekehrt waren.«

»Das stimmt«, bestätigte ich, und wieder hatte dieser Gedanke den Beigeschmack fahler Asche. »Ich habe in Gedrosia Weib und Kind verloren und denke nicht gern daran.«

»Vergebt.« Er kam zu mir und setzte sich in den Schatten des Felsens. »Das wusste ich nicht, oder wenn doch, so hatte ich es vergessen.«

Ich holte Luft. »Wo ist der Leichenzug?«

»Keine halbe Tagesreise auf der Straße entfernt«, antwortete er. »Das heißt, eine halbe Tagesreise für die Wagen. Ich habe die Strecke bei Nacht in weniger als zwei Stunden zu Fuß zurückgelegt, glaube ich. Mit Pferden könntet Ihr es in einer Stunde schaffen und Euch auf uns stürzen, nachdem die Straße auf die Ebene hinuntergeführt hat. Der Geleitschutz besteht aus tausend Soldaten. Fußvolk, aber leicht bewaffnet, und in der Tageshitze marschieren sie ohne Rüstung.«

Ich zog eine Braue hoch und ließ mich neben ihm nieder. »Und woher soll Heerführer Ptolemaios wissen, dass Ihr uns nicht in eine Falle locken wollt?« Eigentlich war es eine rhetorische Frage. Wir steckten zu tief in diesem Unterfangen drin, um jetzt zu zaudern. Tausend Mann waren mehr oder weniger das, was wir erwartet hatten, ausschließlich Fußvolk. Wenn sie keine Rüstung trugen und kein Quadrat zur Verteidigung bilden konnten, könnten wir dahin durchbrechen, vor allem, wenn wir sie überrumpelten.

Bagoas klang müde. »Und wenn ich Euch in eine Falle locken wollte, warum sollte ich mich dann selbst da mitten hineinsetzen?«

Ich zuckte die Achseln und bot ihm meinen Wasserschlauch an. Er trank, und wir saßen zusammen unter den Sternen. Eigentlich war es gar keine Frage. Ptolemaios hatte sich diesem Plan verschrieben, und ich auch.

Nach einer Weile sprach er erneut. »Was hat Perdikkas für mich getan? Was hat er für mich getan, dass ich den Wunsch meines Gebieters missachten sollte, dass er in Ägypten ruhen solle? Perdikkas sucht nach einem Vorwand, um sein Heer über die Dardanellen zu führen und Antipatros herauszufordern, oder um die Hand von Alexanders Schwester für sich zu fordern. Das ist nicht Angelegenheit meines Gebieters, und auch nicht meine.«

Roxane erwähnte er nicht, und ich rechnete auch nicht damit. »Es ist bestimmt schön, wenn es so einfach ist«, meinte ich und war verblüfft über den wehmütigen

Tonfall meiner Stimme. »Der Wunsch Eures Gebieters. Statt dem Knurren der Hunde.«

»Dient Ihr denn nicht Ptolemaios?«

Ich nickte und trank selbst einen Schluck. »Doch. Er ist ein guter Heerführer und ein guter Herrscher. Aber er ist nicht mein Gebieter. Nicht in dem Sinne, den Ihr meint.«

»Das würde ich auch nicht annehmen«, erwiderte er und klang belustigt. »Schließlich seid Ihr ein Mann und ein Grieche, kein barbarischer Sklave.«

Ich ließ ihm den »Griechen« durchgehen, Vielleicht war ich ja einer, wenngleich niemand, der in der reinen, freien Luft Attikas geboren worden war, mich als Griechen betrachten würde, halb Karer und halb Ionier, der ich war. Ich zuckte erneut die Achseln. »Er ist der Beste, der noch übrig ist. Und irgendwo muss ich ja dienen. Vielleicht wird sich Ägypten mit der Zeit wie eine Heimat anfühlen. Tatsächlich glaube ich, ich hätte nicht so gewählt, wie ich es getan habe, wäre es nicht Ägypten.«

»Vielleicht ist es ja ein Ort und kein Mensch«, sagte er leise. »Es gibt Männer, die ihre Heimat mehr lieben als alles andere, sogar mehr als ihre Götter. Aber Alexander ist mein Gott, und ich werde dafür sorgen, dass seine Wünsche erfüllt werden, ob ich das nun mit Ptolemaios aushandele oder nicht.«

»Ptolemaios wird ihn nach Ägypten bringen«, versicherte ich. »Er wird in Alexandria bestattet werden, in der Stadt, die er gegründet hat, in einem Grab, wo die Menschen ihm bis ans Ende der Zeit huldigen werden. Das ist Ptolemaios' Absicht. Ich schwöre es.«

»Wenn das seine Absicht ist, dann bin ich zufrieden«,

antwortete Bagoas. »Und wenn er mir erlaubt, dort all meine Tage zu dienen.«

»Wenn das Euer Verlangen ist«, sagte ich, »so hat er keinen Grund, es Euch abzuschlagen.«

Wieder reichte ich ihm den Wasserschlauch und er trank. Er schien es nicht eilig zu haben aufzubrechen, und das sagte ich auch.

Bagoas zuckte die Achseln. »Ich gehe erst im Morgengrauen ins Lager zurück. Dort herauszukommen war leicht – niemand versucht, Leute vom Fortgehen abzuhalten –, aber des Nachts zurückzukommen wäre schwierig. Im Morgengrauen marschiere ich geradewegs wieder ins Lager hinein, als hätte ich es erst vor ein paar Minuten verlassen, um einen Moment lang allein zu sein. Also kann ich genauso gut hier warten, denn näher beim Lager ist es wahrscheinlicher, dass ich entdeckt werde.«

Ich nickte. Fürwahr, er war ein hübsches Geschöpf, aber bei Weitem kein Hohlkopf. Ich konnte sehen, warum der König ihn begehrt hatte.

»Ich werde bei dem Überfall dabei sein«, erklärte ich. »Wir werden ausschließlich mit der Reiterei angreifen, damit die Falle zuschnappt, noch bevor die Sonne hoch steht. Zieht den Kopf ein und kommt uns nicht in die Quere; ich will nicht, dass Euch etwas zustößt.«

Bagoas nickte ernst. »Ich weiß schon, wie ich das mache«, sagte er. »Ich bleibe bei dem Sarg.«

»Es wird ein heftiger Kampf werden«, meinte ich. »Tut das. Ich befehle meinen Männern, Euch in Frieden zu lassen.«

»Ihr seid Anführer eines Trupps?«

»Das war ich«, antwortete ich. »Als der König noch am Leben war. Jetzt führe ich Ptolemaios' Reiterei an.« In letzter Zeit hatten die Männer angefangen, die Truppe »Lydias' Ilç« zu nennen, was mich stets ein wenig verwirrte. Ich war es nicht gewohnt, Hipparch zu sein, und fragte mich, ob ich je damit vertraut sein würde.

Ganz am äußersten Rand des Horizonts konnte ich den schwachen dunklen Schatten des Meeres ausmachen. Die Sterne würden noch stundenlang nicht verblassen, und wenn sie es taten, würde ein Bluttag heraufziehen. Wieder einmal.

Bagoas lehnte sich mit dem Rücken gegen den Stein, Sternenlicht fiel auf seine feinen Züge. »Warum tut Ihr das?«, fragte er neugierig. »Wenn nicht für Ptolemaios? Ist der König der Grund, warum Ihr Euer Leben für seinen kalten Leichnam wagt?«

Vielleicht war es die Stille, die mich veranlasste, die Wahrheit zu sagen. »Weil Heerführer Hephaistion es so gewollt hätte.«

»Ah«, sagte er, und in diesem einen Wort lag eine Unmenge Verstehen, das ich nicht hören wollte.

»Wenn ich an einem geringeren Schrein gehuldigt habe, was kümmert es Euch?«, fragte ich.

»Nichts«, antwortete er. Dann schwieg er eine Weile. »Jetzt weiß ich wieder, wo ich Euch gesehen habe. Nicht in Susa, sondern in Babylon.«

»Ja.« Auch daran dachte ich nicht, an den Scheiterhaufen, an die Münzen auf seinen Augen, das lange rote Haar um seine Schultern gebreitet.

Lange blieb Bagoas stumm, und nur das Flattern seiner Wimpern in der Dunkelheit verriet mir, dass er nicht schlief. Endlich sagte er nachdenklich, als spräche er von etwas Fernem, weit Zurückliegendem: »Wir haben einander nicht gehasst, glaube ich. Er und ich.«

»Nein«, antwortete ich. »Und wenn doch, so ist das jetzt bedeutungslos. Wenn die Welt in Trümmern liegt, spielt es doch kaum eine Rolle, wer einst wen gehasst hat.«

Bagoas nickte.

»Und er hat mich nicht geliebt«, fügte ich hinzu. Natürlich wusste ich nicht, ob Alexander Bagoas geliebt hatte, doch es gab andere Dinge, derer ich mir sicherer war.

»Spielt das eine Rolle?«, wollte er wissen.

»Nein.« Ich sah ihn von der Seite her an. »Natürlich nicht.« Damit erhob ich mich und streckte Bagoas die Hand hin, um ihm aufzuhelfen. »Also kommt. Wir müssen uns aufmachen, den Toten die Treue zu halten. Wir sehen uns noch vor dem Mittag, wo die Straße auf die Ebene hinunterführt. Zieht den Kopf ein und bleibt bei Eurem Gebieter. Ich werde da sein.«

»Ich weiß«, antwortete er und umfasste meine Hand zum Abschied.

Das Warten war am schwersten. Am Vormittag waren wir bereit, eine achthundert Mann starke Ilç, aufgeteilt in zwei Hälften. Die eine Hälfte lauerte im Schutz einiger Zedern auf der Südseite der Straße, am Fuß einer langen Steigung, wo die Straße aus den Bergen herausführte. Die andere war auf der Nordseite dicht bei den Berghängen in einer engen Schlucht zusammengezogen. Meine Kundschafter hatten zu Fuß den Hang über uns erklommen. Zwei von ihnen lauerten dort; sie konnten die Kuppe der letzten Anhöhe sehen und würden das Signal geben.

Ich beschirmte die Augen mit der Hand und blickte zu ihnen hinauf. Beide warteten ebenfalls, den Blick fest auf die Straße geheftet.

Warten. Die Sonne stieg am Himmel empor. Mein Pferd döste. Gern wäre ich ein bisschen umhergeritten, um die Anspannung zu lösen, doch wenn ich damit begänne, würden es mir die anderen nachtun. Es war besser, still auszuharren und mir den Anschein gelassener Zuversicht zu geben. Wir mussten abwarten, bis sie genau an der richtigen Stelle waren.

Die Sonne stand gerade um eine Haaresbreite westlich des Zenits, als einer der Kundschafter ein paar Schritte den Hang herunterkam, sodass er von der Straße her nicht mehr zu sehen war. Er hob beide Arme und winkte.

Ich winkte zurück.

Sie kamen.

Die Kundschafter rutschten den Hang hinunter und fielen fast hin in ihrer Hast, zu ihren Pferden zu gelangen.

Sie kamen. Und wir mussten warten. Wir durften die Falle nicht zu früh zuschnappen lassen und ihrem Fußvolk die Möglichkeit geben, den Pass zu verteidigen.

Zwei Jahre, dachte ich. Er ist seit fast zwei Jahren tot. Gewiss kann die Welt doch nicht so lange ohne Alexander gewesen sein, doch es war so. Es war zwei Jahre her, dass ich in Babylon neben seiner Totenbahre gestanden hatte.

Warten. Die Männer um mich herum waren unruhig.

»Geduld«, mahnte ich leise und glaubte, Bewunderung in den Augen eines jungen Mannes zu lesen. Gelassen. Gefasst. Zuversichtlich. Obwohl das Herz in meiner

Brust hämmerte. Ich war nicht mehr jung, kein unerfahrener Bursche, der darauf brannte, zu kämpfen. Wir konnten warten.

Die ersten Reihen des Zuges kamen aus dem Pass. Bagoas hatte nicht gelogen. Das Fußvolk marschierte in der Tageshitze ohne Rüstung. Sie trugen ihre Sarissas, ihre langen Spieße, aber keine stählernen Helme oder Brustharnische.

»Lasst sie vorbei«, wies ich Glaukos fast im Flüsterton an. »Wartet.«

Die Marschreihen machten sich an den Abstieg, Köpfe hoben sich, als die kühle Brise vom Meer her sie endlich erreichte. Jetzt waren wir nicht mehr weit entfernt.

Da war der Leichenwagen. Ein riesiges Ochsengespann zog ihn. An jeder Ecke war eine Siegesgöttin mit glitzernden Schwingen angebracht, die einen goldenen Lorbeerkranz hochhielt. Das Äußere des Leichenwagens war scharlachrot und golden bemalt. Treiber marschierten neben dem Gespann her, hielten auf der abfallenden Straße Ordnung. Die Tiere trotteten ein wenig rascher dahin, gedrängt vom Gewicht des Leichenwagens hinter ihnen. Der Anblick war prachtvoll.

Die ersten Reihen erreichten die Ebene. Jetzt musste ich aufpassen. Sie waren keine halbe Meile von den Männern unter den Zedern entfernt. Wenn wir zu lange warteten …

Die Soldaten, die dem Leichenwagen folgten, tauchten auf, marschierten in Reih und Glied. Zwanzig. Vierzig. Hundert. Der Tross und die Verpflegungswagen waren gewiss noch oben auf dem Pass, doch das würde keine Rolle spielen.

Meine Stute spitzte die Ohren, als wüsste sie einen Augenblick vor mir Bescheid.

»Vorwärts!« Ich hob die Schwerthand und brüllte, so laut ich konnte. Meine Stimme zerriss die Stille. »Alexander!«

Wie eine Meereswoge brachen wir aus der Deckung hervor, fegten wie eine Springflut bergab und von hinten auf die marschierenden Reihen zu.

»Alexander und Ptolemaios!«

Der Keil bildete sich, jeder Mann nahm seinen Platz ein. Ein Keil mit mir an der Spitze, vierhundert Pferde im gestreckten Galopp. Das Hämmern ihrer Hufe war wie ein Herzschlag, wie das Blut, das in meinen Adern sang, wie Trommeln, die den Tanz anführten.

Feuer loderte von meiner Schwertspitze auf, hochgereckt wie eine Fackel. Hinter mir trug der Wind ihr Antwortgebrüll davon. »Alexander und Ptolemaios!«

Wäre ich selbst in die Lüfte emporgestiegen, es hätte mich nicht überrascht.

Die Männer vor uns machten kehrt, suchten ihre Plätze. Auch sie waren erfahrene Kämpfer und verloren nicht so leicht den Kopf, doch sie trugen keinen Stahl und marschierten in einer Kolonne. Ich glaubte nicht, dass sie es schaffen würden, in Stellung zu gehen, bevor wir sie erreichten, und ich hatte recht.

Nur ein paar Sarissas waren gesenkt worden, als wir bei ihnen anlangten. Ich schnellte zwischen zweien davon hindurch. Die Reihen waren zu weit voneinander entfernt, als dass die Spieße eine wirksame Barriere gewesen wären. Als wir erst einmal innerhalb der langen Reichweite der Sarissas waren, waren sie mehr oder weniger wehrlos. Um Mann gegen Mann zu kämpfen, waren die Spieße zu lang.

Meine Stute bäumte sich auf, riss den ersten Mann mit den Hufen nieder, während ich dem zweiten mein Schwert direkt in die ungeschützte Brust rammte.

Und dann brach sich die Woge.

Weit vor uns, auf der anderen Seite des Leichenwagens, fuhren die Reihen der Vorausmarschierenden zu uns herum, just als die andere Hälfte unserer Männer aus der Deckung der Bäume hervorbrach und sich auf die Flanke der vorderen Kolonne stürzte.

Ich war der Wind, ich war die Flamme, ich war das Feuer auf dem Berggipfel. Ein Kampfrausch hob mich empor und hielt mich fest, abwehren und zustoßen, abwehren und zustoßen und wieder zustoßen.

Jemand packte mich am Bein, doch meine Stute stieg abermals und warf den Mann von sich, wie ein Drescher die Gerste hochwirft.

Vor mir schimmerte der goldene Leichenwagen wie ein Trugbild in der Wüste; die Siegesgöttin beugte sich mit ihrem goldenen Kranz herab.

»Zum König! Zu Alexander!«, schrie ich, der alte Schlachtruf der Gefährten, auf vielen Schlachtfeldern von einem Ende der Welt bis zum anderen vernommen. Dies war das letzte Mal. Nie wieder würde er mitten in einer Schlacht sein. Nie wieder.

Wir preschten auf den Leichenwagen zu. Jetzt war die Gegenwehr schwach. Meine Stute stieg gewandt über zu Boden gefallene Sarissas. Die erfahrenen Kämpfer, wohl bewandert in dieser Art zu kämpfen, hatten sie fallen gelassen, weil sie nutzlos waren. Diejenigen, die sich zur Wehr setzten, hatten stattdessen die Schwerter gezogen.

»Zum König!« Ich machte kehrt, als ich den Leichenwagen erreichte, wandte den goldenen Löwen, die Alexanders Leichnam bewachten, den Rücken zu, das Schwert hoch emporgereckt. »Zum König!« Wieder stand ich vor seinem Leichnam wie damals über seinem Totenlager. Unwillkürlich fragte ich mich, wo Bagoas war, und hoffte, dass er den Kampf gemieden hatte.

»Die Waffen nieder, und wir verschonen euch!«, brüllte ich. »Die Waffen nieder!« Reiter ballten sich um mich herum, fünfzehn oder zwanzig Mann, die geradewegs durch die Reihen galoppiert waren. Wir hatten den Leichenwagen in unserer Gewalt.

Einzeln und zu zweit und dann in größeren Scharen begannen sie, sich zu ergeben.

Ein Fußsoldat, Nase und Bart blutverschmiert, der mir vage bekannt vorkam, drängte sich mit den Ellenbogen zu mir durch. Wahrscheinlich der Anführer, dachte ich.

»Wie lauten die Bedingungen? Und wem dient ihr?«

»Wir dienen Ptolemaios von Ägypten«, antwortete ich. »Und die Bedingungen lauten folgendermaßen: Legt die Waffen nieder, und es steht euch frei, mit eurem Tross und eurer Verpflegung abzuziehen. Wir behalten den König.«

Er schüttelte den Kopf, während ihm der Schweiß übers Gesicht rann, und schaute zum Ausgang des Passes zurück, wo der Tross dicht vor dem Abhang angehalten hatte. Ich konnte die vordersten Wagen sehen, das weiße Aufblitzen eines Frauenschleiers. Sie waren auf dem Weg zurück nach Makedonien. Natürlich hatten sie ihre Familien mitgenommen.

Ich senkte die Stimme. »Kommt schon, Mann. Seid vernünftig. Ihr behaltet eure Frauen und alles, was ihr verdient habt, eure Wagen und eure Wegzehrung. Alles, was wir wollen, ist der Leichenwagen. Und ihr könnt uns nicht daran hindern, ihn mitzunehmen.« Ich sah, wie er zögerte. »Ist er es denn wert, am Ende so zu sterben?«

Wieder sah er mich an, und seine Augen waren sehr blau. »Für den König.«

»Der König wird in allen Ehren in Alexandria bestattet, in der Stadt, die er gegründet hat«, sagte ich. »Darauf gebe ich Euch mein Wort. Ihr kennt Heerführer Ptolemaios. Ihr wisst, dass er ein Ehrenmann ist und keine Entweihung beabsichtigt.«

»Und Euer Name, Gefährte?«, fragte er. »Seid Ihr ein Ehrenmann?«

»Das bin ich«, antwortete ich. »Ich bin Lydias von Milet, Hipparch von Ptolemaios' Ilç, und Ihr mögt meine Taten meinem Namen zurechnen.«

Der Mann betrachtete von Neuem den schimmernden Leichenwagen, als wolle er ihn sich ins Gedächtnis einprägen, und seufzte. »Ich nehme Eure Bedingungen an.«

Danach war es einfach. Wir hatten nur drei Männer verloren, so gut war der Angriff gelungen. Außerdem waren fünfundvierzig verwundet, die meisten aber nur leicht. Meiner Meinung nach war es nur bei sechs Männern wirklich ernst, genug, um sie wochenlang außer Gefecht zu setzen. Die Verluste der Gegenseite waren schwerer, und sie schlugen ein Lager auf, um Scheiterhaufen für die Toten zu errichten, ganz in der Nähe des Schlachtfeldes von Issos, wo damals so viele erschlagen worden waren.

Die Sonne versank im Meer, als wir sahen, wie die letzten davon entzündet wurden, während die Frauen und die Diener das Lager errichteten. Die hellen Flammen leckten an dem Zedernholz, das aus dem Wald geholt worden war.

Wir hielten uns nicht auf, sondern wandten uns nach Süden; der Leichenwagen rollte in der Mitte unserer Kolonne dahin. Jetzt würden wir nicht anhalten. Bis nach Ägypten war es noch ein sehr weiter Weg.

Die Siegesgöttin glänzte golden in den letzten Sonnenstrahlen.

Issos, dachte ich. Mein König, hier ist Euer großes Schlachtfeld. Und hier sind wir wieder auf dem Vormarsch; Ihr hättet gewiss nichts dagegen. Welches Grab könnte Euch je halten, der Ihr Eure Flügel über die ganze Welt ausgebreitet habt?

Als die Schlacht bei Issos geschlagen worden war, war ich noch Heerführer Hephaistions Pferdebursche gewesen, und ich hatte keinen Anteil daran gehabt. Bessere Männer als ich haben diese Geschichte erzählt, darunter auch Ptolemaios, der im Felde gedient hatte. Was mich betraf, war die Schlacht nicht viel mehr gewesen als langes, ödes Warten und dann die wilde Hast am Schluss, als allmählich die Verwundeten ins Lager geschafft wurden, nachdem die persischen Linien nachgegeben hatten.

Bei Issos stand Alexander Dareios zum ersten Mal gegenüber, dort floh Dareios zum ersten Mal. Er ließ sein ganzes Lager und all seine Schätze zurück, die er mitgenommen hatte, Münzen im Wert unzähliger Talente sowie sämtliche Dinge, mit denen der Großkönig eben auf Reisen geht. Doch viel wichtiger noch, in seiner Furcht angesichts unseres Sieges ließ er seine Gemahlin, seine betagte Mutter, seine zwei jungen Töchter und seinen Sohn zurück, ein Wickelkind, das noch nicht laufen konnte. Man mag kaum glauben, dass er das tat, doch es ist wahr – denn ich war dort –, und dass er ein so schlechter König und ein so schlechter Mensch war, denn ihr Schicksal war eindeutig. Sein Sohn würde durch unsere Schwerter sterben, und seine Mutter und sein Weib würden unseren Männern als Spielzeuge dienen. Über das Schicksal der beiden Prinzessinnen, damals zehn und elf Jahre alt, darf man gar nicht nachdenken. Dass ein Mann die Flucht ergreifen und seine Familie derart im Stich lassen sollte, ob nun König oder nicht, erschien mir unbegreiflich.

Als sich die Kunde im Tross verbreitete, dass wir Dareios' Lager und seine ganze Familie in unsere Gewalt gebracht hätten, konnte ich es kaum glauben. Und wie jeder Sechzehnjährige eilte ich, es mir anzusehen.

Wir marschierten mit leichtem Gepäck, und obgleich der König ein Zelt besaß und seine eigenen Sachen hatte, war das nichts im Vergleich zu Dareios' Zelt. Dareios' Zelt hätte ein Palast sein können, mit acht Gemächern, seidenen Wandbehängen und Teppichen mit grotesken Mustern auf dem Boden, von denen jeder zwei Jahre lang auf dem Webstuhl gewesen sein musste. Da gab es ein Badegemach mit einer riesigen bronzenen, mit Silber verzierten Wanne, zehn kleine Glasflaschen mit Ölen, Hängelampen mit farbigem Glas, in denen duftendes Öl brannte. Und außerdem ein großes Schlafgemach mit Möbeln aus Elfenbein, darunter auch ein großer Nachtstuhl, der sich zusammenklappen ließ. Dergleichen hatte ich noch nie gesehen, und die anderen Burschen und ich begutachteten ihn unter vielen groben Scherzen, bis die Königlichen Kammerdiener uns hinauswarfen.

»Hört mal her«, sagten sie. »Das gehört jetzt alles dem König, und er will bestimmt nicht, dass ihr mit euren schmutzigen Händen da überall dran herumfingert! Das hier ist kein Marktstand für einen Haufen Stallburschen! Das Zeug gehört nicht mehr Dareios, es gehört Alexander.«

Daraufhin schlurften wir alle zum Eingang und hinaus in die Nacht. Es war die Beute derer, die über uns standen, aber wenigstens hatten wir einen Blick darauf werfen können.

»Was glaubst du, wie das ist?«, fragte einer der Jungen. »In einen Nachttopf aus Elfenbein zu kacken?«

»So ziemlich genauso wie überall sonst hin«, erwiderte ich. Meine Aufmerksamkeit galt dem Zelt nebenan; es war fast ebenso groß und prunkvoll, aber schwer bewacht. Fußsoldaten der Silberschilde hatten es umstellt, und ihr Befehlshaber war Heerführer Perdikkas. »Was glaubst du …«, begann ich.

Aus dem Innern des Zeltes drangen klagende Frauenstimmen, und mir wurde klar, was das für ein Zelt sein musste. Da drin war Dareios' Familie, eine Beute, die zu verteilen dem König vorbehalten war, zusammen mit Dareios' Duftölen und seinem Nachtstuhl.

Mehrere Reiter nahten, und ich erkannte Hephaistions Schlachtross Zephyr sofort, schließlich verbrachte ich viel Zeit mit ihm. Ich stürzte vor, um die Zügel zu nehmen, als sein Reiter absaß. Einer der Königlichen Kammerdiener nahm die Zügel, die der König ihm reichte.

Alexander glitt unbeholfen vom Pferd. Zwar hatte er sich seit der Schlacht offenkundig gewaschen, doch er hinkte aufgrund einer Wunde im rechten Bein. Sie war genäht und ordentlich verbunden worden, doch er stolperte, als er versuchte, das Bein zu belasten.

»Du musst dich hinlegen«, sagte Hephaistion und nahm seinen Arm. »Du hast genug Blut verloren, und wenn die Wunde wieder aufbricht, musst du noch einmal zum Heiler.«

»Mit fehlt nichts«, wehrte der König gereizt ab und schüttelte sich das Haar aus dem Gesicht. Es war feucht und klebte ihm an der Stirn. »Hör auf, mich zu bemuttern.«

Hephaistion trat einen Schritt zurück, allerdings schien ihm die Zurückweisung nichts auszumachen. »Wenn du meinst, es sieht besser aus, wenn der König vor Dareios' Zelt umkippt.«

Alexander hob den Kopf, wie ein Hund, der die Ohren spitzt. »Was ist denn das für ein Gejammer?«

Perdikkas trat von seinem Posten vor dem Zelt, das den Königlichen Frauen gehörte, zu den beiden. »Dareios' Weibervolk, Alexander. Sie klagen um ihn. Sie glauben, wenn er sie verlassen hat, dann muss er tot sein.«

Hephaistion schnaubte. »Dareios ist am Leben und wohlauf, und er reitet gerade nach Babylon, auf dem schnellsten Pferd, das er auftreiben konnte.« Was er von solcher Feigheit hielt, war ihm deutlich anzusehen.

»Dareios' Weibervolk?«, fragte der König. »Wer denn noch, außer seiner Gemahlin?«

»Seine beiden Töchter«, antwortete Perdikkas. »Stateira, sie ist elf, und Drypetis, zehn Jahre alt. Und seine alte Mutter Sisygambis. Es heißt, sein Weib ist eine Schönheit. Die schönste Frau in ganz Asien. Ich selbst habe sie noch nicht gesehen, also weiß ich es nicht. Ihre Eunuchen sind auch da drin und sagen, wir müssten sie alle töten, damit sie weichen, also bewachen wir das Zelt von außen, und sie bewachen es von innen. Ich dachte, wir warten damit, die Eunuchen zu erledigen, bis du kommst.«

Und auch, um den Königlichen Frauen Zeit zum Selbstmord zu lassen, dachte ich im Stillen. Ein Schaudern der Anerkennung für Perdikkas überlief mich. Das war gut gewesen, ihnen Zeit zu geben, um ungeschändet zu sterben. Obwohl sie ja eine starke Frau sein müsste, um ihre eigenen Töchter und ihren kleinen Sohn zu töten.

Alexander war offensichtlich derselbe Gedanke gekommen, und er wechselte einen Blick mit Hephaistion. »Ich sollte ihnen sagen, dass sie nichts zu befürchten haben«, meinte er.

Hephaistion machte eine zustimmende Geste. »Je eher, desto besser. Und dann kannst du gehen und dich hinlegen.«

»Ich habe allen gesagt, dass sie dir gehört«, erklärte Perdikkas fröhlich. »Das ist doch famos, oder? Das Weib des Großkönigs als Konkubine? Und die Töchter natürlich auch. Nur Alexander brächte das fertig!«

»Ach ja?«, fragte der König trocken.

»Wahrscheinlich fügt sie sich, wenn sie vernünftig ist«, bemerkte Perdikkas. »Als Gegenleistung für das Leben ihrer Töchter. Persien liegt dir zu Füßen, und die Gemahlin des Großkönigs fleht auf den Knien um Gnade! Dein Vater wäre stolz auf dich!«

Alexander legte den Kopf schief, und ich dachte bei mir, dass es da eine Unterströmung gab, die Perdikkas nicht bemerkte. »Das wäre er wohl, nicht wahr?«, bemerkte er lakonisch und ging zum Eingang des Zeltes.

Hephaistion drängte sich vor ihn. »Lass mich«, sagte er. »Die Wachen sind mit Sicherheit nervös, und das Letzte, was wir brauchen, ist, dass du von einem Eunuchen niedergestochen wirst.« Er schob den Zeltvorhang zur Seite und trat ein, gefolgt vom König, Perdikkas, drei Soldaten und mir. Warum nicht? Niemand hatte mir gesagt, dass ich es nicht tun sollte, und ich wollte wissen, was jetzt passierte.

»König Alexander ist da, um die edlen Damen zu besuchen«, verkündete Perdikkas laut.

Das Zelt war ganz ähnlich wie das von Dareios, mit seidenen Wandbehängen und dicken Teppichen. Vier mit Messern bewaffnete Eunuchen standen gleich hinter der Tür. Der Mund des älteren Mannes, der dem Eingang am nächsten stand, war entschlossen zusammengekniffen. Ein paar Frauen drängten sich am anderen Ende des Raumes zusammen, vermutlich die Königlichen Damen und ihre Zofen. Ihre Gesichter waren züchtig verschleiert.

Nur eine war nicht verhüllt. Sie musste fünfundsechzig Jahre zählen und hatte scharf geschnittene Gesichtszüge, ungetrübt von der Zeit. Auf ihr dunkelblaues Gewand waren mit Silberfäden endlose Sterne und Wirbel gestickt worden. Sie stand zwischen Alexander und den anderen.

Die Eunuchen sahen sie an, und auf ihr Nicken hin traten sie von der Tür zurück und ließen die Messer sinken.

Die Mutter des Großkönigs, dachte ich. Irgendetwas in ihrem Gesicht erinnerte mich an jemand anderen, oder vielleicht lag es auch daran, dass sie in ihrer Trauer und in ihrem Stolz sehr eindrucksvoll war.

Hephaistion sah die Eunuchen an. »Spricht einer von euch Griechisch?«

»Ich«, sagte der ältere. »Es ist mir eine Ehre, für meine Königin zu übersetzen.«

Sie hob das Kinn und trat vier Schritte vor. Die Mutter des Großkönigs sank vor Hephaistion auf die Knie, die Hände flehend erhoben wie eine in eine Tempelmauer gemeißelte Figur. Die Worte des Übersetzers hallten wie ein Echo hinter ihr. »Höre, Alexander von Makedonien, das Flehen einer alten Frau! Höre die Worte einer Frau, die verloren ist!«

Verwirrt schaute Hephaistion sich um. »Was? Ich bin nicht …«

Der Eunuch erbleichte und sagte hastig auf Persisch etwas zu der Frau.

Ihre Schultern spannten sich und ihre Augen wurden groß, dann drehte sie sich auf den Knien herum, um noch einmal zu beginnen.

Alexander trat vor und nahm ihre erhobene Hand. »Keine Sorge, Mutter«, sagte er. »Er ist auch Alexander.« Lächelnd hob er sie auf. »Ich bin gekommen, um Euch zu sagen, dass Ihr und die anderen Frauen von meinen Silberschilden bewacht werdet, und jeder Mann, der Hand an Euch legt, ist des Todes. Ihr habt nichts zu befürchten. Ich werde nicht einmal mit der Königin sprechen, bevor Dareios vor mich tritt und ich ihm seine Familie zurückgeben kann. Dann werde ich ihn als Untertan empfangen und Ihr werdet unversehrt wieder mit ihm vereint werden.«

Ihr Blick wanderte über sein Gesicht, und sie fragte ein einziges Wort auf Persisch. Der Übersetzer gab es als »Warum?« wieder.

»Weil ich Alexander bin«, antwortete er und wandte sich zum Gehen.

Alle verließen hastig vor ihm das Zelt, ich am eiligsten, damit ich nicht dastehen würde wie ein Gaffer, der seine Arbeit vernachlässigt hatte. Ich war nicht schnell genug. Sein Blick fiel auf mich. »Du, Bursche«, sagte er. »Lydias, nicht wahr?«

»Ja, Herr«, stammelte ich und schluckte.

»Weißt du, warum?«

Ich richtete mich auf und war mir Hephaistions merkwürdigem Gesichtsausdruck bewusst. Wenn ich mich schon vorm König zum Narren machte, dann ganz. »Ja«, sagte ich. »Töten kann jeder.«

Er lächelte, ein flinkes Lächeln, das mir durch Mark und Bein ging, und klopfte mir auf die Schulter. »Braver Bursche«, sagte er und ging ins Zelt des Großkönigs, wobei er sich ein klein wenig auf Hephaistions Arm stützte.

Jetzt lag er in einem goldenen Leichenwagen und war selbst eine Beute, für die Männer fielen.

Mir kam ein Gedanke, und ich ritt neben den Wagen, hob ein Bein über den Hals meiner Stute und stieg auf die Türschwelle, ohne dass das Pferd aus dem Tritt gekommen wäre. Noch war niemand im Innern des Leichenwagens gewesen.

Ein Netz aus Gold hing vor der Tür, und ich hob es mit einer Hand an, die vom Kampf noch immer blutbefleckt war.

Eine vergoldete Laterne hing von der Decke herab und warf Muster aus Licht und Schatten an die Wände. Die Gemälde schienen sich im trüben Licht zu bewegen; Galeeren segelten auf endlosen Meeren, Wimpel flatterten tapfer.

»Bagoas?«

Mit einer einzigen geschmeidigen Bewegung erhob er sich vom Boden, wo er am Kopfende des Sarkophags gesessen hatte. »Hier.«

»Ich sehe, Ihr seid wohlauf«, stellte ich fest. Das Lampenlicht malte Flächen auf sein Gesicht, warf einen Schatten auf seine Wange, der aussah wie eine Blume.

»Ich habe den Kopf eingezogen, wie Ihr gesagt habt«, antwortete er. »Das habt Ihr gut gemacht.«

»Danke.« Ich blickte auf den goldenen Deckel des Sarkophags hinunter. »Ich muss hineinschauen«, sagte ich leise. »Um ganz sicher zu sein.«

Nach kurzem Zögern nickte Bagoas. »Ich helfe Euch«, sagte er. »Der Deckel ist schwer.«

Zusammen schoben wir den Deckel zurück. Er glitt auf unsichtbaren Schienen; es war nicht annähernd so schwer, wie es ausgesehen hatte.

In dem gedämpften Licht sah Alexander aus, als schliefe er. Die Einbalsamierer hatten ihn nicht in Leinen gewickelt, wie sie es in Ägypten taten. Stattdessen wirkte er vollkommen lebensecht, das helle Haar um die Schultern und die Augen geschlossen, den goldenen Brustharnisch über einem Chiton mit Zierborte, der mit Purpur aus Tyros gefärbt worden war. Ich hätte ihn nicht für tot gehalten. Ich hätte gedacht, er könnte jeden Moment aufwachen, könnte plötzlich etwas sagen.

»Sie haben allerbeste Arbeit geleistet«, sagte Bagoas und blickte mit ausdruckslosem Gesicht in den Sarkophag. Im Stillen dachte ich, dass er viele Male so dort hineingeschaut haben musste. Vielleicht hatte er die Lippen auf jenen kalten Mund gepresst, auf einen Atemhauch des Lebens gehofft.

Ich nickte. Sprechen konnte ich nicht. Ich wusste nicht, was ich zu ihm sagen sollte. Sollte ich um Vergebung bitten oder um seinen Segen? Stattdessen neigte ich lediglich den Kopf, als warte ich auf Befehle.

Als natürlich keine kamen, blickte ich kurz darauf auf und winkte Bagoas. Wir schoben den Deckel wieder an seinen Platz.

Ich schwieg. Und was sollte ich auch sagen? Nie hatte ich gewusst, wie ich mich bei Bestattungen den Angehörigen gegenüber äußern sollte. Alles, was man von sich gäbe, klänge doch nur hohl und leer.

Bagoas hatte den Toten fast zwei Jahre lang umsorgt. Er bedurfte meiner Worte nicht. Stattdessen geleitete er mich zur Tür. »Wir ziehen nach Ägypten?«

»Richtig«, bestätigte ich. »In Damaskus machen wir Halt und lassen unsere Verwundeten dort, die Männer, die nicht reiten können. Und dann machen wir für nichts und niemanden halt, bis wir Pelusium erreichen.«

Seine Brauen klommen über diesen verblüffend grünen medischen Augen empor. »Schaffen wir es denn nach Pelusium?«

»Nicht ohne Kampf«, erwiderte ich mit verkniffenem Lächeln. »Aber wir kommen dort an. Darauf schwöre ich Euch meinen Eid.«

Er nickte, eine vornehme Geste, die mich an Artashir erinnerte. »Ich glaube Euch, Lydias von Milet.«

Ich schwang mich von Neuem auf mein Pferd und ritt zurück zur Spitze der Kolonne. Der Abend dämmerte. Hinter mir versank die Siegesgöttin in der Nacht.

II

Herrin der Wüste

Kurz hinter Gaza holten sie uns ein. Natürlich war das keine Überraschung. Seit wir Tyros verlassen hatten, hatte ich Späher ausgesandt. Jeden Morgen schickte ich, wenn wir bei Sonnenuntergang aufbrachen, Männer mit dem Befehl los, den Weg, den wir gekommen waren, einen halben Tagesritt weit zurückzureiten. Mittags machten sie kehrt und schlossen wieder zu uns auf. Natürlich waren wir inzwischen weitergezogen, aber sie waren so viel schneller als wir, dass sie ein paar Stunden, nachdem wir das Lager aufgeschlagen hatten, bei uns ankamen. Für sie war es ein langer Tag, und ich schickte jeden Tag frische Reiter, doch selbst in der Sommerhitze bestand keine Gefahr, dass sie sich überanstrengten. Jeden zweiten Tag ließen wir dort, wo wir jeweils waren, zwei Reiter mit der Anweisung zurück, zu warten, und zwar entweder sechs Tage lang oder bis sie Perdikkas' Truppen sahen, und dann zu uns zurückzukehren. So hatten wir ständig Kenntnis von dem, was hinter uns geschah.

Wir hatten Gaza fast erreicht, als die ersten dieser Männer

es uns berichteten. Sie hatten Aschdod verlassen, als gerade die ersten von Perdikkas' Männern in kleinen Grüppchen dort eingetroffen waren, erschöpft und auf der Suche nach Verpflegung. Alles in allem ungefähr zwölfhundert Mann, befehligt von zwei Gefährten, die ich kannte, Attalos und Polemon. Fast ohne anzuhalten waren sie von Babylon gekommen, und ihre Pferde waren völlig erschöpft. Attalos hatte befohlen, einen Tag in Aschdod Rast zu machen, um sich neu zu verpflegen und zu versuchen, Ersatz für die Pferde zu finden, die nicht weiterkonnten.

Ich nickte, dankte den Spähern und hieß sie sich ausruhen. Dann schritt ich aus unserem nächtlichen Lager heraus, fort von den Feuern und dem vergoldeten Leichenwagen.

Dort fand Bagoas mich. Er blieb ein kleines Stück entfernt stehen und sagte nichts.

Ich blickte zu den Sternen hinauf, die sich zu langsam bewegten, als dass man es hätte sehen können, aber nichtsdestotrotz ihre Bahn durch die Nacht zogen. Einen Soldaten hätte ich einfach nicht beachten können, doch Bagoas nicht zur Kenntnis zu nehmen, wäre unhöflich gewesen. Natürlich wollte er wissen, was geschehen würde.

»Drei Tage, vielleicht auch vier«, sagte ich.

»Bleiben wir in Gaza?«, fragte er.

Das war der Kern des Problems. Noch einen Tag, und wir würden in Gaza sein. Ich könnte versuchen, die Stadt zu halten, und einen Reiter nach Pelusium schicken, um Fußvolk als Verstärkung anzufordern. Zwei Tage bis nach Pelusium, ohne Pferdewechsel, aber so schnell, wie der Gaul es aushielt. Vier oder fünf Tage Rückweg für das Fußvolk. Ich würde Gaza drei oder vier Tage lang halten müssen. Mit beschädigten Befestigungsanlagen und nichts als Reiterei. Dennoch, Attalos und Polemon hatten auch nur Berittene, und ganz bestimmt kein Belagerungsgerät.

Vielleicht. Vielleicht war es machbar. Oder vielleicht auch nicht. Der gesunde Menschenverstand sagte, dass es vielleicht das Sicherste wäre.

Und doch. *Ägypten,* wisperte mir der Nachtwind zu. *Ägypten. Gaza liegt jenseits der Grenzen des Schwarzen Landes. Du musst den König nach Ägypten bringen.*

Und doch. Vielleicht lag es nur daran, dass mir als Reitersoldat Mauern verhasst waren. Ich wollte nicht in Gaza belagert werden. Vielleicht würde es ja unterwegs Möglichkeiten geben, auf der Straße. Wenigstens blieb so alles offen, blieb in Bewegung. Selbst wenn es ihnen gelänge, uns den Leichenwagen wieder abzunehmen, je näher wir Ägypten waren, desto weiter würde ihr Rückweg damit sein. Und dann wären sie durch das langsame Tempo des Wagens behindert. Sie müssten befürchten, dass Ptolemaios ihre Nachhut überfiel. So weit, wie sie es jetzt schon hatten, würden selbst Ptolemaios' Fußtruppen sie noch südlich von Aschdod einholen.

»Wir ziehen weiter«, sagte ich.

Zwei Tage später stand die Sonne hoch am Himmel. Die Straße hatte eine Biegung vom Meer hinfort gemacht. Jetzt verlief sie zwischen steilen roten und ockergelben Klippen, wo sich verkümmerte Büsche an Felsvorsprünge klammerten und im Schutz von Überhängen wuchsen. Ich sah es und wusste, wo wir waren.

Die steinerne Sphinx beobachtete uns vom linken

Straßenrand aus; das geborstene Podest auf der anderen Seite zeigte, wo ihre Gefährtin gewesen war.

Ägypten, hörte ich es flüstern.

Als ich zwischen den beiden hindurchschritt, war mir, als zerrisse ich eine unsichtbare Schnur, als stürme ich zwischen den Preisrichtern hindurch, um das Wettrennen zu gewinnen. Die Grenzen Ägyptens. Hier hatte ein Pharao aus längst vergangener Zeit die Sphinxen als Grenzwachen aufgestellt. Als ich das letzte Mal hier vorbeigekommen war, hatte ich das gewusst, diesmal jedoch fühlte ich es, wie ein Schüttern unter der Erde. Die uralte Magie des Schwarzen Landes, erweckt und abwartend.

Ich ließ die Kolonne halten. Wir gossen ein Trankopfer vom besten Wein aus und ich sprach Gebete. Dann stand ich ehrerbietig neben der Sphinx, während die Kolonne sich wieder in Marsch setzte. Hätte ich die Augen geschlossen, ich hätte gewusst, in welchem Moment der Leichenwagen über die Grenze rollte.

Es war wie ferner Donner, wie Regen in weit entfernten Bergen, wie das Getöse der See. Die Götter hießen Alexander in Ägypten willkommen.

Die Macht ließ meine Handflächen kribbeln, und ich schüttelte die Hände. Wenn ich ein Priester wäre, dachte ich, wüsste ich, was ich damit anfangen soll. Ich wüsste, wie ich mir diese Macht zunutze machen könnte, wie ich das Land selbst dazu bringen könnte, sich gegen die Verfolger zu erheben. Doch ich war nur Soldat und wusste es nicht.

Stattdessen stieg ich auf und nahm meinen Platz an der Spitze der Kolonne wieder ein.

Wir waren nur ein kleines Stück weit gekommen, als ich einen Löwen brüllen hörte. Der Kopf meiner Stute fuhr hoch und sie drehte die Ohren nach dem Geräusch. Ich sah mich um.

Auf einem Sims auf halber Höhe der Felswand lag eine lichtbraune Löwin, den goldenen Kopf in die Höhe gereckt. Der Blick ihrer grünen Augen begegnete unversehens meinem. Sie sprang nicht auf, schien angesichts der langen Reihe bewaffneter Männer nicht zu erschrecken, und sie drohte uns auch nicht. Sie behielt uns nur einfach im Blick.

Ich zügelte mein Pferd und ließ es zur Seite treten, aus dem Weg der Kolonne. Ihr Blick wich nicht von mir.

Ich sah nicht weg. »Herrin der Wüste«, sagte ich. »Bitte vergebt unser Eindringen in Euer Revier. Wir sind nur auf der Durchreise und werden bald wieder fort sein.«

Sie blinzelte träge. Ihre Augen leuchteten und die Vorderpfoten hatte sie in genau derselben Haltung vor sich hingestreckt wie die Sphinx.

Wie die Sphinx.

Bagoas war zu Fuß zu mir herangekommen. »Ist das ein Omen?«, wollte er wissen.

»Oder eine leibhaftige Göttin«, antwortete ich. Sie war wahrlich ein prachtvolles Tier, die größte Löwin, die ich jemals gesehen hatte, gut genährt und glatt. Ihr Fell leuchtete geradezu vor Gesundheit.

Bagoas sah sich um. »Wie ist sie dort hinaufgekommen?«, fragte er. Die Wände des Wadis waren sehr steil und boten selbst für einen Löwen keinen Halt.

»Sie muss von der anderen Seite gekommen sein«,

meinte ich. Rasch blickte ich mich um, hob mich auf dem Pferderücken, um Ausschau zu halten.

Ohne mich aus den Augen zu lassen, erhob sich die Löwin und streckte sich entschlossen. Langsam tat sie ein paar Schritte, blieb dann stehen und sah mich an. Zielstrebig schritt sie einen rückwärtigen Hang hinauf, trottete dann einen Pfad entlang, den ich von unten nicht sehen konnte, und verschwand hinter herabgestürzten Felsblöcken. Gleich darauf sah ich sie von Neuem, wie sie stehenblieb und zu mir herunterblickte.

»Da oben ist ein Weg«, sagte ich. »Ein Weg an der Felswand entlang. Ich frage mich, wo der wohl herauskommt.«

Ich folgte der Löwin, hin und wieder blieb sie stehen. Der Pfad, dem sie folgte, war fast unsichtbar, tauchte ab und zu hinter den Felsvorsprüngen ab. Eine Zeitlang dachte ich, ich hätte ihn ganz aus den Augen verloren, und sie dazu. Eine halbe Meile oder mehr ritt ich weiter und sah sie nicht.

Als ich um eine Biegung kam, saß sie plötzlich mitten auf der Straße, dort, wo unser Zug vorbeigekommen war. Hinter ihr führte eine sanfte Steigung aufwärts und bog sich dann um einen roten Felsbrocken.

Sie blinzelte und legte sich hin, die Vorderpfoten vor sich ausgestreckt.

Und plötzlich sah ich alles, was ich sehen musste.

»Ich danke Euch, Herrin der Wüste«, stieß ich hervor. »Danke.«

Die Löwin erhob sich und schoss mit einem raschen Satz zwischen den Felsen auf der anderen Straßenseite davon.

Ich stieg ab. Bagoas war mir zu Fuß gefolgt, ohne etwas zu sagen, und jetzt sah er ohne Furcht zu, wie die Löwin davonlief. Für gewöhnlich greifen Löwen einen bewaffneten Reiter nicht an, ein unbewaffneter Mann zu Fuß jedoch ist etwas anderes. Meine Achtung vor seinem Mut stieg, allerdings hätte ich damit rechnen sollen. Alexander hatte für Feiglinge nichts übriggehabt.

Meine Stute schwitzte und rollte wegen der Löwenwitterung nervös die Augen, doch sie gehorchte. »Kommt, Bagoas«, sagte ich und führte mein Pferd auf den sanft abfallenden Hang zu, der zu dem Weg hinaufführte.

»Was tut Ihr?«, fragte er.

»Nachsehen, wo der Weg herauskommt, und ob man da ein Pferd entlangführen kann.«

Es war möglich. Bei Nacht hätte ich es nicht versuchen wollen, und auch nicht schneller als im vorsichtigen Schritt, doch es war auf jeden Fall möglich, ein Pferd diesen Weg entlangzuführen. Wir kamen an der Stelle vorbei, wo ich die Löwin zuerst gesehen hatte, und überholten dann den Leichenwagen.

Glaukos rief zu mir herauf. An diesem Ende war der Weg deutlicher sichtbar. Am nördlichen Ende konnte man ihn von der Straße aus nicht sehen.

»Ich probiere etwas aus«, rief ich zurück. »Geht weiter. Ich komme nach.«

Nach der nächsten Biegung führte der Pfad wieder zur Straße hinunter, und ich kam direkt vor der Kolonne dort an.

Vielleicht war dies früher der ursprüngliche Weg gewesen, bevor die Straße von einem längst toten Pharao gebaut worden war, damit Kaufleute und Soldaten leichter vorankamen. Er wurde nicht mehr benutzt, aber er war noch passierbar.

Ich wartete, während die anderen näher kamen. Glaukos ritt zu mir heran. »Was soll das werden?«

»Wir locken sie in einen Hinterhalt«, sagte ich. »Schick zwanzig Männer mit dem Leichenwagen voraus. Sag ihnen, sie sollen die ganze Nacht reiten, so weit wie möglich fort von uns. Alle anderen bleiben hier.«

»Einen Hinterhalt? Mit Pferden? Hier drin?« Glaukos deutete auf die steilen Wände des Wadis.

Bagoas lächelte, und ich glaubte, dass er begriff.

»Da oben ist ein Weg, der dorthin zurückführt«, erklärte ich. »Ungefähr drei Meilen. Das andere Ende kann man von der Straße aus nicht sehen. Du führst zweihundert Mann dort entlang, hintereinander, die Pferde werden geführt. Du wirst sehen, wo es wieder zur Straße hinuntergeht. Geht nicht ganz so weit. Lass die Männer oben auf dem Weg halten, außer Sicht. Und sorge dafür, dass sie still sind. Wenn Perdikkas' Männer hier durchkommen, dann reiten sie schnell. Sie können an den Pferdeäpfeln sehen, dass sie uns beinahe eingeholt haben, und sie werden bestimmt nicht Halt machen und Kundschafter vorausschicken. Die werden reiten, was das Zeug hält, um uns zu überrumpeln. Sobald sie an dir vorbei sind, kommt ihr herunter und sammelt euch auf der Straße.«

Glaukos grinste. »Und dann von hinten auf sie drauf, wie ein Wolf auf die Herde. Wo wirst du sein?«

»Wir halten hier die Stellung«, sagte ich. »Das Wadi ist schmal genug, und es sieht aus, als gäbe es hier ein paar Dornbüsche, die wir abhacken und aus denen wir eine Barrikade bauen können, um den Ansturm zu bremsen.«

»Eine Barrikade aus Dornbüschen wird sie nicht allzu sehr hindern«, gab Glaukos zu bedenken.

»Doch, wenn sie brennen«, entgegnete ich. »Das ganze Buschwerk hier ist strohtrocken. Es brennt bestimmt wie Zunder.«

»Und dann sitzen sie zwischen euch und unserem Ansturm in der Falle«, sagte er.

Ich nickte. »Genau. Und jetzt beeil dich! Sie sind gerade einmal einen halben Tagesritt hinter uns!«

Eine Stunde vor Einbruch der Nacht kamen sie angeprescht. Wir waren bereit.

Die erste Warnung kam in Form eines Falken, der jäh in die Luft stieg und kreischte. Gleich danach ertönte das Donnern der Hufe und sie kamen um die Biegung.

»Jetzt!«, brüllte ich und schleuderte meine Fackeln in das Buschwerk. Die anderen Männer folgten meinem Beispiel. Brüllend loderten die trockenen Zweige auf.

Vor dem ungestümen Ansturm der Reiterei schoss eine Feuerwand empor, Flammen züngelten auf, angefacht vom heißen Wind, der sich genau im rechten Augenblick erhob und riesige Feuerzungen auf sie zuwallen ließ.

Ich ließ meine Stute rückwärts treten. Selbst sie scheute vor den Flammen.

Der Angriff brach völlig in sich zusammen. Kein Pferd galoppiert geradewegs ins Feuer. Die vordersten Reiter rissen ihre Tiere zurück und kamen denen hinter ihnen in die Quere; Männer brüllten und fluchten. Ein Pferd, weniger gewandt als die anderen, rannte direkt in ein anderes hinein. Beide gingen zu Boden und schlugen unter lautem, angstvollem Wiehern um sich, während ihre Reiter unter ihnen eingeklemmt waren.

Die zweite Abteilung krachte beinahe in die erste hinein. Sie zügelten ihre Pferde, die sich aufbäumten und bockten. Es war das reinste Chaos.

Inzwischen warteten unsere Männer in Reih und Glied auf der anderen Seite der Barrikade. Unseren Pferden gefiel das Feuer ebenso wenig, doch sie mussten sich nicht näher damit befassen und hatten gesehen, wie es angezündet worden war. Wir warteten. Ich wünschte, ich hätte Artashir und einen Trupp persischer Bogenschützen dabei. Perdikkas' Männer wären ideale Ziele gewesen.

Die Befehlshaber der Gegenseite brüllten und versuchten, das Knäuel zu entwirren. Die letzte Abteilung hatte rechtzeitig angehalten; die Reiter wimmelten jetzt umher und versuchten, in dem schmalen Wadi niemandem im Weg zu sein. Auch sie hielten keine Ordnung, und da ihre Aufmerksamkeit dem Gewühl vor ihnen galt, schauten sie nicht nach hinten. Bei all dem Gebrüll würden sie Glaukos erst hören, wenn er schon fast in sie hineinstürmte.

Schon fielen die Flammen in sich zusammen, das zundertrockene Buschwerk verbrannte rasch. Sehr bald würde nicht mehr genug da sein, um sie zurückzuhalten. Es würde nicht mehr lange dauern, bis jemand es versuchte.

Ich sah Polemon, den ich kannte, auf einem Rappen sitzen. Er betrachtete die Flammen und maß das verlöschende Feuer. Sein Pferd warf den Kopf auf, sodass die Glöckchen an seinem Zaumzeug klirrten. Ein großes Tier, dachte ich. Ein schwarzer Nisäer mit kräftigen Beinen und starkem Herzen. Er könnte den Sprung schon jetzt schaffen, aber sie würden nicht alle folgen. Lange würde es nicht mehr dauern.

»In Formation!«, hörte ich Polemon brüllen. »Gefechtsordnung!«

»Wartet«, wies ich den erfahrenen Reitersoldaten neben mir an. »Wartet. Lasst sie kommen.«

Wie lange würden sie brauchen, um Ordnung in ihre Reihen zu bringen? Es schien nur Augenblicke zu dauern, und zugleich eine Ewigkeit. Aber gewiss war es doch noch nicht lange her, dass wir die Büsche in Brand gesteckt hatten. Die Flammen waren noch nicht ganz erloschen.

»In Formation! Seid ihr Gefährten oder was sonst?«, hörte ich Polemon bellen, der sich abmühte, seine Leute wieder in Reih und Glied zu bringen. Eines der gestürzten Pferde schien sich ein Bein gebrochen zu haben und schlug genau dort um sich, wo sie stehen mussten. Es würde ihre Truppe in zwei Hälften teilen, weil sie um das Tier herumreiten mussten. »Gefechtsordnung!«

»Herr«, begann der Soldat neben mir.

»Warte«, sagte ich und hob die Hand. »Wartet auf mein Zeichen.«

Und dann hörte ich das Dröhnen von Hufen und lautes Gebrüll, als Glaukos und seine Männer hinter ihnen das Wadi heruntergedonnert kamen, die Schwerter gezückt und in vollem Galopp.

Wie Felsblöcke, die von einem Berg stürzen, krachten sie von hinten in Polemons Männer hinein. Das Wiehern verwundeter Pferde wetteiferte mit den Schreien von Männern.

Befehle oder nicht, jeder fuhr herum.

»Vorwärts!«, schrie ich und drückte meiner Stute die Fersen in die Flanken. Wir stürmten los, über die glimmende Asche hinweg.

Danach war es schwer, zu erkennen, was mehr als eine Pferdelänge von meinem eigenen Pferd entfernt geschah. Zuschlagen und zustechen und abwehren. Die flinke Stute tanzte über die Gefallenen hinweg. Ich hatte Blut in den Augen, im Haar, und außer bockenden Pferden rund um mich herum konnte ich nichts sehen. Einer meiner eigenen Soldaten auf einem Braunen zu meiner Rechten.

»Vorwärts!« Es war schwer zu sagen, wer wer war. Wir alle trugen die gleiche Rüstung, sowohl Freund als auch Feind, hatten alle vertraute Gesichter. Vor nicht einmal zwei Jahren waren wir Freunde gewesen. Wir alle hatten für Alexander gekämpft.

Polemon tauchte aus dem Chaos auf; der Helm saß ihm schief auf dem Kopf. Ich sah, wie er auf mich zuhielt, und war nicht überrascht.

Er ging geradewegs auf mich los, doch im letzten Moment verlagerten sich die Kämpfe, sodass wir auf der falschen Seite aneinander vorbeireiten würden, auf der jeweils linken anstatt auf der rechten. Ich versuchte, nach rechts hinüber zu kommen, doch sein Pferd war größer als meins, und gleich darauf waren unserer Pferde Schulter an Schulter. Er hob das Schwert, doch es war ein schwieriger Hieb, direkt vor dem Körper geführt.

Ich bekam das Schwert nicht rechtzeitig ganz hinüber. Ich sah, wie das seine sich hob, und die Augenblicke dehnten sich länger.

Es war nichts als eine instinktive Abwehrreaktion, den linken Arm hochzureißen, um meinen Kopf zu schützen. So dicht waren wir nebeneinander und so unbeholfen war sein Hieb, dass ich die Querstange des Schwertgriffs direkt über seiner Hand zu fassen bekam und die volle Wucht des Schlages, mit dem Schwung des Pferdes dahinter, auf meine Linke niederfuhr, sodass mein Handgelenk weit nach hinten gebogen wurde. Ich hörte die Knochen brechen, sie knackten wie trockene Zweige.

Und dann waren wir an ihm vorbei, und mein Pferd galoppierte weiter, frei von den plötzlich schlaffen Zügeln.

»Rückzug! Rückzug!«, brüllte jemand. »Zurück und wieder in Formation!« Ich glaube, dass es Polemon war. Überall um uns herum im Wadi lagen Männer am Boden. Vielleicht dachte er, die meisten davon wären seine.

Mein Arm stand in Flammen, meine Hand war völlig nutzlos. Ich nahm die Zügel in die Schwerthand, hielt beides zusammen mit der Rechten.

»Nicht nachsetzen!«, schrie ich. »Ptolemaios' Ilç, nicht nachsetzen!«

»In Formation antreten!«

Alles brüllte, dass man antreten solle.

Einhändig wendete ich das Pferd. Wir mussten zurückweichen, Platz machen und herausfinden, wie viele Männer wir im Vergleich zu ihnen hatten. Das Feld zu räumen war keine Schande. Ein Teil dieses Wadis war doch so gut wie jeder andere.

»Ptolemaios' Ilç, zurück!«, brüllte ich und lenkte meine Stute mit den Schenkeln über die Glut. Meine linke Hand versagte mir vollkommen den Dienst; den Daumen konnte ich überhaupt nicht bewegen.

»Zurück, ihr verfluchten Lahmärsche!« Das war Glaukos, der die vorderste Reihe zurückbeorderte.

»Hebt die Verwundeten auf«, befahl ich. »Jeden, den ihr tragen könnt.«

»In Formation!«

Langsam wichen wir das Wadi hinunter zurück, die Blicke fest auf unsere Gegner gerichtet. Auch sie zogen sich ein wenig zurück.

Ich konnte nicht erkennen, wen genau wir verloren hatten, doch es sah so aus, als gehörten viel mehr von denen, die am Boden lagen, zu Polemons Männern.

Sie folgten uns nicht. Damit rechnete ich auch nicht, nicht bei Einbruch der Dunkelheit, nach einer bitteren Abreibung und ohne die leiseste Ahnung, was wir noch an Verstärkung haben könnten. Sie würden uns erst am Morgen nachsetzen.

Ich sah mich nach Glaukos um. »Lass die Männer eine Stunde reiten. Wir brauchen Platz zum Luftholen.«

Er warf einen Blick auf die Zügel in meiner Schwerthand, und eine Furche erschien zwischen seinen Brauen. »Bist du verwundet?«

»Hab mir das verdammte Handgelenk gebrochen«, knurrte ich. »Aber ich kann reiten.« Tatsächlich fühlte es sich im Moment gar nicht so schlimm an, die Hand war einfach nur nutzlos. Aber das ist in der Schlacht so. Ich habe auf den Tod Verwundete weiterstürmen sehen. Sie fühlten den Schmerz nicht, den ihre Wunden verursachten, bis sie umfielen und starben.

Die Nacht senkte sich rasch herab, als wir eine Stunde später schließlich Halt machten. Sofort schickte ich Späher nach hinten, doch niemand verfolgte uns.

»Zahlen«, verlangte ich. »Ich will Zahlen von jedem Kolonnenführer. Was haben wir noch?« Mittlerweile tat es allmählich weh, pochte schmerzhaft, und als ich einen raschen Blick auf mein Handgelenk warf, sah es völlig deformiert aus. Die Knochen zeichneten sich an den falschen Stellen unter der Haut ab. Nur die letzten beiden Finger konnte ich bewegen, der Daumen und die ersten beiden gehorchten mir nicht.

Trupp um Trupp traten wir an. Die Zahlen waren nicht so schlimm, wie sie hätten sein können. Sechsundsiebzig Verwundete, mich eingeschlossen, von denen einundvierzig sofort im Lager von einem Wundarzt versorgt werden mussten. Sechsundzwanzig Männer fehlten, lagen wohl tot auf dem Schlachtfeld. Polemon und Attalos würden sie mit allen Ehren verbrennen, vermutlich zusammen mit ihren eigenen Toten, dachte ich bei mir. So lange war es noch nicht her, dass wir Brüder gewesen waren.

Glaukos runzelte die Stirn. »Ungefähr einer von acht Mann verwundet oder tot«, meinte er.

Ich legte den Kopf schräg. »Erträglich, um sich anderthalbmal so vielen wie wir entgegenzustellen.«

»Wir könnten versuchen, hier die Stellung zu halten«, sagte er.

Ich schüttelte den Kopf. »Brauchen wir gar nicht. Wir müssen sie vom Leichenwagen fernhalten. Es geht ausschließlich darum, sie hinzuhalten, mein Freund. Der Leichenwagen muss Pelusium erreichen.« Ich blickte zu den Sternen herauf, die strahlend zum Vorschein kamen. Die letzte Nacht schien Jahre her zu sein. »Noch drei Tage bis nach Pelusium, im Tempo des Leichenwagens. Aber sie sollen heute Nacht nicht anhalten. Sie sollen die Ochsen weitertreiben und nur eine kurze Rast einlegen.« Ich sah mich um. »Hol mir die beiden kühnsten Männer, die du hast. Sie müssen vorausreiten, so schnell sie können, zum Leichenwagen aufschließen und ihn überholen, und dann weiter nach Pelusium. Da werden sie den Fußtruppen den Befehl überbringen, dem Leichenwagen entgegenzumarschieren. Damit sollte der Wagen geschützt sein, und zwar in …« Ich schloss kurz die Augen und rechnete nach. Ein ganzer Tag und noch ein bisschen mehr, bis die Reiter Pelusium erreichten, so müde, wie ihre Pferde waren. Vorausgesetzt, die Phalanx setzte sich binnen weniger Stunden in Marsch, sollte sie in zwei Tagen auf den Leichenwagen stoßen, einen kritischen Tag, bevor der Wagen in Pelusium ankam. Wir mussten Perdikkas' Männer also einen Tag lang aufhalten.

Hatten wir diesen Tag bereits herausgeschunden? Es könnte sein. Es sah aus, als hätten sie ihr Nachtlager aufgeschlagen. Wir mussten weiterreiten, um ihnen einen ganzen Nachtmarsch voraus zu sein. Die Verwundeten, die nicht weiterziehen konnten, würden wir zurücklassen müssen, mit einem Wachtrupp. Das wäre weniger gefährlich für sie, als sich die ganze Nacht weiterzuschleppen, dachte ich. So viel Ehre würde Polemon haben, und außerdem wussten die Männer nichts, was er nicht wusste, außer dass Ptolemaios eine Phalanx Fußvolk in Pelusium stehen hatte, und darauf müsste er selbst gekommen sein.

Nein, dachte ich. Die Frage, die Polemon sich stellen wird, ist, wo ist die Phalanx? Er hat nicht genug Männer, um es mit ihr aufzunehmen, nicht ausschließlich mit Reiterei gegen eine fest gestaffelte Phalanx, nicht auf diesem

Gelände. Natürlich, zwölf Meilen von Pelusium entfernt führte die Straße aus den Wadis heraus und ins Flussdelta hinein, gepflügte Felder, von Kanälen und Gräben bewässert. Diese zwölf Meilen würden die schwersten sein.

»Wir reiten weiter«, sagte ich. »Die Schwerverwundeten bleiben zurück, und die vierte Kolonne bleibt bei ihnen, um sie zu versorgen. Wir anderen reiten die Nacht hindurch.«

Im Morgengrauen stießen wir auf den Leichenwagen. Mittlerweile schmerzte mein Arm heftig. Der Schmerz zog bis in die Schulter und in die Brust hinauf, bei jedem Atemzug, bei jedem Schritt meines Pferdes. Sie hatten drei Stunden Rast gemacht, um die Ochsen ein wenig verschnaufen zu lassen.

»Schlagt das Lager auf«, wies ich Glaukos durch zusammengebissene Zähne hindurch an. »Kühlt die Pferde im Schritt an und stellt Wachen auf. Wir rasten bis zum Mittag.«

Glaukos sah mich an, und ich fragte mich, ob ich wohl genauso müde aussah wie er. »Geht's?«

»Nein«, antwortete ich leise. »Aber es muss gehen. Lass mich einfach ein paar Stunden ausruhen, dann kann ich wieder weiter.«

Ich erwachte kurz vor Mittag und merkte, dass jemand neben mir saß. Mein Arm schmerzte fürchterlich, und ich zitterte, obwohl die Sonne hell schien.

»Wasser?«, fragte Bagoas und reichte mir einen Becher.

Ich nahm ihn mit der rechten Hand und leerte ihn. »Danke.«

Er nickte. »Hier ist auch Brot.«

»Später«, wehrte ich ab; ich hatte das Gefühl, dass ich im Moment nichts hinunterbringen könnte.

»Euch wird schwindlig werden«, meinte er.

Ich öffnete schon den Mund, um zu behaupten, dass das nicht geschehen würde, besann mich jedoch eines Besseren. Wahrscheinlich hatte er recht. Also nahm ich stattdessen das Brot.

Er nickte und erhob sich mit einer einzigen anmutigen Bewegung. Glaukos kam zu uns herüber. Hinter ihm sah ich das Gewimmel des Aufbruchs; die Männer schickten sich an, aufzusitzen.

»Bereit zum Aufbrechen, Herr?«

»Ja«, antwortete ich. Dann sah ich mich nach Bagoas um, um mich für das Brot zu bedanken, doch er schwang sich bereits wieder auf die Schwelle des Leichenwagens, so behände wie ein Gymnast.

Glaukos musste mir beim Aufsitzen helfen, und ich aß das Brot, während wir dahinritten. Wir hielten uns dicht bei dem Wagen und trieben die Ochsen an, behielten die Straße hinter uns immer im Auge.

Eine Stunde vor Einbruch der Dunkelheit erschienen unsere Kundschafter und meldeten, dass sie Polemos' und Attalos' Späher gesichtet hätten, zwei Männer, die kehrtgemacht hätten und den Weg zurückgaloppiert wären, den sie gekommen waren, als unsere Kundschafter ihnen gefolgt waren.

Ich stieß die Luft aus. Weniger als einen Tagesritt hinter uns, vielleicht auch nur einen halben. Vielleicht nur ein paar Stunden.

»Wir reiten die ganze Nacht«, befahl ich. »Wer nicht

mithalten kann, bleibt zurück und folgt uns, so gut er es vermag.«

Um Mitternacht fragte ich mich, ob ich das sein würde. Ich ritt in einem Wachtraum dahin, und der Schmerz in meinem Arm pochte. Doch meine Stute folgte den anderen Pferden, und solange ich mich auf ihrem Rücken halten konnte, würde ich weiterreiten. Wenigstens sie war unverletzt.

Geister tauchten neben uns auf. Ich sah einen hageren schwarzen Hund wie einen Schatten neben dem Leichenwagen traben, seine goldenen Augen waren so hell wie die Sterne. Über uns, vor den fernen Gestirnen, flog ein weißer Ibis in der Nacht dahin, die Flügel geisterhaft im Mondlicht.

Eine Löwin trottete neben uns her, die weichen Tatzen lautlos auf den Steinen. Stets wachsam, blickte sie sich immer wieder um.

Ich sah sie alle im Mondlicht, und die Löwin nickte mir feierlich zu. Ihre grünen Augen strahlten wie die von Bagoas.

Der vergoldete Leichenwagen glitzerte bleich unter dem aufgehenden Jäger; Sothis klomm kurz vor der Morgendämmerung aus den Hügeln in den Himmel empor. Auf dem Dach des Leichenwagens saß ein Falke mit zusammengelegten Flügeln und gesenktem Kopf. Horus, an Alexanders Körper gefesselt, während die Götter Ägyptens ihn heimgeleiteten.

»Reiten«, flüsterte ich. »Helft mir, weiterzureiten, Herrin der Wüste.«

Die Löwin hielt neben meinem Pferd Schritt, Ihr Kopf in Höhe meines Knies. »Ich helfe dir, Sohn Ägyptens. Ich werde mit dir wandeln. Ich werde da sein, wenn du Feuer entfachst.«

»Feuer«, flüsterte ich. Ich bestand aus Feuer, und die Nacht aus wispernden Stimmen.

»Die Mächte des Schwarzen Landes liegen in deinen Händen«, sagte sie. »Die Macht von Erde und Luft, von Wasser und Feuer. Du behütest Horus den Nichtherabgestiegenen, und dein ist die Kraft, sie einzusetzen.«

»Ich weiß nicht, wie«, erwiderte ich.

Die Löwin sah mich an, und ich fragte mich, ob eine Katze wohl lächeln konnte. »Doch, du weißt es«, sagte sie. »Du wirst dich erinnern, wenn es notwendig ist.«

Allmählich hellte der Himmel auf. Der Morgen graute. Von den hohen Klippen stieg mit einem lauten Ruf ein Falke auf, breitete die Schwingen in der klaren, hellen Luft aus.

»Sie sind hinter uns«, sagte ich. Ich konnte sie fühlen, als wäre der Erdboden unter ihren Hufen mein eigener Körper. »Bald werden sie hier sein.«

Ich richtete mich auf meinem Pferd auf. »Glaukos! Schick den Wagen voraus, er soll so schnell fahren wie nur irgend möglich. Wir gehen zu dem Hang dort und warten. In Reihe antreten, bereit für einen Reiterangriff!«

Glaukos sah mich bestürzt an, denn es waren keine Kundschafter eingetroffen.

»Beeilt euch!«, brüllte ich.

Jetzt konnte ich den Hang besser sehen. Die Wadis öffneten sich zur Ebene hin. Dahinter waren ein sanftes Gefälle und nicht weit entfernt das Grün der bestellten Felder, durch die gemächlich der Damietta-Arm des Nils mäanderte. Die Straße bog wieder nach Norden ab, auf den Flussarm und dann in der Morgendämmerung auf die blasse Halbschale des Meeres zu. Wo Straße, Fluss und Meer aufeinandertrafen, war eine dunkle, geduckte Masse zu sehen – die Mauern Pelusiums, jetzt keine zwanzig Meilen entfernt.

Ich hörte, wie die Treiber die erschöpften Ochsen voranpeitschten. Wir gingen in Stellung. Glaukos nahm den Platz des Anführers ein und ich stand hinten. Mit meiner nutzlosen Hand konnte ich nicht kämpfen; meine Finger wollten sich nicht einmal um die Zügel schließen. Wir standen da, und hinter uns rumpelte der Leichenwagen bergab.

Und dann sah ich sie, auf halbem Weg über die Ebene, ein dunkler Streifen auf der Straße, wie eine Schlange in dem grünen Land. Ptolemaios' Phalanx marschierte als Kolonne im Eiltempo auf uns zu. Doch sie war noch immer mindestens fünf Meilen weit weg.

Das Blut dröhnte in meinen Ohren. Ich stand über allen auf der Brust des Windes, schwebte wie der Falke über dem Land. Im raschen Trab sah ich sie das Wadi herunterkommen, Perdikkas' Reiterei, noch immer ungefähr achthundert Mann stark.

»Standhalten!«, schrie ich und spürte, wie ich mit einem Ruck wieder in meinen verwundeten Körper glitt.

Glaukos drehte sich mit besorgter Miene nach mir um, denn bis jetzt hatten wir nichts gesehen, dem wir standhalten müssten.

Unverwandt erwiderte ich seinen Blick. Ich konnte fühlen, wie sie das Wadi herunterritten, wie sie sich anschickten, einen Keil zu bilden, sobald sie aus der Enge der Schlucht heraus waren.

»Standhalten!« Jeder Mann machte sich bereit, sechshundert oder auch ein paar mehr.

Das Spiel war aus, dachte ich. Selbst wenn sie uns überwältigten, die Fußtruppen würden sie binnen eines Tages einholen, wenn sie sich erst mit dem Leichenwagen abschleppen mussten. Und gegen tausend schwer bewaffnete Fußsoldaten würden sie niemals bestehen.

Ob ich nun am Leben blieb oder umkam, ich hatte bereits gewonnen.

»Bereit zum Angriff!«, brüllte ich. Wir würden nicht abwarten und standhalten. Wir würden auf ihre Kolonne einstürmen, bevor sie aus dem Wadi heraus waren.

Pferde stampften. Jeder nahm seinen Platz ein, Glaukos an der Spitze.

Die Sonne stieg hinter den Wadis vor uns empor und glitzerte auf der Spitze meines Schwertes und auf der fernen See.

Feuer, und die Erinnerung an Feuer.

Es schien, als könne ich es formen, es schmieden wie eine Lanze. Die ersten Sonnenstrahlen wurden flammend von den Siegesgöttinnen zurückgeworfen, die den Leichenwagen zierten, welcher hinter uns den Hügel hinunterrumpelte.

»Für Ptolemaios und Ägypten!«, schrie ich.

In diesem Moment kamen die ersten Reiter aus dem Wadi und zügelten ihre Pferde. Sie hatten erwartet, sich von hinten auf unseren davoneilenden Trupp stürzen zu können; mit einem Gegenangriff hatten sie nicht gerechnet.

Wie ein Pfeil auf der Bogensehne standen wir da. Die Luft um mich herum zitterte, wartete auf den Befehl zum Losstürmen.

Ich reckte mein Schwert hoch, und Feuer rann an der Klinge herab. Feuer entfachen, hatte sie gesagt. Es wie Furcht in ihre Herzen schleudern, wie eine Lanze. Die Macht Ägyptens durchströmte mich, blau und golden, leckte an den Rändern der Schwertklinge, als wäre ich nichts weiter als ein Flussbett für die mächtige Springflut.

Mein Pferd stampfte. Wenn ich das Schwert vorstreckte, würde ich den Pfeil von der Sehne schnellen lassen. Die Woge würde sich brechen. Wie ein Mann würden wir losstürmen.

Das Feuer strömte durch mich hindurch, leicht und klar und schmerzlos wie Wasser. *Ptolemaios und Ägypten.*

Und sie hielten an. Sie hielten am Ausgang des Wadis an.

Vor ihnen warteten wir auf der Straße, sechshundert Mann stark, bereit, auf ihre ersten Abteilungen einzustürmen. Dahinter mühte sich der Leichenwagen voran. Und noch weiter dahinter kamen die Fußtruppen im Geschwindschritt mit jedem Augenblick näher und die Spitzen ihrer Sarissas blitzten in der Sonne.

Ich sah Polemon. Und ich sah, was er sah. Er hatte bereits verloren.

Sein Blick begegnete dem meinen und er nickte mir feierlich zu, ein Gefährte dem anderen. Und dann wendete er sein Pferd und trieb es an, ritt in leichtem Galopp in das Wadi zurück. Seine Männer folgten ihm.

»Bereithalten!«, hörte ich Glaukos brüllen. Er ließ die Männer die Stellung wechseln, für den Fall, dass der Gegner es sich anders überlegen sollte.

Es war das Letzte, was ich hörte, ehe ich besinnungslos vom Pferd glitt.

12

Heiße Kohlen

Ich erwachte in der Feste von Pelusium, in dem großen persischen Schlafgemach, das ich schon früher bewohnt hatte. Mein Verstand war seltsam verwirrt, als könne ich meine Gedanken nicht recht ordnen, und mein Mund war staubtrocken. Ich versuchte zu sprechen.

»Hier«, sagte eine Stimme, und ein Paar Hände hoben kühles Wasser an meine Lippen, stützten meinen Kopf, damit ich trinken konnte. »Nur ein kleines bisschen. Wahrscheinlich spürt Ihr immer noch das Opium.«

Das Wasser schwappte auf meine Lippen, und ein wenig bekam ich auch in den Mund. Ich schluckte. »Opium?«

»Gegen die Schmerzen, damit der Wundarzt Eure Hand richten konnte.« Die Stimme gehörte Bagoas, der sich über mich beugte. Sein Chiton war sauber und seine Hände waren gewaschen, nichts war mehr staubig von der Reise. Bestimmt befanden wir uns schon seit geraumer Zeit in Pelusium. »Er hat gesagt, in Eurer Hand seien zehn Knochen gebrochen, und die Brüche seien tagelang nicht eingerichtet worden, sodass die Schwellung es ihm schwer gemacht hat. Er hat Euch Opium gegeben, um die Schmerzen zu lindern, während er gearbeitet hat.«

»Zehn Knochen«, flüsterte ich. Zehn winzig kleine Knochen, die alle ineinandergreifen mussten.

»Er hat die Hand fest verbunden und sieht in ein paar Stunden nach, ob auch keiner der Verbände verrutscht ist. Ihr müsst sie sehr lange ruhig halten.«

Ich blickte auf meinen Arm hinunter, der auf der Decke lag. Durch die Verbände sah er doppelt so groß aus wie sonst. Ein Stab reichte vom Handrücken bis fast zum Ellenbogen und sorgte dafür, dass ich das Handgelenk nicht beugen konnte, während mein Daumen und die ersten beiden Finger mit kleineren Stäben geschient waren. Von den beiden letzten schauten nur die Spitzen aus den Binden hervor.

Ich spürte keine Schmerzen. Aber andererseits fühlte ich auch meine Füße nicht, und denen fehlte ja nichts.

»Das Opium macht Euch wahrscheinlich müde«, sagte Bagoas. »Ihr könnt ruhig schlafen. Ptolemaios ist hier, und der Leichenwagen ist in Pelusium. Ihr habt Eure Pflicht getan; Ihr braucht Euch keine Sorgen mehr zu machen.«

»Ptolemaios ist hier?«

»Ja«, bestätigte er, legte mir ein feuchtes Tuch auf die Stirn und ließ mich behutsam aufs Kissen zurücksinken. »Er war auch schon hier bei Euch, aber da habt Ihr noch geschlafen. Ich nehme an, er kommt morgen früh wieder.«

»Es ist Nacht?«

Bagoas nickte. Sein langes, dunkles Haar, das von einer Spange zusammengehalten wurde, schwang hin und her. »Es ist spät, immer noch dieselbe Nacht, in der wir aus der Wüste gekommen sind. Das war alles an einem Tag. Ptolemaios und seine Männer sind zu uns heraufgekommen, nachdem Ihr vom Pferd gestürzt seid, und wir haben den Leichenwagen in die Festung geschafft. Der Arzt hat Eure Hand gerichtet, und Ihr habt seit Einbruch der Nacht geschlafen.«

»So müde …«, flüsterte ich. All jene schlaflosen Tage auf der Straße, die Nächte, die in lodernden Flammen mit den Tagen verschwammen.

»Ruht Euch aus«, sagte er. »Ich bleibe bei Euch.«

»Warum?«

Bagoas ließ sich am Rand des Bettes nieder. Den Rücken gegen das Kopfteil gelehnt, saß er neben mir. »Ich schulde Euch doch einen Gefallen, nicht wahr?«

»Wahrscheinlich«, antwortete ich und schloss die Augen. Die Dunkelheit wartete auf mich.

Nun, dachte ich, während der Schlaf mich übermannte, jetzt habe ich noch etwas, das Alexander gehört hat. Ich habe neben dem Eunuchen Bagoas geschlafen.

Bei Hochzeiten kommt stets das Schlimmste in den Menschen zum Vorschein, und von allen Hochzeiten traf das auf die Vermählung Alexanders mit Roxane am allermeisten zu. Hätte er eine Prinzessin gefreit, so wäre es nicht dasselbe gewesen. Tatsächlich rümpften nur die allerhartnäckigsten Bewahrer der Sitten die Nase, als er später Stateira heiratete, die Tochter des Dareios, der Großkönig von Persien gewesen war. Roxane jedoch war keine Prinzessin. Sie war die Tochter eines Stammesführers aus den Hügeln Sogdiens, eine Schönheit von sechzehn Jahren, die jeder andere Kriegsherr sich einfach als

Beute genommen und die sich – wenn sie Glück hatte – vielleicht ein paar Jahre lang seiner Gunst erfreut hätte.

Doch Alexander konnte niemals irgendetwas auf die übliche Art und Weise tun. Er sah sie, er begehrte sie, und bei allen Göttern des Olymps, er gedachte, sie zu heiraten. Er war der König, und niemand konnte ihn daran hindern, ganz gleich, wie unziemlich oder unpassend sie als Braut sein mochte.

Natürlich war sie schön. Das verstand sich von selbst. Sie hatte langes, lockiges dunkles Haar – so schwarz wie eine Rabenschwinge, so dunkel, wie er blond war – und helle Haut wie Milch mit ein klein wenig Honig. Ihre Augen waren haselbraun mit einem grünen Schimmer. Sie war sehr klein und zartknochig, einen Kopf kleiner als Alexander, der nicht besonders hochgewachsen war. Vielleicht betörte ihre Schönheit ihn. Er wäre nicht der erste Mann, der auf diese Weise den Kopf verloren hatte.

Und so wurden sie vermählt, bei einem Fest, das eines Räuberhauptmanns würdig gewesen wäre, auf den Klippen Sogdiens in einer vor Kurzem eingenommenen Bergfeste, während für die Hochzeitsfeier geschlachtete Rinder direkt über dem Feuer brieten.

Was mich betraf, so war es ein Fest wie alle anderen, nur der Wein war derber und stärker. Wenn es beim Festmahl schon keine Süßigkeiten gab, so doch wenigstens reichlich Wein. Brautfackeln und Feuerschalen mit Räucherwerk darin spendeten Licht und Wohlgeruch; der köstliche Bratenduft des Fleischs mischte sich mit Myrrhe aus Nabataea, unter gewaltigen Kosten herbeigeschafft, um die Götter zu ehren. Im Innern der Halle war die Luft zum Schneiden dick, noch ehe die Feierlichkeiten auch nur halb zu Ende waren. Ehe der Festzug den König singend ins Brautbett geleitete, mit unzüchtigen Tänzen und gebrüllten Ratschlägen auf Makedonisch, was er tun solle, wenn er sie endlich ihres Kleides entledigt hatte. Das war nämlich steif vor lauter Stickereien und bedeckte sie von den Fingerspitzen bis zu den Knöcheln.

Roxane errötete nicht einmal. Wahrscheinlich, weil sie kein Wort verstand. Ihr Kopf war stolz erhoben, ihre Wangen makellos wie Alabaster. Alexander war derjenige, der rot wurde und die Zurufe erwiderte, der sich bemühte, Scherz mit Scherz zu vergelten.

Ich gebe zu, dass ich da schon ein bisschen betrunken war.

Vier Jahre waren seit Gaugamela vergangen, als ich zum Soldaten und zum Mann geworden war. In diesen vier Jahren hatten wir Persien erobert. Von den Bergen Makedoniens bis zu den Katarakten des Nils, bis zu den Steppen, die ans Kaspische Meer grenzten, war alles, was der Großkönig je für sich beansprucht hatte, unser, das größte Reich, das die Welt jemals gekannt hatte.

Ich war zweiundzwanzig, und der Knabe Jio war schon lange hinter mir zurückgeblieben. Lydias von Milet war als Reitersoldat geboren, ein Gefährte aus Hephaistions Ilç, ein erfahrener Kämpfer, der auf zehn Schlachtfeldern gedient hatte. Ich stand unter dem Befehl eines Mannes, vor dem ich mehr Hochachtung hatte als vor allen anderen, Hephaistion, Sohn des Amyntor, dem kühnsten und treuesten von allen Männern Alexanders.

Was nicht heißen soll, dass er nur leere Worte von sich gab. Ich sah ihm zu und erlebte mit, wie er die persischen Führer, die Bessos nicht unterstützt hatten, auf unsere

Seite brachte, wie viel Rücksicht er auf ihren Stolz und ihre Ehre nahm. Ich sah mit an, wie er auf Alexanders Geheiß einen gerechten Mann auswählte, der über Sidon herrschen sollte, und zwar einen Mann, der nur entfernt mit dem früheren König verwandt war, der jedoch im Ruf stand, ein sowohl ehrlicher als auch schlauer Arbeiter zu sein. Wenn ich irgendetwas übers Herrschen wusste, so hatte ich es von Hephaistion gelernt. Es zahlte sich aus, ein besiegtes Volk nicht zu reizen, wenn es nicht notwendig war, die Menschen, die wir hinter uns zurückließen, nicht zum Aufstand anzustacheln. Es war klüger, bis zu einem gewissen Maße die Sitten und Bräuche der Besiegten zu übernehmen, denn alle Völker können nützliche Dinge entdecken.

Natürlich waren die meisten nicht dieser Meinung, nicht einmal die meisten Gefährten. Krateros und Parmenio und viele andere hielten es mit den alten makedonischen Bräuchen und fanden es schändlich, Hosen zu tragen wie ein Perser, oder eine Ente zu essen, die in Granatapfelsoße geschmort und nicht schlicht und einfach über dem offenen Feuer gebraten worden war, so wie ihre Mütter es gemacht hatten. Sie hatten nichts gegen persische Kriegsbeute, Frauen und Kostbarkeiten und schöne Dinge, doch das war alles, was das Ganze für sie war – Schätze, die sie nach Hause bringen konnten und die sie in Makedonien zu bedeutenden Männern machen würden.

Als halber Karer und halber Grieche, unter persischer Herrschaft in Milet aufgewachsen, hatte man mir stets zu verstehen gegeben, dass Griechenland das Beste sei. Der Rest der Welt sei lediglich ein blasser Abklatsch dessen, wie die Dinge in Attika gehandhabt wurden. Ich selbst, ein Halbgrieche, würde niemals so gut sein wie ein echter, würde selbst nur ein blasser Abklatsch des Mannes sein, der ich ohne diesen Makel hätte sein können.

Jetzt war ich mir da nicht mehr so sicher. Ein Karer zu sein war gar nicht so fürchterlich. Seit tausend Jahren hatte es Städte in Karien gegeben, und Milet war älter als Athen. Millawanda hatte sie geheißen, eine hethitische Stadt mit dicken Mauern, bevor Athen gegründet worden war. Und Ägypten war sogar noch älter, uralt wie der Anbeginn der Zeit, und Babylon mit seinen mächtigen Stadtmauern war nur die jüngste aller Zitadellen der Völker, die über jenes Land geherrscht hatten. Grieche zu sein war schön, doch als ich mehr von der Welt zu sehen bekam, dachte ich bei mir, dass es nicht das einzig Schöne wäre, was man sein konnte. Wahrhaftig, die Welt hatte viele Wunder zu bieten, und Persien hatte seinen Anteil daran.

Außerdem, wenn Hephaistion, der Sohn des Amyntor, es nicht für eine Schande hielt, sich wie ein Perser zu kleiden, wie sollte ich es dann tun? Wenn er Oxathres in Freundschaft an sein Herz zog, welche Unehre drohte dann mir dabei, zuzugeben, dass meine Mutter eine Karerin gewesen war? Wenn man mir – nicht mehr als ein verstoßenes Halbblut, ohne Zaudern als Sklave verkauft – den Platz eines Mannes und die Ehre eines Mannes als Gefährte zugestehen konnte, warum sollte dann nicht jeder Mann nach dergleichen streben? Wahrlich, wisperte mein Herz des Nachts, nach welchen Höhen könnte ich selbst streben?

All dies wegen Heerführer Hephaistion, dem Geliebten des Königs.

In meiner Heldenverehrung hielt ich ihn für sehr alt, tatsächlich jedoch war er damals erst neunundzwanzig, wenngleich er nicht mehr in der vollen Blüte seiner Jugendschönheit stand. In letzter Zeit hatte er sein rotes Haar nach Art der persischen Edelmänner wachsen lassen statt nach der der Griechen, und sein Gesicht war glatt rasiert, mit freimütig blickenden braunen Augen und einer recht hohen Stirn. Als Knabe mochte er auf klassische Art und Weise hübsch gewesen sein, doch selbst ohne den frischen Jugendschmelz, den die Griechen bevorzugen, war er ein gutaussehender Mann. Anscheinend fand der König das auch, denn einen anderen Geliebten nahm er sich nie.

Natürlich gab es da noch den Eunuchen Bagoas, der ein Liebling des Königs war, doch das war ganz und gar nicht dasselbe. Erstens ist ein Sklave kein Geliebter, und zweitens kann man einen Eunuchen ja wohl kaum als Mann zählen. Die Griechen verstehen das überhaupt nicht, ich dagegen schon, da ich in Milet aufgewachsen war. Eunuchen sind ein drittes Geschlecht, weder Mann noch Frau, wenngleich insoweit mehr Frau als Mann, als sie keine Lasten schleppen und sich hauptsächlich häuslichen Arbeiten widmen. Dass Alexander einen Gespielen hatte, der aus dem Harem des Dareios stammte, hatte für Hephaistion keinerlei Bedeutung; der wurde nicht einmal im selben Atemzug mit ihm genannt, einem Geliebten, der Heere befehligte, einem Gefährten, der auf ewig zu Alexanders Rechter stand, er Patroklos und Alexander Achilles.

Doch königliche Gespielen sind schon früher zu Macht gelangt, Ratgeber und Stellvertreter von Königen, die mehr Zeit mit Jagen und Feiern verbrachten als mit den weniger erheiternden Seiten des Regierens. Man durfte Bagoas nicht völlig außer Acht lassen.

Daher war ich erstaunt, ihn bei dem Hochzeitsfest zu sehen. Ich weiß noch, damals überlegte ich, ob Alexander ihm diese Ehre hatte zuteilwerden lassen, um den Schlag zu mildern, den die Hochzeit für ihn bedeutete, und ich fand es merkwürdig, dass Alexander ihn wie einen Mann und einen Gefährten an der Tafel duldete. Vielleicht hätte ich mit ihm gesprochen, doch als die Menge anfing, vor der Tür des Schlafgemachs zu singen und zu tanzen, hatte ich ihn aus den Augen verloren und sah ihn auch nicht wieder.

Tatsächlich waren zu jenem Zeitpunkt die meisten Gäste genauso betrunken wie ich. Allein Ptolemaios schien unter den Männern von hohem Rang halbwegs nüchtern zu sein, und auch er war laut und rot im Gesicht. Vom Wein und vom Räucherwerk drehte sich in meinem Kopf alles, als ich mich nach draußen drängte, fort von der Musik und den gebrüllten Liedern. In der kühlen Luft würde ich wieder klar denken können.

Draußen hieß die Nacht mich willkommen. Ein kalter Mond stieg über den Berggipfeln empor, und der Jäger Orion mühte sich mit seinem Sternengürtel in den Himmel hinauf. Unter mir fiel das Tal in Spalten und Schluchten steil zu dem schmalen Band des Flusses hin ab, der wie ein Silberstreif den Himmel widerspiegelte. Ich ging ein Stück, weg von dem Gebrüll und den Fackeln. Mein Schädel dröhnte und verschwommen hoffte ich, ich würde mich nicht erbrechen müssen. Vielleicht, wenn ich mich irgendwo hinsetzte, wo es still war …

Hephaistion saß auf einem Stein, der aus der Festungsmauer hervorragte, einen Becher in der Hand, während das Licht auf seinem weißen Chiton schimmerte. Seine Füße baumelten über einem hundert Fuß tiefen Abgrund. Die bedächtige, achtsame Bewegung, mit der er den Becher an den Mund hob, verriet mir, dass er in der Tat sehr betrunken war.

Vielleicht, dachte ich, war es ja keine gute Idee, sich am Rand eines hundert Fuß tiefen Abgrundes dem Trunk zu ergeben.

Vorsichtig kletterte ich zu ihm hinaus. Hephaistion sah mich ohne jegliche Überraschung an, als begegneten wir uns jeden Tag so. »Oh, hallo, Lydias.«

Ich setzte mich neben ihn, ohne in die Tiefe zu schauen. Da wollte ich ganz sicher nicht hinunterfallen. »Das ist kein besonders guter Ort zum Trinken«, bemerkte ich.

»Das ist ein feiner Ort zum Trinken«, erwiderte Hephaistion und hob abermals den Becher. »Schön ruhig.« Ziellos wedelte er mit einer Hand. »Nicht diese ganze Singerei. Kannst du singen, Lydias?«

»Nicht sehr gut«, antwortete ich wahrheitsgetreu.

»Das ist aber schade.« Hephaistions Haar hatte sich aus der Spange gelöst, die es zusammenhielt, und fiel ihm um die Schultern; im Mondlicht schimmerte es wie Kupfer. »Singen ist was Schönes.«

Er war sehr, sehr betrunken. »Meint Ihr nicht, dass es eine gute Idee wäre, wieder zur Mauer zurückzukommen?«, fragte ich.

»Wieso denn?«

Ich spielte mit dem Gedanken, zu antworten, »Weil Ihr hinunterfallen könntet«, dachte jedoch im Stillen, dass das als Herausforderung aufgefasst werden könnte. »Weil es da noch mehr Wein gibt«, sagte ich.

Hephaistion legte mir schwungvoll den Arm um die Schultern. »Das ist eine glänzende Idee«, sagte er. »Immer sorgst du rechtzeitig für Nachschub, Lydias.«

»Danke«, sagte ich und gab mir alle Mühe, mich nicht über den Rand stoßen zu lassen. »Dann kommt. Kriechen wir zurück.«

Wir krochen den vorspringenden Stein entlang, bis wir die Mauerkrone erreichten, und stiegen dann hinüber. Danach lag ich am Fuß der Mauer auf dem Boden und starrte zu den Sternen hinauf. Ich schätzte große Höhe nicht sonderlich, und jäh wurde mir klar, dass es heller Wahnsinn gewesen war, dort hinauszuklettern.

Hephaistion setzte sich auf die Mauer. »Wo ist denn der Wein?«, wollte er wissen.

»Irgendwo hier«, log ich. In Wirklichkeit hatte ich gar keinen mitgebracht.

Er suchte ein wenig, dann setzte er sich neben mich, den Rücken an die Mauer gelehnt. »Kann ihn nicht finden«, verkündete er.

»Oh.«

»Bin bestimmt betrunken.«

»Wir sind alle betrunken«, meinte ich. »Ich habe Euch noch nie betrunken gesehen, aber Ihr mich wohl auch noch nie.«

Mit schief gelegtem Kopf sann er darüber nach. »Ich glaube nicht. Normalerweise trinke ich ja nicht so viel.« Ich wartete, und er blickte auf, das Gesicht den Sternen zugewandt. »Fünfzehn Jahre, Lydias. Seit wir vierzehn waren. Nicht ein einziges Mal bin ich untreu gewesen.«

Ich öffnete den Mund und machte ihn wieder zu, wusste nicht, was ich sagen sollte.

»Ich habe immer gewusst, dass er heiraten wird. Er ist doch der König. Er muss ja. Das ist die Pflicht eines Königs. Und die Götter sind meine Zeugen, ich habe nie gewollt, dass seine Pflichten schwerer sind, als sie sein mussten! Aber …« Er wandte den Blick nicht vom Himmel ab. Das Mondlicht schien auf sein Gesicht wie auf Marmor.

Ich wusste nicht, was ich sagen sollte, also sagte ich nichts.

Er strich sich das Haar aus dem Gesicht. »Hast du schon mal geliebt, Lydias?«

Ich schluckte. »Ja.«

»Hat es wehgetan?«

»Ja.« Ich betrachtete ihn; das erbarmungslose Mondlicht zeigte jede Linie seines Gesichts, die Stoppeln an seinem Kiefer, die Kerben in seiner Stirn, aus denen mit der Zeit zweifellos Falten werden würden. »Aber es hat keinen Sinn, sich eifersüchtig nach Dingen zu sehnen, die nicht für uns bestimmt sind. Es ist besser, sich ehrenvoll zu verhalten und des Vertrauens würdig zu sein, das uns erwiesen wird.«

Hephaistion sah mich an.

»Du bist ein guter Mann, Lydias.«

»Ich versuche, einer zu sein«, erwiderte ich aufrichtig.

»Die meisten tun das nicht.« Noch immer sah er mir ins Gesicht, als versuche er, trotz unserer benebelten Sinne dort etwas zu lesen. »Die meisten Männer tun einfach, was ihnen beliebt, und machen sich keine Gedanken darum, sich eines Helden würdig zu erweisen.«

»Die meisten Männer sind auch weniger gewiss, dass sie unter Göttern wandeln«, entgegnete ich.

Hephaistion furchte die Stirn, als hätte er jäh etwas in meinen Zügen gesehen, das er nicht erwartet hatte, als hätte er irgendein Echo vernommen, das ihn verwirrte. »Alexander?«

»Ist nicht der einzige Anbetungswürdige.« Ich war mir nicht sicher, ob ich es wagen würde, doch mir schwante ziemlich deutlich, dass ich genau das tun würde. Das Glück ist dem Kühnen hold.

»Wer denn dann?«, wollte er mit aufrichtig verwirrter Miene wissen.

»Könnt Ihr Euch das nicht denken?«, fragte ich und küsste ihn.

Einen Moment lang machte er sich stocksteif, und dann sank er mir in die Arme.

Das hier war kein täppisches Herumhantieren unsicherer Knaben, die nicht wissen, wie sie bekommen, was sie wollen. Er wusste, was er wollte, und er wusste auch genau, wie er es bekam.

Ich flog, ich ertrank, und als er mich nahm, über die Mauer gebeugt, meine Hände vor mir aufgestützt und meinen Blick in den mondbeschienenen Abgrund gerichtet, schmerzte es wie hundert Siege.

Seine Hände griffen unter meinem Chiton um meine Taille herum und bearbeiteten mich, und in meinem Augenblick der Ekstase, noch vor dem seinen, hätte ich seinen Namen hinausschreien können. Und doch war es ein Zehntel, ein Hundertstel von allem, wonach ich hätte verlangen können. Tausendmal hätte ich dies hier wollen können.

Stattdessen löste ich mich zitternd von der Mauer und rutschte daran hinunter, sodass ich neben ihm saß. Er zitterte ebenfalls, und es dauerte einen Moment, bis ich begriff, dass er weinte.

Ich legte ihm die Hand auf den Arm, und er ergriff sie und drückte zu, bis die Knochen aneinanderknirschten. »Seid nicht traurig«, flüsterte ich. »Bitte seid nicht traurig!«

Daraufhin schloss Hephaistion die Augen und legte den Kopf auf meine Schulter, obwohl ich noch immer bei seiner leisesten Berührung hallte wie eine Glocke. »Es tut mir leid«, beteuerte er. »Das hätte ich nicht tun dürfen, schon gar nicht bei jemandem, den ich einen Freund nenne. Habe ich dir wehgetan?«

»Nicht sehr«, antwortete ich.

Er schüttelte den Kopf und setzte sich auf, die Schulter gegen die meine gelehnt. »Es tut mir leid«, stammelte er. »Lydias, ich bitte dich um Verzeihung. Ich bin sehr betrunken, und …«

Ich schaute von ihm weg. Das Haar fiel mir übers Gesicht, sodass er die Tränen in meinen Augen nicht sehen konnte. Ich bereute es nicht, nicht im Mindesten. »Wir waren beide sehr betrunken«, erwiderte ich.

Er holte tief Luft, und ich lehnte mich von Neuem an seinen Arm, fühlte sein Herz noch immer wild pochen. Über uns beugte sich der Mond herab, kühl und unversöhnlich.

»Dein Haar riecht nach Räucherwerk«, stellte er leise fest und legte die Wange auf meinen Scheitel.

»Muss es wohl«, sagte ich. »Vom Fest.«

»Ja.« Er schwieg lange. Ich wollt nicht, dass es endete,

wollte mich einfach weiter so an ihn schmiegen, aneinandergelehnt. Ich wollte nicht, dass es jemals endete.

Noch einmal holte Hephaistion tief Luft. »Ich habe mich schlecht benommen«, sagte er. »Es ist nur, du bist schön, und ich dachte, du hättest mir ein Angebot …«

»Das habe ich ja auch getan«, erwiderte ich, »und Ihr dürft Euch nichts weiter dabei denken. Was ist schon ein Augenblick der Lust unter Freunden? So etwas passiert eben.«

So antwortete ich leichthin und sprach nicht aus, was in meinem Herzen war, flehte ihn nicht an, mich zu lieben, sagte ihm nicht, dass ich ihn seit dem Tag geliebt hatte, an dem ich ihn zum ersten Mal erblickt hatte. Bettelte nicht darum, dass er sagen sollte, ich wäre derjenige, auf den er sein ganzes Leben lang gewartet hätte. Natürlich war ich das nicht. Das hatte ich schon immer gewusst, und ich hatte meinen Stolz.

Und doch hatte er gesagt, ich wäre schön. Vielleicht glaubte er das ja.

»Ja, so etwas passiert.« Er richtete sich auf und sein Arm fiel von meinen Schultern. »Nur passiert so etwas normalerweise nicht mir. Alexander …«

Ich wusste nicht, wie er diesen Gedankengang beenden würde. Sein Geliebter würde eifersüchtig sein? Sein König würde ihm zürnen?

»Es ist nichts dabei«, versicherte ich ihm. »Wir werden nicht mehr davon sprechen.«

Hephaistion atmete tief durch und strich sich das Haar aus dem Gesicht. »Wirklich und wahrhaftig?«

»Wirklich und wahrhaftig«, antwortete ich. »Es war doch nur der Wein.«

»Natürlich«, bekräftigte er und bedachte mich mit einem schwachen Lächeln. »Du bist ein guter Freund, Lydias.«

»Da gibt es nichts zu bereuen«, sagte ich und sah ihm in die Augen. »Denkt nicht mehr daran. Wir werden es nie wieder erwähnen.«

Und das taten wir auch nicht, nicht ein einziges Mal, von da an bis zu seinem Todestag.

Manchmal, hin und wieder, drehte ich mich in den Jahren, die darauf folgten, um und bemerkte, dass er mich betrachtete, oder ich sah einen Ausdruck über seine Züge huschen, der nicht hätte sein sollen. Doch wir sprachen nie darüber. Er gehörte Alexander.

Trotzdem bereute ich es nicht. Ich habe es niemals bereut.

13

Heiliges Feuer

Am Morgen kam Ptolemaios. Dank Bagoas' Hilfe saß ich aufrecht ihm Bett und aß Gerstengrütze mit Honig. Die Wirkung des Opiums war weitgehend verflogen, und mein linker Arm und die linke Hand schmerzten heftig, doch mein Kopf war klarer und ich hatte Hunger.

Ptolemaios ließ sich auf der Bettkante nieder. »Versuch bloß nicht, aufzustehen«, sagte er und wischte meinen Versuch, mich zu erheben, mit einer Handbewegung weg. »Ist nicht nötig. Ich bin froh, dass du besser aussiehst.«

»Der Leichenwagen?«, fragte ich.

»Ist in Sicherheit«, antwortete er. »Glaukos und Bagoas haben mir berichtet, wie du ihn hergeschafft hast. Mir fehlen die Worte, um dich angemessen dafür zu loben. Das war eine Meisterleistung.«

Ich öffnete den Mund und machte ihn wieder zu. Er wich meinem Blick nicht aus; es war ihm vollkommen ernst. »Danke, Herr.« Ich schluckte. »Was ist mit meinen verwundeten Männern?«

»Sie sind gestern Nacht eingetroffen«, sagte Ptolemaios. »Ich habe Fußvolk mit Wagen losgeschickt, um sie zu holen, und sie haben sie auf halbem Weg getroffen. Fünf Männer sind ihren Wunden erlegen und werden heute Abend mit allen Ehren verbrannt. Ich nehme an, du wirst dabei sein wollen.«

»Gewiss«, bestätigte ich.

»Aber es sieht nicht so aus, als würden wir auch dich verlieren, und das ist doch was.« Ptolemaios kratzte sich am Kopf. »Allerdings sagt der Wundarzt, du wirst ein halbes Jahr nicht kämpfen.«

Ich holte tief Luft. »So lange?«

»So lange, bis die Hand ganz verheilt ist. Er sagt, die Schienen sollten zwei Monate dranbleiben, und dann muss die Hand wieder beweglich werden, damit du sie gebrauchen kannst. Ehe du wieder mit der linken Hand ein Pferd lenken kannst, wirst du nicht kämpfen können.«

Ich stieß die Luft wieder aus. Das war mir natürlich klar. Mit nur einer gesunden Hand konnte ich entweder reiten oder ein Schwert führen, aber nicht beides.

»Es ist also gut«, fuhr Ptolemaios fort, »dass Perdikkas nicht morgen hier auftauchen kann. Er wird Monate brauchen, um ein übermächtiges Heer zusammenzubekommen.« Er nickte, als ich aufblickte. »Perdikkas kann es sich nicht leisten, den Leichnam des Königs zu verlieren, nicht, wenn er Anspruch auf das gesamte Perserreich erheben will. Er wird persönlich kommen, mit einem Riesenheer und der ganzen Macht Asiens zu seiner Verfügung.«

Wieder machte ich den Mund auf und wieder zu und stellte die Schale mit der Grütze auf die Bettdecke. »Ihr wusstet, dass das passieren würde, wenn ich es schaffe.«

»Dass das Ganze eine Herausforderung an ihn sein würde? Ja.« Ptolemaios' braune Augen waren ernst. »Wie auch nicht? Aber welche andere Entscheidung gibt es denn? Wenn es auf Perdikkas oder Antipatros hinausläuft, dem Regenten in Makedonien, dann bleibt mir gar nichts anderes übrig. Perdikkas ist mit Olympias im Bunde.«

»Wegen dieses alten Gerüchts, dass Ihr Philips Sohn sein könntet? Olympias würde das immer noch für bare Münze nehmen?« Ich konnte kaum fassen, doch es könnte sein, dass Olympias wahrhaftig glaubte, Ptolemaios wäre Alexanders Halbbruder, der danach trachtete, Anspruch auf sein Reich zu erheben.

Einen Augenblick lang sah Ptolemaios aus, als wolle er etwas sagen, und ich spürte, wie sich Bagoas hinter mir versteifte. Dann hob er die Hände. »Wer weiß schon, was Olympias denkt? Aber Antipatros kenne ich seit meiner Knabenzeit, und ein Bündnis mit ihm ist mir viel schmackhafter als alles andere. Er hat sich bereit erklärt, mir seine Tochter Eurydice zur Gemahlin zu geben. Und dank dir haben wir Alexander. Ich glaube, wenn wir Perdikkas im Felde schlagen können, dann wird er sich eher einigen, als es darauf ankommen zu lassen.«

»Und worauf würde er sich einigen?«

»Darauf, dass Persien sich aus Ägypten heraushält.«

Im Stillen fragte ich mich, ob er sich wohl daran erinnerte, was Isis ihm angeboten hatte, oder ob das wirklich geschehen war. Vielleicht hätte ich ihn gefragt, ob wir dieselben Dinge gesehen hatten und ob diese Dinge Wirklichkeit gewesen waren, wäre Bagoas nicht im Zimmer gewesen. Vielleicht hätte er dasselbe getan.

Wir wechselten einen Blick. Er erinnerte sich, dachte ich.

»Und Euch als Satrap dort belässt«, fügte ich hinzu.

»Bis Alexanders Sohn das Mannesalter erreicht«, sagte Ptolemaios.

»Falls er das tut«, bemerkte ich.

Ptolemaios nickte. Ob er nun in der Wüste dieselbe Erscheinung gesehen hatte oder nicht, das Wesentliche blieb dasselbe. Er würde nicht an sich reißen, was Alexanders Sohn zustand, doch er würde über Ägypten wachen, so wie die Götter Ägyptens selbst es wollten. Und würde er den König befreien, der selbst jetzt noch durch die heiligen Rituale ägyptischer Herrscher an seinen Körper gefesselt war? »Und was ist mit dem König?«

Ptolemaios stand auf und reckte sich. »Hier wird gerade ein Lastkahn gebaut. Wenn er fertig ist, nehmen wir den Leichenwagen an Bord und bringen ihn auf dem Fluss nach Süden, nach Memphis. Das geht viel leichter als über Land.«

»Und sicherer ist es auch«, stellte ich mit einem Seufzer der Erleichterung fest. Von Schiffen und Booten verstand ich nichts. Der Kahn würde nicht mein Problem sein, und ich hatte wirklich genug davon, den Leichenwagen mitzuschleppen.

»In der Tat. Du hast ja gesehen, in welchem Zustand die Befestigungsanlagen von Alexandria sind. Wenn wir ihn dorthin bringen, wäre es für Kriegsschiffe ein Leichtes, in den Hafen einzudringen und ihn auf dem Seeweg zurückzuschaffen.« Ptolemaios schüttelte den Kopf. »Der König kann nicht nach Alexandria, solange die Mauer nicht fertiggestellt ist und wir die Molen nicht irgendwie abgesichert haben.«

Bagoas regte sich und Ptolemaios sah ihn an. »Ich vermute, Ihr wollt den König nach Memphis begleiten und bei ihm bleiben, bis sein Platz in Alexandria bereit ist.«

»Ja«, antwortete Bagoas ernst.

»Und du kommst auch mit nach Memphis«, sagte Ptolemaios zu mir. »Bis das Schiff fertig ist, wirst du imstande sein, zu reisen.«

»Selbstverständlich«, versicherte ich.

Ich konnte genauso gut nach Memphis fahren. Meine Ilç würde ich in Pelusium noch monatelang nicht befehligen können, und es würde besser sein, etwas zu haben, womit sich mein Verstand beschäftigen konnte, als auf den Festungsmauern herumzustehen und zuzusehen, wie andere Männer das taten, wozu ich nicht in der Lage war.

Und so kam ich abermals nach Memphis, diesmal auf einem königlichen Lastkahn, der scharlachrot und golden bemalt war. Der Leichenwagen stand mittschiffs auf dem Deck, und die vergoldeten Siegesgöttinnen daran strahlten in der Sonne, während der gewaltige Kahn flussaufwärts gerudert wurde.

Wir fuhren nicht schnell, kaum im Schritttempo, und aus jeder Stadt und jedem Dorf kamen Menschen, um zuzuschauen, wie der Kahn vorbeiglitt. Sie winkten mit Palmwedeln und sangen. Noch wusste ich nicht, dass sie so früher ihre toten Pharaonen gegrüßt hatten, bevor die Perser gekommen waren, und dass sie auf diese Weise Osiris selbst bei seinem Ehrenfest huldigten.

In Memphis wurde der Leichenwagen ausgeladen, und es entstand eine Verzögerung von einem ganzen Tag, weil sich herausstellte, dass der Wagen breiter war als das Stadttor. Nachdem die Torflügel aus den Angeln gehoben worden waren, passte er gerade eben hindurch. Dabei half ich mit, schließlich kannte ich mich damit aus, wie der Wagen sich vorwärtsbewegte. Ich stand daneben und brüllte den Lenkern Anweisungen zu, als er durch die Öffnung rollte, mit weniger als einer Handbreit Platz zu beiden Seiten. Sie gaben sich alle Mühe, nicht an die Steine zu schrammen. Sehr, sehr langsam gelangten wir in die Stadt. Endlich glitt die Schwelle an der Rückseite durch das Tor, und die Männer, die dazu eingeteilt worden waren, die gewaltigen, silberbeschlagenen Tore wieder in ihre Angeln zu heben, eilten mit Flaschenzügen hinaus, um sie wieder an ihren Platz zu bringen.

Bedächtig rumpelte der Leichenwagen die breiteste Prachtstraße der Stadt hinunter, wo wir vor all den Jahren als Befreier eingezogen waren, zum Tempel des Apis-Stiers, der sowohl heilig war als auch über breite Türen und ein recht offenes Heiligtum im Innern verfügte, ohne allzu viele Säulen dazwischen. Wäre die Fassade, wie bei den meisten griechischen Tempeln, von Säulen getragen worden, wäre es uns niemals gelungen, den Sarkophag zwischen ihnen hindurchzubekommen, ohne das Dach einzureißen. Stattdessen war der Bau offener und die Zwischenräume zwischen den Säulen größer – ein größerer Maßstab, passend zu dem Gott, dem er geweiht war.

Die Geschichte des Apis-Stiers ist von vielen Reisenden erzählt worden, doch sie ist einzigartig, rein ägyptisch, und daher ist sie es wert, wiederholt zu werden. In Ägypten glaubt man, dass die Götter oft sterbliche Gestalt annehmen, um auf Erden zu wandeln und an den Freuden und Leiden ihrer Schöpfung teilzuhaben. Manchmal mag dies eine menschliche Gestalt sein, und sie können ihre sterbliche Inkarnation bewohnen, wie es ihnen beliebt, manchmal jedoch sind sie keine Menschen. Und warum auch? Sind Tiere der Aufmerksamkeit der Götter etwa weniger würdig als der Rest der Schöpfung?

Und so nehmen die Götter denn manchmal Tiergestalt an, je nach ihrer Natur. Ptha, von dem wir glaubten, er sei möglicherweise wie Hermes, nimmt oft das Äußere eines Ibis' oder eines anderen Vogels an, auf dass er auf seinen mächtigen Schwingen große Entfernungen zurücklegen und alles kennen möge, was es auf der Welt gibt. Bastet nimmt die Form einer ihrer heiligen Katzen an und kann jedes Haus betreten, alles hören, was die Menschen sagen, und jene in Not trösten, vor allem Kinder und Frauen im Kindbett.

Osiris, der Herr der Unterwelt, wählt die Gestalt eines schwarzen Stiers. Hin und wieder wird irgendwo im Schwarzen Land ein Stierkalb geboren, das an seiner heiligen Zeichnung als die gegenwärtige Inkarnation erkannt wird, als der Apis. Wird er gefunden, so herrscht großer Jubel, und er und die Mutterkuh werden unter Abhaltung aller Zeremonien nach Memphis gebracht, in den Tempel, wo er sein Leben in Behaglichkeit und Freude verbringen wird, mit allen guten Dingen, die es auf der Erde gibt. Denn sollten die Menschen des Schwarzen Landes, wenn sie von einem Gott besucht werden, diesem nicht alle Ehre erweisen und ihn mit dem Besten willkommen heißen, das sie haben? Er bekommt frisches Gras und Getreide, eine erlesene Weide unter dem Blau des Himmels und die besten Kühe des ganzen Schwarzen Landes, um ihm Gesellschaft zu leisten und schließlich seine Kälber zu gebären. Diese Kälber sind die besten ihrer Rasse, stark und schön und sanftmütig, und die Viehbestände des Schwarzen Landes sind auf diese Weise ungemein verbessert worden. Seine Mutter ist bei ihm, und sie verbringen ihr ganzes Leben in Annehmlichkeit und Behaglichkeit.

Wenn der Apis-Stier stirbt, wird siebzig Tage lang um ihn getrauert, genau wie um den Herrscher, und sein mumifizierter Leichnam wird in dem Gemeinschaftsgrab unter dem Serapeum von Sakkara zur Ruhe gebettet, begleitet vom Schluchzen der Flöten und dem Klagen der Frauen. Nachdem er siebzig Tage dort gelegen hat, zieht ein Suchtrupp aus und hält Ausschau nach einem vollkommenen Stierkalb, schwarz und stämmig, mit denselben weißen Zeichen auf der Nase. Irgendwo in seinem Volk ist Apis wiedergeboren worden.

Als die Perser Ägypten eroberten, töteten sie den Apis-Stier als Zeichen ihrer absoluten Herrschaft. Das war eines der Dinge, die ihnen den Hass des Volkes eintrugen.

Natürlich war dies nicht der einzige Tempel in Memphis, nicht einmal der größte. Memphis war eine uralte Stadt, schon zweitausend Jahre alt, und dort waren Tempel über Tempel ineinander verschlungen. Gebäude, die dort vielleicht schon seit fünfhundert Jahren gestanden haben mochten, klammerten sich an ihren Außenmauern. Manche der Tempel selbst waren so alt, dass man beim Eintreten eine kurze Treppe hinuntersteigen musste, weil die Straße inzwischen viel höher lag als zur Zeit ihrer Erbauung.

Ptolemaios blieb nach der Zeremonie nur ein paar Tage in Memphis. Er reiste zurück nach Pelusium, um sowohl auf dem Land- als auch auf dem Seeweg besser unterrichtet zu werden, was alles geschah. Perdikkas würde handeln, und je früher wir erfuhren, was er trieb, desto besser.

Dadurch hatte ich keine Aufgabe mehr. Noch nie, seit meiner Knabenzeit vor dem Tod meiner Mutter nicht mehr, hatte ich keinerlei Pflichten gehabt. Jetzt hatte ich nichts zu tun, abgesehen von Ptolemaios' allgemeiner Anweisung, »mich auszuruhen und zu genesen«. Wie machte man das, fragte ich mich im Stillen.

Ich hatte keine Pflichten und keine Sorgen. Ich hatte ein Gemach in dem Palast, den Kleomenes bewohnt hatte, und nahm meine Mahlzeiten entweder mit dem kleinen Soldatentrupp ein, der hier postiert war, oder mit den Untergebenen des Statthalters. Ich hatte meinen Sold und nichts, wofür ich ihn unbedingt ausgeben musste. Es gab nichts, womit ich mich beschäftigen musste, außer mir wegen meiner Hand und meines Handgelenks den Kopf zu zerbrechen und zu grübeln, wie das alles wohl unter den Verbänden und den Schienen verheilte.

Es war ein merkwürdiges Gefühl, nichts zu tun zu haben und auch keinen Zeitpunkt zu kennen, bis wann es getan sein musste. An den ersten paar Tagen fuhr ich im Morgengrauen in heller Panik auf und war sicher, dass ich die Pferde nicht gestriegelt oder eins von ihnen nicht bewegt hatte, als es notwendig gewesen war, oder dass ich das morgendliche Sammeln verschlafen hatte und meine Ilç bestimmt dastand und auf mich wartete.

Aber natürlich war dem nicht so. Der Tag erstreckte sich vollkommen leer vor mir.

Ich gewöhnte mir an, in der Stadt herumzustreifen,

mir für eine Kupfermünze auf dem Markt etwas zum Frühmahl zu kaufen und es im Gehen zu essen, während ich an der Mauer entlangschlenderte und die Aussicht bewunderte. So umrundete ich innerhalb von ein paar Tagen die ganze Stadt, machte die Runden an der Stadtmauer entlang und betrachtete den Fluss.

Danach bezahlte ich einen Mann dafür, mich ein kleines Stück den Fluss hinunterzufahren, zu den Großen Pyramiden, denn die werden zu Recht als eines der Weltwunder bezeichnet. Sie waren so hoch wie Berge und sahen aus, als seien sie mit Elektrum überzogen, doch mein Führer versicherte mir, das wäre nur polierter Stein. Er erzählte mir irgendetwas davon, dass sie vor langer Zeit von dem Gott Horus errichtet worden seien, um dessen Sieg über einen riesigen Skorpion zu feiern, oder vielleicht war es auch ein Skorpion-Mann, der König war, oder ein König namens Skorpion, doch ich gab nicht viel auf diese Geschichte. Gewiss gab es bessere Erzählungen aus kundigeren Quellen, als von Männern, die dafür bezahlt wurden, sich Geschichten für gutgläubige Reisende auszudenken.

Dann suchte ich die Tempel auf, oder zumindest jene Teile von ihnen, in die die Neugierigen vorzudringen vermochten, also eher die äußeren Höfe und Wandelgänge als die Heiligtümer der Götter. Manche waren fast schon kleine Städte, mit Speisesälen und Schlafgemächern für die Priester, mit Gärten und Badebecken und allem, was sie benötigen könnten. Für eine kleine Spende konnte man in den Gärten herumwandern, die ich sehr friedlich fand.

Am zwanzigsten Tag nach meiner Ankunft in Memphis befand ich mich in einem der Höfe im Tempel des Toth. Es war einer der kleineren, mit verwittertem Zierrat an den Mauern, die ihn umgaben. Die Farben waren verblasst und mussten aufgefrischt werden. Wie lange dauerte es wohl, bis sie in der harschen Sonne des Schwarzen Landes so verblichen? Hundert Jahre? Zweihundert? Und der gemeißelte Zierrat war gewiss noch älter. Ein rechteckiges Wasserbecken war in die Mitte des Hofes eingelassen, umgeben von hohen Dattelpalmen und anderen Gewächsen, während ein Pfirsichbaum das Laub seiner herabhängenden Zweige beinahe ins Wasser tauchte. In seinem Schatten stand eine Bank, und ich ließ mich darauf nieder und schloss die Augen.

Ich lauschte dem Summen der Bienen und Wespen, die von den fast reifen Pfirsichen angelockt wurden, dem leisen Plätschern des Wassers an den Seiten des Beckens. Die Geräusche der Stadt schienen weit weg zu sein. Ich konnte das Pochen meines Herzens hören, konnte die Pfirsiche und das Wasser riechen, den kühlen Stein an meinen Beinen spüren. So fühlt sich Ewigkeit an, dachte ich. Einen Moment lang blieb die Welt stehen.

Unter dem Schlagen meines Herzens konnte ich ihn hören, ihn fühlen – den Puls des Schwarzen Landes, das uralte Fluten der Kraft und der Stärke in diesem Land, wie den Zug einer Strömung weit draußen auf See. Das war es, was ich in jenen Augenblicken berührt hatte, als ich auf der Straße vor dem Leichenwagen gestanden hatte, als die Macht mich auszufüllen und durch mich hindurchzuströmen schien wie ein mächtiger Fluss. Damals hatte sie sich in mich ergossen, hatte mich wie ein Blatt in ihrem Lauf herumgewirbelt. Jetzt schien es stattdessen, als triebe ich sanft auf ihrer Brust dahin, sicher und geborgen wie ein Kind in der Umarmung des Meeres.

Wie hatte ich sie mir zunutze gemacht?, fragte ich mich. Ich war kein Priester, der das gelernt hatte, kein Fürst, der seines Blutes wegen dazu berechtigt war. Wie hatte ich das gemacht?

Behutsam griff ich aus, wie ein Mann, der sich in einem Badebecken treiben lässt und träge eine Hand bewegt, um sich im Wasser vorwärts zu bewegen. Es war gar nicht schwer. Hier gab es nichts zu beherrschen oder zu meistern. Es war einfach Bewegen in einem vertrauten Element, so sachte, als triebe man in einem Strom dahin. Ich brauchte die Strömung nicht zu kontrollieren, ich brauchte ihr nur zu folgen. Die Antworten waren so nahe, so einfach.

»Lydias von Milet?«

Ich öffnete die Augen. Bagoas stand im Schatten auf der anderen Seite des Beckens. Die Schatten der Blätter sprenkelten sein Haar mit Lichtflecken.

»Hallo, Bagoas.« Es kam mir nicht sonderbar vor, dass er hier war, fast war es, als hätten wir uns verabredet.

»Wieso seid Ihr hier?«, fragte er. Dabei legte er den Kopf schief wie ein junger Raubvogel und seine grünen Augen waren voller Neugier.

»Ich bin beurlaubt, bis meine Hand wieder heil ist«, erklärte ich und hielt meinen verbundenen Arm hoch. »Und ich finde diese Gärten schön. Ich bin hergekommen, um mich zu erinnern.«

Bagoas lächelte, als er herüberkam und sich neben mich in den Schatten setzte, mit zwei Mannsbreiten Abstand zwischen uns, so wachsam wie der Raubvogel, den ich ihn geheißen hatte. Ich rührte mich nicht, sondern wartete ab, während das Licht der Wasseroberfläche des Beckens auf seinem Gesicht spielte. »Auch ich erinnere mich«, sagte er. »Ich werde meinen Gebieter nicht vergessen, solange noch Atem in mir ist.«

»Das auch«, pflichtete ich ihm bei. Und wie konnte man auch nicht an Alexander denken, wenn die Welt noch immer von seinen Schritten widerhallte wie eine vom Wind gepeitschte Ruine?

Bagoas schlug die Beine übereinander, und obgleich die Bewegung rasch war, war sie doch nicht so geschmeidig wie bei einem Knaben. Mir wurde klar, dass er nicht annähernd so jung war, wie er aussah. Er musste in meinem Alter sein, oder dicht davor. Als er in den Dienst des Königs getreten war, war er ein hübscher Jüngling gewesen, doch das war zehn Jahre her. Er warf mir einen kurzen Blick zu, und seine Stimme war leise. »Und woran erinnert Ihr Euch?«

Das Licht flimmerte auf dem Becken, Feuerblitze aus Wasser, die Erinnerung an Feuer. Ich konnte sehen, wie sich die Formen dicht unter der Oberfläche regten, so leicht zu erreichen, als öffne man eine Tür zu ferner Vergangenheit.

»Ich erinnere mich an einen Jungen, der Harfe gespielt hat«, antwortete ich und sah ihn vor meinem geistigen Auge, ein wohlgestalteter Knabe von etwa fünfzehn Jahren, mit lockigem dunklem Haar und Augen, in denen man ertrinken könnte. »An einen Jungen, der vor dem König Harfe spielte, während der Prinz danebenstand und zusah, als hätte er die andere Hälfte seiner Seele erblickt. Die Götter wollten, dass er König wurde, also wurde er König, auch wenn es über die Leichen seiner Verwandten geschah, des Vaters seiner Gemahlin, seines Geliebten.« Ich sah die Halle um sie herum, die Höflinge in ihren altmodischen Gewändern, von der Schönheit der Musik zum Schweigen gebracht. Den hochgewachsenen Prinzen und seine Schwester, die beide mit demselben Gesichtsausdruck zuschauten, während ich dastand, eine Gepardin an der Leine neben mir, ihr weiches Fell an meinem Bein.

Die Wellen auf der Wasseroberfläche kräuselten sich, spiegelten den Himmel des Schwarzen Landes, säuberlich mit frischer Farbe bemalte und mit neu gemeißelten Schnitzereien verzierte Mauern, zwei Bänke unter vier Bäumen. Hier, an diesem Ort, nur zu einer anderen Zeit, dicht unter der Oberfläche. So nahe.

»Und ich erinnere mich an diesen Ort, und an einen Prinzen, den ich geliebt und dem ich gedient habe, als Troja nicht mehr war, als wir über das weite Meer fuhren und eine neue Heimat suchten. Ich wollte hierher zurückkehren, ins Schwarze Land, und das habe ich getan.« Wie Blätter, die lautlos im Wind fallen, fiel ein Mosaikstück an seinen Platz. »Als Hephaistion nach Milet kam, wusste ich, dass ich gehen musste. Mein Prinz brauchte mich wieder. Es war Hephaistion, dem ich damals gefolgt bin, versteht Ihr, obgleich er ein anderes Gesicht und einen anderen Namen hatte.«

»Kalanos …«, setzte Bagoas an, und ich fuhr zusammen. Ich hatte fast vergessen, dass er da war.

Mühsam riss ich den Blick vom Wasser los. »Ja, Kalanos«, bestätigte ich. »Der indische Weise, der aus dem Land von Radscha Porus mit uns zurückgekehrt ist. Er hat so etwas gesagt. Meine Frau hat so etwas gesagt. Vielleicht habe ich zu gut zugehört. Oder vielleicht habe ich in Gedrosia den Verstand verloren.«

Bagoas schwieg, doch ich las den Gedanken in seinem Gesicht. Vielen Männern war es so ergangen. Viele Männer hatten den Verstand verloren, aus viel weniger guten Gründen, als ich sie gehabt hatte. Und so kostbar war mein Verstand ja schließlich auch nicht. Wem schadete es, wenn ich von den Göttern berührt wäre?

Früher hatte ich nie darüber gesprochen, und jetzt schien es, als könne ich nicht mehr aufhören. »Wisst Ihr, was ich in Gedrosia geträumt habe. Bagoas? Nachdem Sati und Sikander tot waren, als wir nichts anderes tun konnten, als in der Hitze weiterzutaumeln, während der Wind uns das Fleisch von den Knochen gerissen hat?«

Mit betrübter Miene schüttelte Bagoas den Kopf.

Ich konnte die Spiegelungen des Lichts in seinen Augen sehen, genau wie im Wasser. »Ich habe von Schnee geträumt«, sagte ich leise. »Ich habe von Schnee in meinen Adern geträumt, von Schnee, der meine Wimpern und die Mähne des Pferdes unter mir verkrustet. Ich bin meinem König durch endlose Schneeflächen gefolgt, ein Krummschwert aus Schnee und Eis an der Seite. Mein Pferd hat sich einen Weg um die Toten herum gesucht, durch wispernden, pulvrigen Wind, bis mein Frauenkörper zu nichts als Wind zu zerfasern schien, zu Stille und Kälte. Ein endloser Rückzug ins Nichts, ins Herz des Winters, ein Gefolge aus Schatten unter einem schwarzen Himmel. Als stünde ich auf dieser Schneefläche und griffe nach mir, holte Wärme aus Gedrosia.« Ich schaute weg und schüttelte den Kopf; mir war klar, wie sich das anhören musste. »Die Menschen denken absonderliche Dinge, wenn sie zu lange in der Sonne gewesen sind.«

»Das stimmt«, meinte er, und sein Atem stockte ein wenig. »Vielleicht hättet Ihr Priester werden sollen statt Soldat.«

»Wenn meine Frau Sati recht hatte und wir viele Male geboren werden, sollten wir dann nicht alle jede Rolle spielen?«, fragte ich. »Ich sollte sowohl den Priester als auch den Soldaten spielen, den Eunuchen und den Prinzen, die Gemahlin und die Trosshure und den Diener der Götter.«

»Wozu?«, wollte er wissen, und seine Miene war düster.

»Und es mehr sein lassen als unablässiges Leiden.«

Ich überlegte kurz, doch ich war in Persien aufgewachsen, und vielleicht verstand ich ja ein bisschen. »Ihr verabscheut die Lüge und verehrt die Wahrheit«, erwiderte ich. »Fordert jenes heilige Feuer nicht Eure Dienste, ganz gleich, welche Gestalt es haben mag, sollte es nun als Apis-Stier erscheinen oder als der einzige Gott von Juda oder als Flamme eines Magi? Sind wir nicht gemeinsam Diener des Lichts und streben nach dem Guten?«

Bagoas' Mund zuckte leicht. »Ich bin der Diener meines Gebieters. Sonst nichts.«

Ich schaute hoch, sah im Wind, der die Äste über uns bewegte, den Kern des Problems, die Frage, die ich niemals zu denken gewagt hatte. Hier, umgeben von der Stille des Schwarzen Landes, war es möglich, sie in Worte zu fassen. »Und wem dient Alexander?«

Bagoas schüttelte den Kopf. »Ihr verfallt dem Größenwahn, solche Fragen zu stellen.«

»Ich bin ja auch größenwahnsinnig«, entgegnete ich.

»Ich bin größenwahnsinnig, seit ich Milet verlassen habe. Und deshalb gibt es nichts, was mich davon abhält, alles zu wagen.«

»Ihr wünscht nicht, zu leben?« Bagoas lächelte grimmig, obwohl er den Blick nicht von meinem Gesicht abwandte. »Das hält die meisten Menschen davon ab, sich zu viel anzumaßen.«

»Nein, nicht besonders«, antwortete ich, und in diesem Moment begriff ich, dass das stimmte. Ich hatte mich selbst tot im Sand von Gedrosia liegen gelassen, zusammen mit meiner Familie. Der Mann, der seither auf Erden wandelte, war ein Wiedergänger, ein unbestatteter Leichnam, der nur auf den Todesstoß wartete. Ich hatte nichts zu verlieren, warum sollte ich da irgendetwas fürchten? Warum sollte ich bei irgendeinem Wurf geizen?

Ich hielt es für Mitleid, was ich in seinem Gesicht sah. »Dann werdet Ihr sterben, oder Ihr werdet ins Leben zurückkehren.«

»Das wisst Ihr?«, fragte ich.

»O ja.« Bagoas sagte das leichthin, doch die Anspannung in seinen schmalen Schultern sprach von etwas anderem, und in diesem Moment betrachtete ich ihn zum ersten Mal als jemanden wie mich, nicht als schönes, unergründliches Rätsel.

»Ihr wart in Pelusium sehr gut zu mir, und ich hatte gehofft«, sagte ich und stolperte dabei über die Worte, »dass wir vielleicht Freunde sein könnten.«

Seine Augenbrauen hoben sich, und er schien zurückzuweichen, ohne dass er sich bewegte. »Freunde?«

»Ihr missversteht mich«, beteuerte ich hastig. »Freunde. Nicht mehr.«

»Oh«, sagte er, und es kam mir vor, als wäre er rot geworden. »Es ist nur so …«

Ich zuckte die Achseln. »Es ist nur so, dass Ihr schön seid, und jeder will sehen, was in Euch steckt. Aber es war nur Freundschaft, was ich Euch angeboten habe, nicht die Gunst eines Gönners. Ich würde doch meinen, so gut kennt Ihr mich.«

Bagoas verzog den Mund. »Aber Ihr seid ein Mann. Männer bezeichnen sich nicht als Freunde persischer Lustknaben.«

»Thaïs, die Athenerin, ist eine Frau, und das ist noch schlimmer«, erwiderte ich. »Und ich schätze ihre Freundschaft nicht gering. Und genauso wenig missgönnt Ptolemaios sie mir; er weiß, dass ich kein Rivale bin.«

»Ihr wärt auch wahrhaftig ein Narr, der Rivale Eures eigenen Heerführers zu sein«, bemerkte er, doch ich sah, wie sich seine Schultern entspannten.

»Das stimmt«, pflichtete ich ihm bei und streckte die Beine aus. »Und auch wenn ich nicht für den Umgang bei Hofe oder mit Königen erzogen worden bin, ich glaube, so viel Verstand habe ich.« Ich sah ihn an. »Es tut mir leid, ich wollte Euch nicht kränken.«

»Das habt Ihr auch nicht getan«, erwiderte er, und einen Moment lang fand ich, dass Bagoas verlegen und unbeholfen aussah, dass seine natürliche Anmut ihm abhandenkam. »Und ich hatte nicht vor, Eure Freundschaft gering zu schätzen. Ich würde mich freuen, wenn Ihr morgen Abend mit mir das Nachtmahl einnehmen würdet.«

»Eure Gesellschaft wäre mir eine Freude«, versicherte ich und bemerkte verblüfft, dass ich es ernst meinte.

14

Hetairos

Bagoas hatte ein Zimmer im Apis-Tempel, in den Wohngebäuden entlang des hinteren Hofes, die für jene Priester vorgesehen waren, die die ganze Zeit im Tempel dienten, als wäre er ein Weihepriester des Gottes Alexander. Genauso hatten die Ägypter seine Stellung wohl auch aufgefasst. Schließlich dienten toten Pharaonen für gewöhnlich Weihepriester, deren Aufgabe es war, ihre Grabkammer zu betreuen und die Riten für sie durchzuführen. Ohne Zweifel wussten sie nicht, als was sie Bagoas sonst bezeichnen sollten. Er war weder Herrscherwitwe noch ehemalige Konkubine. In Persien hatte man zweifellos ein Wort für den Lieblingseunuchen des verstorbenen Königs, in Ägypten jedoch nicht.

Ägyptische Priester stehen um einiges über Soldaten. Sein Gemach war viel schöner als meins, mit zwei oder drei kleinen geschnitzten Tischen, einem wunderschönen hölzernen Wandschirm nach persischer Art mit Vögeln und Blumen darauf, vier oder fünf Hängelaternen mit Scheiben aus farbigem Glas und einer großen

Liege mit bestickten Kissen, die ihm gewiss auch als Bett diente.

Kaum war ich zur Tür hereingekommen, als er auch schon kühlen, verdünnten Wein anbot, wie ein Gastgeber es tun sollte, und sich für die Minderwertigkeit des Mahls entschuldigte, das darauf folgen würde.

»Ich habe mit den Soldaten gegessen«, erwiderte ich, »also werde ich es ohne Zweifel wunderbar finden, ganz egal, was damit passiert ist.«

Bagoas blinzelte, als hätte er nicht erwartet, dass ich seine Beteuerungen ernst nahm. Vielleicht hatten sie nur der Form Genüge tun sollen und waren gar keine Warnung gewesen, dass irgendetwas mit dem Abendessen nicht stimmte.

»Als ich das letzte Mal mit Artashir zu Abend gespeist habe«, sagte ich, »hat eine Möwe das Essen gestohlen. Und dann hat der Kater es sich zurückgeholt und …« Bagoas blinzelte abermals.

»Ist nicht weiter wichtig«, beendete ich meine Erzählung unbeholfen.

»Kommt und setzt Euch«, bat er und geleitete mich zu dem besten Platz.

Ich würde nur ungern denken, dass ich noch irgendetwas Absurdes sagte. Eigentlich würde ich gern denken, dass ich geistreich und klug auftrat, die vollkommene Mischung aus Gesandtem und Soldaten. Die Wahrheit ist, ich weiß es nicht.

Der Wein war stärker und besser, als ich erwartet hatte, und an den wunderschönen Gerichten – an den Mandeln, die mit Zitronen- und Ziegenkäsestückchen gefüllt und wieder zugeklappt worden waren, dem Lammbraten mit Koriander und allem anderen – war nur sehr wenig Öl und Brot, die Dinge, die verhindern, dass einem der Wein zu Kopf steigt. Öl und Brot zu essen, bevor man trinkt, ist ein alter Trick, wenn man nüchtern bleiben will.

Doch alles war köstlich, und der Geschmack der Gerichte machte nur noch mehr Appetit auf Wein. Als die Honigkuchen kamen, und dazu der süße, dunkle Wein aus Chios, unverdünnt und unverdorben, hätte ich wahrscheinlich nicht mehr sicheren Fußes durchs Zimmer gehen können. Doch das hatte auch Vorteile.

»Zum ersten Mal seit Monaten schmerzt mein Arm nicht«, sagte ich zu Bagoas. Der Arm war noch immer verbunden und geschient, doch zum ersten Mal seit Langem spürte ich kein Pochen und Ziehen darin. »Er tut tatsächlich nicht weh.«

Bagoas lächelte. »Vielleicht tut Euch Entspannung ja gut.« Sein Gesicht war gerötet, doch er sprach vollkommen deutlich und ohne zu lallen.

Ich lehnte mich auf die Kissen zurück. Es war sehr tröstlich, keine Schmerzen zu haben.

»Was tut Euch denn für gewöhnlich weh?«, erkundigte er sich.

»Mein Arm«, antwortete ich. »Meine Hand. Und meine Schulter. Und mein Rücken. Und meine Beine und mein Nacken normalerweise wohl auch.«

»Das hört sich an, als bräuchtet Ihr ein bisschen Ruhe«, stellte er fest, und ich fand, dass er belustigt klang.

»Ich weiß nicht, wie das geht.« Das Zimmer schien sich ein wenig um mich zu drehen, also streckte ich mich mit dem Rücken zu Bagoas auf dem Liegebett aus, den Arm auf einem der dicken Kissen. »Ich habe versucht, länger zu schlafen, aber die Sonne weckt mich auf.«

»Vielleicht braucht Ihr dickere Vorhänge«, schlug Bagoas vor.

»Ich habe überhaupt keine Vorhänge«, sagte ich. Der Leinenstoff der Kissen war weich vom Waschen und bettelte darum, dass ich die Augen schließen möge.

»Warum denn nicht?«

»Zum Zimmer haben keine dazugehört«, erklärte ich.

»Habt Ihr denn keinen Diener, der für Euch welche kauft?«, fragte er. Seine Hand streifte den Ärmel meines unversehrten Arms und legte sich dann auf meinen Rücken.

»Ich habe zwei Pferdeburschen.« Natürlich konnte ich mit dem verletzten Arm meine Pferde nicht selbst versorgen und sie auch nicht richtig bewegen.

»Und wer kümmert sich um Euch?« Seine Hand knetete meine Schulter, wärmte Muskeln, die normalerweise schmerzten.

Ich zuckte die Achseln. Diese Frage ließ sich eigentlich nicht beantworten.

»Gewiss kann sich doch der Hipparch von Ptolemaios' Ilç einen Leibdiener leisten.«

»Wahrscheinlich schon«, meinte ich zweifelnd. »Daran habe ich nie gedacht.«

»Jemand, der Eure Kleider wäscht und Eure Vorhänge aufhängt.«

Ich überlegte, ob er wohl fand, dass mein Chiton schmutzig wäre. Den hatte ich gestern selbst gewaschen. Es war ganz einfach schwer, zu denken, nach all dem Wein und bei der Art und Weise, wie er einen nach dem anderen jeden Muskel meiner rechten Schulter lockerte.

»Ich weiß nicht«, sagte ich und schlief schon halb. »Ich durfte doch nie ins Haus, also habe ich keine Ahnung, was man wegen Vorhängen und solchen Dingen tun sollte. Das ist etwas für Hausssklaven.«

Seine Hände hielten nur eine halbe Sekunde lang inne. »Jetzt seid Ihr aber kein Sklave.«

Nachdem ich es ausgesprochen hatte, konnte ich genauso gut dazu stehen. »Nein, jetzt nicht. Aber ich habe keine Ahnung, wie solche Dinge gemacht werden. Wie sollte ich denn? Ich bin mit zehn als Pferdebursche verkauft worden, weil ich fürs Schlafgemach nicht hübsch genug war.«

Diesmal fuhren seine Hände mit ihrem gleichmäßigen Reiben fort. »Ich wäre vielleicht ganz gern Pferdebursche geworden.«

»Ihr hättet ich sein können«, sagte ich, »und ich Ihr. Was uns trennt, ist allein unser Schicksal, und die Entscheidungen anderer, als wir Kinder waren.«

»Das, was mich zum Kastrieren ausersehen hat und Euch zum Mistschaufeln.« Seine Stimme klang gefasst, doch seine starken Finger gruben sich in meinen Rücken.

»Aber sonst hättet Ihr den König nicht gehabt und all das nicht erlebt«, wandte ich ein. »Wäre Euch das lieber?«

»Wärt Ihr lieber ich?«, wollte Bagoas wissen.

»Ich weiß nicht«, antwortete ich bedächtig. »Vielleicht.« An Alexanders Seite gestanden zu haben, das war keine Kleinigkeit.

Bagoas' Hände glitten über mein Rückgrat hinweg zur linken Schulter hinüber. »Ihr seid stur. Vielleicht wärt Ihr am Leben geblieben.«

Ich lächelte und bot meinen Nacken seinen Händen

dar. »Dasselbe würde ich sagen. Ein Reitersoldat hat auch nicht gerade ein ungefährliches Leben.«

»Das sehe ich«, sagte er, während seine Finger auf den Muskelknoten unterhalb meines linken Schulterblatts verweilten. »Was habt Ihr denn hier gemacht?«

»Gaugamela«, antwortete ich. »Da habe ich mir die Schulter gebrochen. Lässt sich wieder gut bewegen, aber bei feuchtem Wetter tut sie sehr weh.«

»Das kommt in Ägypten ja nicht oft vor«, bemerkte Bagoas.

»Noch ein guter Grund, bis an mein Lebensende hierzubleiben«, erwiderte ich.

»Gefällt es Euch hier denn so sehr?« Ich merkte, wie ich mich unter seinen Händen entspannte und fast schon schläfrig wurde.

»O ja.« Wie sollte ich ihm erklären, dass ich es immer mehr liebte, dieses Land, das nicht meine Heimat war und dennoch meine Träume füllte?

»Bis auf die Sonne«, meinte er, und ich hörte das Lächeln in seiner Stimme. »Mit Vorhängen gefällt es Euch vielleicht noch besser.«

»Mmm«, antwortete ich.

»Ich könnte ja mit Euch welche kaufen gehen.«

»Das wäre schön«, sagte ich und schlief ein.

Trotz meiner großen Verlegenheit am nächsten Morgen, weil ich auf Bagoas' Liege eingeschlafen war, schien er nicht verstimmt zu sein. Tatsächlich schleifte er mich schon früh mit hinaus auf den Markt und behauptete, er müsse sein Versprechen halten, mir beim Kauf von Vorhängen zu helfen.

Verwirrt stand ich auf dem Marktplatz. »Ich wusste gar nicht, dass es so viele Arten von Vorhängen gibt«, sagte ich. »Dutzende verschiedene Stoffe, alle möglichen Haken …«

»Sucht Euch einen Stoff aus, der Euch gefällt«, riet Bagoas, »und dann lassen wir sie für Euch machen. Und dabei könnt Ihr Euch gleich noch ein paar Kissen bestellen.«

»Ja? Ich mag Kissen.« Ich mochte Kissen wirklich gern, und ich hatte keine. Doch bisher hatte ich nie darüber nachgedacht, wo sie herkamen.

»Also Kissen«, sagte Bagoas lächelnd. »Und vielleicht auch einen Teppich.«

»Teppiche sind schön.«

Ich hatte mich nie als einen Mann gesehen, der Teppiche besaß, doch es fühlte sich zugegebenermaßen angenehm an, darauf zu gehen.

Bagoas blieb zwischen den Marktständen stehen und schüttelte den Kopf. Sein langes dunkles Haar wurde im Nacken von einer Spange zusammengehalten. »Ihr seid kein einfacher Soldat mehr, sondern ein ranghoher Befehlshaber. Ihr müsst darauf achten, die Form zu wahren, wenn schon nicht um Eurer selbst willen, dann Ptolemaios zuliebe. Die Leute haben einen bestimmten Eindruck von Euch, und das wirft ein entsprechendes Licht auf ihn.«

»Das ist wahr.« Darüber hatte ich sehr genau nachgedacht, als ich in seinem Namen Oberägypten besucht hatte, hier jedoch hatte ich mich nicht darum gekümmert.

»Ihr wollt doch nicht, dass die Ägypter ihn für einen Geizhals halten, der seinen Männern nicht genug zahlt, um davon leben zu können«, sagte Bagoas. »Ich sage ja nicht, dass Ihr in Prunk und Pracht leben müsst, aber ein anständiges Haus und ein paar Diener, das ist nicht übertrieben. Er bezahlt Euch doch, oder?«

»Nun ja, ja«, antwortete ich. »Er bezahlt mich wohl recht gut. Aber normalerweise beziehe ich gar nicht meinen vollen Sold. Ich lasse das Geld in der Schatzkammer und nehme genug für das, was ich zu brauchen glaube.«

»Und so bekommt Ptolemaios Euren Sold zinslos geliehen.« Wieder lächelte Bagoas mir zu. »Ihr werdet nie ein reicher Mann sein.«

»Das ist auch gar nicht mein Wunsch«, entgegnete ich achselzuckend. »Ich wünsche mir nicht viel, was sich für Geld kaufen ließe. Kann Geld die Toten wieder zum Leben erwecken?«

»Nein«, sagte Bagoas, und sein Blick war ernst. »Aber gibt es denn nichts, wofür sich zu leben lohnt?« Mit einer Geste deutete er auf den wimmelnden Marktplatz, auf die Mauern von Memphis, die golden in der Sonne leuchteten, auf den Fluss, der sich nach Norden wand, auf Alexandria und das Meer zu. »Gar nichts?«

»Doch«, sagte ich. »Ein paar Dinge gibt es. Treu bleiben. Das ist eins davon.«

Und wie konnte man sich den Tod wünschen, wenn man an einem strahlenden Morgen in Memphis stand, wenn eine auffrischende Brise uns umwehte und Bagoas mich mit seinen grünen Augen musterte? Sollte der Tod kommen, um mich zu holen, so würde ich ihn gleichmütig begrüßen, aber ich hatte nicht den Wunsch, zu sterben. Was mich einigermaßen überraschte. Es war nicht mehr so einfach, wie es gewesen war, bevor ich nach Ägypten gekommen war.

Ich wandte den Blick von den Mauern ab und sah Bagoas in die Augen. Sein hübsches Gesicht war regungslos. Ich fragte mich, ob er sich wohl gewünscht hatte, zu sterben, und warum er es nicht getan hatte, doch das ist nichts, wonach man jemanden auf einem öffentlichen Marktplatz fragen kann. Vielleicht ist es auch nichts, was man jemals erfahren sollte, doch ich war mir sicher, dass er über jene Klippe hinweg in den Abgrund geblickt hatte.

Und in diesem Moment nahm ich ihn auf eine völlig neue Weise wahr. Alexanders Geliebter, ein Perser, ein Höfling ohnegleichen – all das hatte ich gesehen, jetzt jedoch erblickte ich stattdessen einen Mann meines Alters, der nichts mit sich anzufangen wusste, vor dem nichts anderes lag als der endlose Dienst an einem toten König. Ein Leben lang einen Leichnam in einem goldenen Sarg betreuen, während die Mauern eines fremden Tempels sich immer enger um ihn schlossen. Keine Reisen mehr, keine frühen Morgen hoch oben im Gebirge, wenn die Luft zu Silber verblasst, keine reichen Gemächer voller Räucherduft mehr, wo Entscheidungen getroffen wurden, die Tausende betrafen. Ich konnte kommen und gehen, ein vertrauenswürdiger Anführer und manchmal auch Gesandter, und solange ich lebte, würde es mir nicht an Dingen mangeln, die ich tun, an Versprechen, die ich halten musste. Doch Bagoas' Geschichte war zu Ende. Er hatte erst Dareios gehört und dann Alexander. Und jetzt war er nichts mehr.

»Ihr wart so freundlich zu mir«, sagte ich, als er da auf der Straße stand, den Stoff für die Vorhänge in den Händen. »Ich kann Euch gar nicht genug dafür danken.«

Er hatte die Veränderung in meiner Miene gesehen, erriet jedoch den Grund dafür nicht. »Es war mir ein Vergnügen, Lydias«, antwortete er. »Ihr braucht jemanden, der sich um Euch kümmert.«

»Das könnte sein«, brummte ich.

Es war schon fast Abend, als der Bote mit einer Nachricht von Ptolemaios mich fand. Ich sagte Bagoas, dass ich am Morgen nach Alexandria aufbrechen müsste, denn heute war es zu spät.

»Nun«, meinte er, »Euer Gemach herzurichten wird warten müssen. Werdet Ihr wieder mit mir zu Abend essen?«

»Das wäre schön«, antwortete ich. Er hatte mit voller Absicht nicht gefragt, was Ptolemaios wollte, doch ich erzählte es ihm beim Essen.

»Er will, dass ich sofort nach Alexandria komme«, sagte ich. »Um ihm zu helfen, seine Braut willkommen zu heißen.«

Bagoas verschluckte sich an seinem Wein. »Seine Braut?«

»Seine Braut«, bestätigte ich. »Antipatros' Tochter Eurydike. Sie ist achtzehn und als Zeichen ihres Bündnisses aus Makedonien hergeschickt worden. Er ist dreiundvierzig und lebt seit sechzehn Jahren mit Thaïs zusammen.« Ich nahm mir noch mehr von der Ente. Sie war sehr, sehr schmackhaft.

Bagoas spreizte die Finger. »Aber das hat doch nichts damit zu tun, oder? Er wird sie doch nicht schlecht behandeln, nachdem sie so lange zusammen waren?«

»Nein, natürlich nicht«, versicherte ich und dachte daran, wie Ptolemaios sich zu den Kindern herabgebeugt hatte, als er sie aus Babylon weggeschickt hatte, wie er und Thaïs sich angesehen hatten, als stünde seitenlanger Text auf einem einzigen Blick geschrieben. »Er liebt sie aufrichtig, und sie haben eine Tochter und zwei Söhne, das neue Baby mit eingerechnet. Aber bestimmt wird es sie schmerzen, wenn er sich an ihrer statt eine Braut nimmt. Und wenn es darum geht, einen Erben zu bekommen …«

»Er wird gute Miene zum bösen Spiel machen müssen«, meinte Bagoas. »Das müssen Könige eben.«

Zu spät wurde mir klar, auf was für heikles Gelände ich da geraten war, und ich wechselte in aller Eile den Kurs. »Was ich nicht verstehe, ist, warum er mich dabeihaben will. Ich verstehe doch nichts davon, hochgeborene Bräute willkommen zu heißen.«

»Vielleicht will er Euch dabeihaben, damit Ihr neben ihm steht«, sagte er. »Einen Freund, der bei dem Ganzen sonst keinerlei Interessen verfolgt. Soll dieses Mädchen dann tatsächlich den Haushalt führen?«

Ich stellte meinen Becher hin. »Ich weiß nicht recht, ob es überhaupt einen Haushalt gibt, jedenfalls nicht in dem Sinne, wie es beim König war. Als ich das letzte Mal dort war, war noch niemand dazu gekommen, einen Palast zu bauen. Es war mehr eine Stoa. Ich hoffe, das ist jetzt anders, ich nehme nämlich an, dass die Braut gern vier Wände um sich haben möchte.«

Bagoas hob die Hand an die Stirn. »Gemächer? Möbel? Bettwäsche? Diener? Man kann erwarten, dass sie ihre eigenen Kleider mitbringt, und noch ein paar andere Sachen, aber Ptolemaios will doch bestimmt nicht, dass sie in völlig leere Zimmer tritt. Das sieht doch …«

»… billig aus«, beendete ich seinen Satz.

»Darum solltet Ihr Euch kümmern, bevor sie ankommt.«

»Ich habe doch keine Ahnung, was da getan werden muss!«, stieß ich hervor. »Bagoas, Ihr könnt es mir sagen, aber …«

»Gibt es denn niemanden, den Ihr um Hilfe bitten könnt?« Er hob den Krug und schenkte mir Wein nach.

Ich überlegte kurz. »Artashirs ältere Frau Amina. Sie ist als persische Edeldame erzogen worden. Vielleicht weiß sie nicht, wie man dergleichen für eine Makedonin macht, aber eine persische Braut sollte sie ausstatten können, und sie weiß bestimmt, was man beschaffen muss.« Früher hätte ich nicht mit ihr sprechen können, eine ehrbare Frau und Gemahlin eines Edelmanns, doch im Tross und in dieser neuen Stadt hatten die Dinge sich geändert. Ich glaubte nicht, dass Artashir etwas dagegen einzuwenden hätte, wenn ich mit seiner Frau sprach und sie um Rat fragte.

»Das würde gehen«, meinte Bagoas und wechselte das Thema.

Erst als ich schon auf halbem Weg nach Alexandria war, fragte ich mich, ob er vielleicht gewollt hatte, dass ich stattdessen ihn bat, mitzukommen.

Eurydike war durchaus hübsch, fand ich. Sie hatte große Ähnlichkeit mit ihrem älteren Bruder Kassander, den ich nicht mochte, doch das konnte man ihr ja nicht ankreiden. Ihr Haar war hell wie das seine, und sie hatte eine lange, gerade Nase und flache Wangenknochen, eher illyrische oder epirische Züge. Man konnte das wilde

Blut der Steppe sehen, genauso, wie man es in Alexander hatte erkennen können. Aber seine Mutter war auch aus Epirus gewesen. Viele epirische Frauen hatten in die vornehmen Häuser Makedoniens eingeheiratet.

Vom Auftreten her hätte Eurydike Kassander nicht unähnlicher sein können. Während er aufdringlich war, sozusagen immer das erste Pferd am Futtertrog, wirkte Eurydike schüchtern. Sie sprach wenig, noch weniger sogar, als es meiner Meinung nach für ein junges Mädchen so fern der Heimat natürlich war. Aber vielleicht hatte ich mich auch an die Soldatenbräute gewöhnt, die gar nicht da gewesen wären, wären sie nicht etwas Außergewöhnliches gewesen.

Ich wurde mit einer Ehrenwache losgeschickt, um sie vom Schiff abzuholen und sie zum Palast zu geleiten, und ich stellte mich ihr in meinem besten Chiton und mit blank poliertem Brustharnisch vor, sauber geschrubbt und so ansehnlich wie nur möglich. Als sie auf mein Angebot, ihr zu Diensten zu sein, antwortete, konnte ich sie kaum verstehen.

»Wir sind von Euren Diensten höchst angetan«, versicherte ihre Hofdame, die hinter ihr stand. »Sehr artig.« Der Blick ihrer freimütigen braunen Augen begegnete dem meinen. »Ich bin Eurydikes Tante, die Schwester ihrer Mutter. Mein Name ist Berenike, und ich habe meine Nichte begleitet, um ihr bei ihren Pflichten zu helfen.«

»Hipparch Lydias«, sagte ich und verbeugte mich abermals. Die Tante war etwa dreißig, rundlich und dunkelhaarig und hatte etwas sehr Direktes an sich. Ihr Gesicht hatte Farbe vom Seewind. »Es sind Gemächer für die

Damen bereitgemacht worden, wenn Ihr mich begleiten wollt?«

»Antigone! Magas!« Sie drehte sich um, rief, und zwei Kinder kamen von der Reling angerannt, wo sie zugesehen hatten, wie die Seeleute das Schiff vertäuten. Ein kleines Mädchen von ungefähr acht, und ein Junge, der vielleicht zwei Jahre jünger war. »Es ist Zeit, an Land zu gehen! Eurydike, lass mich rasch dein Himation richten.«

Schlitternd kamen die Kinder zum Stehen und stießen sich kichernd gegenseitig an. Mit runden Augen bestaunten sie meinen glänzenden Stahlharnisch.

Berenike, die gerade Eurydikes Schleier neu feststeckte, sah sich um. »Meine Kinder aus meiner ersten Ehe.«

»Was bringt Euch denn hierher?«, erkundigte ich mich. Gewiss würde eine Frau mit kleinen Kindern doch nicht das Meer überqueren wollen.

»Der Widerwille dagegen, noch länger eine arme Verwandte meines ehemaligen Schwagers zu sein«, antwortete sie, doch ihre Augen lachten. »Und ich habe Eurydike mehr oder weniger aufgezogen. Also habe ich gedacht, wir probieren mal etwas Neues aus.«

Das Mädchen lächelte, und ihr Gesicht war wie verwandelt, mehr das einer Braut als das eines Opfers. Mir wurde klar, dass sie völlig verängstigt sein musste.

Ich gab mich so umgänglich wie nur möglich. »Es ist eine große Ehre, Euch im Namen von Ptolemaios in Alexandria willkommen zu heißen. Ich weiß, dass er Euch sehnsüchtig erwartet hat, Herrin. Ich hoffe, unsere Stadt und Eure Unterkunft werden Euch zusagen. Für heute Abend ist nichts Förmliches geplant; man hat angenommen, dass Ihr vielleicht gern einen Abend Zeit hättet, um

Euch vor der Hochzeit morgen auszuruhen und Euch wieder daran zu gewöhnen, festen Boden unter den Füßen zu haben.« Ich warf der Tante einen raschen Blick zu. »Ich fürchte, der Palast befindet sich noch im Bau. Ich habe dafür gesorgt, dass eine Edeldame Euch Eure Gemächer zeigt und Euch bei allem behilflich ist, was Ihr benötigen mögt – Amina, die Gemahlin von Heerführer Artashir.«

»Das ist ganz reizend«, antwortete Berenike.

Eurydike schaute zu mir auf. »Diese Amina … ist sie …«

»Perserin«, sagte ich mit fester Stimme. Ihr Bruder Kassander hatte zu denen gehört, die sich am meisten empört hatten, als Alexander persische Bräuche übernommen und Persern erlaubt hatte, neben Griechen zu dienen. Ich wusste nicht, ob das nur Kassanders Ansichten waren oder auch die seines Vaters. Sollte Letzteres der Fall sein und Eurydike jetzt auf das Gegenteil all dessen stoßen, was man sie gelehrt hatte, so musste ich klarstellen, dass ihr Gemahl in dieser Angelegenheit eine ganz andere Meinung vertrat. Eine Braut, die Probleme mit einigen seiner Untertanen verursachte, konnte Ptolemaios sich nicht leisten. »Wir sind eine Stadt vieler Völker, Herrin, so wie es der Hof des Großen Alexander war. Aber ich versichere Euch, Aminas Griechisch ist sehr gut, und sie wird Euch helfen können, Euch mit den ägyptischen Dienern zu verständigen, und mit den persischen und den baktrischen auch.«

»Warum nicht nur griechische Sklaven?«, wollte das Mädchen wissen.

Ich spreizte die Hände. »Nur sehr wenige unserer

Bediensteten sind Sklaven, Herrin. Es ist ganz einfach zu teuer, welche ins Land zu holen, und nur wenige Ägypter sind Sklaven. Und sie sprechen jedenfalls auch kein Griechisch. Die meisten Palastmägde, die Amina und ich eingestellt haben, sind Frauen aus dem Tross, denen das Glück nicht hold war. Frauen von Männern, die gefallen oder zu sehr verkrüppelt sind, um zu arbeiten. Köchinnen und Wäscherinnen, Zofen und Schneiderinnen und dergleichen. Sie arbeiten für einen Lohn, und für Brot und Unterkunft für ihre Kinder. Wenn sie Söhne haben, die alt genug sind, arbeiten einige von den Knaben in den Ställen oder verrichten andere Tätigkeiten im Haus. Das ist viel billiger, als Sklaven aus Griechenland einzuführen, Herrin. Und ich bin mir auch sicher, dass sie besser arbeiten.«

»Sehr vernünftig«, meinte Berenike und nickte. »Dies hier ist eine andere Welt, Eurydike, und wir werden eine Menge lernen müssen.«

»Wenn Ihr mir bitte folgen wollt, Herrinnen?«, bat ich.

Am nächsten Tag stand ich neben Ptolemaios, einer von vier Gefährten, die an Verwandten statt standen, als er Eurydike heiratete. Ich fand, die Hochzeit verlief recht gelungen. Das Essen und die Tänze waren sehr persisch, dank der Oberaufsicht der ehrbaren Amina, die, wie ich im Stillen dachte, wahrscheinlich ein ganzes Heer während des Marschs verpflegen könnte, ohne ins Schwitzen zu geraten. Die Braut war ganz Griechin, in ihrem blassblauen Chiton und dem Himation mit den gewirkten Rändern sah sie aus wie eine Statue der Artemis. Oder vielleicht der Iphigenie.

Rasch goss ich in einer Ecke ein Trankopfer auf den Boden, wo es niemandem auffallen würde, um diesem Gedanken zu wehren.

Ptolemaios wirkte eher ernst als überglücklich, wie es sich für einen Bräutigam eigentlich ziemte, aber er war schließlich dreiundvierzig und neigte ohnehin nicht dazu, seine Gefühle übermäßig zu zeigen. Beim Festmahl saß er neben ihr und wandte sich ihr zu, um sich leise mit ihr zu unterhalten.

Thaïs war natürlich nicht dabei. Das hatte er ihr erspart.

Ich war sowohl überrascht als auch geschmeichelt, an Blutsverwandten statt zu stehen. Aber Ptolemaios hatte hier wohl keine echten Verwandten, und es war durchaus von Vorteil, mich, Manetho und Artashir alle in herausgehobenen Stellungen dabeizuhaben.

Als wir Braut und Bräutigam singend zu Bett gebracht hatten, war es unsere Aufgabe, klarzustellen, dass Ptolemaios nicht die ganze Nacht eine Menschenmenge vor der Tür haben wollte, die lauschte und Radau machte. Also schickten wir alle hinaus, zurück in die Halle für einen letzten Umtrunk und dann hinaus in die Nacht.

Amina kam zu uns, als ich mit Artashir Wache stand, um sicherzugehen, dass sich niemand wieder hereinschlich.

»Wir haben es überlebt«, bemerkte Amina.

»Das stimmt.« Artashir ließ die Stirn auf ihre Schulter sinken, und sie lächelte liebevoll auf ihn herab. »Lydias und ich sollten wahrscheinlich den Rest der Nacht hierbleiben, aber du kannst nach Hause gehen.«

»Es macht mir nichts aus, allein hierzubleiben«, versicherte ich und merkte verblüfft, wie in meinem Innern ein seltsamer Neid aufkeimte. »Ihr könnt ruhig gehen. Ich bleibe mit den Wächtern bis zum letzten Wachwechsel hier.«

»Es macht Euch wirklich nichts aus?«

»Überhaupt nichts«, beteuerte ich und sah ihnen nach, als sie gingen. Zwei hochgewachsene Gestalten, die gut zueinander passten; sein Arm um ihre Taille.

Würde jemals wieder jemand auf mich warten?

15

Rosen

Am nächsten Tag ging ich in aller Frühe Thaïs besuchen.

Man sagt, Rosen, die man verpflanzt, blühen niemals auf, doch im Garten von Thaïs, der Athenerin, blühten sie. Sie hatte auf frischem Mutterboden eine ummauerte Gartenlaube errichtet. Feigen- und seltene Aprikosenbäume warfen ihre Schatten über eine Bank. Oder zumindest würden sie das tun, wenn sie größer waren. Jetzt huschten ihre flüchtigen Schattenflecken über Sandstein. Im Schutz der Mauer waren Rosen gepflanzt worden und wuchsen aus einem Beet empor, das stark nach Pferdemist roch.

Unwillkürlich musste ich lächeln. Ohne diesen Mistgeruch hätte ich nicht gewusst, dass dieses Paradies irdisch war.

Thaïs kam, um mich zu begrüßen, den Schleier um die Schultern. Weder so züchtig wie eine Griechin noch so freizügig wie eine Ägypterin. Sie war fünfunddreißig, doch die Schönheit, die jeden in ihren Bann gezogen hatte, war noch immer da. Die flammende Fackel, die Persepolis niedergebrannt hatte.

»Meine verehrte Herrin.« Grüßend neigte ich den Kopf.

Zweifellos fragte sie sich, warum ich gekommen war, und sie war niemand, der um den heißen Brei herumredete. »Lydias«, sagte sie, und ihr Blick war ein wenig scharf. »Seid Ihr gekommen, um mir zu zeigen, dass ich nicht ganz vergessen worden bin?«

»Ich bin nur für mich selbst hier, nicht für Ptolemaios«, antwortete ich. »Ich habe keine Ahnung, wie es zwischen Euch steht, aber ich halte meine Freundschaften in Ehren.«

Daraufhin machte sie ein verblüfftes Gesicht. »Dann kommt und setzt Euch«, sagte sie und ging mir zu der Bank voraus. Sie nahm an einem Ende Platz und ich am anderen. Außer uns war niemand hier; außerdem grub eine junge Dienerin in einem Rosenbeet am Ende des Gartens. »Ihr wollt wissen, wie es zwischen uns steht.«

»Das geht mich nichts an«, wehrte ich verlegen ab. »Aber ich habe Euch immer sehr geschätzt.«

»Und Ihr dachtet, falls es da Zerwürfnisse gibt, könnt Ihr sie vielleicht beheben.« Thaïs lächelte mich an und schüttelte den Kopf. »Das ist ein freundlicher Gedanke, wäre es notwendig. Aber wisst Ihr, es ist ja nicht das erste Mal. In Persien hat Ptolemaios Artakama geheiratet, die Tochter des Artabazos, als Alexander es ihm befohlen hat.«

»Ja, aber damals ist es auf Befehl des Königs geschehen«, wandte ich ein. »Diesmal nicht.«

»Es war nötig«, erwiderte Thaïs, »wenn er Pharao von

Ägypten sein soll.« Ich fuhr zusammen und sie zog eine Braue hoch. »Denkt Ihr denn, er hat mir nicht erzählt, was die Götter Ägyptens ihm angeboten haben? Aber ich bin nicht die Konkubine eines Pharaos. Ich bin eine freie Hetäre, so wie ich es gewesen bin, seit er in Athen an meine Tür gekommen ist. Ich werde nicht mit seiner Gemahlin in seinem Palast leben, ihre Festgelage planen und mich um ihre Kleider kümmern. Ich werde in meinem Haus leben, mit meinen Kindern, und wenn er mich zu sehen wünscht, kann er herkommen.«

Voller Staunen und Bewunderung sah ich sie an.

Thaïs spielte mit einer Falte ihres Himation. »So wie Aspasia vor mir, habe auch ich meine Würde. Und würde ich die aufgeben, so hätte ich seine Liebe nicht.«

»Ich glaube, er liebt Euch sehr«, sagte ich. Gewiss hatte nichts an der gestrigen Hochzeit darauf hingedeutet, dass er aus Fleischeslust zu Eurydike gegangen wäre.

»Und ich ihn auch«, antwortete sie. »Allerdings ist es nicht wahr, dass ich für ihn durch die ganze Welt gezogen bin. Eher hat er mir die Möglichkeit gegeben, zu tun, was eine Frau sonst nicht kann. Er hat mir meine Freiheit geschenkt.« Thaïs legte den Kopf zurück, als wolle sie den blauen Himmel des Schwarzen Landes über uns in sich einsaugen.

»Freiheit ist das höchste Gut«, meinte ich.

Sie nickte. »Und jetzt werden wir sehen, was daraus wird. Meine Tochter hätte später eine Hetäre werden sollen wie ich, und unsere Söhne hätten von ihm anerkannt und zu Soldaten gemacht werden oder ein Geschäft betreiben sollen. Aber die einzigen Kinder des Pharaos sind etwas anderes als die unehelichen Sprösslinge eines Heerführers.«

»Ja«, pflichtete ich ihr bei, »und vielleicht gibt es ja eines Tages einen anderen Erben, aber fürs Erste …« Ich spreizte die Hände. »Ich wusste nicht, dass er den Vorschlag der Götter angenommen hat.«

»Er wird ihn annehmen«, antwortete Thaïs gleichmütig. »Ptolemaios wird gar nichts anderes übrigbleiben.«

Das Mädchen, das ich für eine Dienstmagd gehalten hatte, erhob sich und wischte sich die Hände an ihrem Chiton ab, als überlege es, ob es zu uns herüberkommen sollte oder nicht. »Mutter?«, rief es, und ich erkannte, dass es Chloe war.

Sonst hätte ich sie wohl nicht erkannt. Mehr als zwei Jahre waren seit unserem wilden Aufbruch aus Babylon vergangen, eine Ewigkeit bei einem Mädchen ihres Alters. Sie war groß wie ihre Mutter und hatte Ptolemaios' schlichtes braunes Haar. Und dann sah sie mich an.

Ich glaube, ich hatte ihr noch nie direkt ins Gesicht geblickt, nicht bei Tageslicht. Ihre Augen waren sturmwolkengrau, die Iriden schwarz umrandet. Groß und von der Farbe gehärteten Stahls, von der Farbe des Winterhimmels. Augen, die Praxiteles in Marmor gemeißelt hatte, Augen, die niemand je mit Farbe und Pinsel hatte wiedergeben können. Sie hatte Alexanders Augen.

Natürlich hatte es schon immer Gerüchte gegeben, dass Ptolemaios Alexanders Bruder sei, dass seine Mutter Philip angehört hatte, bevor dieser König gewesen war. Ich wusste nicht, ob sie wahr waren oder nicht, und ich hatte all die Jahre daran gezweifelt, dass Ptolemaios es wusste. Jetzt war mir klar, dass er es gewusst hatte. Die Wahrheit war in den Augen seiner Tochter.

»Seht Ihr?«, fragte Thaïs leise. »Nach Alexanders Sohn

ist er der engste Blutsverwandte, der Bruder des verstorbenen Königs.«

»Alexander muss es gewusst haben.« Jäh begriff ich. »Und Bagoas.« Und jetzt vertraute sie dieses Wissen mir an.

Wieder nickte Thaïs. »Und Hephaistion. Chloe war noch ganz klein, als Ptolemaios nach Indien gezogen ist. Ich bin in Susa geblieben. Eigentlich sollte es ein kurzer Feldzug werden, und ich konnte mich doch nicht mit einem drei Wochen alten Säugling auf den Weg nach Osten machen. Es hat fast fünf Jahre gedauert, bis er zurückgekommen ist.« Thaïs breitete ihr Himation über die Bank, und Chloe kam und setzte sich neben sie, den Arm um ihre Taille gelegt. Sie hatte diese Geschichte schon oft gehört. »Fast fünf Jahre lang habe ich in Susa auf ihn gewartet und gehofft, dass er noch lebt und mich noch liebt.«

»Und das hat er auch getan«, sagte ich mit erstickter Stimme. Ptolemaios war aus der Wüste von Gedrosia gekommen, und Thaïs und Chloe waren da gewesen und hatten auf ihn gewartet.

»Natürlich hat er Bescheid gewusst, als er Chloe gesehen hat. Als er weggegangen war, war sie ein Neugeborenes, sie hat ausgesehen wie alle Säuglinge. Aber als er sie gesehen hat, wusste er es. Und Alexander wusste es auch.«

»Das in seine Hand zu legen, war sehr gefährlich«, bemerkte ich. Einem kinderlosen König einen Bruder in die Hände zu geben, einen Bruder mit einem Heer im Rücken und einem Erben …

»Er war Alexander. Er hat gesagt, sie hätten sich schon vor langer Zeit versprochen, sich so zu verhalten, wie

Brüder es tun sollten, und es gäbe nichts, was das ändern würde. Als ein Jahr später unser Sohn geboren wurde, haben wir ihn Lagos genannt, nach Ptolemaios' Stiefvater; das sollte die Gerüchte zum Verstummen bringen.«

»Hoppel sieht aber gar nicht aus wie ich«, verkündete Chloe. »Seine Augen sind braun.«

»Ja, Liebling«, bestätigte Thaïs und zupfte Chloe ein verirrtes Blatt aus dem Haar. »Ihre Brüder haben beide braune Augen. Aber das würde nicht verhindern, dass sie zu Spielbällen in der Thronfolge werden.«

Ich schauderte. Alles fügte sich zusammen. Ptolemaios hatte die Kinder unbedingt aus Babylon wegschaffen müssen, bevor irgendjemand etwas merkte. Bevor Roxane es bemerkte und dachte, Chloe wäre Alexanders Tochter. Bevor Perdikkas es merkte und ihren Wert abschätzte. Bevor einer von hundert anderen Männern eine Gelegenheit beim Schopf ergriff, die ihm da in den Schoß gefallen war. Er war verzweifelt genug gewesen, sie einem einfachen Soldaten anzuvertrauen und sie auf einen Gewaltritt nach Pelusium zu schicken.

Und Bagoas. Er wusste Bescheid. Ich hatte es in Pelusium an seinem Zögern gemerkt, als ich mich abfällig über die Gerüchte geäußert hatte. Entweder hatte der König es ihm gesagt, oder er hatte es selbst gesehen. Hephaistion war es bestimmt erzählt worden.

Ich sah Chloe an, und sie erwiderte meinen Blick mit diesen verblüffenden Augen. »Sie kann keine Hetäre werden«, stellte ich fest.

»Zweifach von königlichem Blut, zweifach von außerehelicher Geburt – sie ist ein zu kostbarer Preis«, antwortete Thaïs. »Und Perdikkas …«

»Vater muss siegen. Für mich«, sagte Chloe, und ihre Miene war ernst.

Sie war ein Kind des Trosses, kein vor jedem Sturm geschütztes kleines Mädchen von edler Geburt. Sie wusste Bescheid, obgleich sie noch ein Kind war, keine Jungfrau. Sie wusste, welches Schicksal ihr beschieden sein könnte.

»Nun«, antwortete ich mit einem Lächeln für sie, »dann müssen wir eben siegen. Für dich.«

In ein oder zwei Jahren würde sie eine Frau sein. Schon konnte ich es in den Knochen ihres Gesichts sehen, das allmählich das Runde der Kindheit verlor und es gegen die wunderschönen Wangenknochen ihrer Mutter eintauschte. In ihren schlanken Händen, die bereits die Form von Frauenhänden annahmen. Ohne Zweifel veränderte sich unter ihrem weiten Chiton ihr Körper auch noch auf andere Weise. Sie war nicht so viel jünger als Eurydike, die Braut ihres Vaters.

»Wir werden für dich siegen, Chloe«, sagte ich.

Sati war siebzehn gewesen, als ich nach Nysa gekommen war. Sie war eine junge Witwe und bettelte auf der Straße. Ihr Gemahl war im Frühling an einer Krankheit gestorben, und seine Familie wollte nichts mehr mit ihr zu schaffen haben, als klar war, dass sie nicht schwanger und daher nur ein weiterer Mund war, den es in einer Zeit der Unsicherheit und des Krieges zu stopfen galt. Ihre eigenen Eltern waren tot, also konnte sie nirgendwo hin.

Ich war zweiundzwanzig. Nicht einmal ein Jahr war vergangen, seit Alexander sich mit Roxane vermählt hatte, und in dieser Zeit waren wir nach Indien gezogen und hatten eine große Schlacht geschlagen. Einer der Herrscher Indiens, ein König namens Radscha Ambhi, hatte Botschafter zu Alexander gesandt und ihm angeboten, ihm zu huldigen, wenn der König ihm gegen seinen alten Feind Radscha Puru behilflich wäre. So kam es, dass Hephaistion und Perdikkas mit ihren Truppen vorausgeschickt wurden, um eine Brücke über den mächtigen Fluss Indus zu schlagen, damit das Hauptheer nachrücken könnte. Ich war in Hephaistions Ilç, und obgleich die Reiterei beim Bau einer Brücke nur wenig zu tun hatte, wurden wir doch zum Schutz gebraucht, damit der Feind nicht unverhofft über uns herfallen konnte. Also wurde ich nach Nysa geschickt.

Wir hatten gute Unterkünfte in der kleinen Festung gefunden, die einem Verwandten Ambhis gehörte, und unser Sold war pünktlich ausgezahlt worden. Wir waren just zum Beginn des Monsuns eingetroffen, und während die Bautrupps sich fluchend und zankend und schwitzend abmühten, den angeschwollenen Fluss zu überbrücken, ließ die Reiterei es sich gut gehen.

Als ich Sati zum ersten Mal sah, bettelte sie am Tor. Das Wasser lief ihr in langen Rinnsalen übers Gesicht, ihr safrangelbes Kopftuch klebte an ihrem Haar. Sie hockte zwischen den Alten und den von Schrunden Gezeichneten, und unwillkürlich betrachtete ich sie noch einmal genauer. Wie konnte jemand, der so jung war, so tief gesunken sein? Das wusste ich doch recht gut, dachte ich bei mir. Es gibt immer Gewinner und Verlierer. Doch die stolze Neigung ihres Kopfes ließ mich vermuten, dass sie noch nicht ganz besiegt war.

Ein paar Tage später ließ irgendjemand nach dem Essen Dirnen kommen, um zu tanzen und auf unseren Liegen zu sitzen, so wie Hetären unsere Befehlshaber mit ihrer Gesellschaft beehrten. Das Mädchen, das Musik machte, hatte harte Augen, und die Tänzerinnen hatten ihr Geschäftslächeln aufgesetzt. Bis auf Sati. Jede ihrer Bewegungen kündete stattdessen von tiefer Verlegenheit. Ich beobachtete sie. Ihre großen dunklen Augen waren genau wie meine, ihr schwarzes Haar hing wie Seide ihren Rücken hinab wie das meiner Mutter. Wir hätten Bruder und Schwester sein können, so ähnlich waren wir uns.

Ich musste daran denken, wie sehr sie ihn gehasst hatte, meinen Vater und Herrn, wie sie mit tiefen Kerben in der Unterlippe aus seinem Bett zurückgekehrt war, weil sie so heftig daraufgebissen hatte. Wie sie zurückgezuckt war, wenn ich meine kleinen Arme um sie geschlungen hatte.

Als die Mädchen aufhörten zu tanzen und zu den Ruhebetten gingen, sah ich zu, wie Sati sich zögernd auf das Ende von Glaukos' Liege hockte, als wolle sie sich so fern wie möglich von ihm halten.

Lachend packte er sie am Arm und versuchte, sie an sich zu ziehen und sie zu küssen, und ich sah die Angst in ihren Augen, bevor sie nachgab.

Ich wusste kaum, was ich tat, als ich aufstand, hinüberging und Glaukos einen sachten Stoß versetzte. »Die da gehört mir, mein Freund.«

»Dir?« Glaukos glotzte zu mir empor; ein paar Tropfen Wein hingen in seinem Bart. »Du willst doch sonst nie eine.«

»Die hier will ich aber«, erwiderte ich und nahm sie am Arm. Ich fühlte den Puls in ihrem dünnen Handgelenk hämmern.

»Vielleicht kriegst du sie ja nicht«, entgegnete er.

»Vielleicht doch.«

Ich war viel nüchterner als er. Vielleicht zog er das in Betracht, oder vielleicht war da auch irgendetwas in meinen Augen, das ihm nicht behagte. Glaukos ließ sich wieder auf die Kissen zurückfallen. »Na schön. Die ist sowieso zu dürr, um was zu taugen.«

Unter dem Johlen etlicher meiner Männer zog ich sie aus dem Saal und in das kleine Zimmer im Obergeschoss, das mir vom Rang her zustand. Sie sagte ein halbes Dutzend Mal irgendetwas, doch ich verstand kein Wort. Ich schloss die Tür hinter mir und bückte mich dabei ein wenig, der niedrigen Decke wegen.

Ein bisschen Licht kam blau durch die des Regens wegen geschlossenen Läden herein. Das Zimmer war kaum eine Mannslänge lang, und meine Ausrüstung und das Bett nahmen es fast vollständig in Beschlag. Die Kniekehlen gegen das Bett gedrückt, stand sie da, und ich sah, wie sie schluckte.

»Du bezahlst?«, fragte Sati stockend auf Griechisch.

»Ja.« Ich öffnete meine Börse und kippte einen Haufen Münzen in ihre Hände, viel mehr, als ihre Dienste wert waren.

Sie sah die Münzen an, schluckte abermals und hob das Kinn. Dann löste sie ihren Schleier und er fiel zu Boden.

»Nein«, sagte ich, und meine Stimme war rau. »Nein.«

Sie konnte genug Griechisch, um das zu verstehen, und runzelte die Stirn.

»Eine alte Kriegsverletzung«, erklärte ich. »Hat mir die Manneskraft geraubt. Ich will nicht, dass meine Freunde es wissen, also tue ich so, als ginge ich mit den Frauen. Tu einfach so, als hätten wir's getrieben, dann ist alles gut.«

Ihr Blick huschte an meinem Körper hinunter, und ich sah, dass sie mir nicht glaubte. »Du bist sehr sonderbar«, sagte sie.

»Du auch«, antwortete ich. »Warum bist du mit diesen Frauen hier?«

Sati zuckte die Schultern. »Was soll ich denn sonst machen? Ich kann betteln und sterben, oder ich kann mit Soldaten gehen.« Ihr Griechisch war besser, als ich gedacht hatte. Bestimmt hat sie in der Zeit, die wir jetzt hier waren, schon eine Menge gelernt.

»Kannst du denn nicht ...« Ich suchte nach Möglichkeiten. »... kochen und putzen oder so etwas?«

»Zeig mir den Mann, der mich zum Kochen und Putzen will«, entgegnete sie, und ihre Augen waren hart. Sie breitete die Arme aus, und ich sah, wie ihre Kleider sich an ihren schlanken Körper schmiegten; in Höhe der Taille war ein bisschen blasse Haut zu sehen. »Zeig mir einen, der nur das will.«

»Ich schon«, behauptete ich und schluckte. Vielleicht würde ich mehr wollen, aber ich war doch keine Bestie, auch wenn jede ihrer Bewegungen mein Blut singen ließ.

»Du schon?« Sie glaubte mir nicht, doch auf ihrem Gesicht lag die Andeutung eines Lächelns. »Wegen deiner Kriegswunde?« Anzüglich musterte sie die Vorderseite meines Chitons.

»Ja.« Ich trat einen Schritt zurück, doch ich hatte die Tür im Rücken. »Warum tust du das?«

»Als mein Mann gestorben ist, hatte ich die Wahl. Zu sterben oder nicht zu sterben. Ich habe mich entschieden, nicht zu sterben.« Ihr Blick war fest. Ich hatte gedacht, sie wäre wie meine Mutter, doch ich hatte mich geirrt. Sie war viel stärker.

»Kannst du nicht wieder heiraten?«

Sie legte den Kopf schief und lächelte; ihre dunklen Lippen wölbten sich wie ein Bogen. »Du kennst Indien nicht. Wer würde mich heiraten, eine Unglücksbraut, die einem starken jungen Mann zwei Monate nach dem Hochzeitstag den Tod gebracht hat? Mein Mann war stattlich und war noch nie krank, aber er ist gestorben, noch ehe der Mond zweimal voll war.«

»Ich würde dich heiraten«, sagte ich. »Ich meine, rhetorisch gesehen.«

Dieses Wort kannte sie nicht, doch ihr Lächeln wurde ein bisschen breiter; ihre Stimme jedoch klang spröde. »Und du würdest jung sterben, Soldat. Deine nächste Schlacht würde dich dahinraffen, und sie würde dich zu den Armlosen hinunterschleppen, um im Schatten zu warten. Ich bin Gift.«

»Nein, das bist du nicht«, widersprach ich, obgleich mich ein Schauer überlief. »Ich fürchte eure Herrin der Schatten nicht, obwohl ich oft genug Blut als Trankopfer für Sie vergieße. Sie wird mich holen, wenn Sie mich will, und nicht einen Augenblick eher.«

Ich sah das Flackern in ihren Augen und wusste in diesem Moment, was sie in jedem anderen Menschen am meisten liebte. Mut. Niemals würde sie einen Mann begehren, der weniger war als sie, genau wie ich.

»Die meisten Männer fürchten Sie.«

»Ich bin nicht die meisten Männer«, antwortete ich.

»Vielleicht warst du in früheren Zeiten ja Ihr Geliebter«, meinte Sati nachdenklich. »Da du den Tod nicht fürchtest.«

Ich löste mich von der Tür und setzte mich aufs Bett. »Ich fürchte die Herrscherin des Todes nicht, obwohl ich Ihr huldige. Kennst du die Geschichte?«

»Ich kenne eine Geschichte«, antwortete sie. »Ich bin nämlich nach ihr benannt worden, nach Sati, der ersten Gemahlin des Erhabenen Shiva. Aber ich weiß nicht, ob es dieselbe Geschichte ist wie deine.«

»Es war einmal eine Jungfrau«, fing ich an, »und ihr Name war Kore. Sie war die Tochter der Erde und des Himmels, und eine schönere Frau gab es nicht auf der Welt.«

Und ich erzählte ihr die Geschichte, während der Monsunregen gegen die Fenster prasselte. Wie der Herrscher der Unterwelt sie in seinem Stolz und seiner Einsamkeit in den Feldern hatte wandeln sehen und sie in seinem schwarzen Streitwagen entführt und unter die Erde verschleppt hatte, auf dass sie seine Königin werde. Sati kam zu mir und setzte sich ebenfalls mit gekreuzten Beinen aufs Bett, während ich ihr vom Reich des Todes und dem Land der Schatten erzählte, und davon, wie ihre Mutter sie vergeblich gesucht hatte, während die ganze Erde starb.

»Dann hat sie sie gefunden, in den endlosen Höhlen unter der Erde, wo Sternenlicht auf Felder voller Getreide scheint, das weder wächst noch verwelkt, denn dort gibt es keine Zeit. Und dort ging die Mutter einen Handel mit dem Tod ein. Die eine Hälfte des Jahres würde Kore als Königin des Todes unter der Erde wohnen, und die andere Hälfte würde sie oben auf der Oberfläche leben und wieder als Jungfrau unter der Sonne wandeln. Und so geschah es.«

Von unten war kein Feierlärm mehr zu hören. Es war spät.

»Und jetzt erzähle ich dir«, sagte Sati, und ihre Augen funkelten. »Ich erzähle dir meine Geschichte, wie die Prinzessin Pavati geboren wurde, und wie sie den Erhabenen Shiva suchte und ihn für sich gewann, durch lange Bußen und durch viele Mühen auf dieser Erde, denn sie war schon früher seine Braut gewesen, und Liebe ist das, was ohne Ende ist. Ich erzähle dir meine Geschichte, wenn du sie hören möchtest.«

»Ja, ich möchte«, versicherte ich. »Ich möchte alle Geschichten hören.«

Sie erzählte mir Geschichten, während die Nacht sich dem Morgen entgegenneigte, und ich erzählte ihr auch welche. Es gab Götter, die die Gestalt von Affen annahmen, und ich erzählte ihr von den Titanen und von Prometheus, der das Feuer stahl und es den Menschen gab. Sie erzählte mir von Fürst Rama und davon, wie er seine entführte Gemahlin rettete, obgleich hundert Könige wider ihn standen, und wie sie mit ihm in die Verbannung ging, um in Elend und Mühsal mit ihm in der Wildnis zu leben. Kurz vor dem Morgengrauen schliefen wir auf der ausgeblichenen Baumwollbettdecke ein, ihr Kopf an meiner Schulter und ihr Haar über meinem Gesicht.

Am Morgen wachten wir auf und hörten Regen und das Lärmen der Ilç; die Kundschafter dieses Tages machten sich unten gerade auf den Weg. Ich sah, wie sie erwachte und jäh erstarrte, als ihr klar wurde, wo sie war. Sah die Furcht aus ihren Augen verschwinden, als sie mich erblickte.

»Ich habe nachgedacht«, sagte ich und setzte mich auf. In meiner kleinen Kammer roch es nach nassem Leder, von meiner Ausrüstung, und Frühstück gab es nicht.

»Worüber denn?«, fragte sie, und ein Schatten zog über ihre Augen. In der Nacht war es so einfach erschienen, sich gegenseitig Geschichten zu erzählen, ihre leise Stimme untermalt vom Regenrauschen.

Ich öffnete den Mund und machte ihn wieder zu. Dem Kühnen ist das Glück hold. »Ich habe gedacht, heute ist ein schöner Tag für eine Hochzeit.«

Sati blinzelte. »Wessen Hochzeit?«

»Unsere«, antwortete ich. »Willst du mich heute heiraten?«

16

Bagoas

Kaum einen Monat nach seiner Hochzeit mit Eurydike kehrte ich mit Ptolemaios nach Memphis zurück. Während der Zeit in Alexandria waren endlich die Verbände und Schienen von meinem Arm abgenommen worden, und ich war nicht erfreut über das, was ich vorfand.

Meine Hand war verkümmert und geschrumpft. Knochen wölbten sich in merkwürdigen Winkeln an meinem Handgelenk vor und meine ersten beiden Finger waren dürr wie die eines Gerippes. Bewegen ließ das Ganze sich, ein bisschen. Ich konnte die Hand ein klein wenig nach unten biegen, ein paar Grad nach oben. Ich konnte die Finger etwas schließen. Ich konnte eine Frucht zwischen Daumen und Fingern fassen, doch wenn ich die Hand drehte, fiel sie herab. Meine Finger hatten nicht einmal genug Kraft, um eine Zitrone zu halten.

Ich verspürte ein Aufwallen des Zorns auf den Wundarzt, der übers ganze Gesicht strahlte. »Seht doch! Seht Ihr, wie gut das geraten ist?«

»Ich kann sie nicht benutzen«, sagte ich mit gepresster Stimme.

»Jetzt noch nicht, natürlich«, erwiderte er. Dann nahm er meine Hand und bewegte sie sanft; nur als er versuchte, sie nach außen zu drehen und sie sich überhaupt nicht bewegen ließ, runzelte er die Stirn. »Ihr müsst üben und die Muskeln wieder kräftigen.«

»Wie lange?« Ich starrte das entstellte Gebilde an. »Wie lange?«

»Noch einmal ein halbes Jahr, wenn Ihr Euch damit in Acht nehmt und daran arbeitet. Wie viel Ihr erreichen werdet?« Er streckte meine letzten beiden Finger, die sich gekrümmt hatten. »Ich weiß es noch nicht. Ein wenig werdet Ihr sie gewiss wieder benutzen können.«

»Genug, um zu reiten? Ich muss mit dieser Hand reiten können.« Die Zügel mussten in der Handfläche liegen und ich brauchte die ganze Kraft von Handgelenk und Fingern, um ein Pferd in der Schlacht zu lenken. »Dazu muss ich sie benutzen können. Werde ich das können?«

Er schüttelte den Kopf, doch sein Blick wich meinem nicht aus. »Ich weiß es nicht.«

Das hieß Nein, das wusste ich. Mit nur einer gesunden Hand konnte ich entweder ein Schwert führen oder reiten. Nicht beides. Zu was ist ein Reitersoldat nutze, der nicht gleichzeitig reiten und kämpfen kann?

»Wir müssen sehen, wie sie sich entwickelt«, meinte der Arzt. »Noch ein paar Monate leichter Dienst, während Ihr damit übt und die Muskeln kräftigt. Wir müssen abwarten.«

Und so kehrte ich auf einem Schiff mit Ptolemaios nach Memphis zurück, in der Zeit des Wachsens und Gedeihens, als das Schwarze Land dank der Gaben des Flusses grünte. Mein Zimmer wartete auf mich, allerdings dachte ich einen Moment lang, ich wäre im falschen Haus, als ich eintrat. Grüne Vorhänge mit weißem Blättermuster hingen vor dem Fenster, und auf dem Bett lag ein großer Haufen grüner und weißer Kissen. Zwei Hängelampen hingen an einem Ständer, und auf dem Boden lag ein dicker Teppich. Es dauerte einen Augenblick, bis mir wieder einfiel, dass dies die Dinge waren, die ich in Auftrag gegeben hatte, kurz bevor ich abgereist war. Während des Monats, den ich in Alexandria verbracht hatte, mussten sie fertiggestellt und geliefert worden sein. Der Raum sah viel, viel gemütlicher aus.

Zufrieden sah ich mich um und breitete meine Papiere auf dem Tisch aus. Das Lesen machte mir noch immer Mühe, doch ich lernte allmählich. Alle hatten mir gesagt, dass es viel leichter sei, wenn man schon in der Kindheit damit anfing, doch als Ptolemaios und Artashir in derlei Fertigkeiten unterwiesen worden waren, hatte ich Tehwaz gedient und andere Dinge gelernt.

Es klopfte leise und ich drehte mich um.

Bagoas stand in der Tür. Sein dunkles Haar hing ihm zum Zopf geflochten den Rücken hinunter, und er trug eine neue Tunika aus weißem ägyptischem Leinen über seinen persischen Hosen. Eine Art Mittelweg in Sachen Kleidung, doch es stand ihm. Perser tragen nicht oft Weiß, außer bei religiösen Andachten. Ich glaubte nicht, dass es verboten war, man tat es einfach nicht. »Ich habe gehört, dass Ihr zurück seid.«

»Hallo, Bagoas.« Lächelnd richtete ich mich auf. »Ich bin gerade angekommen. Wie ist es Euch ergangen?«

»Gut«, antwortete er und lächelte zurück.

Vielleicht lag es daran, dass die weiße Tunika seinem Gesicht mehr Farbe verlieh, aber er sah wirklich gut aus. »Ich wollte fragen, ob Ihr mir heute Abend beim Essen Gesellschaft leistet. Wie ich gehört habe, speist Ptolemaios heute für sich und es gibt kein Festmahl.«

»Ja, ein Festmahl gibt es erst morgen«, antwortete ich. »Ptolemaios und ich sind zu spät eingetroffen, um alle Würdenträger der Stadt einzuladen. Also habe ich heute Abend Zeit und kann mit Euch kommen.«

»Gut«, sagte er und achtete dabei sorgsam darauf, die Schriftrolle auf dem Tisch nicht anzusehen.

»Das ist nichts Geheimes«, meinte ich. »Ihr könnt es gern sehen, wenn Ihr möchtet. Ptolemaios wollte, dass ich mir ein paar Entwürfe für die Magistratswahlen in Alexandria ansehe.«

»Magistratswahlen?«

Ich nickte. »Wie Ihr ja sicher wisst, hat Alexander den Städten, die er gegründet hat, immer eine Verfassung gegeben, nach der sie geführt werden sollten. Alexandria war noch nicht fertig, als er nach Osten aufgebrochen ist, und er ist nie hierher zurückgekehrt. Also arbeiten wir jetzt daran, füllen die Lücken und sorgen dafür, dass alles seinen rechten Gang geht. Jetzt haben wir ja eine bessere Vorstellung davon, wie die Stadt sein wird.«

Bagoas sah verwirrt aus. »Hat Ptolemaios denn nicht vor, seine Stadt selbst zu regieren?«

»Nun ja, schon«, erwiderte ich, »aber eben nach der Verfassung. Wie können in einer Stadt Menschen aus einem Dutzend Ländern leben und keine Verfassung haben, die ein Gesetz für alle vorgibt? Wenn wir keine haben und jede Gruppe nach ihren eigenen Gesetzen handeln lassen, dann würde doch dasselbe Verbrechen ganz unterschiedlich bestraft werden, je nachdem, wer es verübt hat! Das wäre unsinnig, und es würde für Unruhe und Groll zwischen den verschiedenen Völkern sorgen.«

»Aber Ptolemaios könnte doch Magistrate ernennen, so wie Alexander es immer getan hat. Er würde gewiss gerechte Männer ernennen, denke ich.«

Ich zuckte die Schultern. »Ja, gewiss. Aber wird sein Enkel das auch tun?«

Bagoas spreizte die Hände. »Wie kann irgendjemand das wissen?«

»Niemand kann das wissen«, erwiderte ich. »Darum geht es ja.« Ich nahm das Dokument und entrollte es. »Wir bauen hier etwas auf, das stärker sein muss als ein einzelner Mann. Wir bauen etwas, das Hunderte von Jahren überdauern wird, unter guten und schlechten Herrschern. Es ist doch immer dasselbe Problem, nicht wahr? Ein guter Herrscher besteigt den Thron, und ein Menschenleben lang blüht und gedeiht sein Reich. Doch die Krone wird unvermeidlich an jemanden weitergegeben, der kein guter Herrscher ist, der ein Trinker oder verwöhnt ist, oder der der Aufgabe ganz einfach nicht gewachsen ist. Und dann leiden das Reich und alle Menschen darin. Wir versuchen, etwas aufzubauen, das Bestand hat, ganz gleich, wer König ist. Wenn Ptolemaios' Enkel ein Idiot wäre, würden die Magistrate von Alexandria Verbrechen trotzdem gerecht bestrafen.« Ich zeigte auf die Karte, die ich neben der Schriftrolle ausgebreitet hatte. »Seht Ihr, die Stadt ist in zwölf Bezirke unterteilt. Jeder Bezirk wählt einen Magistrat, und diese sitzen abwechselnd zu Gericht, immer drei Gerichte auf einmal. Eines für Streitigkeiten um Dinge wie Testamente oder Grundbesitz, eines für mindere Vergehen und eines für Schwerverbrechen. Wenn man vor einen Magistrat tritt, dann könnte der aus dem eigenen Bezirk sein oder aus einem der anderen, aber jeder Bezirk ist bei den abwechselnden Verhandlungen gleichermaßen vertreten.«

Bagoas zog die Brauen zusammen. »Und jeder könnte Magistrat werden?«

»Jeder freie Mann und Bewohner der Stadt, ja«, bestätigte ich. »Er muss sich in dem Bezirk zu Wahl stellen, in dem er wohnt.«

»Artashir könnte Magistrat werden?«

Ich zuckte die Achseln. »Ja. Ich kann mir nicht vorstellen, wieso Artashir sich um ein solches Amt bewerben sollte, aber wenn er es täte, gäbe es keinen Grund, warum er nicht Magistrat werden sollte.«

»Er ist Perser.«

»Ja.« Ich wich seinem Blick nicht aus. »Die Gesetze der Stadt gelten für jeden.«

»Und wenn sich ein Jude aus dem jüdischen Bezirk zur Wahl stellt?«

Ich blinzelte. So weit hatte ich ehrlich gesagt noch nicht gedacht. »Ich sehe keinen Grund, warum er nicht Magistrat werden sollte«, antwortete ich bedächtig. »In den Gesetzen gäbe es nichts, was ihn daran hindern würde, wenn er rechtmäßig gewählt wäre.«

»Und dann würde er jüdische Gesetze anwenden?«

Ich schüttelte den Kopf. »Er würde die Gesetze der

Stadt anwenden. Außerhalb der Gesetze der Stadt dürften Juden gewiss jüdisches Recht sprechen, aber die Gesetze der Stadt erkennen jüdisches Recht nicht an. Zum Beispiel steht in den Gesetzen der Stadt, dass es ein Verbrechen ist, wenn ein Metzger falsche Gewichte verwendet, um seine Kunden zu betrügen. Gibt er absichtlich eine Sorte Fleisch als eine andere, teurere aus, um seine Kunden zu betrügen, ist das auch ein Verbrechen. Aber die Gesetze der Stadt sagen nicht, dass Vieh so geschlachtet werden muss, wie das jüdische Recht es vorschreibt. Sollte also ein jüdischer Metzger sich an das jüdische Recht halten und das bekannt machen wollen, so kann er das tun, solange er sich an die Gesetze der Stadt hält, was Gewichte und Bezeichnungen betrifft. Die Richter werden ihn nicht zwingen, nach jüdischen Vorschriften zu schlachten, gefälschte Gewichte aber werden sie als Vergehen erachten, für das er eine Geldbuße entrichten und seinen Kunden ihr Geld zurückzahlen muss.«

Bagoas sah mich an. »Und Ihr glaubt wirklich, die Menschen werden das hinnehmen?«

»Ich hoffe es«, antwortete ich schlicht. »Ich weiß nicht, wie wir sonst vorgehen sollen. Und in griechischen Städten hat das früher schon funktioniert. Es ist ja nicht so, als hätten wir hier die Demokratie erfunden.«

»Die Demokratie hat nicht funktioniert«, entgegnete Bagoas. »In Athen ist sie zu Demosthenes' Demagogie verkommen, und anderswo ist sie gescheitert, ist an den Klippen des Reichtums zerschellt oder an ihrer Unfähigkeit, sich gegen stärkere Reiche mit Königen zu verteidigen. Persien hat Athen niedergebrannt, falls Ihr Euch daran erinnert, und das war Xerxes, kein Großkönig.«

»Und genau deswegen werden wir beides haben«, erwiderte ich. »Einen Pharao, der als Herrscher der Zwei Lande regiert, der das Heer befehligt und sich mit anderen Reichen auseinandersetzt, und eine Verfassung für die Stadt, die nicht vom Pharao abhängt. Wenn man da noch ein drittes Standbein hinzufügt, nämlich das uralte Amtswesen Ägyptens, das seit tausend Jahren durch die Tempel und Priester des Landes überdauert hat, und Ihr habt einen dreibeinigen Schemel, der stabil steht. Er wird stehen bleiben, auch wenn ein paar Jahre lang ein untauglicher Herrscher auf dem Thron sitzt. Fünfundzwanzig Jahre schlechter Herrschaft wären nötig, um ihn ins Wanken zu bringen, hoffen wir. Und untaugliche Herrscher bleiben selten so lange an der Macht.«

»Für einen Träumer habe ich Euch eigentlich nicht gehalten, Lydias«, bemerkte Bagoas, doch in seinen Augen war etwas, das mir glauben wollte.

»Kommt nach Alexandria«, sagte ich, »und Ihr werdet sehen, wie der Traum Wirklichkeit wird. Alexander hat von den Nachfolgern geträumt, einem Heer aus den Söhnen aller Länder. Das wird jetzt niemals Wirklichkeit werden. Aber kommt nach Alexandria, und Ihr werdet sehen, dass seine Träume zum Leben erweckt werden. In den Söhnen der Stadt werdet Ihr es sehen, und in den Steinen Alexandrias, in dem, was wir da errichten. So etwas gibt es auf der ganzen Welt nicht, und die Menschen werden es mit offenem Munde anstarren, so wie sie den ersten Menschen angestarrt haben, der Feuer entzündet und es in seine Höhle gebracht hat. Etwas Gefährliches, etwas Seltsames.«

Bagoas' Mund zuckte, und ich wusste nicht zu deuten,

ob das Spott sein sollte oder ob er sich an ein anderes Gespräch erinnerte, ein Gespräch mit jemand anderem, eine Erinnerung nicht ohne Schmerz. »Das Antlitz der Dinge, die da kommen«, sagte er.

»Ja.«

Wir aßen in seinem Zimmer und saßen dabei gemeinsam auf der großen Liege. Ein großer Haufen Kissen lag darauf, und ein prachtvolles Leopardenfell, von dem ich nicht glaubte, dass er es sich in Ägypten zugelegt hatte. Tatsächlich kam bestimmt viel von all dem aus Persien, und das sagte ich auch.

Bagoas' Augen lächelten über dem Rand seines Weinbechers. »So schwer, wie der Leichenwagen ohnehin schon war, dachte ich, ein paar von meinen Sachen machen es auch nicht viel schlimmer.«

»Ihr seid der einzige Mann der Welt, der sich mit seinem vollen Gepäck hat entführen lassen«, bemerkte ich kopfschüttelnd.

»Es gab Dinge, die ich nicht verlieren wollte«, erwiderte er und streichelte das Leopardenfell. »Das hier war ein Geschenk von Alexander, und so etwas werde ich nie wieder zu Gesicht bekommen.« Er spreizte die Hände. »Und außerdem, was sollte ich denn tun, wenn ich mit völlig leeren Händen in Ägypten ankomme?«

»Ich beklage mich ja gar nicht.« Ich schaute auf die süßen kleinen Kuchen hinunter, die noch auf meinem Teller lagen, und sprach aus, was, wie ich wusste, gesagt werden musste. »Es tut mir leid, dass ich Euch nicht gebeten habe, mit mir nach Alexandria zu fahren. Das hätte ich tun sollen; der Gedanke ist mir erst gekommen, als ich schon halb dort war. Wir hätten Euch ganz bestimmt brauchen können.«

Bagoas zuckte die Schultern. »Das stand Euch doch gar nicht zu. Wenn Ptolemaios mich will, kann er nach mir schicken.«

Ich stellte meinen Becher hin. »Er würde nicht wollen, dass Ihr es als so eine Aufforderung versteht. Wisst Ihr, Ptolemaios ist ein bisschen sonderbar. Er hat keinerlei Interesse an Knaben, und ich habe ihn auch nie mit einer anderen Frau gesehen als mit Thaïs. Und außerdem glaube ich nicht, dass Ptolemaios Euch als sein Eigentum betrachtet, nach dem er schicken kann.«

»Wenn nicht seins, wessen dann?« Sein Lächeln war reizend, doch es reichte nicht bis zu seinen Augen hinauf.

»Ich glaube nicht, dass Ihr irgendjemandes Eigentum seid«, antwortete ich behutsam. »Ihr habt dem König gehört, aber ich weiß nicht, wer behaupten könnte, dass Ihr jetzt ihm gehört. Ihr seid ein freier Mann.«

»Ich bin überhaupt kein Mann«, erwiderte Bagoas sanft. »Einen Eunuchen, der niemandem gehört, so etwas gibt es nicht, genauso wenig, wie es so etwas wie eine Frau gibt, die niemandem gehört. Wenn ich nicht Ptolemaios gehöre, wem gehöre ich dann?«

»Ich weiß es nicht«, sagte ich. »Aber Ihr könnt nach Alexandria kommen, wenn Ihr wollt.«

Bagoas lehnte sich gegen den Kissenstapel, einen schmalen Fuß auf das Ruhebett gestützt. »Wir sind alle durch unsere Pflichten gebunden, Lydias. Ihr tut, als könne man sich einfach aussuchen, wer man sein will.«

»Wir können uns unsere Pflichten aussuchen«, meinte ich. »Als ich verheiratet war, war ich meiner Frau verpflichtet. Aber das war eine Pflicht, für die ich mich entschieden habe, als ich sie geheiratet habe. Jetzt bin ich Ptolemaios verpflichtet, doch das ist eine Verpflichtung, die ich eingegangen bin, als ich ihm den Diensteid geschworen habe. Ich werde meine Pflicht nach besten Kräften erfüllen«, setzte ich hinzu und hob meine verkrüppelte Hand ins Licht, »aber unwillkommen ist sie nicht. Ich habe mich dafür entschieden, Ptolemaios zu folgen, weil ich fand, dass er von allen verbliebenen Gefährten der Beste war.«

»Das ist das Vorrecht eines Mannes«, entgegnete er, und sein Blick war düster. »Frauen und Eunuchen wählen nicht, sie gehören dem, der sie besitzt. Glaubt Ihr, wenn ich Artashir wäre, würde ich mich genauso entscheiden? Aber ich bin nicht Artashir.«

»Ihr wisst sehr gut, dass es mehr Möglichkeiten gibt, einem Herrscher zu dienen, als mit der Waffe«, erwiderte ich, und jäh kam mir ein Gedanke. »Ihr seht doch, wie schwer wir uns damit tun, eine Regierung auf die Beine zu stellen, von einem Herrscherhof ganz zu schweigen! Ihr seid das, was wir in Alexandria brauchen. Ihr wisst, wie ein Hof funktioniert, wie man etwas plant und es auch zuwege bringt, und wie man das alles macht, ohne andere Leute zu kränken. Ptolemaios hat nie einen Haushofmeister gehabt, und ich bin für so etwas völlig ungeeignet. Ich habe doch nie in einem großen Haushalt gelebt, geschweige denn einen geführt! Wir werden Gesandte aus sämtlichen Reichen der ganzen Welt empfangen, und ich weiß nicht, was dafür nötig ist! Und diese junge Braut auch nicht, achtzehn Jahre alt und spricht kein Wort Griechisch! Wenn Ihr in Alexandria wärt, Bagoas, könntet Ihr die Leitung von Ptolemaios' Haushalt übernehmen. Ich nehme doch an, Ihr könntet mit Amina im Frauenflügel zusammenarbeiten, ohne dass jemand Anstoß daran nimmt?«

Bagoas öffnete den Mund und machte ihn dann wieder zu. »Ja«, sagte er leise, »das könnte ich. In Persien und in den meisten östlichen Königreichen ist das die Aufgabe eines Eunuchen. Wenn man Glück hat, lernt man, den Haushalt zu führen, wenn die Schönheit dahin und man nicht mehr ein Liebling des Herrschers ist. Amina ist eine Perserin von hohem Stande. Wenn sie Eurydikes oberste Hofdame ist, wird sie erwarten, mit dem Eunuchen zusammenzuarbeiten, der dem Haushalt vorsteht.«

»Da ist auch noch Eurydikes Tante Berenike«, sagte ich. »Sie kam mir sehr vernünftig vor, allerdings spricht sie auch nur Griechisch. Aber ich denke, mit der Zeit wird sie sich als nützlich erweisen.« Ein Krampf machte sich in meinem linken Arm bemerkbar, auf den ich mich stützte, und die Muskeln des Unterarms begannen von Neuem zu schmerzen. Ich änderte meine Haltung, lag jetzt mehr auf der Seite und der Schulter; allerdings war mein Kopf so von Bagoas weggedreht. »Kommt nach Alexandria. Ich rede mit Ptolemaios. Werdet Ihr kommen, wenn er Euch darum bittet?«

Seine Stimme war leise. »Ich werde kommen, wenn er mich bittet. Aber ich bitte Euch nicht um einen Gefallen oder darum, dass Ihr Euch bei Hofe für mich verwendet.«

Ich dehnte meinen verkrampften Arm. »Ich tue Euch keinen Gefallen«, erwiderte ich. »Ich habe eine Aufgabe, von der ich nicht weiß, wie ich sie lösen soll, und Ihr seid derjenige, der das kann. Betrachtet es eher so, dass ich jemanden anwerbe, der mir die Arbeit erleichtern wird. Wenn Ihr mir das Problem mit dem Palast und Eurydike abnehmt, bin ich derjenige, der in Eurer Schuld steht.« Ich war in Milet aufgewachsen, also wusste ich um die Dankespflicht, die ein Gefallen mit sich bringt. Ich wollte nicht, dass Bagoas mir etwas schuldig war, vor allem, wenn das, womit er zahlen konnte, nichts war, was ich gern annehmen wollte. Zumindest nicht als Gegenleistung. Ich streckte meine schmerzende Schulter und barg dabei verstohlen das Gesicht gegen die Polster des Ruhebettes.

Und würde ich es wollen, wenn es aus freien Stücken angeboten würde, nicht als Gegenleistung für einen Gefallen?

Ich wäre verrückt, es auszuschlagen, dachte ich im Stillen. Wo auf der Welt gab es noch jemanden so Schönes, dessen Gesellschaft ich mehr genoss? Wäre nicht jeder Mann verrückt, diese grünen Augen und diesen biegsamen Körper zurückzuweisen, von Jahren des Tanzens und der akrobatischen Darbietungen gestählt? Einmal hatte ich ihn tanzen sehen, bei den Spielen nach Gedrosia, und obgleich ich nicht mit dem Herzen dabei gewesen war, hätte mir nicht entgehen können, wie schön er war, wie jede lange, langsame Bewegung von vollkommener Körperbeherrschung zeugte.

Seither waren wir beide gealtert. Erschrocken dachte ich, dass das fast fünf Jahre her war. So lange kam es mir gar nicht vor. Doch Alexander war seit zweieinhalb Jahren tot, und Sari seit fast fünf. In zwei Monaten wurde ich neunundzwanzig. Gewiss war Bagoas nicht viel jünger.

Natürlich würde ich ihn begehren. Doch ich war klug genug, nichts zu sagen. So ist das eben bei Freundschaften mit Frauen oder Eunuchen. Wenn man sich wirklich Freundschaft wünscht, darf man niemals zugeben, dass irgendetwas anderes möglich wäre.

»Alexandria würde Euch gefallen«, bemerkte ich, das Gesicht noch immer von ihm abgewandt, und reckte mich ganz ungezwungen auf den Polstern.

»Und was würde mir daran gefallen?«, wollte er wissen. Es klang, als wäre er erleichtert, dass wir uns wieder auf gefahrloserem Gelände befanden.

»Alexandria ist schön«, antwortete ich. »Der Hafen ist ein vollkommener Halbkreis, weißer Sand und blaues Wasser. Und entlang der Hauptstraße wächst die Stadt empor, prächtige Häuser und Marktplätze und alles andere. Wenn sie fertig ist, wird sie die schönste Stadt der Welt sein. Und Alexander wird das prachtvollste Grabmal haben, das jemals errichtet worden ist, sogar noch schöner als das Mausoleum in Halikarnassos. Glaubt mir, die Ägypter wissen, wie man Gräber baut!«

Daraufhin lachte er, wie ich es insgeheim gehofft hatte. »Ich habe mir die Pyramiden angesehen«, sagte er. »Und die bei Sakkara, bei den Gräbern der Apis-Stiere. Stimmt es, dass Ptolemaios Alexander dorthin betten will?«

»Vielleicht nur für eine Weile«, antwortete ich. »Bis sein Grabmal in Alexandria fertig ist. Aber fürs Erste muss er innerhalb der Stadtmauer von Memphis bleiben.«

»Perdikkas.«

»Perdikkas«, pflichtete ich ihm bei. »In ein paar Monaten wird er kommen, sobald er Zeit hatte, ein Heer zusammenzuziehen. Und ich bin nutzlos.« Ich spreizte die Hand auf dem Polster. Sie ließ sich nur mit Mühe strecken.

»Nutzlos ganz gewiss nicht«, sagte Bagoas, und ich spürte, wie er sich hinter mir bewegte. »Ihr seid doch mehr als nur Eure Hand. Müsst Ihr denn in der vordersten Angriffslinie reiten? Könnt Ihr nicht von hinten befehligen?«

»Möglich«, meinte ich zweifelnd und bemühte mich, den Zeigefinger zu strecken. »Aber so macht man das nicht.«

»In Makedonien nicht«, bemerkte Bagoas. Er nahm meine Hand in seine und streckte sie behutsam. Seine Finger pressten sich in meine Handfläche, dort, wo es schmerzte. »Aber warum sollte Ptolemaios sich des Mannes entledigen wollen, der den Leichenwagen gestohlen und ihn nach Pelusium gebracht hat? Auch wenn Ihr nicht zu Pferde kämpfen könnt, Eurem Verstand fehlt doch nichts.« Wieder bog er meine Finger und knetete die Muskeln an der Daumenwurzel. »Tut das weh?«

»Nur auf gute Art und Weise«, antwortete ich. »Meistens tut es die ganze Zeit weh, die Hand und das Handgelenk und der Arm.« Es tat wohl, wertgeschätzt zu werden, dachte ich bei mir. Den Leichenwagen zu stehlen, war saubere Arbeit gewesen, und ich hatte nichts dagegen einzuwenden, das zu hören.

»Lasst mich sehen, was ich tun kann.« Bagoas rückte abermals herum, sodass er neben mir saß, die eine Hand auf meinem Arm oberhalb des Ellenbogens.

»Es tut mir leid, dass ich eingeschlafen bin, als Ihr Euch letztes Mal meine Schulter vorgenommen habt«, sagte ich. »Das kam vom Wein, und es war auch sehr spät.«

»Nun, Ihr sollt Euch ja auch entspannen«, meinte er,

und ich hörte das Lächeln in seiner Stimme. Er zupfte hinten an meinem Chiton. »Zieht das aus und lasst mich richtig da heran.«

»Wenn es Euch nicht zu viel ausmacht.« Bisher hatte ich nicht gewusst, dass Ausziehen Pflicht des aufmerksamen Gastes ist. Doch ich dachte, auch wenn das Glück dem Kühnen hold war, in diesem Falle würde es nicht so sein. Es war besser, ihn das Tempo vorgeben zu lassen und ganz sicher zu sein, was er wollte. Ich wand und drehte mich und versuchte, mir mit meiner einen gesunden Hand den Chiton über den Kopf zu ziehen.

»Lasst mich helfen.« Er entwirrte den Ärmel, in dem ich hängen geblieben war, und streifte ihn anmutig ab.

Ich hatte nie den persischen Brauch angenommen, Hosen zu tragen, außer manchmal beim Reiten, also trug ich jetzt nichts als meine Haut, bäuchlings auf dem Ruhebett ausgestreckt. Nicht, dass ich das Gefühl gehabt hätte, viel zu verbergen zu haben. Schließlich ist man im Gymnásion ja immer nackt, und in zehn Jahren zu Pferde bekommt man ein recht ansehnliches Hinterteil.

»Hier.« Er zog das Leopardenfell vom Fuß der Liege und breitete es von der Taille abwärts über mich. »Ihr wollt Euch doch nicht erkälten.«

»Nein, natürlich nicht.« Allmählich wurde mir klar, worauf das hier hinauslief, als er anfing, meine schmerzenden Schultern mit duftendem Öl zu kneten. Schließlich haben nicht viele beim Abendessen eine Flasche Duftöl zur Hand! So begriffsstutzig bin nicht einmal ich.

Es fiel mir schwer, unter seinen geübten Griffen nicht wegzudämmern. »Das riecht wunderbar«, bemerkte ich. »Was ist da drin?«

»Zitrone«, antwortete Bagoas. »Und noch einiges andere. Nabatäisches Myrrheöl, das wärmt die Haut, und Rosenöl und Meeresstern.«

»Ihr macht das viel besser als der Bursche im Gymnásion«, brummte ich.

»Das will ich doch meinen.« In Bagoas' Stimme schwang ein Lächeln mit. »In Persien sind wir der Ansicht, man sollte angemessen geschult werden, bevor man zum Großkönig geschickt wird.« Noch nie hatte ich erlebt, dass er über sein Leben vor der Zeit bei Alexander gesprochen hatte, und ich fragte mich, warum. Es war wohl nicht sehr angenehm gewesen, Dareios zu dienen. Vielleicht war der ja kein grausamer Mensch, aber ein eitler Mann, und noch dazu ein Feigling, ist kein besonders guter Herr und Gebieter. Ich war selbst ein Sklave gewesen, und es gab ganz sicher viele Männer, denen ich nicht im Schlafgemach hätte zu Diensten sein wollen.

»Hat man Euch unterwiesen?«, erkundigte ich mich. Ich wollte mehr über ihn erfahren, ohne dabei an irgendetwas Schlimmes zu rühren, an das er sich nicht erinnern wollte.

»O ja«, erwiderte er. »Es ist viel Arbeit; es gehört viel mehr dazu, als nur hübsch zu sein. Hübsche Knaben gibt es auf jedem Marktplatz.«

»Ja, ich verstehe.« Thaïs hatte einmal ziemlich genau dasselbe gesagt. Hübsche Sklavenmädchen findet man überall, aber eine athenische Hetäre, das ist etwas ganz anderes.

»Man hat mich das hier gelehrt, wie man im Bade dient und wie bei Tisch und bei all den Zeremonien bei Hofe. Und natürlich Tanz und Musik, allerdings tauge ich als Musikant nicht viel, fürchte ich.« Seine Hände waren sanft und gründlich zugleich. »Manche Eunuchen behalten ihr ganzes Leben lang ihre liebliche Stimme, aber meine war von Anfang an nicht besonders. Schon eine Enttäuschung«, fügte er hinzu, und wieder hörte ich die Schärfe in seiner Stimme.

Ja, dachte ich. Eine Enttäuschung, wie ein Hengstfohlen, das man gekauft hat, weil sein Vater schnell wie der Wind war, nur um dann festzustellen, dass das Fohlen seiner Mutter nachschlägt. Mehr als das sind wir nicht, wenn wir Sklaven sind. Wir sind nicht mehr als das Fohlen.

»Ich finde, eine schöne Stimme wird überschätzt«, meinte ich.

»Ach ja?« Wieder hörte ich ihn lächeln.

»Ich kann auch nicht singen«, gestand ich.

»Von einem Heerführer erwartet niemand, dass er singt.«

»Nun ja, muss denn ein Haushofmeister unbedingt singen können?«, gab ich zurück.

»Noch bin ich nicht Ptolemaios' Haushofmeister«, wehrte Bagoas ab, doch es war keine Hitze in seinen Worten. Von dieser Klippe hatte ich uns fortgelotst.

Dann machte er sich über die Rückseite meiner Oberschenkel her und es fiel mir schwer, klar zu denken.

»Dreht Euch um«, wies er mich schließlich an.

Ich holte tief Luft. »Das wird etwas ... äh ...«, stammelte ich, während ich versuchte, mich umzudrehen und dabei das Leopardenfell einigermaßen züchtig zu drapieren. »Ich kann nichts dafür ...«

Dann blickte ich auf und sah, wie er auf mich herablächelte. Sein langes dunkles Haar streifte beinahe meine Brust. »Ich kann auch abweisender sein«, sagte Bagoas. Er beugte sich herab und küsste mich.

Von da an bedurfte es eigentlich keiner Worte mehr.

17

Der Sturm zieht herauf

Ich träumte, und im Traum stand ich in der Wüste. Über uns erstreckte sich blassblau der frühe Morgenhimmel, und die letzten Sterne schwanden dahin. Wir waren die ganze Nacht marschiert. Ohne Wasser war es so leichter.

Jetzt lagerten wir in einem steilen Wadi, dessen Wände uns ein wenig Schutz vor der Sonne bieten würden. Ich nahm den Helm ab und rieb mir mit der linken Hand das schweißfeuchte Haar. Sati hatte unser Zelt bereits aufgestellt und eine Handvoll Linsen in einer knappen Handvoll Wasser eingeweicht. Sikander spielte neben ihr im Staub; mit der einen kleinen Hand umklammerte er einen hübschen Stein. Die Pferde dösten mit hängenden Köpfen an ihren Pflöcken. Vor dem nächsten harten Nachtmarsch würden wir uns ein wenig ausruhen können.

Ich fuhr herum, weil Göttertänzer urplötzlich gestiegen war und sich heftig gegen Hephaistions Pferdeburschen sträubte. Gerade wollte ich hinlaufen und fragte mich, was da los war, als er sich von dem Jungen losriss und in vollem Galopp lospreschte. Seine langen, schlanken Beine schnellten über den Boden.

Hinter ihm sah ich jäh eine Dampfwolke über dem Wadi aufsteigen, und dahinter ertönte ein langgezogenes Dröhnen, wie Donnergrollen. Irgendwo, vielleicht Hunderte von Meilen entfernt, war ein heftiges Gewitter niedergegangen, und jetzt kam all das Wasser das schmale Wadi heruntergeschossen, direkt auf das Lager zu.

Der Pferdebursche schrie auf, und ich sah, wie einer der Schildträger des Königs sich umdrehte.

Langsam, so langsam, als bewegten wir uns alle unter Wasser, sah ich, wie Sati mit gefurchter Stirn den Kopf hob.

Ich rannte los. Immer rannte ich los. In diesem Traum wie im richtigen Leben rannte ich so langsam, so unendlich langsam.

Sie ließ den Topf fallen und die kostbaren Linsen klatschten auf den Boden. Ich sah, wie sie Sikander an sich raffte und ihn auf ihre Hüfte hob, sah, wie sich sein Mund zu einem erschrockenen Geheul öffnete.

Ich rannte. Ich rannte auf sie zu, direkt auf die tempelhohe Woge zu, die herangerauscht kam und angepflockte Pferde wie Strohhalme fortschleuderte, Zelte und Männer und alles andere. Ich rannte direkt auf die Woge zu, und Sati rannte mit Sikander auf der Hüfte auf mich zu.

Meine Arme schlossen sich um sie und das Kind, und die Woge brach sich, Satis Mund zu einem lautlosen Schrei aufgerissen.

Das Wasser riss mich von ihr los und schleuderte mich hart gegen irgendetwas; das Gewicht meines Brustharnisches zog mich hinab. Hielt mich unter Wasser fest.

Nach Luft ringend erwachte ich neben Bagoas und strampelte mich mühsam aus Decken und Kissen hoch.

Dann saß ich auf der Bettkante und barg das Gesicht in den Händen.

Bagoas sagte nichts. Er legte mir nur den Arm um die Schultern, und als ich stumm blieb, streichelte er mir den Nacken. Unwillkürlich fragte ich mich, wie oft er das wohl schon getan hatte, und für wen.

»Ich bin nie schnell genug da«, flüsterte ich. »Ganz gleich, wie oft ich es tue, nie bin ich schnell genug.«

»Das wirst du auch nie sein«, sagte er.

»Ich weiß.« Selbst in meinen Träumen würde ich wissen, dass das nicht wahr war. »Sie sind mit den anderen Toten auf einem Scheiterhaufen verbrannt worden, und ihre Asche wurde im Wüstenwind verstreut.« Ich senkte den Kopf. »Ich hätte sterben sollen. Ich hätte auch sterben sollen.«

»Du hast einfach Glück gehabt«, meinte Bagoas. »Genau wie ich.« Er war auch dort gewesen. Doch er war kein Kind, und er konnte schwimmen.

»Ich weiß nicht, ob ich Glück gehabt habe«, erwiderte ich. »Ich bin mir nicht sicher, ob ich hätte weiterleben wollen.«

»Wenn du nicht weitergelebt hättest, wer hätte sie dann in Erinnerung behalten?«, fragte Bagoas.

Tränen stürzten mir aus den Augen. »Niemand.« Wer auf der ganzen Welt hätte den Tod einer Unglücksbraut betrauert, den eines Kindes, das zehn Monate lang unter der Sonne gelebt hatte, das niemandem etwas bedeutete außer mir, weil es mein Sohn war? Wer hätte ihrer gedacht?

»Die Erinnerung an sie würde verwehen wie ihre Asche, wenn du nicht wärst«, sagte Bagoas. »Deshalb musst du leben und dich erinnern und vielleicht eines Tages einem zweiten Sohn von seinem Bruder erzählen, der einst gelebt hat, damit auch er ein Trankopfer ausschütten kann.«

»Ich werde nie wieder einen Sohn haben«, würgte ich hervor. »Ich werde nie wieder heiraten.«

»Das solltest du aber«, erwiderte Bagoas, und seine Hände bearbeiteten sanft meinen Nacken. »Du brauchst jemanden, der für dich sorgt.«

»Nein, brauche ich nicht«, wehrte ich ab.

Bagoas lachte leise. »Doch, brauchst du. Du solltest dir eine gute Frau suchen, die sich um dich kümmert. Du bist für eine Familie geschaffen.«

»Und du?«

Er zuckte die Schultern. »Was hat das mit uns zu tun?«

»Ich weiß, das ist so üblich, aber mir kommt das sehr verzwickt vor.« Auf sein Drängen hin legte ich mich wieder hin, und er beugte sich über meinen Rücken. Sein langes Haar streifte meine Schultern. Die meisten Männer hatten sowohl ein Weib als auch eine Liebschaft, doch ich hatte keine Ahnung, woher ich die Energie dafür nehmen sollte. Es erschien mir schwierig, beides gleichzeitig zu bewältigen, ohne dass es zu Verdruss führte oder einer von beiden vernachlässigt wurde. Schon wollte ich eine Bemerkung über Alexander und Roxane machen, besann mich jedoch eines Besseren.

»Ich bin nicht auf der Suche nach einem Gönner«, erklärte Bagoas und reckte sich. »Das will ich nicht.«

»Ich weiß«, sagte ich. Genau wie Thaïs hatte auch er

seinen Stolz und würde kommen und gehen, wie es ihm gefiel. Genau wie Ptolemaios respektierte ich das.

Wahrscheinlich hatte er bisher nie die Wahl gehabt, hatte nie Ja oder Nein sagen können, wie er wollte. Ich konnte mir nicht vorstellen, dass der König lieblos gewesen war, aber er war der König, und zum König sagte man nicht Nein.

»Vielleicht kann ja Ptolemaios jemanden für dich finden«, schlug er vor. »Ich denke, wenn du ihn fragst, würde er das tun.«

»Ich habe nicht vor, Ptolemaios um eine Braut zu bitten«, wehrte ich ab, doch im Stillen grübelte ich. Wer außer mir würde sich erinnern, und sollte ich der Letzte sein? Hatte ich noch Liebe für eine junge Gemahlin übrig, für ein Neugeborenes? Ich würde nicht heiraten und meiner Frau dann nichts als Erinnerungen und Bitterkeit bieten wollen.

»Vielleicht ergibt sich ja etwas«, meinte Bagoas und drückte die Lippen auf meine Schulter.

»Ja, vielleicht.« Es kam mir weniger falsch vor, all das bei Bagoas abzuladen, der sich mit Kummer auskannte und alles andere als jung und unschuldig war. Wenn er meine Narben aushalten konnte, dann würde ich die seinen ertragen.

Tatsächlich passten wir gar nicht so schlecht zueinander. Falls er mich zahm und nachgiebig fand, so beklagte er sich nicht darüber. Anscheinend genoss er es eher, zu führen anstatt zu folgen, mehr den Liebhaber zu spielen als den Geliebten. Eher nachzugeben als zu erobern hatte schon immer in meiner Natur gelegen, sehr zu Satis Erheiterung und Freude, die zuerst gestaunt hatte, dass ich nicht nach zehn Minuten fertig war, sondern gerade erst angefangen hatte. Bagoas, der aufgrund seines Zustandes länger brauchte, schien auch nichts dagegen einzuwenden zu haben.

»Mach dir nicht so viele Gedanken«, sagte er und zauste mir das Haar. »Für all das hast du doch noch reichlich Zeit.«

»Wahrscheinlich«, antwortete ich und fragte mich insgeheim, ob dem wirklich so war. Ich hatte mich daran gewöhnt, niemals die Tage zu zählen, die vor mir lagen. Was würde geschehen, wenn ich sie doch wieder zählte, wenn ich mir sagte, im Frühling werde ich dies und jenes tun? Wenn ich anfing, mir eine Zukunft vorzustellen, in der die Jahreszeiten kamen und gingen und ich immer noch am Leben war? Monate, vielleicht Jahre mochten vergehen, und ich könnte weiterleben.

Schwer ließ ich den Kopf wieder aufs Kissen sinken. Ich wusste nicht, ob ich damit anfangen konnte.

»Perdikkas kommt doch erst in vielen Monaten«, meinte Bagoas. »Hast du das nicht selbst gesagt?«

»Ja.«

»Also dann.« Er legte sich neben mich, den Arm um meine Schultern. »Dann hast du bis dahin Zeit, und das weißt du auch. Bis dahin passiert nichts.«

»Das stimmt«, antwortete ich. Ein paar Monate. Ich konnte beschließen, weiterzuleben, bis Perdikkas kam. Ich rollte mich herum und nahm ihn in die Arme.

Zehn Tage später, an einem Tag, an dem Ptolemaios mich nicht brauchte, fand ich von Neuem den Weg zu den Tempeln von Memphis. Diesmal ging ich nicht zum

Tempel des Toth, sondern an der Stadtmauer entlang, die vierzig Fuß hoch über der Wasseroberfläche des Flusses aufragte. Im Westen konnte ich die Tempel von Sakkara sehen, am Rande der Wüste, oberhalb des breiten bestellten Landstreifens, üppig und grün und voller Dattelpalmen. Dort gab es auch einen See, von den Bewässerungsgräben gespeist, wo die weißen Vögel lebten, die dem Gott Ptah geweiht waren. Ein kleines Fährboot war gerade mitten auf dem Fluss und fuhr wie immer über die weite Fläche des Nils hin und her. Der Fluss strömte tief und schnell an der Stadt vorbei, stromaufwärts jedoch lag eine Insel, auf der die Wasservögel nisteten.

Die Mauer von Memphis war hier sehr hoch und man hatte von dort eine gute Aussicht. Nur ein kleines Stück weiter lag der Tempel des Sobek, wo die heiligen Krokodile gehalten wurden.

Ein breites, brusthohes Geländer war mit Warnhinweisen beschriftet, doch ich konnte mich dagegenlehnen und hinüberschauen, auf die gewaltigen Tiere im Tempelteich unter mir, der durch ein Gitter mit dem Nil verbunden war. Schuppen und Mäuler tauchten aus dem grünen Wasser. Eins der Ungetüme kroch aufs Trockene, um sich auf dem sandigen Ufer zu sonnen, das für sie aufgeschüttet worden war. Es maß mindestens drei Mannslängen, war aber trotzdem nicht langsam.

»Sie sind die Rächer«, sagte eine Stimme hinter mir und ich drehte mich um.

Manetho war zu mir ans Geländer getreten und blickte hinüber. Er wirkte sehr jung für seine gefältelte weiße Leinentracht und seine ernste Miene.

»Die Rächer?«

»Sobek ist der Gott der Gerechtigkeit«, erklärte Manetho. »Natürlich sind sie gefährlich. Gerechtigkeit ist gefährlich. Sie ist ein Schwert mit zwei Klingen und könnte auch den verletzen, der das Schwert führt.«

Ich nickte ernst.

»Ihr kommt hierher«, stellte Manetho fest, »und geht nicht in die Bordelle oder in die Schenken? Stattdessen besucht Ihr Tempel?«

Ich zuckte die Achseln. »Warum sollte ich meine Zeit in Bordellen oder Schenken verbringen?«

»Aus demselben Grund, aus dem die meisten Männer das tun.« Manethos Miene war freundlich.

»Anscheinend sind alle darauf aus, eine Frau für mich zu finden«, stellte ich fest.

Manetho lachte. »Was wollt Ihr denn dann?«

»Nichts, was Ihr mir geben könnt«, erwiderte ich.

Er nickte bedächtig. Seine Augen waren die Augen eines Priesters, ruhig und undurchdringlich. »Vielleicht kann Euch das Schwarze Land etwas geben, Lydias von Milet. Vielleicht ist es Isis, deren Gaben Ihr braucht, die Herrin von Amenti mit Ihrer Gnade.«

»Ich weiß es nicht«, sagte ich und schaute in den Krokodilteich hinunter. Dabei überlegte ich, ob er mir wohl sagen konnte, was es bedeutete, dass ich mich auf der Straße nach Pelusium der Macht Ägyptens bedient und dass ich die Tote Stadt gesehen hatte. Doch noch wusste ich nicht, ob ich ihm trauen konnte.

Manetho stieß sich vom Geländer ab. »Sagt Ptolemaios, die Götter werden nicht ewig warten. Er muss sich entscheiden.« Und damit schritt er davon und sein rasierter Kopf glänzte in der Sonne.

Wir hatten doch nicht viel Zeit. Nur wenige Tage später kam ein Bote in aller Eile nach Memphis gesegelt. Er hatte sich nachts mit einem Fischerboot, das seinem Bruder gehörte, aus dem Hafen von Tyros gestohlen und hoffte auf reichlichen Lohn. Den bekam er auch, denn Ptolemaios brauchte seine Kunde dringend.

Perdikkas war mit seinem Heer in Tyros.

Ptolemaios rieb sich die Stirn und zählte auf, während ich, Artashir und Nicanor sowie etliche andere versuchten, die Nachricht verkehrt herum zu lesen. »Zehntausend Mann Fußvolk. Zweitausend Mann Reiterei. Vierzig Elefanten. Eintausend berittene Bogenschützen.«

Ich fing Artashirs Blick auf und er verzog das Gesicht. Er befehligte fünfzig Bogenschützen, alles, was wir noch hatten. Bei den Verlusten, die ich erlitten hatte, als ich den Leichenwagen gestohlen hatte, konnten wir meiner Ansicht nach nicht mehr als siebenhundert Reiter ins Feld führen, selbst wenn man die genesenden Verwundeten dazuzählte, und vielleicht nicht einmal das. Um unsere Fußtruppen war es nicht besser bestellt. Wir hatten achttausend Mann. Und keine Elefanten.

»Wir werden ihn Stück für Stück aufreiben müssen«, stellte Ptolemaios fest. »Unsere natürlichen Verteidigungsmöglichkeiten nutzen.«

»Den Fluss«, sagte ich.

Ptolemaios nickte. »Er wird die Straße nach Pelusium nehmen müssen, wenn er den ersten Flussarm überqueren will. Und die Festung von Pelusium schützt die Brücken und die Flussmündung.«

»Wenn er Pelusium belagern muss, hat er ein Problem«, bemerkte Arthasir. »Dann ist es gleich, wie viel mehr

Reiter oder Elefanten oder berittene Bogenschützen er hat als wir. Die werden ihm nichts nützen.«

»Die Befestigungen von Pelusium sind gut«, fügte ich hinzu.

Wieder nickte Ptolemaios. »Und dort werden wir ihn stellen. Artashir zieht als Rückendeckung zur Kamelfeste, auf halber Strecke den Nil hinauf zwischen Pelusium und Memphis. Wir anderen marschieren nach Pelusium. Lydias, du befehligst die Reiterei.«

Ich öffnete den Mund und machte ihn wieder zu. Meine verkrüppelte Hand lag für alle sichtbar auf dem Tisch.

»Das ist egal«, knurrte Ptolemaios, und seine braunen Augen waren ruhig und gefasst. »Stell Glaukos in die erste Angriffsreihe, wenn es sein muss, aber du befehligst die Reiterei.«

»Ja, Herr«, sagte ich und blinzelte, damit mir nicht die Tränen kamen.

Zu Beginn des Sommers, als die Ernte eingebracht und das Nilhochwasser noch Monate entfernt war, stieß ich zu meinen Truppen in Pelusium. Das Flussdelta dampfte unter der Mittagssonne, der Fluss strömte langsam und träge dahin. Es war die Zeit des Niedrigwassers. Wenn Sothis wieder am frühmorgendlichen Himmel emporklomm, würde auch das Wasser steigen.

Glaukos warf einen einzigen Blick auf meine noch immer verkümmerte, verkrümmte Hand. »Na, die hast du dir ja schön versaut.«

»Stimmt«, bestätigte ich, trat zu ihm und klopfte ihm herzhaft auf den Rücken. »Wie ist es dir ergangen? Bist du bereit, dich mit Perdikkas anzulegen?«

»Stimmt es, dass er uns drei zu eins überlegen ist?«

Ich schüttelte den Kopf. »Nein, du weißt doch, wie es mit Gerüchten ist. Nicht mal zwei zu eins, auch wenn er Elefanten hat.«

Glaukos fluchte lange und wortreich. »Ich hasse Elefanten. Hab ich dir schon erzählt, wie Alexander mich mal ausgeschickt hat, um ihm welche zu besorgen?«

»Ja, hast du«, erwiderte ich rasch. »Also, wie sieht es bei uns aus?«

»Sechshundertsechsundneunzig gesunde Berittene. Siebenundneunzig, wenn man dich mitzählt.« Wieder betrachtete er zweifelnd meine Hand.

»Du reitest an der Spitze«, sagte ich. »Ich kann noch nicht gleichzeitig reiten und das Schwert führen. Aber Perdikkas wird nicht auf mich warten!«

Daraufhin lachte er, so, wie ich es gewollt hatte. »Na ja, wir werden es wohl irgendwie schaffen. Natürlich habe ich die ganze Arbeit.«

»Aber mit deinen Muskeln und meinem Verstand …« Ich grinste.

»Wird schon werden«, brummte Glaukos. »Natürlich werden wir wahrscheinlich alle von Elefanten zertrampelt. Das weißt du doch, oder? Als Perdikkas in Babylon war, konnte er einen ganzen Haufen von den alten Makedonen nicht dazu bringen, bei seinen Plänen mitzumachen. Also hat er dreihundert von denen zusammentreiben und von Elefanten tottrampeln lassen. Das war dem Rest des Heers eine Warnung.«

Diese Geschichte hatte ich verpasst, weil ich im Krankenurlaub und dann mit Ptolemaios in Memphis gewesen war, nicht im Brennpunkt des Heeresklatsches. »Das hat die Stimmung in der Truppe bestimmt mächtig gehoben.«

Glaukos lachte. »Jedenfalls haben sie danach das Maul gehalten! Als Heerführer ist er ein harter Hund. War er immer schon.«

»So bindet man die Männer nicht an sich«, meinte ich. »Alexander hat das nie getan.«

»Ach, Alexander«, sagte Glaukos. »Alexander hatte das auch nie nötig.«

Drei Jahre, dachte ich. Es war drei Jahre her, dass Glaukos und ich aus Babylon fortgeritten waren, fort von Alexanders Totenbahre. Hatten wir uns in so kurzer Zeit so sehr verändert? Jetzt standen wir einander als Feinde gegenüber, Gefährte gegen Gefährte.

Ein großes Heer kann seinen Marsch nicht geheim halten, und Perdikkas versuchte es auch gar nicht. Seit er an Gaza vorbeigezogen war, wussten wir genau, wo er sich befand und wie viele Meilen seine Männer täglich zurücklegten. Wir konnten bis auf den Tag genau schätzen, wann sie aus den Wadis auftauchen und über die gewaltige Flussniederung hinweg auf Pelusium blicken würden.

»Wenn der Fluss Hochwasser führen würde, hätten sie's schwerer«, knurrte Glaukos düster.

»Bis das Wasser steigt, dauert's noch ein paar Wochen«, erwiderte ich. Wir warteten, während sie näher und näher kamen, doch ich kannte jene Straße nur zu gut. Sie würden kommen, lange bevor der Nil anschwellen konnte. »Außerdem können sie hier immer noch nicht übersetzen.« Der Nil mochte sich im Delta zu mehreren Armen verzweigen, doch der große, nach Osten fließende Flussarm, der bei Pelusium ins Meer strömte, war niemals weniger als eine Mannslänge tief, nicht einmal auf dem Höhepunkt der Trockenzeit. Man konnte ihn nirgends überqueren, nur bei Pelusium, wo die alten Pharaonen erhöhte Straßendämme und Brücken gebaut hatten. Und die Festung schützte diese Brücken.

Damals war die Mauer von Pelusium dreißig Fuß hoch, und obgleich auf altertümliche Art errichtet, war sie stark. Sie war nicht vollkommen lotrecht, sondern sprang ganz leicht vor; jeder Stein ragte ein wenig über den darunter hinaus, sodass jeder, der die Mauer zu erklimmen versuchte, es mit einem Überhang zu tun bekam. Außerdem machte das den Einsatz von Leitern sehr viel schwieriger, deren Fuß musste nämlich ein ganzes Stück von der Mauer entfernt stehen und hätte keinerlei Stabilität, weil die Leiter die Mauer nur ganz oben berühren würde. Das waren bei Weitem keine unbedeutenden Hemmnisse.

Die Schwachstelle war das Tor, das außergewöhnlich breit und durch mit Eisen beschlagene Torflügel gesichert war. Doch es gab nur dieses eine Tor. Es gab keine Innenhöfe oder hintereinander liegende Mauern und Tore – nur dieses eine Haupttor, das nach Pelusium hineinführte. Dort mussten wir die meisten Männer zusammenziehen, um es zu verteidigen, genauso, wie dies die Stelle sein musste, wo Perdikkas danach trachten würde, die Oberhand zu gewinnen.

Zum Glück flankierten starke Türme das Tor, und wir hatten einige ägyptische Bogenschützen, sehr fähige Soldaten, auch wenn es keine persischen Schützen auf flinken Pferden waren. Allerdings könnten sie unmöglich einem Reiterangriff oder einer marschierenden Phalanx standhalten, denn sie waren in Leinen gekleidet und nur mit Bögen bewaffnet. Von der Mauer der Festung aus jedoch konnten sie erheblichen Schaden anrichten. Aus diesem Grund hatte Ptolemaios auch einige von ihnen mit Artashir nach Süden geschickt, zur Furt bei der Kamelfeste, denn das war die nächste Stelle, wo man über den Fluss setzen konnte. Wir mussten uns auch nach hinten absichern.

Wir warteten und warteten. Jeden Tag machten meine Späher Meldung. Perdikkas kam näher. Ich spürte es tief in meinen Knochen, als er Ägypten betrat. So gereizt, wie Ptolemaios mir beim Abendmahl vorkam, wusste er es auch, dachte ich. Die Götter hatten ihm ein Angebot gemacht. War es jetzt zu spät? Hatte er beschlossen, abzulehnen?

Das glaubte ich nicht. Ich glaubte, dass Ptolemaios vorsichtig war; er würde zuerst versuchen, dies hier aus eigener Kraft zu lösen, und erst auf andere Mächte zurückgreifen, wenn seine Waffen scheiterten. Einige unserer Späher, die schlauesten, bekamen besondere Anweisungen, sich nachts in Perdikkas' Lager zu schleichen und zwischen den Feuern umherzustreifen, auf Gerüchte zu lauschen und selbst ein paar zu verbreiten. Es stimmte, behaupteten sie, Ptolemaios hatte jedem von Alexanders Männern eine Belohnung angeboten, der sich von Perdikkas abwenden und zu ihm überlaufen würde – einen Jahressold und ein eigenes Haus in Alexandria, dasselbe, was auch seine Männer bekommen hatten. Niemandem würde etwas nachgetragen werden. Wenn sie zu Ptolemaios kamen, würden sie als Brüder willkommen geheißen werden, und es würden keine Fragen gestellt werden.

Einer unserer Männer versuchte dies versehentlich bei den Silberschilden, Alexanders erfahrensten Kämpfern, und wurde dafür getötet, ein anderer jedoch kam mit zwanzig Mann zurück.

Die hatten viel Neues zu berichten. Ich saß mit in Ptolemaios' Rat, als sie es taten. Perdikkas hatte Roxane und das Kind mitgenommen.

»Er hat Angst, sie in Babylon zu lassen«, erklärte der Mann. »Ihretwegen gibt es viele Verschwörungen und viel Aufruhr. Er hat es nicht gewagt, sie zurückzulassen, während er nach Ägypten marschiert, also hat er sie mitgebracht, die Königinmutter und den kleinen König.«

Ptolemaios nickte ernst, doch ich sah, wie sich sein Kiefer spannte. Er musste jetzt zweieinhalb sein, dieser kleine Junge, den Alexander nie gesehen hatte, Ptolemaios' Neffe, der Vetter von Chloe, Lagos und Leontiskus. Die kostbarste Geisel der Welt.

Und seine Mutter, die Königin Stateira ermordet hatte, noch ehe Alexanders Leichnam kalt war.

»Niemand rührt sie an«, befahl Ptolemaios. »Ist das klar?«

Ich nickte. »Perdikkas wird sie bestimmt weit von den Kämpfen fernhalten. Sie sind doch viel zu wichtig für ihn.«

»Wenn wir den Jungen und seine Mutter hätten …«, begann einer der Männer.

»Dann hätten wir was?«, fragte ich. »Ein tödliches Weib, das wir gefangen halten müssen, während es seine Ränke spinnt?«

»Wieso denn gefangen halten?« Glaukos kratzte sich am Kinn. »Es ist doch der Junge, der zählt.«

»Und würden wir die Treue und Zuneigung eines Kindes gewinnen, indem wir seine Mutter töten oder sie von ihm trennen? Würde das nicht dazu führen, dass wir einen Herrscher aufziehen, der uns hasst und der schließlich seine Macht gegen seine Kerkermeister einsetzt?«, blaffte ich zurück.

Ptolemaios hob die Hand. »Ruhe«, sagte er. »Meine Herren, diese Debatte ist nutzlos. Perdikkas ist Regent, nicht ich. Und Roxane ist seine Verbündete, nicht seine Gefangene. Es hat keinen Sinn, das noch weiter durchzukauen.« Doch ich sah, dass er besorgt war.

Als wir die Besprechung verließen, ging Glaukos neben mir. »Wenn wir siegen, muss er den Jungen töten«, flüsterte er. »Alles andere wäre zu gefährlich.«

»Das wird Ptolemaios nicht tun«, erwiderte ich. Dessen war ich mir gewiss, ansonsten jedoch war ich mir nur weniger Dinge sicher.

Ein paar weitere Überläufer kamen. Wir wussten, wo Perdikkas' Männer waren. Und inzwischen wussten sie bestimmt auch, wo wir waren. Bestimmt zerbrach sich Perdikkas heftig den Kopf wegen der Festung von Pelusium. Ptolemaios schickte eine Warnung an alle Bauern der Flussebene, sich davonzumachen oder in die Festung zu kommen und ihr Saatgetreide mitzubringen. Wenn sie es zurückließen, würde es Perdikkas' Elefanten als Futter dienen und sie hätten nichts mehr zum Aussäen, wenn die Nilfluten zurückgingen.

Wir warteten und übten und warteten.

Meine Hand besserte sich ein wenig. Ich konnte damit etwas festhalten, wenn es sich nicht bewegte und nicht zu schwer war. Aber mir war klar, dass ich damit kein Pferd in einer Schlacht lenken konnte. Noch nicht. Vielleicht niemals.

Und dann waren sie da.

Von der Festungsmauer aus sahen wir zu, wie sie aus den Wadis herunterkamen und sich als riesige Menschenmasse auf der Ebene verteilten; Gefährtenreiterei im munteren Trab an der Spitze. Eine ganze Ilç ritt als Vorhut vor dem Hauptheer. Ich glaubte, Polemon zu erkennen, auf demselben Rappen wie damals.

Die Zahlen, die wir bekommen hatten, stimmten. Zweitausend Reiter, tausend berittene Bogenschützen. Zehntausend Mann Fußvolk. In der Mitte, wie schwankende, von Bogenschützen bemannte Inseln, trotteten vierzig stolze Elefanten, die mit ihren Mahuts von Radscha Puru aus den Ebenen des Indus' gekommen und dem Großkönig als Verbündete gefolgt waren.

»Ich hasse Elefanten«, knurrte Glaukos.

»Ich weiß«, antwortete ich. »Meinst du etwa, die Schlacht am Hydaspes hat mir mehr Spaß gemacht als dir?« Ich verspürte wenig Lust, jemals wieder mit einer Reiterschar gegen Elefanten anzutreten.

In dieser Nacht lagerten sie vor den Mauern Pelusiums. Abends wurde Perdikkas dabei gesichtet, wie er umherritt und versuchte, die Befestigungen in Augenschein zu nehmen. Unsere Bogenschützen schossen auf ihn, als er zu nahe herankam, und er zog sich in sein Feldlager zurück.

Am Morgen begannen sie mit Erdarbeiten. Wir brauchten etliche Tage, um herauszufinden, was sie trieben; sie waren nämlich zu weit von unseren Mauern entfernt, um sie untergraben zu können. Stattdessen versuchten sie, einen alten Kanal wieder zu öffnen, der vom Nil abzweigte. Sie hofften, einen Teil des Flusswassers abzuleiten und so den Wasserspiegel so weit zu senken, dass man hindurchwaten konnte. Wenn sie eine Furt über den Nil schaffen konnten, ohne direkt an Pelusium vorbeizumüssen, wäre es nicht nötig, die Festung einzunehmen.

»Reiter«, befahl Ptolemaios.

Natürlich. Dreihundert Mann könnten mit einem nächtlichen Ausfall ihre Baugerüste zerstören, ihre Streben und Schleusen in Brand stecken, ihre Uferdämme durchbrechen und ihr Werk zunichtemachen, bevor sie umzingelt wurden. Wenn sie Glück hatten, könnten sie es sogar zurück in die Festung schaffen.

Ich nickte. »Ich führe den Trupp selbst an.«

»Das wirst du nicht tun«, erwiderte Ptolemaios. Er sah meine starrsinnige Miene, und während er auf das Feldlager hinausblickte, fuhr er mit leiser Stimme fort: »Lydias, du weißt genau, dass es da heiß hergehen und dass jeder kämpfen müssen wird. Du kannst nicht kämpfen. Du wirst deine Männer behindern, und wenn du getötet oder wieder verwundet wirst, fehlt mir ein Mann, den ich dringend brauche.«

»Ich kann doch nicht so ein Feigling sein, dass ich hier auf der Mauer bleibe, während meine Männer kämpfen!«, verwahrte ich mich.

»Du bist ein Heerführer und kannst nicht einfach tun, was du willst«, erwiderte Ptolemaios, und ich sah die weißen Kerben um seinen Mund. »Stattdessen musst du deine Pflicht tun.« Er legte mir die Hand auf den Arm.

»Du bekommst deine Gelegenheit schon noch, bevor das hier vorbei ist, Lydias. Vergeude dich nicht gleich beim allerersten Kampf.«

»Ja, Herr«, sagte ich.

Von der Mauer aus sah ich zu, wie die Hälfte meiner Männer unter Glaukos' Führung den Ausfall wagte. Wir öffneten das Tor Pelusiums eine Stunde vor dem Morgengrauen, und die Männer preschten mit funkenstiebenden Fackeln auf die Kanalbaustelle zu. Es war unmöglich, zu erkennen, was dort geschah, und ich wanderte auf der Mauer auf und ab und schlug mit der Hand gegen die Steine.

»Jetzt weißt du, wie es mir gegangen ist, als du den Leichenwagen gestohlen hast«, bemerkte Ptolemaios. Er klang belustigt.

»Ihr habt Euch Sorgen gemacht?«

»Natürlich habe ich mir Sorgen gemacht. Alles hing allein von dir ab, du warst weit weg und ich hatte keine Ahnung, was du gerade tust und ob du es schaffen würdest oder nicht. Natürlich war ich besorgt. Glaubst du, ich wäre nicht lieber selbst losgezogen?«

»Und warum habt Ihr es nicht getan?«

Ptolemaios schüttelte den Kopf und blickte in die Dunkelheit hinaus, in der das helle Lodern der Fackeln zeigte, wo unsere Männer waren. »Weil ich Ägypten regieren musste. Ich konnte es mir nicht erlauben, monatelang mit dem Leichenwagen die Küste hinauf- und hinunterzureiten, ohne andere Pläne, falls das fehlgeschlagen wäre, und ohne Verbindung zu Memphis und Alexandria. Es gab viel zu viel zu tun.«

Ich nickte. Das konnte ich wohl verstehen. Alexander hatte vom Schlachtfeld aus regiert, aber wer außer ihm war Alexander? Und vielleicht, dachte ich bei mir, hätte er ja besser regiert, wenn er das nicht getan hätte, und wir hätten es jetzt nicht mit einem auseinanderbrechenden Großreich zu tun.

»Schau!« Ptolemaios zeigte mit dem Finger. »Ich glaube, sie kommen zurück.«

Es sah tatsächlich so aus, als wären einige der Schatten, die sich vor den Feuern bewegten, größer geworden, obgleich die Flammen nicht näher gekommen waren. Natürlich nicht. Sie mussten die Fackeln weggeworfen haben, bevor sie sich heimwärts gewandt hatten, um im Dunkeln ein weniger gutes Ziel zu bieten. Glaukos war ja kein blutiger Anfänger mehr.

Ich rannte hinunter in den Hof und sah zu, wie sie auf ausgepumpten Pferden hereingejagt kamen; einige hielten sich trotz Pfeilwunden mühsam oben. Ein wunderschöner nisäischer Fuchs kam mit seinem Reiter herein, nur Entschlossenheit und Mut – ein riesiger Pfeil steckte in seiner rechten Schulter. Wie er hatte laufen können, wusste ich nicht, doch er hatte es getan. Augenblicklich war der Reiter von seinem Rücken herunter und stand dicht an ihn geschmiegt neben ihm, während er nach den Stallknechten und dem Pferdeheiler brüllte.

Keuchend hielt Glaukos neben mir. »Ich glaube, wir haben's geschafft. Konnte man im Dunkeln schwer erkennen, aber wir haben sämtliche Holzpfeiler abgefackelt, und ich habe keine Ahnung, wo sie in dieser Gegend neue herkriegen sollen. Ihre Grabungen haben wir zuschanden gemacht, so gut wir konnten. Aber ich musste da schnell wieder raus, bevor das Fußvolk zwischen uns und Pelusium kommen konnte.«

»Das war auch gut so«, sagte ich und schlug ihm auf die Schulter. »Deine Aufgabe war, die Grabungen zu zerstören, nicht, dich mit dem Fußvolk anzulegen.«

Ptolemaios war neben mich getreten. »Irgendeine Vorstellung von euren Verlusten?«

»Noch nicht«, antwortete Glaukos. »Ich konnte verdammt noch mal überhaupt nichts sehen.«

»Dann lass antreten und durchzählen«, sagte ich.

Am Ende war ich angenehm überrascht. Wir hatten nur drei Männer verloren, allerdings hatten wir zweiundzwanzig Verwundete, die lange nicht wieder kampftauglich sein würden, und sechsunddreißig lahme oder verletzte Pferde.

Als die Sonne aufging, konnten wir das Ergebnis des Angriffs sehen. Das Feuer hatte auf das in der Nähe gelagerte Bauholz übergegriffen, und wie Glaukos gesagt hatte, konnte ich mir nicht vorstellen, wie sie das in Ägypten ersetzen könnten. Große Bäume wuchsen hier eigentlich nicht, und sie hatten das Holz zum Brückenbau aus dem Libanon mitgebracht.

Von den Mauern aus sahen Ptolemaios und ich, wie Perdikkas ebenfalls den Schaden begutachtete. Sein vergoldeter Brustharnisch war selbst aus der Ferne unverwechselbar. Von hoch oben sahen wir ihm zu, unerreichbar auf der Festungsmauer von Pelusium.

»Das hat uns ein wenig Zeit verschafft«, stellte ich zufrieden fest.

Ptolemaios nickte, doch er wandte den Blick nicht von Perdikkas ab. »Ja. Aber den Sieg hat es uns nicht gebracht.

Wir müssen ihn besiegen, nicht einfach nur mit ihnen gleichziehen. Und noch sehe ich nicht, wie ich das machen soll.«

»Ich auch nicht«, antwortete ich.

18

Alexanders Vermächtnis

Am nächsten Morgen wurde ich noch vor Tagesanbruch abrupt von einem Knaben geweckt, den ich nicht kannte, doch sein Benehmen verriet mir, dass er einer der neuen Waffenträger war. »Herr? Hipparch Lydias? Heerführer Ptolemaios will Euch sofort sprechen.«

Ich setzte mich auf und schüttelte mir den Schlaf aus dem Kopf. Ein rascher Blick zum Fenster zeigte mir, dass der Himmel gerade erst heller zu werden begann. »Wo ist Ptolemaios? Hat er zu den Waffen gerufen?« Wenn ja, so hatte ich es nicht gehört, und auch nichts von dem Tumult, der eigentlich herrschen sollte, wenn die ganze Festung sich rüstete.

»Auf der Mauer, Herr. Und er hat nicht zu den Waffen gerufen, er hat mich nur geschickt, Euch zu holen.«

Das war schon besser, dachte ich, während ich mir hastig den Chiton über den Kopf zog, Harnisch und Helm jedoch wegließ.

Die letzten Sterne waren noch zu sehen, als ich die

Stufen zur Mauer hinaufstieg, doch im Osten zeigten sich rosige Streifen. Ptolemaios stand an der Brüstung und blickte zu Perdikkas' Lager hinüber. Er sagte nichts, wartete nur, bis ich es auch sah.

Sie waren fort. Die letzten ihrer Feuer verglommen zu Asche, während um sie herum das Lager stand, leer bis auf den unvermeidlichen Unrat und Abfall, den ein Heer zurücklässt.

»Weg«, stellte ich fest.

Ptolemaios schüttelte den Kopf, eine ebenso respektvolle wie verärgerte Geste. »Perdikkas ist gut, Lydias. Ich hatte vergessen, wie gut. Wenn er Pelusium nicht knacken kann, dann ist er zu schlau, um hier herumzusitzen.«

»Den Nil hinauf«, sagte ich.

Ptolemaios holte tief Luft. »Den Nil hinauf, auf der Suche nach der nächsten Furt. Und der Fluss führt noch immer Niedrigwasser.«

»Die Kamelfeste.« Rasch dachte ich nach. »Gleich oberhalb von Phakussa. Wie er sehr wohl weiß. Er und ein paar von seinen Männern waren damals mit Alexander dort.«

»Er wird durch das Marschtempo seines Fußvolks aufgehalten, und die Elefanten sind bestimmt nicht schnell.« Ptolemaios drehte sich um und fuhr sich mit der Hand durch das schüttere Haar über seiner Stirn. »Sie werden am Ostufer flussaufwärts ziehen. Ich will, dass du bis heute Vormittag mit der gesamten Reiterei unterwegs bist. Reitet das Westufer hinauf zur Kamelfeste und verstärkt Artashir. Ich folge euch mit dem Fußvolk. Du wirst vor ihm da sein, und wir auch, so die Götter wollen. Du weißt, wo er hinwill, nicht wahr?«

»Nach Memphis.« Ich wusste es tief in meinem Inneren. Er musste den Leichnam des Königs wieder in seinen Besitz bringen, und Memphis war der Schlüssel zu Ägypten. Perdikkas würde keine Zeit damit verschwenden, Grenzstädte einzunehmen, wenn der eigentliche Preis noch vor ihm lag. Auch er hatte von Alexander gelernt.

»Nach Memphis«, bestätigte Ptolemaios. »Also spute dich, Lydias. Lass die Verwundeten und die Männer ohne Pferd in Pelusium, hier geschieht ihnen nichts. Wir sehen uns morgen in der Kamelfeste.«

Ich eilte nach Stahl und Harnisch und rief, dass jemand Glaukos holen sollte. Morgen. Aber nur wenn Ptolemaios seinem Fußvolk Flügel verlieh, dachte ich im Stillen. Bis zur Kamelfeste und der Stadt Phakussa war es ein Tagesritt oder mehr und die Straße war nicht eben die beste, deswegen fuhr jeder mit dem Boot, wenn es nur irgend ging. Direkt südlich von Pelusium gab es eine gute Straße, doch die bog auf halbem Weg nach Westen ab, nach Tanis und Bubatis am nächsten östlichen Nilarm. Das waren viel größere Städte; Phakussa dagegen diente größtenteils als Umschlagplatz für den Schiffsverkehr auf dem Fluss zwischen Memphis und Pelusium und als Markt für die Bauern der Umgebung.

Ich konnte vor Perdikkas in Phakussa sein, dessen war ich sicher. Eine berittene Truppe konnte Boden gutmachen, auch auf schlechten Straßen. Artashir hatte dort Bogenschützen. Was uns fehlen würde, waren die gepanzerten Fußsoldaten, genau das, was man brauchte, um eine Festung zu verteidigen.

Und die Kamelfeste war nicht Pelusium.

Um die Städte Avaris und Tanis hatten die alten Pharaonen mächtige Mauern gebaut, und selbst Bubastis hatte beachtliche Befestigungen vorzuweisen. Dies waren die Bollwerke des Schwarzen Landes gewesen. Die Kamelfeste war von Nektanebos II. erbaut worden, als er sich gegen die Perser zur Wehr gesetzt hatte, und war nicht viel mehr als ein Wachposten auf dem westlichen Flussufer, direkt oberhalb der kleinen Stadt Phakussa. Die äußere Mauer war lediglich eine hölzerne Palisade, deren angespitzte Pfähle eine kleine, aus Lehmziegeln auf einem Steinfundament errichtete Festung umgaben. Kein Ort, den man sich für eine Schlacht aussuchen würde.

Wir ritten los. Zur Mittagsstunde kamen wir durch die Stadt Sile, am unteren Ende des Sees, den der östlichste Nilarm kurz vor dem Meer bildet. Ja, sagten die Leute in der Stadt, ein großes Heer sei in den frühen Morgenstunden am gegenüberliegenden Ufer vorübergezogen. Zwei Fährmänner waren von ihnen festgehalten worden; ihr kleines Boot lag auf der anderen Seite des Flusses. Der Befehlshaber hatte Späher herüberschicken wollen, doch das Boot war nicht groß genug für Pferde.

Ich schüttelte den Kopf und saß nicht einmal ab. Genau das würde ich auch tun – berittene Kundschafter hinüberschicken, die vorausreiten und nachsehen sollten, womit wir es bei der Kamelfeste zu tun hatten. »Ich danke der Herrin des Nils, dass euer Boot zu klein war«, sagte ich.

Die Augen des Fährmanns wurden riesengroß, und er sagte rasch auf Ägyptisch etwas zu seinem Kameraden. Ich verstand es nicht, doch ich konnte mir denken, was es gewesen war.

»Auch ich ehre Sie«, versicherte ich. »Astet, Isis, die Herrin Ägyptens. Jetzt müssen wir weiter.«

Unter den donnernden Hufschlägen von sechshundertfünfzig Pferden ritten wir auf der Straße nach Süden aus Sile hinaus.

Der Nachmittag brachte uns nach Daphnae, das am östlichen Ufer lag. Ich ließ die Männer anhalten und rief einen Mann an, der in einem kleinen Binsenboot angelte, das kaum groß genug für eine Person war. Furchtsam machte er kehrt und paddelte in die Gegenrichtung davon, wobei er beklommen über die Schulter schaute.

»Sie waren schon hier«, stellte Glaukos fest. »Schau mal dort. Die Felder da direkt am Fluss.«

Am anderen Ufer lagen leere Felder; der letzte Rest der Ernte war längst eingefahren und das Land wartete auf die Nilflut. Direkt unterhalb von Daphnae waren sie von gelöschten Dungfeuern übersät; die glatten Äcker waren aufgewühlt und uneben, wo ein Heer gewesen war. Dies war ihr Lager. Sie hatten hier ein paar Stunden gerastet, weil sie die ganze Nacht marschiert waren. Wir waren keine sechs Stunden hinter ihnen.

»Weiter!«, befahl ich.

Jetzt bog sich die Straße vom Fluss fort, führte nach Westen auf Tanis und dann nach Süden auf Bubastis zu. Natürlich gab es einen Weg am Flussufer entlang, doch der war schlammig und zerfurcht. Hohe Palmen beschatteten ihn und drängten sich zum Wasser hin. Wir konnten nicht traben, sondern mussten hintereinander im Schritt reiten

Mein Pferd trat in ein Loch und lahmte danach, also

musste ich mit einem Soldaten tauschen, der meine Stute hinter uns herführen würde.

Diese Verzögerung behagte mir ganz und gar nicht.

Trotzdem holten wir sie noch vor Sonnenuntergang ein, und über die breite Wasserfläche hinweg konnte ich sie schließlich sehen. Genauso hatten wir ausgesehen, als wir in Indien einmarschiert waren. Genau das waren wir gewesen. Die ersterbende Sonne schimmerte auf den Spitzen jeder einzelnen langen Sarissa, das Fußvolk marschierte in vollendet geordneten Reihen. Die Elefanten schwankten dahin, je zehn hinter jeder Phalanx, mit rotgoldenen Schabracken und den wachsamen Mahuts auf ihren Nacken. Die persischen Fußsoldaten marschierten ebenfalls in guter Ordnung und hielten die Speere bereit. Vor ihnen ritten die Bogenschützen, in Seide und Leder gekleidet und die Bögen auf dem Rücken. Ihre wunderschönen Pferde tänzelten. Und ganz vorn, weit weg von den Elefanten, die Gefährtenreiterei, das genaue Gegenstück zu uns. Dort waren Polemon und Attalos, dort Seleukos und Appolion.

Und natürlich sahen sie uns auch. Ich wusste, dass Polemon jetzt sagte: »Da ist Lydias, und Glaukos ist auch da.«

Ich wünschte, zwischen uns könnte Frieden sein. Aber Frieden zu schließen ist schwerer, als Krieg zu führen.

Sie konnten sehen, dass wir nicht das Hauptheer waren, nur etwas mehr als sechshundert Mann. Sie hielten nicht an, scherten nicht aus den Reihen aus, brüllen oder spotteten nicht. Sie marschierten weiter. Und wir auch.

»Machen wir über Nacht halt?«, wollte Glaukos wissen, der sich auf seinem großen Pferd in der Reihe nach vorn gedrängt hatte.

»Nein«, antwortete ich. »Sobald sie uns nicht mehr sehen können, rasten wir drei Stunden und lassen die Pferde ausruhen und fressen. Dann reiten wir die Nacht durch, dann sollten wir morgen früh da sein. Dann können die Pferde sich in der Festung nach Herzenslust ausruhen.«

Wieder eine Nacht, wieder ein Nachtritt. Diesmal waren es nicht die nackten roten Wände der Wadis, die auf uns herabblickten, nicht die Finsternis des Roten Landes. Wir ritten bei Nacht durch das Flussdelta. Ein Vollmond ging golden über uns auf, so groß wie ein Apfel. Er schien nahe genug zu sein, dass man ihn hätte berühren können. Palmen wiegten sich im Wind, ihre Wedel machten leise Geräusche. Wir ritten durch kleine Dörfer, und Hunde und schlaftrunkene Kinder fuhren auf, wenn wir wie Geister vorbeizogen. Neben uns strömte der Fluss nach Norden, hungerte nach der See und nach Pelusium. Die letzten paar Meilen einer Reise, die wer weiß wie weit gewesen war, aus fernen Dschungeln, die kein Mensch je auf einer Karte verzeichnet hatte. Über uns wanderte der Mond schließlich hoch am Himmel, kühl und rein in seinem Zenit.

Götter zogen mit uns, nicht beinahe zu Fleisch und Schatten geworden wie auf jenem letzten wahnwitzigen Ritt mit dem Leichenwagen, sondern als kaum erahnte Gegenwart, ein Windhauch in meinem Rücken, ein Wispern hinter mir.

Hast du Angst, Lydias?, flüsterte die Löwin. *Hab keine Angst.*

»Ich habe keine Angst, Herrin«, sagte ich. »Perdikkas hat ein persisches Heer auf ägyptischen Boden geführt. Wir dienen Eurer Sache ebenso wie der unseren.«

Sohn Ägyptens, du bist zu Hause, wisperte sie, und ich wusste, dass es wahr war. Ich hatte von diesem Ort geträumt, hatte mich danach gesehnt, obgleich ich seinen Namen nicht kannte. Avaris und Tanis, Bubastis und Sais, Heliopolis und Memphis, ich konnte das Delta mein Zuhause nennen. Alexandria.

Als der Himmel sich bei Tagesanbruch im Osten rosig verfärbte, schlüpfte Orion hinter dem Horizont hervor, der Jäger. Die Hunde jedoch waren noch nicht ganz aufgegangen. Sothis blieb gerade eben noch unsichtbar.

Noch ist es nicht ganz so weit, flüsterte sie. *Neun Tage. Du musst uns neun Tage Zeit lassen.* Und ganz kurz, im Halbschlaf auf meinem Pferde, sah ich die Welt von oben, die scharf gezogenen Linie des Nils, die wie eine üppige grüne Schlange durch das Rote Land schnitt, sich von den Katarakten hinunterstürzte, sich in großen Schleifen bog, als sie sich durch die nubische Wüste weit im Süden schlängelte. Ich sah all das, als stünde ich hoch oben auf dem Wind, höher, als je ein Falke emporgestiegen war. Grüne Gefilde, smaragdgrün unter einer heißen Sonne, Wasserfälle, die unter hoch aufstiebenden Gischtwolken in die Tiefe stürzten. Wolken sammelten sich über dem grünen Land, die ersten dicken Regentropfen fielen, bebten auf langen grünen Blättern. *Neun Tage,* flüsterte sie. *Neun Tage, damit die Flüsse anschwellen.*

»Neun Tage.«

Du musst uns neun Tage Zeit geben, mein Sohn, hauchte sie. *Und du wirst dein Wunder bekommen.*

Die Sonne stieg golden im Osten empor, der tiefdunkelblaue Himmel wich vor ihrer mächtigen Fahrt immer weiter zurück. Und wir ritten.

In der ersten Tagesstunde kamen wir in die Kamelfeste geklappert.

»Führt eure Pferde erst eine Weile herum, verdammt noch mal!«, brüllte Glaukos, als wir absaßen. »Lasst sie ja noch nicht an die Wasserströge! Die verfluchten Biester werden uns sonst krank, alle miteinander! Führt sie erst herum, ihr einfältigen Tröpfe!«

Ich lächelte und überließ den Trupp ihm, während ich mich auf die Suche nach Artashir machte.

Der genauso hocherfreut darüber war, zu erfahren, dass Perdikkas' gesamtes Heer gegen ihn vorrückte, wie man es hätte erwarten können.

Artashir wartete mit etlichen persischen Flüchen auf, die mir vollkommen neu waren. »Und Ptolemaios ist unterwegs?«

»Er ist unterwegs, mit dem Fußvolk«, bestätigte ich. »Er ist gleich nach mir aufgebrochen, aber vor übermorgen kann er unmöglich hier sein.«

»Und Ihr glaubt, Perdikkas taucht morgen hier auf?«

Ich nickte. »Gestern Abend waren sie in Daphnae. Ich denke, sie kommen morgen im Laufe des Tages.«

Artashir legte die Fingerspitzen aneinander und lehnte sie gegen seinen kurzen, sauber gestutzten Bart. »Wenn sie ein ordentliches Tempo vorlegen«, meinte er. »Ich glaube nicht, dass Perdikkas seine Männer gleich nach einem vollen Tagesmarsch angreifen lässt. Ihr?«

»Ich bezweifle es«, meinte ich. »Ich würde es nicht tun. Vor allem würde ich es nicht tun, wenn ich erst gesehen hätte, wie lausig die Befestigungsanlagen hier sind.«

»Das weiß ich ja«, blaffte Artashir. »Aber was denkt Ihr denn, was ich dagegen machen kann? Innerhalb einer

Woche eine steinerne Ringmauer hochziehen? Ich habe die Palisade instand gesetzt, rundherum Reiterfallen eingerichtet und Proviant für einen Monat eingelagert, für fünftausend Mann.«

»Oder für zehntausend für einen halben Monat«, bemerkte ich.

»Was glaubt Ihr, wie groß dieser Bau ist?«, fuhr Artashir auf. »Schaut Euch doch um, Lydias. Hier zehntausend hineinzukriegen, das wird wahnsinnig eng, und wir werden ein gewaltiges Problem mit den Latrinen bekommen, wenn wir alle auch nur halb so lange hier drin hocken. Das hier ist nicht Pelusium.«

Ich hob die Hand an die Stirn. »Vergebt mir, Artashir«, sagte ich. »Ich wollte Eure Leistung nicht schmälern. Ich bin die ganze Nacht geritten und nicht eben in bester Verfassung. Ihr habt alles getan, was in so kurzer Zeit möglich ist, und ich danke Euch dafür.«

»Hier können wir Perdikkas nicht halten«, meinte Artashir. »Dafür wurde die Festung nicht gebaut. Einen ordentlichen Angriff können wir vielleicht abwehren. Wir können ihn ein wenig bluten lassen. Aber siegen können wir hier nicht.«

»Das sehe ich«, pflichtete ich ihm bei.

»Wenn Ptolemaios hier eintrifft, müssen wir hinaus, Ihr und ich«, fuhr Artashir fort. »Berittene Bogenschützen nützen bei einer Belagerung nichts, und Reiterei auch nicht. Wir müssen die Fußsoldaten und die ägyptischen Bogenschützen in der Festung lassen und zum Ostufer hinüber, da können wir Perdikkas' Heer ordentlich zusetzen.«

»Das Problem dabei ist, dass er mehr berittene Schützen und mehr Reiterei hat als wir«, gab ich zu bedenken.

»Nun ja.« Artashir grinste. »Wer will schon ewig leben?«

»Wir müssen sie nur neun Tage lang hinhalten«, sagte ich, und ihre Worte hallten in meinem Kopf wie eine Glocke.

»Was passiert denn in neun Tagen?« Artashir machte ein verdutztes Gesicht.

Ich schüttelte den Kopf. »Nichts Besonderes. Aber ich finde, Euer Plan hört sich gut an. Sobald Ptolemaios kommt, schlagen wir ihm das vor.«

Ptolemaios traf zur selben Zeit ein wie Perdikkas; er hatte sein Fußvolk zwei Nächte lang marschieren und in jeder nur einmal vier Stunden Rast machen lassen. Während der letzten zehn Stunden hatten sie Perdikkas' Truppen auf der anderen Seite des Flusses gesehen, und beide Heere waren vor den Augen des jeweils anderen marschiert.

Ptolemaios sah erschöpft aus, doch er setzte sich mit mir, Artashir und den Anführern des Fußvolks zusammen, während seine Männer in der Festung nach Unterkunft suchten und sich schlafen legten. Perdikkas' Leute schlugen ein Feldlager auf.

»Das Wettrennen hat sie auch ganz schön Kraft gekostet«, bemerkte Ptolemaios, und eine Andeutung seines früheren Grinsens lag auf seinem Gesicht. »Wir haben ihnen die ganze Zeit Druck gemacht. Um gleich heute Nacht loszulegen, sind wir zu müde, aber sie auch.«

»Und Ihr habt hier ausgeruhte Männer und er nicht.« Artashir zeigte auf den Knaben, der verdünnten Wein gebracht hatte, welcher in der tiefsten, kältesten Vorratskammer gekühlt worden war. Der Duft einer bratenden Ente stieg aus dem Ofen auf. Wir saßen nach persischer

Sitte um einen Tisch herum, der Ziegenkäse und die Oliven jedoch, die zusammen mit frischem Brot aufgetischt worden waren, waren rein griechisch.

»Vielen Dank dafür«, sagte Ptolemaios, während sich die Fußvolkführer über das Essen hermachten. »Ein paar Tage lang keine gute Verpflegung, da weiß man so etwas zu schätzen.«

Ich sah Artashir an und er mich. Es war seine Idee, doch ich stand Ptolemaios möglicherweise näher. Nur zu, versuchte ich ihm zu bedeuten, es sollte Euer Verdienst sein.

»In einer Festung nützen berittene Schützen nicht viel«, fing Artashir an. »Ich habe überlegt, ob es nicht besser wäre, wenn Lydias und ich die Kamelfeste verlassen und den Fluss überqueren, damit wir Perdikkas' Heer ordentlich zusetzen können, während es in seinem Lager sitzt.«

Ptolemaios nickte nachdenklich und kaute ein Stück Brot. »Und wie wollt ihr hinüberkommen, nachdem Perdikkas jetzt am anderen Ufer lagert?«

»Wir würden im Schutz der Nacht aufbrechen müssen«, meinte ich. »Wenn wir weiter flussaufwärts reiten, bis kurz vor die Stelle, wo der Bubastis-Kanal vom Nil abzweigt, können wir dort hinüber und dann am Ostufer zurückkommen. Da ist zwar keine richtige Furt, aber bis auf den Hauptkanal ist es dort flach, und wir könnten mit den Pferden hinüberschwimmen.«

»Dann seid ihr ja schon fast in Bubastis«, stellte Ptolemaios stirnrunzelnd fest. »Das ist ein Riesenumweg. Und woher weißt du, ob es da flach ist oder nicht?«

»Die Männer auf dem Lastkahn, mit dem wir den Leichenwagen von Pelusium hier entlanggeschafft haben, haben gesagt, dass es dort in der Trockenzeit flach genug ist, um hinüberzukommen, bis auf den Hauptkanal. Boote müssten aufpassen, dass sie dort nicht auf Grund laufen. Daran erinnere ich mich. Wie könnte ich nicht mehr wissen, wo das war?«

Ptolemaios sah erheitert aus. »Ich muss mir merken, dass du genug Ägyptisch kannst, um mit den Bootsleuten zu plaudern. Das könnte nützlich sein.«

»Wir brauchen nicht mehr als eine ganze Nacht bis dorthin«, sagte Artashir. »Bis zum Nachmittag können wir zurück sein und sie uns vornehmen.«

»Auf müden Pferden, während ihre frische Reiterei euch zahlenmäßig überlegen ist?«

Ich spreizte die Hände. »Wir warten. Wir ruhen uns aus. Wir überfallen sie in der nächsten Nacht. Und auch wenn sie uns ein paar Reiter nachschicken, Perdikkas wird es nicht wagen, uns mit starken Kräften nachzusetzen, für den Fall, dass wir ihn ablenken sollen, während Ihr einen Ausfall aus der Festung macht. Wenn Ihr und Eure Männer Euch heute Nacht erholt, können wir losziehen und ihnen morgen Nacht zu schaffen machen.«

»Und wenn Perdikkas morgen angreift, seid ihr mein Entsatz am Nachmittag?« Ptolemaios griff nach einem weiteren Stück Brot. »Er wird ja nicht wissen, was genau ihr seid, oder dass ihr nicht die Vorhut eines zweiten Heeres seid. Also wird er den Angriff abbrechen, wenn er gerade einen führt, um nicht an zwei Fronten kämpfen zu müssen.« Er nahm einen Bissen. »Mir gefällt das.«

Damit würden wir zwei Tage gewinnen. Heute und morgen, die ersten beiden der neuntägigen Frist. Davon sagte ich nichts, doch ich glaubte daran. Wie konnte ich nicht im tiefsten Inneren daran glauben?

Im Morgengrauen machten wir kurz vor Bubastis Halt und ließen Pferde und Männer ausruhen. Wieder eine Morgendämmerung, wieder ein Morgen, ohne dass ich ein Bett zu sehen bekommen hatte.

Fahl stieg die Sonne aus dem Nil empor. Ein weißer Ibis flog aus dem Schilf neben der Straße auf und breitete seine blassen Schwingen aus. Der Rauch der Kochfeuer von Bubastis besudelte den Himmel, stieg von Tempel und Stadt auf. Wir rasteten zwei Stunden lang und überquerten dann den Fluss.

Das Wasser strömte sehr langsam dahin und reichte meinem Pferd den größten Teil des Weges nur bis zur Schulter.

In der Mitte des Flussbetts war ein Kanal, der ein wenig tiefer war, und wir mussten vielleicht fünf oder sechs Pferdelängen mit den Tieren schwimmen, bis ihre Füße wieder auf dem Grund Halt fanden.

»Nehmt euch vor denen in Acht«, warnte Glaukos, als sich am gegenüberliegenden Ufer etliche mittelgroße Krokodile ins Wasser gleiten ließen.

»Um die kann ich mich kümmern«, erbot sich Artashir. Mit einer einzigen geschmeidigen Bewegung zog er den Bogen von seinem Rücken und spannte ihn. Ein Pfeil schnellte los und traf eins der Krokodile, das soeben ins flache Wasser am Ufer geplatscht war. Blut waberte im Wasser und das verwundete Krokodil schlug wild um sich. Der Pfeil ragte aus seinem Kopf empor.

»Guter Schuss«, lobte ich.

Artashir verbeugte sich im Sattel. »War mir ein Vergnügen.«

Die anderen Krokodile machten kehrt, vom Blut im

Wasser angelockt, und fielen über ihren verletzten Artgenossen her.

»Schafft alle hinüber, so schnell es geht«, befahl ich und schaute über die Schulter. »Los doch! Vorwärts!«

Etliche weitere Krokodile platschten ins Wasser, doch Artashirs berittene Schützen hielten sie uns vom Leibe und wir erreichten alle unversehrt das Ufer, auch wenn mein Pferd schwitzte und tänzelte.

Später ritt ich neben Artashir an der Spitze der Kolonne. Die Sonne brannte und der Chiton trocknete unter meinem Harnisch an meinem Körper fest. Die Rüstung schien heiß genug zu sein, um darauf kochen zu können. Ich beneidete Artashir um seine leichte Kluft aus Seide und Leder. Die berittenen Bogenschützen Persiens trugen keine stählerne Rüstung.

»Ein weiter Weg von Babylon bis hierher«, bemerkte er, während er die Augen mit der Hand beschattete und nach vorn blickte, dorthin, wo Perdikkas' Männer inzwischen gewiss unsere Festung belagerten.

»Ein weiter Weg«, pflichtete ich ihm bei.

Eine Bewegung ließ Artashir nach oben blicken, doch es war nur ein Falke, der gemächlich über dem Delta kreiste. »Ich habe Alexander in Ekbatana den Eid geschworen«, sagte er leise. »Bis dahin war ich nur einer von den Männern und bin meinem Verwandten Oxathres gefolgt, wie es meine Pflicht war.« Artashir sah mich von der Seite her an. »Wir haben mit dem Tod gerechnet. Wir waren die Besiegten, und wir haben erwartet, dass Alexander sich so verhält, wie ein Eroberer es eben tut. Dass er Oxathres umarmt und ihn Bruder genannt hat, dass er als Großkönig auch zum Wohle Persiens regiert hat, das war etwas vollkommen Unerwartetes. Es hat ihn natürlich eine Menge gekostet. Wie auch nicht?«

»Nicht mehr, als er zu zahlen bereit war?«, sagte ich.

Artashir nickte. »Nein, nicht mehr. Und das ist es, was ich immer noch nicht verstehe. Als es so vielen seiner Männer verhasst war, dass er uns wie zivilisierte Menschen behandelt hat, als so viele gegrollt und gewütet haben, weil er unseren Befehlshaber einen Platz zwischen ihnen zugewiesen hat, hat er trotzdem darauf bestanden.«

»Vielleicht war das ja einfach nur gesunder Menschenverstand«, meinte ich. »Schließlich ist das persische Reich doch riesengroß. Hätten Oxathres und andere keinen Frieden geschlossen, so hätten wir immer noch Krieg und würden uns abmühen, einen Aufstand nach dem anderen niederzuschlagen. Alexander wollte Großkönig werden. Als er es war und er auch als Großkönig anerkannt worden war, warum sollte er da Krieg gegen seine eigenen Untertanen führen oder sich nehmen, was ihnen gehörte? Ist es nicht besser, Bündnistreue aus freien Stücken gewährt zu bekommen und ein stolzes Volk zum Verbündeten zu haben und nicht zum Feind?«

»Ihr mögt so denken«, erwiderte Artashir, »aber nur sehr wenige Eurer Landsleute sind Eurer Meinung. Sie haben Persien als einen Quell reicher Beute betrachtet, und das tun sie noch immer. Sie waren erzürnt, als Alexander Prinzessin Stateira zum Weibe genommen hat, darüber, dass er sein Blut mit dem der Achämeniden mischen wollte.«

»Das sind nicht meine Landsleute«, entgegnete ich. »Vergesst nicht, ich bin kein Makedone, Artashir. Ich bin Karer, und vielleicht Grieche, wenn man es in Sachen

Blut nicht so genau nimmt. Aber makedonisch bin ich nicht mehr als Ihr.«

»Ptolemaios ist Makedone«, antwortete Artashir.

»Und Alexander war auch einer«, sagte ich. »Also liegt es nicht an Makedonien. Es liegt daran, dass es zwei Sorten Menschen gibt, und ich glaube, die findet man in jedem Land.«

Artashir seufzte. »Ja, in Persien gibt es auf jeden Fall jene, die verabscheuen, was nicht von uns stammt. Und ich sehe, dass sie bis vor Kurzem in Ägypten geherrscht und unsere Namen im ganzen Schwarzen Land zu einem Fluch gemacht haben. Aber so war es nicht immer, wisst Ihr? Dareios der Große hat Ägypten gerecht und gut regiert, und seine Gemahlin Artystone war die Tochter einer ägyptischen Prinzessin aus Sais. Erst seine Nachkommen wurden so gehasst, in schlechteren Zeiten, als Schwächere geherrscht haben. Und die haben Persien genauso schlecht regiert wie Ägypten.«

Meine Augenbrauen zuckten empor. Noch nie hatte ich Artashir etwas gegen den Großkönig sagen hören, nicht einmal als versteckte Andeutung.

»Obgleich man uns lehrt, die Lüge von uns zu weisen und der Wahrheit zu huldigen, so wie Ahura Mazda sie geschaffen hat, gibt es doch immer Menschen, die das nicht tun. Das Böse existiert, mein Freund, ob es uns nun gefällt oder nicht. Und meistens ist es geringfügiges Böses, das eigennützige Streben der Menschen nach mehr, als sie verdienen, aber trotzdem ist es die Lüge.« Artashir zuckte die Schultern, die Hände an den Zügeln. »Als ich Alexander gesehen und erfahren habe, wie er war, dass er Dareios' Familie verschont und dass er sich gegen den Thronräuber Bessos gestellt hat, der Dareios durch Verrat umgebracht hat, da habe ich gesagt, da ist einer, der der Wahrheit dient. Und welches Land auch immer seine Heimat ist, ich bin auf seiner Seite, denn ich entscheide mich für die Seite der Wahrheit. In Ekbatana habe ich meine Eide abgelegt.«

Ich schluckte. »Bevor Hephaistion gestorben ist oder danach?«

Artashir sah mich von der Seite her an. »Vorher natürlich«, antwortete er. »Ein Danach gab es doch nicht.«

»Glaubt Ihr, es war Gift?«, fragte ich.

Einen Moment lang schwieg Artashir und schaukelte leicht mit den Bewegungen seines dahinschreitenden Pferdes. »Nein. Ja. Wer weiß? Feinde hatte er genug, aber ein Gift, das so langsam tötet und so sehr Krankheiten gleicht, die viele andere gehabt haben? Es spielt keine Rolle, woran er gestorben ist, nur dass er gestorben ist.«

»Wenn Hephaistion nicht gestorben wäre, vielleicht wäre dann das Reich nicht zerfallen.«

»Und vielleicht hätte Roxane ihn zusammen mit Stateira umgebracht«, erwiderte Artashir grimmig. »Oder Perdikkas, weil er auf die Regentschaft aus war.«

»Ich glaube, so leicht war er nicht umzubringen.« Noch immer schmerzte mir die Brust bei dem Gedanken. Wir waren bei den Spielen gewesen. Der Wettlauf der Knaben war gerade zu Ende, und ein Bote kam zum König und sagte, er müsse sofort kommen. Ich saß auf meinem Platz und sah, wie Alexander dem Knaben eilig folgte, empfand jenes jähe Gefühl dräuenden Unheils, das sich einstellt, wenn etwas umschlägt, wenn etwas grauenvoll schiefgeht.

»Wir haben die Dächer schwarz angestrichen«, sagte Artashir, noch immer in seinen eigenen Erinnerungen versunken. »All die Giebeldächer, jedes in einer anderen leuchtenden Farbe. Gold und Rot und Violett und Grün, der riesige Sommerpalast von Dareios dem Großen. Wir haben alle Dächer schwarz gestrichen, als Zeichen der Trauer. Der König hat das angeordnet, zum Andenken an Hephaistion.«

»Daran erinnere ich mich«, meinte ich. »Vorher war es ein wunderschöner Palast.«

»Er ist immer noch wunderschön«, erwiderte Artashir. »Er hätte ein Ort der Freude bleiben sollen.«

»Ja«, pflichtete ich ihm bei, und einen Augenblick lang konnte ich mir vorstellen, wie er für eine Hochzeit geschmückt aussehen würde, mit blühenden Damaszener-Rosen im Innenhof und den Wiesen der Berge über ihm in sommerlichem Grün, der Tempel ihrer Göttin Anahita von strahlendem Lampenlicht erhellt.

Wieder sah Artashir mich von der Seite her an. »Wann habt Ihr Euren Gefährteneid abgelegt?«, wollte er wissen.

»Nun, ich bin nach Gaugamela in die Truppe eingetreten«, antwortete ich.

»Das meine ich nicht.«

»Ich weiß.« Ich streckte meine verkrampfte linke Hand auf meinem Bein, die Zügel in der Rechten. »Kurz vor dem Ende. In Babylon.«

Die Luft Babylons war feucht und schwül, zumindest in den Gärten. Ein König aus alter Zeit hatte sie rund um die Paläste und Tempel herum angelegt und sie galten als großes Wunder, denn dort wuchsen Pflanzen aus der ganzen bekannten Welt. Zumindest aus der Welt, die jener König gekannt hatte. Es gab dort keine indischen Pfirsichbäume, bis wir sie mitbrachten, und keine der wilden Beeren, von denen die Makedonen sagten, sie würden sie vermissen. Unsere Welt war größer, als die seine gewesen war.

Es war eine Ehre, den König zu bewachen, selbst mitten in der Nacht, selbst wenn überhaupt nichts los war. Seit einem Attentatsversuch vor etlichen Jahren hatte immer abwechselnd ein Gefährte zusätzlich zu den üblichen Soldaten Wachdienst gehabt. Es war eine seltene Ehre, dass dieser Dienst heute Nacht mir oblag.

Ich stand vor dem Badehaus und schaute über die Gärten hinaus. Weiter unten, auf dem Gehweg, der sich um die Zierpflanzen dieses Paradieses herumwand, sah ich die Soldaten der Wache. Unauffällig und still stand ich neben der kunstvoll geschnitzten Gittertür. Wir alle hatten gehört, dass der König krank war. Das Wasser verschaffte ihm Linderung, und so verbrachte er die Nacht mit nur einem oder zwei Dienern im Badehaus. Bestimmt würde es ihm bald wieder gut gehen. Viele Männer hatten in der Hitze Babylons den Sommer-Leibfluss, oder sie hatten Fieber aus den Marschen mitgebracht. Der König würde bald wieder gesund sein.

Mitternacht war schon lange vorüber. Über mir kreisten die Sterne der Morgendämmerung entgegen. Ich hörte eine Bewegung hinter mir und drehte mich um, in dem Glauben, es sei vielleicht einer der Diener, der hinaushuschte, um irgendetwas zu holen.

Es war der König. Sein blondes Haar war feucht, als käme er gerade aus dem Badebecken, und er war mit einem schlichten weißen Chiton bekleidet, den jeder hätte tragen können.

»Mein Gebieter«, sagte ich.

Er sah mich an und lächelte schwach. »Lydias von Milet, nicht wahr? Wie geht es dir?« Natürlich kannte er den Namen jedes Mannes. Er hatte selbst den Arm um mich gelegt, als Sati und Sikander auf dem Scheiterhaufen gelegen hatten.

»Recht gut, mein Gebieter«, antwortete ich, denn was kann man schon anderes sagen?

Alexander zuckte die Achseln und streckte die Hände aus, um sich auf das gemeißelte Geländer zu stützen, das die Tür des Badehauses von den Gärten darunter trennte. »Sie schlafen alle da drin. Ich möchte Bagoas nicht wecken. Seit ich krank geworden bin, hat er nicht mehr viel geschlafen.«

»Ich hoffe, es geht Euch jetzt besser«, sagte ich, allerdings sah er nicht so aus. Die Röte in seinem Gesicht gefiel mir nicht.

Er lehnte sich auf das Geländer und schaute in die Weite. Im Licht der Fackeln entlang der Mauer sah sein Profil aus wie vor dem Dunkel dahinter aus Stein geschnitten. »Als ich eben herausgekommen bin, hast du traurig ausgesehen.«

»Das stimmt wohl, mein Gebieter«, sagte ich. Wie sollte ich sonst aussehen, wenn in all diesen vielen Monaten nichts als Trauer in meinem Herzen gewesen war?

Er nickte, sah mich jedoch nicht an. »Du hast um den Chiliarch Hephaistion geklagt. Ich habe dich bei der Bestattung gesehen.«

Unwillkürlich holte ich tief Luft. Die Nacht machte

mich kühn und der Kummer machte mich leichtsinnig. »Ja, Gebieter. Hätte er Euch nie gekannt, so wäre Hephaistion ein großer Mann gewesen.«

Alexander lächelte. »Du hast das also auch bemerkt, wie? Manchmal glaube ich, du siehst zu viel, Lydias von Milet, eine Gabe und ein Fluch zugleich. Und ein weiser Mann bittet nicht um Orakel, wenn er nicht zu wissen wünscht.«

Sein Mund verzog sich zu einem Ausdruck, der Wehmut hätte sein können, oder aber die Antwort auf irgendeinen Schmerz. »Die Wahl des Achilles ist leicht. Leben und Herrschen, das ist es, was schwer ist.« Er sah mich an und seine Augen glänzten vor Fieber. »Soll ich dir eine Geschichte erzählen?«

»Wenn Ihr möchtet, Gebieter.« Ich fand, dass er eigentlich im Bett liegen und nicht in der Nachtluft herumstehen sollte, und überlegte, wie ich unauffällig Bagoas, den Eunuchen, herbeirufen könnte.

Seine Stimme war leise wie die eines träumenden Kindes. »Es gab einmal einen Titanen namens Prometheus, der die Menschen mehr liebte, als er sollte und dachte, sie könnten mehr sein als empfindungslose Tiere, stets ihren Ängsten und Gelüsten unterworfen. Lange beobachtete er sie. Und aus diesem Interesse wurde Liebe, das, was alle Menschen zu Fall bringt. Schließlich kam ihm der Gedanke, dass er ihnen verbotenes Wissen zuteilwerden lassen könnte, das sie befreien würde. Und so stahl er das Feuer aus dem Himmel und schenkte es den Menschen. Dafür wurde er zu ewiger Folter verurteilt, dazu, wieder und wieder geopfert und wiedergeboren zu werden, auf dass es aufs Neue beginne. Kennst du diese Geschichte, Lydias?«

»Ja«, antwortete ich, und ein Frösteln lief mir den Rücken hinunter, als hätte jemand mir eine kalte Hand auf den Leib gelegt. »Und doch, war es das nicht wert, wenn alle Herde der Welt mit jenem gestohlenen Feuer entzündet worden sind?«

Alexander nickte bedächtig. Seine Augen blickten in meine, grau und von einem schwarzen Rand umgeben. Augen, mit denen man die Ewigkeit schaut. »Es war es wahrhaftig wert.«

Ich goss mein Herz auf den Boden wie ein Trankopfer, obgleich es in meiner Brust hämmerte. »Mein Gebieter, nehmt Ihr meinen Eid an?«

»Ja«, antwortete er feierlich, während ich niederkniete.

Der Schotter auf dem Weg war rau unter meinen Knien, und über mir zogen die achtlosen Sterne weiter in ihrem kreisenden Tanz. »Ich, Lydias von Milet, gebe Euch, Alexander, mein Wort, im Wachen wie im Schlafe wahrhaftig Euer Mann zu sein, in allen Dingen groß und klein, Euch zu gehorchen und auf Euren Befehl zu sterben, für alle Zeit.«

»Alle Zeit ist zu lange«, sagte er. »Sag lieber, solange Leben und Atem währen, sonst könnte eine Zeit kommen, da du diese Worte bereust.«

»Dann werde ich bereuen«, erwiderte ich und schlug die Augen zu den seinen auf.

Alexander forschte in meinem Gesicht, und ich weiß nicht, was er dort suchte und fand. »Erhebe dich, Lydias, wahrhaftiger Gefährte, und wisse, dass mir der ganze Wert deines Geschenks bewusst ist.« Seine Hand brannte vor Fieber, als er mich berührte.

»Ihr solltet gehen und Euch hinlegen, mein Gebieter«, sagte ich. »Oder vielleicht ins Becken zurückkehren, wenn Euch das Erleichterung verschafft.«

»Das werde ich auch tun.« Er wandte sich zum Gehen. Dann blieb er stehen, die eine Hand an der Tür des Badehauses. Seine Augen leuchteten. »Ich sehe dich wieder, Lydias.«

»Natürlich, mein Gebieter«, beteuerte ich. Selbstverständlich würde er mich noch oft sehen, das war doch der natürliche Lauf der Dinge.

Stattdessen starb er vier Tage später.

19

Die Schlacht um die Kamelfeste

Wir hörten die Schlacht, bevor wir sie sahen. Nichts lässt sich mit diesem Geräusch vergleichen – das Donnern so vieler Hufe, das Gebrüll Tausender Männer, das Krachen und Gellen der Waffen. Es war mitten am Nachmittag und die Sonne war westwärts von ihrem Zenit herabgeglitten.

Unbeholfen schlang ich die Zügel um meine linke Hand, schob sie zwischen Daumen und Fingern hindurch und zog das Schwert mit der Rechten. »Vorwärts!«

Ich hielt mein Pferd zurück und ritt weiter im Schritt, während die beiden Ilai in Formation antraten, die erste mit Glaukos an der Spitze und mir ganz hinten zwischen der Gefährtenreiterei und den fünfzig berittenen Bogenschützen. Ich würde dem Sturmangriff folgen und ihn nicht anführen. Dann stieß ich die Schwertspitze vor, und meine Stimme übertönte das Getöse. »Ptolemaios und Ägypten!«

Und ließ den Dingen ihren Lauf.

Wie ein von der Sehne geschnellter Pfeil krachten wir geradewegs in ihre Flanke hinein.

Auf der anderen Seite der Furt hielt unsere Festung noch stand, aber das war auch alles, was man dazu sagen konnte. In die hölzernen Palisaden, die Artashir instand gesetzt hatte, waren klaffende Lücken gerissen und Teile davon niedergetrampelt worden. Perdikkas hatte die Elefanten darauf losgelassen, und das Ergebnis war eindeutig.

Die Hälfte seiner Männer war auf der anderen Seite des Flusses. Leitern waren an die innere Mauer gestellt worden, und eine volle Phalanx Fußvolk drängte sich an ihrem Fuß, die Schilde über den Köpfen, um die Geschosse der ägyptischen Bogenschützen auf der Mauer abzuwehren. Die zweite Hälfte des Heeres befand sich entweder mitten im Fluss oder noch auf unserer Seite; berittene Schützen als Reserve sowie einige andere. Ungefähr zwanzig Mann mühten sich mit einem gewaltigen Elefanten ab, aus dessen Augen Blut strömte. Unsere Schützen hatten den Leitelefanten geblendet, und das Tier tobte vor Schmerz blindlings durch ihre Reihen, während sein Mahut versuchte, ihn zu bändigen. Ein zweiter Elefant stand ein Stück entfernt mit wogenden Flanken am anderen Ufer. Die Plattform auf seinem Rücken war zerschmettert und sein toter Mahut hing kopfüber von seinem Nacken herab, noch immer von den Riemen seines Geschirrs gehalten.

Als die erste Ilç unserer Reiterei wie ein Messer in die Flanke der Männer auf unserer Seite des Flusses stieß, bemerkte ich etwas, das ich nicht hätte sehen können, wenn ich den Angriff angeführt hätte. Zu unserer Rechten lag Perdikkas' Lager ungeschützt da.

Artashir und die Bogenschützen waren immer noch hinter mir. Für einen Rammstoß gegen gepanzertes Fußvolk waren sie nicht geeignet.

»Artashir!«, schrie ich. »Das Lager!«

Er konnte sehen, wohin ich zeigte – die prachtvollen Zelte mit ihren vergoldeten Pfosten, die ganz gewiss Perdikkas gehörten. Perdikkas oder dem Knabenkönig und seiner Mutter.

Artashir fing meinen Blick auf, und weitere Worte waren nicht notwendig. »Ich hole das Kind«, sagte er, und auf seinen gebrüllten Befehl hin schlossen seine Männer zu ihm auf und preschten in vollem Galopp auf das Lager und auf Alexanders Sohn zu.

Ich folgte stattdessen meiner Ilç. Wir stießen tief in die Flanke von Perdikkas' Reservetruppen vor und waren so schnell über sie gekommen, dass sie keine Zeit gehabt hatten, sich neu auszurichten. Eine Sarissa misst zwei Mannslängen, und wenn die Phalanx vorrückt, marschieren die Soldaten versetzt, sodass jede Sarissa zwischen den Männern in der Reihe davor hindurchragt. Um die ganze Formation herumzuschwenken, muss jeder Mann in der Lage sein, seine Sarissa hochzuheben, sich um neunzig Grad zu drehen und dabei den richtigen Abstand zwischen den Reihen einzuhalten, und dann seine Waffe wieder zwischen den Männern zu senken, die jetzt vor ihm sind. Diese Wendungen werden wieder und wieder geübt, denn sie sind schwer durchzuführen, ohne dass jemand hängen bleibt und andere behindert. Und auf dem Schlachtfeld ist dergleichen doppelt schwer, vor allem, wenn Reiter mit Schwertern in den Händen in die vorderen Reihen hineinbrechen.

Es war ihnen nicht gelungen, und wie immer in solchen Momenten hatten einige Männer ihre Sarissas fallen gelassen und das Schwert gezogen, als unsere Reiter zu nahe herankamen. Was bedeutete, dass diese Sarissas jetzt anderen im Weg waren, im falschen Winkel über ihren lagen und sie daran hinderten, herumzuschwenken, oder sie waren einfach losgelassen worden, ohne richtig abgelegt worden zu sein. Das war das rechte Chaos. Das war gutes Chaos. Und es nützte uns.

Wieder hob ich mein Schwert. »Ptolemaios und Ägypten! Weiter vorwärts!« Wir teilten sehr viel mehr aus, als wir einsteckten, doch eine erfahrene Phalanx würde nicht so leicht auseinanderbrechen.

Mein Pferd schrie auf und scheute. Ich hatte Mühe, oben zu bleiben; die Zügel waren noch immer um meine linke Hand geschlungen. Darin hatte ich nicht die nötige Kraft; ich konnte die Stute nicht halten. Perdikkas' berittene Bogenschützen hatten eingegriffen, und ein Pfeil war an ihrer Seite entlanggeschrammt und mit dem letzten Rest seines Schwungs im fleischigen Teil ihrer Kruppe stecken geblieben. Es war bei Weitem keine tödliche Wunde, doch sie schrie abermals und geriet in Panik.

Ich schüttelte die Zügel ab und glitt seitlich vom Pferd, bemüht, mich von ihr zu lösen, bevor sie mich abwarf. Meine Füße rutschten im Staub weg. Für ihre Bogenschützen gab ich ein besseres Ziel ab als unsere Männer, die sich inzwischen hoffnungslos in ihre Phalanx verknäult hatten.

Ich sah mehr seinen Schatten über den Boden huschen als ihn selbst, und ohne auch nur nachzudenken, fuhr ich herum, das Schwert bereit zur Abwehr. Der Fußsoldat, der auf mich losging, war einer der Silberschilde, in seinem Bart waren graue Strähnen. Ich sah, wie sein Blick zu meiner Linken huschte, als unsere Klingen aufeinanderprallten. Er sah, dass ich eine versehrte Hand hatte. Verhieß das auch eine schwache Seite?

Er täuschte einen Stoß nach links vor, stellte mich auf die Probe, doch ich hatte seine Augen gesehen, wehrte stattdessen nach rechts ab und blockierte den Hieb. Und dann war es Hieb und Stoß, Abwehr und Blockade, der tödliche Tanz. Ich war jünger als er, doch ich war die ganze Nacht auf gewesen. Zustoßen und abwehren, keiner gewann die Oberhand, Schweiß lief mir über die Stirn.

Ich weiß nicht, wie es ausgegangen wäre, wären nicht die Hörner und das Gebrüll ertönt. Perdikkas befahl den Rückzug. Noch immer zu Pferde und in der Lage, wenigstens etwas über das Getümmel hinwegzublicken, musste er gesehen haben, wie Artashir auf das Lager zuhielt. Jetzt brüllte er den Befehl zum Rückzug, wies alles Fußvolk auf dieser Seite des Flusses an, sich augenblicklich zu sammeln, auf dass ihm sein Preis nicht verloren ging.

Mein Gegner zögerte einen Lidschlag lang, dann machte er kehrt und stürmte davon in Richtung Lager. Ich verfolgte ihn nicht. Mein Brustkorb pumpte heftig beim Atmen. Zu viele Monate Urlaub, dachte ich, wenn ein einziger Zweikampf mir so zusetzte!

Rasch sah ich mich nach meinem Pferd um, doch die Stute war nirgends zu sehen. »Scheiße!«, brummte ich halblaut. Zu Fuß konnte ich nicht erkennen, was vor sich ging, und ich konnte auch keine Befehle geben. Einer meiner Männer war ein kleines Stück entfernt, doch in dem Getöse konnte er mich nicht hören. Ich hatte Waffenträger und Leibdiener in einer Schlacht immer für nutzlosen Zierrat gehalten, doch jetzt konnte ich den Sinn darin erkennen. Ein Heerführer, der nicht sehen kann, was geschieht, ist nutzlos.

Dröhnendes Hufgetrampel ertönte, und ein Dutzend berittene Bogenschützen kam auf uns zugedonnert. Es dauerte einen Moment, bis man erkennen konnte, dass es unsere waren und nicht ihre, sie waren nämlich alle gleich gekleidet.

»Ich brauche ein Pferd!«, brüllte ich auf Persisch, und einer der Männer hielt an und streckte mir die Hand entgegen.

Ich schwang mich hinter ihm hinauf. »Danke!«, schrie ich ihm ins Ohr. »Wo ist Artashir?«

»Gleich hinter uns!«, schrie er zurück. »Wir sind nicht zu dem Zelt durchgekommen, die Fußtruppen waren zurück, bevor wir mit den Wachen fertig waren. Artashir hat gesagt, wir sollen uns absetzen.«

Ich sah mich um, doch in all dem Staub und dem Chaos konnte ich nichts sehen, und ganz bestimmt nicht Artashir.

»Zum Fluss«, brüllte ich. »Wir müssen wieder zur Festung hinüber.« Wenn wir auf der falschen Seite des Flusses festsaßen, würden ihre Reiterei und die berittenen Bogenschützen, beide zahlenmäßig überlegen, uns zermalmen.

Inzwischen strömten die Truppen in die jeweils andere Richtung; Perdikkas' Männer brachen den Angriff ab und kehrten zu ihrem Lager zurück, und unsere ritten in die Gegenrichtung. Zum Glück war die Furt um diese Zeit recht flach und das Wasser reichte den Pferden kaum bis zum Bauch. An ihrem südlichsten Rand platschten wir hinüber.

Als wir schließlich am anderen Ufer angekommen waren, hatten sich einige meiner Männer zu uns gesellt, und ich übernahm das Pferd eines Soldaten, der verwundet worden war. Es war ein noch recht junger Hengst, und er war ziemlich verschreckt, also brauchte ich meine unverletzte Hand, um ihn zu halten und ihn dazu zu bringen, einen neuen Reiter zu tragen. Eigentlich, dachte ich bei mir, während ich dort, wo wir uns sammelten, im Schritt enge Kreise ritt, war er ja zu unerfahren für so etwas, doch wir hatten die Nachwuchspferde schnell aufgebraucht. Wir würden mehr Pferde brauchen, gute Pferde mit nisäischem Blut, kräftig genug gebaut für einen gerüsteten Mann. Die kleinen Gäule, die die Bogenschützen ritten, waren nicht groß genug. Ich bezweifelte, dass es in ganz Ägypten auch nur eine einzige nisäische Zuchtstute gab. Noch ein Problem für später.

»In Formation!«, schrie ich. Unsere Männer waren immer noch dabei, den Fluss zu überqueren, und selbst wenn unsere und ihre Soldaten mitten in der Furt aneinander vorbeikamen, waren alle anscheinend zu erschöpft, um aufeinander loszugehen.

Auf halbem Weg das Ufer hinauf stellten sie sich auf, drei unregelmäßige Reihen, manche verwundet, aber noch immer zu Pferd. Sechs von Artashirs Männern. Siebenundsiebzig von meinen.

Nicht gut, dachte ich grimmig und ließ den Blick über das Schlachtfeld wandern. Überhaupt nicht gut.

Die Sonne stand hinter der Festung, und endlich hörte ich, wie das Tor aufging, als keiner von Perdikkas' Männern mehr auf dieser Seite des Flusses war.

»Die Verwundeten nach hinten!«, befahl ich. »Alle anderen auf dem Pferd bleiben und die Furt bewachen.« Das Letzte, was wir brauchen konnten, war ein später Vorstoß, wenn wir das Tor offen hatten. Wir ritten ein kleines Stück die Uferböschung hinunter, bis die erste Reihe bis zu den Fesseln im Wasser stand, eine Barriere quer über die Furt.

Hinter uns waren die grauenhaften Laute der Verwundeten zu hören. Die Hilferufe waren nicht so schlimm; Männer, die sowohl die Kraft als auch die Geistesgegenwart haben, um Hilfe zu rufen, können durchaus am Leben bleiben. Es war das Stöhnen und das rasselnde Atmen, die erstickten Schreie, wie die von Kindern, die furchtbar waren. Ich brauchte nicht hinzusehen. Ich stand mit meinen Männern da und kehrte ihnen den Rücken zu, bewachte die Furt, während unsere Bediensteten und unsere Wundärzte zum Fluss heruntergeeilt kamen.

Ein paar mehr von unseren Männern kamen allein oder zu zweit herüber, alles Reitersoldaten und berittene Bogenschützen, allerdings waren etliche zu Fuß. Ein großer nisäischer Hengst, dem Aussehen nach zehn Jahre oder älter, kam ohne Reiter angetrabt. Die Decke auf seinem Rücken war blutgetränkt, obwohl er taufrisch zu sein schien. Er kam zu mir, und ich bekam mit meiner halb unbrauchbaren Hand sein Zaumzeug zu fassen. Ohne zu zerren oder sich aufzuregen, blieb er neben mir stehen. Ich fand, er sah geradezu erleichtert aus, etwas Sinnvolles zu tun, nämlich mit einem Haufen anderer

Pferde herumzustehen. Wäre das Blut nicht gewesen, hätte ich an Ort und Stelle das Pferd gewechselt.

Vierzehn berittene Schützen. Hundertfünfundvierzig von meinen Männern. Das hieß, es fehlten sechsunddreißig Bogenschützen und fünfhundertfünf Mann der Reiterei, der Großteil unserer Truppe.

Bestimmt hatten wir doch nicht solche Verluste erlitten? Das hätte ich nicht gedacht. Sechzig, siebzig, sogar hundert hätte ich hingenommen, aber so viele konnten wir nicht verloren haben. Was war geschehen, als ich es nicht hatte sehen können?

Endlich, als die Nacht vollends hereinbrach, gab ich den Befehl, abzusitzen und die Pferde zur Festung zurückzuführen.

Ptolemaios wartete im Hof auf mich. Er unterhielt sich mit einem Anführer des Fußvolks, während die Diener die Verwundeten auf dem Hof betteten; die Leichtverwundeten zur Rechten, die Sterbenden zur Linken. Die Männer in der Mitte wurden in den Schuppen gebracht, in dem die Wundärzte ihr Werk verrichteten.

Ptolemaios' Harnisch war blutbespritzt, und Blut war steif in seinem Haar getrocknet, wo er mit seinen geröteten Händen hindurchgefahren war. »Was hast du noch übrig?«

»Vierzehn Bogenschützen und hundertfünfundvierzig Mann Reiterei«, meldete ich müde. »Und ich habe Artashir und Glaukos verloren. Und Ihr?«

Ptolemaios' Gesicht war ernst. »Nicht ganz so schlimm. Einundachtzig Gefallene oder Verwundete auf der Mauer. Ich schätze, bei ihnen sind es vier- oder fünfmal so viele. Aber wir waren drauf und dran, von den Elefanten überrannt zu werden, als du aufgetaucht bist. Das war ein guter Plan. Genau da mussten sie den Angriff abbrechen, sonst wäre es zu spät gewesen.«

»Ich weiß nicht, wie es zu solchen Verlusten kommen konnte«, stieß ich hervor und hörte, wie erstickt meine Stimme klang. »Ptolemaios, ich weiß es nicht. Ich weiß nicht, was passiert ist. Ich musste vom Pferd herunter und ich konnte nichts sehen, aber ich denke, so schlimm sollte es nicht sein.« Beinahe meine ganze Truppe verloren zu haben …

Er legte mir die Hand auf die Schulter. Unter seinen Nägeln waren dunkle Ränder aus getrocknetem Blut. »Ist es wahrscheinlich auch nicht. Von der Festungsmauer aus konnte ich den Vorstoß auf das Zelt sehen, und als sie den abbrechen mussten, weil Perdikkas kehrtgemacht hat, waren ein ganzer Haufen Männer auf der falschen Seite. Sie konnten nicht zum Fluss zurück, weil Perdikkas' berittene Schützen zwischen ihnen und dem Ufer waren. Ich habe viele in die Palmenhaine im Osten reiten sehen, die da entlang des Kanals wachsen. Ein paar davon haben Rüstungen getragen, es waren also nicht alles Artashirs Männer.«

Ich holte tief Luft. Ich musste klar denken; ich durfte nicht verzweifeln. »Wenn es nicht genug waren, um durchzubrechen, dann haben sie das Richtige getan«, sagte ich. »Und vielleicht haben noch ein paar andere sich am Schluss vom Feind gelöst, es aber nicht zurück über die Furt geschafft.«

»Morgen wissen wir mehr«, meinte Ptolemaios grimmig. Er drückte mir die Schulter. »Lass deine Männer wegtreten und sag ihnen, sie sollen sich etwas zu essen holen. Ich weiß, dass sie gestern Nacht nicht geschlafen haben, darum sind sie heute Nacht vom Wachdienst ausgenommen. Und geh du dich auch ausruhen. Das Fußvolk ist in besserer Verfassung, und wir werden die Befestigungen verstärken.«

»Soll ich nicht lieber aufbleiben?«, fragte ich. »Ich kann doch …«

»Geh schlafen«, sagte Ptolemaios. »Morgen brauche ich dich dringender, und du warst schon eine ganze Nacht auf den Beinen. Wir sehen uns morgen früh.«

Ich legte mich auf eine grobe, mit Stroh gefüllte Schlafmatte in einem der Räume oben in der Festung und war mir sicher, dass ich nicht einschlafen würde, solange das geschäftige Treiben und das Stöhnen der Verwundeten unten andauerten. Natürlich schlief ich doch ein. Ich schlief schon fast, bevor ich mich ausgestreckt hatte, und machte die Augen erst wieder auf, als einer der Waffenburschen mich rüttelte.

»Herr? Heerführer Ptolemaios hat mich geschickt, Euch zu holen. Sie sind schon wieder weg.«

Ich eilte auf die Mauer hinauf und erblickte abermals ein verlassenes Lager.

Ptolemaios machte ein nachdenkliches Gesicht. »Wir hatten denselben Lehrer, Perdikkas und ich. Er ist zu klug, um seine Männer dabei zu vergeuden, die Kamelfeste einzunehmen, wenn die eigentliche Beute in Memphis winkt. Alles, was er braucht, ist eine Stelle, wo er den Fluss überqueren kann. Es muss ja nicht unbedingt hier sein.«

Ich stieß hörbar die Luft aus. »Also nach Bubastis?«

Ptolemaios schüttelte den Kopf. »Nein. Wir können so weitermachen, ihn an jeder Furt zurückdrängen, aber damit gewinnen wir nichts. Wir haben einander jetzt auf den Zahn gefühlt. Wir wissen, wo er hinwill. Und Memphis hat die stärksten Befestigungen im ganzen Delta. Lass uns das hier nach unseren Bedingungen machen und nicht immer nur auf Perdikkas' Handeln antworten.«

Ich nickte bedächtig. Die Stadtmauer von Memphis war die uneinnehmbarste, die ich jemals gesehen hatte, vielleicht mit Ausnahme der von Babylon. Perdikkas würde mindestens fünf oder sechs Tage brauchen, um dorthin zu gelangen, möglicherweise auch mehr. Und wir mussten noch sieben von den neun Tagen herumbringen, die die Göttin versprochen hatte. Ich schaute zu ihm hinüber. Bisher hatte ich nicht gewagt, es anzusprechen, doch jetzt war nur noch so wenig Zeit. »Herr? Was ich fragen wollte … als wir uns damals in der Wüste verirrt hatten, als Kleomenes versucht hat, Euch zu töten …«

Ptolemaios neigte den Kopf, blickte aber noch immer in die Ferne. »Wenn du wissen willst, ob du das geträumt hast, nein. Nein, Lydias, du hast nicht geträumt.«

Das hatte ich auch nicht gedacht, schließlich hatte Thaïs ja gesagt, Ptolemaios erinnere sich ebenfalls daran. Doch das sagte ich nicht laut. »Was werdet Ihr tun?«

Ptolemaios drehte sich um und lehnte sich gegen die Brüstung. »Was würdest du an meiner Stelle tun?«

»Ich würde das Angebot der Götter annehmen«, antwortete ich leise. »Aber das wisst Ihr ja bereits.«

»Und was ist mit dem Kind?« Mit dem Kinn deutete er in die Richtung, in die Perdikkas abgezogen war.

»Macht den Knaben zu Eurem Erben«, sagte ich. »Er

ist noch zu jung, um zu herrschen, und Ihr habt keinen ehelichen Sohn, den Ihr ernennen könntet. Dass Ihr Lagos oder Leontikus nicht berufen könnt, habt Ihr doch bereits klargestellt. Also bestimmt Alexander, Sohn des Alexanders, zu Eurem Nachfolger. Oder regiert als Satrap in seinem Namen, solange Ihr könnt. Aber dieses Land braucht einen Pharao, und der König braucht Erlösung. Nehmt, was Euch angeboten wird, und macht Euren Neffen zu Eurem Erben.«

Ptolemaios sah mich scharf an.

»Ich habe Chloe gesehen«, sagte ich. »Glaubt Ihr, ich kann zwei und zwei nicht zusammenzählen?«

Er seufzte. »Du und viele andere.« Dann ging er ein paar Schritte auf der Mauer auf und ab. »Ich will nicht, dass meine Kinder so aufwachsen wie ich, in dem Wissen, dass jedes Geschenk, jeder Bissen Essen tödliche Absichten verbergen könnte. Olympias hätte mich töten lassen können, wenn sie mich je für eine Bedrohung gehalten hätte. Manchmal habe ich gedacht, genau das hat sie auch getan, und das Einzige, was ich tun konnte, war, immer uninteressanter für sie zu werden. Zum Glück hat sie andere Erben bekommen, um die sie sich Gedanken machen konnte, als Philip wieder geheiratet hat. Rechtmäßige Söhne von Philips neuer Königin und nicht diesen farblosen Jüngling, der ja nur der Sohn von Arsinoe war, einem Mädchen, das Philip geliebt hat, als sie fast noch Kinder waren. Ich will nicht, dass meine Kinder in Angst vor ihren Verwandten aufwachsen.« Er blieb stehen und kam dann zurück. »Und von Chloe könnte man zu leicht behaupten, sie wäre Alexanders Tochter; irgendein Mann ohne jegliche Skrupel könnte sie zu leicht benutzen.«

»Das ist ein Problem für später«, wandte ich ein. »Sie war ein tapferes Kind, und sie wird eine tüchtige Frau sein, genau wie ihre Mutter.«

Ptolemaios lächelte, wie Männer es eben tun, wenn ihre Tochter gepriesen wird. »Du magst sie also?«

»Ja, das tue ich«, antwortete ich. »Ich habe sie gesehen, als ich Thaïs das letzte Mal besucht habe. Sie hat gesagt, Ihr müsst für sie siegen, und ich habe es ihr versprochen.«

»Nun ja, wenn du es Chloe versprochen hast, dann müssen wir uns sputen«, meinte Ptolemaios, doch er lachte nicht. »Sorg dafür, dass deine Männer heute Nachmittag abmarschbereit sind. Wir ziehen das Westufer hinunter nach Memphis.«

»Ja, Herr.« Ich wandte mich zum Gehen.

Ptolemaios hielt mich zurück. »Und ernenne einen Adlatus. Jetzt brauchst du einen.«

Und ein neues Pferd, dachte ich. Den großen Rappen hatte ich nicht als Eigentum einer meiner Männer wiedererkannt, also nahm ich an, dass er jemandem aus Perdikkas' Gefährtenreiterei gehörte. In diesem Fall war er jetzt mein. Mein Pferd war nicht wieder aufgetaucht, doch eigentlich hielt ich das auch für besser. Besonders geschätzt hatte ich diese Stute nicht, weil sie so leicht nervös wurde. Ich nannte den Rappen Perseus, und er schien nichts dagegen zu haben.

Am Nachmittag ritten wir vier Stunden lang an der Spitze der Kolonne und kundschafteten das Gelände vor und hinter dem Heer aus, bildeten einen Schutzschirm für das Fußvolk. Beim ersten Halt kam der Späher angeritten, den ich nach hinten geschickt hatte. »Herr? Eine

Gruppe Reiter folgt uns. Vor Kurzem haben wir sie hinter uns gesehen.«

»In Formation!«, befahl ich und ließ das dürftige Häuflein aus hundertfünfundvierzig Mann in Reihen quer über die Straße Aufstellung nehmen, während die Phalanx aus Fußsoldaten, die als Letzte in der Kolonne marschierten, sich zum Quadrat formierte.

Wir warteten. Eine Fliege ließ sich auf Perseus' Ohr nieder und es zuckte.

Um die Flussbiegung hinter uns kam eine Männerschar, ungefähr dreihundert, alle beritten. Als sie uns erblickten, hielten sie an. Ich hob die Hand und schirmte meine Augen gegen die Sonne ab. Gepanzerte Reiterei, dachte ich. Hier und dort das Aufblitzen bunter Seide. Und dann erkannte ich sie, als die beiden ganz vorn im Schritt herangeritten kamen, ein massiger Kerl im stählernen Harnisch, den Kopf in der Sonne unbedeckt, und ein schlanker Mann mit einem kurzen Bart und einem Bogen auf dem Rücken.

»Artashir! Glaukos!«

Sie kamen zu uns, und es wurde viel gebrüllt und einander auf den Rücken geklopft – das Gebrüll kam vor allem von mir, und den größten Teil des Rückenklopfens übernahm Glaukos.

Ptolemaios kam zurück, als wir noch dastanden, und umarmte die beiden wie Brüder. »Was ist euch zugestoßen?«

»Wir sind nicht durchgekommen«, berichtete Artashir und nahm Haltung an. »Wir mussten den Angriff auf das Lager abbrechen, der Hauptteil von Perdikkas' Fußtruppen war zwischen uns und euch. Also habe ich mich nach

Osten abgesetzt und wir haben uns im Palmenhain herumgedrückt. Kurz vor Tagesanbruch ist Glaukos dazugekommen.«

Glaukos nickte. »Wir sind auch stecken geblieben. Ich habe gesehen, wie du den Befehl gegeben hast, Lydias, aber wir konnten uns nicht lösen und zu euch stoßen. Also habe ich mich auf dem Weg abgesetzt, der mir am freiesten zu sein schien, und wir sind nach Süden geritten. So gegen Mitternacht haben wir gehört, wie sie das Lager abgebrochen haben und in unsere Richtung losmarschiert sind, also sind wir nach Osten abgeschwenkt, um ihnen nicht in die Quere zu kommen. Ich gehe doch nicht mit zweihundertfünfzig Mann auf fünfzehnhundert Berittene los. Wir haben gewartet, bis ihre Nachhut vorbei war, dann haben wir uns auf der östlichen Seite durch die Felder geschlichen. Und sind auf Artashir gestoßen. Wir haben uns ein bisschen ausgeruht und sind dann am Vormittag losgezogen, um zu sehen, was vor der Festung passiert war. Da haben sie uns gesagt, ihr wärt abmarschiert, also haben wir unsere Verwundeten dort bei den anderen gelassen und sind euch gefolgt.«

»Das habt ihr gut gemacht«, lobte Ptolemaios. »Sehr gut, alle beide. Wie viele unversehrte Männer habt ihr?«

»Vierundzwanzig berittene Bogenschützen«, antwortete Artashir. »Und zweihunderteinundsechzig Mann Reiterei.«

Ich ließ die Luft entweichen, von der ich gar nicht gemerkt hatte, dass ich sie anhielt. Das hieß, mir waren knapp über vierhundert von sechshundertfünfzig Männern geblieben. Was nach zwei Schlachten nicht gerade fürchterlich war. Viele unserer Ausfälle waren verwundet und würden irgendwann in den Dienst zurückkehren, und noch mehr waren wahrscheinlich selbst unverletzt, konnten jedoch nicht mehr kämpfen, weil ihre Pferde lahm oder verletzt waren. Wieder einmal hatten wir nicht genügend Ersatzpferde.

»Sagt euren Leuten, sie sollen sich ihren Kameraden anschließen«, sagte Ptolemaios. »Und ihr beide kommt mit und trinkt etwas. Ihr habt es verdient.«

»Was kommst als Nächstes?«, wollte Artashir wissen.

»Memphis«, antwortete ich. »Wir ziehen nach Memphis.«

20

Der Abstieg der Könige

Am Abend des vierten Tages erreichten wir Memphis, nachdem wir bei Abusir den Saite-Arm des Nils überquert hatten und dann die feste Straße auf der westlichen Flussseite hinuntermarschiert waren. Jetzt war Perdikkas hinter uns. Er konnte noch nicht über den Nil, da er keine Möglichkeit hatte, den Bubastis-Arm des Flusses zu überqueren, außerdem war das Gelände auf der Ostseite viel unwegsamer und die Straßen weniger sicher. Wir gingen davon aus, dass er frühestens am Nachmittag des folgenden Tages gegenüber von Memphis auf dem Ostufer auftauchen und so spät am Tage nicht mehr angreifen würde.

Ich war ausgesprochen erleichtert, als ich die Stadtmauer von Memphis erblickte. Die größte Stadt Ägyptens verdankt ihr ihren Namen und ist in der Landessprache als »Herrin der weißen Mauer« bekannt. Sie war sechzig Fuß hoch und dreißig Fuß dick, mit gewaltigen Flankentürmen rechts und links von jedem Tor. Die Mauer ragte hoch über dem Fluss und den Anlegestegen auf, die in ihrem Schatten lagen. Wenn der Fluss Niedrigwasser führte, zogen sich an jenem Ufer flache Sandstrände entlang.

Doch Perdikkas hätte von Sinnen sein müssen, beim Übersetzen direkt darauf zuzuhalten. Nicht eine Fingernagelbreite Strand oder Anleger lag in Reichweite der Türme und Mauern. Jeder Schritt, den ein Mann tun könnte, würde unter vernichtendem Beschuss von oben liegen.

Glücklicherweise – oder auch unglücklicherweise, je nach Standpunkt – hat die Reiterei bei der Belagerung einer Stadt nur wenig zu tun, also hatte ich an diesem Abend keine weiteren Verpflichtungen mehr, nachdem meine Männer ihre Pferde in den Ställen untergebracht hatten. Ich konnte etwas essen gehen, während Ptolemaios und die Befehlshaber der Fußtruppen sich bis spät in die Nacht mit der Stadtwache berieten.

Ich ging zu Bagoas.

Sein Zimmer war ein Himmelreich aus Licht und Frieden, und sein Lächeln, als er mich sah, wärmte mich bis ins Mark. Er überschüttete mich nicht mit unzähligen Fragen, sondern sagte nur: »Komm, ruh dich aus.« Und das tat ich.

In den frühen Morgenstunden erwachte ich neben ihm aus Träumen, an die ich mich nicht recht erinnern konnte. Da war eine Frau gewesen, mit einem silbernen Schleier über dem langen schwarzen Haar. Ich hätte sie für eine Ägypterin oder Inderin gehalten, nur waren ihre Augen so blau wie der Himmel. Sie stand vor geschlossenen Türen, auf denen uralte Worte geschrieben standen, die ich nicht zu lesen vermochte. Und wie sehr ich mich auch bemühte, sie zu umgehen und durch die Tür zu treten, sie vertrat mir mit einem traurigen kleinen Lächeln den Weg und schüttelte den Kopf, so wie meine Mutter es getan hatte, als ich noch klein gewesen war.

Ich wachte auf, lag auf dem Rücken und starrte die Zimmerdecke über mir an. Die ersten Sonnenstrahlen fielen schräg durchs Fenster. Der Tag war bereits angebrochen.

Sanft weckte ich Bagoas. »Komm, Lieber. Es ist spät. Wir müssen sehen, was Ptolemaios für uns zu tun hat.«

Ptolemaios nahm gerade zusammen mit Artashir in einem der kleinen Gärten das Frühmahl ein. Er sah noch immer verschlafen aus, als wäre er erst lange nach Mitternacht ins Bett gekommen. Die Anführer des Fußvolks waren nirgends zu sehen. Ich nahm an, dass sie ihre Befehle bereits erhalten hatten und deshalb nach einem langen Marsch nicht so früh aufstehen mussten.

Zu meiner Überraschung war auch Manetho da, außerdem ein Priester, den ich nicht kannte, und eine rundliche junge Frau, die ein grünes Gewand von ägyptischer Machart trug. Die breiten Träger bedeckten kaum ihre Brüste. Ich war mehr als nur ein bisschen verdutzt, eine Frau zusammen mit Männern zu Rate sitzen zu sehen, und fragte mich insgeheim, wer sie wohl sein mochte.

Artashir stand auf, als wir herankamen. »In Ordnung«, sagte er. »Ich kümmere mich sofort darum.«

Die junge Frau nickte. »Ich lasse Euch den Sarkophag von meinen Dienern bringen. Es war eigentlich für Nektanebos gedacht, aber der ist fern von hier in Oberägypten gestorben und hat ihn nie benutzt.«

Bagoas erstarrte. »Was habt Ihr mit meinem Gebieter vor?«

Ptolemaios blickte auf. »Kommt her, Bagoas. Wir bringen ihn aus dem Tempel am Fluss zu den Gräbern der Heiligen Stiere in den Hügeln bei Sakkara. In der Stadt ist es zu gefährlich, und dort hat er Serapis als Gesellschaft.«

Nie hatte ich erlebt, dass Bagoas wegen irgendetwas gegen irgendjemanden aufbegehrt hätte, dies hier jedoch war genau das, wofür er es tun würde. »Gewiss rechnet Ihr doch nicht damit, Memphis zu verlieren, dass Ihr so etwas tun müsst. Ihn aus dem Leichenwagen holen, der für ihn gebaut wurde, und ihn in den Sarg eines anderen legen?«

»Nein«, erwiderte Ptolemaios. »Ich rechne nicht damit, Memphis zu verlieren.« Er und Manetho wechselten einen Blick.

»Ich gehe dann mal«, verkündete Artashir und suchte das Weite.

Ich zögerte, hin- und hergerissen zwischen einer Entscheidung, an der ich keinen Anteil haben sollte, und Bagoas. Und blieb.

Ptolemaios holte Luft; sein Blick huschte kurz zu mir und dann wieder zu Bagoas. »Es ist mehr als das. Viel mehr. Ich weiß nicht recht, wie ich es erklären soll.«

Jäh wurde mir alles klar: Manetho und der andere Priester, und die Frau, die ich nicht kannte, die aber zur ägyptischen Priesterschaft gehören musste. Die Notwendigkeit von Alexanders Leichnam. »Ihr nehmt das Angebot der Götter an«, stellte ich fest.

Bagoas drehte sich um und sah mich an.

»Ja«, sagte Ptolemaios. »Manetho kennst du ja bereits. Dies ist der Hierophant des Osiris aus Abydos und die Anbeterin der Bastet aus Bubastis. Sie sind hier, um bei dem zu helfen, was getan werden muss.«

»Und was hat das mit dem Leichnam meines Gebieters zu tun«, verlangte Bagoas zu wissen, »dass ihr ihn aus seinem Sarg holt und ihn in der Gegend herumschleppt?«

Ptolemaios sah mich an, eine Braue hochgezogen.

»Zum Teil muss es gerade für den König getan werden«, erklärte ich. »Bagoas, er wurde in Memphis gekrönt, nach den alten Riten, den Riten, die den Gott Horus auf den Pharao herabrufen und ihre Geister miteinander vereinen sollen. Wenn der Pharao stirbt, sollte eigentlich ein Ritual abgehalten werden, um Horus in den neuen Herrscher zu übertragen. Bis das getan ist, wird der alte Pharao nicht aus dem Körper befreit, den er bewohnt hat.«

Bagoas' Augen suchten in meinem Gesicht. Dies war ganz und gar nicht das, was man die Perser über Leben und Tod lehrt. »Und du glaubst das?«

»Ja, das tue ich«, antwortete ich, »und ich glaube, dass es getan werden muss, sowohl für den König als auch für Ägypten.«

»Um seinen Geist freizulassen?«

»Und um Ptolemaios die Macht zu verleihen, Perdikkas zu besiegen und Ägypten zu regieren.«

»Wir achten Euren König nicht gering«, versicherte die Anbeterin stockend auf Griechisch. »Er war auch unser Pharao. Er hat uns unsere Freiheit gegeben. Ich bringe den Sarg, der für unseren letzten Pharao gedacht war, der in der Verbannung gestorben ist. Es ist keine

Schande, sondern unser größtes Geschenk, ihn Alexander darzubieten.«

»Und dass er eine Weile inmitten der Götter ruht, inmitten der heiligen Fleischwerdungen des Osiris«, fügte Manetho hinzu. »Bis Ptolemaios sein Grabmal errichtet hat, wie es sich ziemt.«

Daraufhin nickte Bagoas und schlug die Augen nieder.

»Wir müssen es heute Nacht tun«, sagte Ptolemaios. »Wir haben keine Zeit mehr.«

»Es wird heute Nacht geschehen«, verkündete Manetho. »Wir haben bereits alles vorbereitet, und da Ihr sagt, Ihr wollt den Krönungsritus nicht …«

»Nein.« Ptolemaios schüttelte den Kopf. »Ich diene als Stellvertreter für Alexanders Sohn. Mehr nicht.«

»Ich verstehe«, sagte Manetho. »Ihr werdet der Sem-Priester sein, doch wir werden Horus nicht herabrufen, um in Euch zu verweilen. Es sei, wie Ihr sagt. Gibt es jemanden, der als Gefährte an Eurer Seite wandeln soll? Es ist üblich, dass es zwei sind, die solcherart mit Euch durch die Tore von Amenti schreiten und bei Tage hervortreten.«

»Ich hätte gern Lydias dabei«, antwortete Ptolemaios.

Ich schluckte. Damit hätte ich niemals gerechnet. »Gewiss ist das doch eine Aufgabe für einen Blutsverwandten«, stammelte ich.

»Ich habe hier keine Blutsverwandten«, entgegnete Ptolemaios. »Und außerdem, hast du nicht schon einmal an meiner Seite gestanden, als wir nach Memphis gekommen sind?«

»Ja«, sagte ich. Zusammen hatten wir an jenem seltsamen Ort gestanden, in Ägypten und zugleich woanders. In der Wüste, als Kleomenes versucht hatte, ihn zu töten.

»Wirst du auch jetzt an meiner Seite stehen?«, fragte Ptolemaios und streckte die Hand aus.

Ich umfasste sein Handgelenk, und seine Haut war warm unter meiner Hand. »Ja, das werde ich, und es ist mir eine Ehre.«

Manetho nickte. »Das ist wohlgetan. Artashir ist ausgeschickt worden, den Sarg zu holen, den die Anbeterin gebracht hat. Wenn es Abend wird, ziehen wir nach Sakkara hinaus, so wie Leichenzüge es tun. Nur einige wenige von uns, um keine Aufmerksamkeit zu erregen, sodass wir aussehen wie eine trauernde Familie und ein Priester, die den Leichnam auf einem Bestattungswagen mitführen. So machen die Menschen es, wenn sie zu den Gräbern reisen, und es wird Perdikkas nicht aufzeigen, dass da etwas Ungewöhnliches vor sich geht.«

»Ohne mich bringt Ihr meinen Gebieter nirgendwohin«, sagte Bagoas.

»Bagoas …«, begann ich.

Bagoas sah Manetho unverwandt an. »Bin ich denn kein Totenpriester Alexanders? Habt Ihr mich nicht all diese vielen Monate lang einen solchen genannt? Wie sollte ich dann von seiner Bestattung ausgeschlossen werden, und von dem Amt, das Ihr bereits anerkannt habt?«

»Er ist Perser«, wandte die Anbeterin ein. »Seine Anwesenheit wäre eine Beleidigung für die Heiligen Stiere.«

»Bagoas war noch nicht einmal geboren, als Artaxerxes den Apis-Stier getötet hat«, entgegnete Ptolemaios schroff. »Wir müssen hier alle ein bisschen beweglich sein.«

Manetho trat von einem Fuß auf den anderen. Das Ganze gefiel ihm eindeutig nicht, doch er wollte Ptolemaios, der sein Herrscher sein würde, auch nichts abschlagen. »Dann würdet Ihr das gestatten?«

Ptolemaios nickte und sah dabei Bagoas an, nicht Manetho. »Alexander sollte jemanden an seiner Bahre haben, der ihn geliebt hat.«

Bagoas' Atem stockte kurz, doch er gab keinen Laut von sich.

Ptolemaios streckte Bagoas die andere Hand entgegen. »Wir sind schon eine sonderbare Gemeinschaft, und ich sage nicht, dass das hier nicht unüberlegt ist. Aber werdet Ihr Alexander zuliebe mit mir in die Finsternis schreiten?«

»Das werde ich«, versicherte Bagoas so feierlich wie ein Bräutigam.

»Dann werden wir es mit den Toren von Amenti versuchen, wir drei«, verkündete Ptolemaios. »Und wir werden den König befreien, und Ägypten hoffentlich noch dazu.«

Wir verließen die Stadt, als die Sonne sich den Hügeln über Sakkara im Westen entgegensenkte. Drei Priester und Manetho schritten voran, während ein Ochsenpaar einen weiß drapierten Leichenkarren zog. Ein Leichentuch war über den Mumiensarg darauf gebreitet, und das war auch gut so, anscheinend war er nämlich mit Blattgold überzogen. Ptolemaios ging hinter dem Karren, und Bagoas und ich hinter ihm, gefolgt von der Anbeterin, einer zweiten Frau, die ich nicht kannte, und drei jungen Priestern.

In ägyptische Gewänder gekleidet, sahen wir aus der Ferne wohl aus wie eine Familie auf dem Weg zu den

Gräbern, etwas durchaus Übliches. Der Zug sah aus wie die Bestattung eines ganz gewöhnlichen Mannes.

Hephaistions Bestattung war eines Gottes würdig gewesen.

Alexander hatte in Babylon den größten Scheiterhaufen errichten lassen, den die Welt jemals gesehen hatte. Vier Monate dauerte es, ihn aufzustapeln, während Hephaistion aufgebahrt lag, durch die Kunst der Einbalsamierer erhalten. Der Scheiterhaufen war so groß wie ein Tempel, sieben Stockwerke vom Boden bis zur Spitze, jedes prachtvoller als das darunter. Ganze Palmenstrände trugen das Gebilde, Schiffe aus duftendem Zedernholz mit vergoldeten Bogenschützen auf den Decks, Banner aus rotem Filz, Adler und Schlangen, Löwen und Stiere, alle aufs Lebensechteste aus Holz geschnitzt. Makedonische und persische Waffen und vier große Statuen von Sirenen, alle geschickt so geformt, dass es scheinen konnte, als sängen sie Klagelieder für den Toten. Ihre Stimmen waren die von vier Eunuchen, die für ihre schönen Singstimmen bekannt waren und die während des ersten Teils der Bestattung in ihrem Innern verborgen stehen würden, bevor der Scheiterhaufen entzündet wurde. Und ganz oben, auf einer mit goldgesäumtem tyrenischem Purpur bedeckten Bahre, lag Hephaistion.

Sein Chiton war purpurfarben, als sei er ein König, und sein Brustharnisch war mit kostbaren Edelsteinen besetzt. Sein Schwert lag neben seiner Hand. Das weiß ich, denn ich sah ihn dort liegen. Wir erwiesen ihm die letzte Ehre, bevor der Scheiterhaufen angezündet wurde, und auch ich hatte meine Rolle zu spielen. Ich sah ihn dort, goldene Münzen mit Alexanders Konterfei auf den Augen, das lange rote Haar sorgfältig gekämmt um die Schultern. Ich sah ihn dort, und ich brauchte keine Trauer vorzuschützen. Ich sah ihm ins Gesicht, und ich dachte, er würde lächeln.

»Hephaistion«, flüsterte ich. »Herr, wenn Ihr bei ihnen seid, wacht für mich über Sati und Sikander. Bitte, Herr.« Ich war blind vor Tränen und konnte nicht weitersprechen. Wenn er konnte, würde er es tun. Er würde so viel für mich tun.

Der Mann neben mir musste mich mit einem sachten Stoß daran erinnern, meinen Anteil zu leisten.

Die Opfer wurden zum Scheiterhaufen gebracht, um ihr Blut zu vergießen, Opfer für einen König. Ein Stier mit vergoldeten Hörnern. Ein Widder.

Mit stolzen Schritten, so gelassen wie stets bei der Parade, die Decke aus purpurfarbener Wolle, wurde Göttertänzer gebracht. Ich ging zu ihm und stand an seinem Kopf, und er sah mir in die Augen.

»So, mein Liebling«, sagte ich. »Ich wusste, dass du der Beste bist. Du warst der Allerbeste. Geh jetzt mit deinem Herrn und diene ihm für alle Zeit. Hier in der Welt lebst du in deinen schnellfüßigen Fohlen weiter.«

Er neigte den Kopf zu mir herab, und ich könnte schwören, dass ich Begreifen in seinen dunklen Augen sah. Als der Priester mit dem Messer kam, wehrte er sich nicht, sondern stand nur mit hoch erhobenem Kopf und bot die Kehle dar. Sein Blut spritzte über mich und er starb in meinen Armen.

Auch ich starb an jenem Tag, während die Flammen

über ihnen zusammenschlugen. Als Alexander starb, war ich bereits tot.

Und doch wandelte ich unter der Sonne. Ich folgte dem Bestattungskarren den Hügel hinauf nach Sakkara, wo sich uralte steinerne Pyramiden vor dem westlichen Himmel abhoben, die Hauptstraße der Leichenzüge entlang. Wir zogen nicht zu den Pyramiden, sondern bogen nach rechts ab und gingen um den See mit den Lotusblumen und den Lilien herum auf das Serapeum und die Gräber der Heiligen Stiere zu.

Wir schwiegen, Ptolemaios, Bagoas und ich. Ich fragte mich, wie mein Leben wohl ausgesehen hätte, wäre Alexander niemals nach Milet gekommen oder wäre ich nicht mit ihm gegangen. Nein, dachte ich, ich bereue es nicht, trotz all der Trauer, die danach über mich gekommen ist. Ich habe die Gipfel des Hindukusch im hellen Morgenlicht gesehen, und die ferne See am Ende des Indus, wo es kein anderes Ufer mehr gibt. Ich habe mit Weisen und Priestern in einem Dutzend Ländern gesprochen und bin über die Ebenen von Scythia der aufgehenden Sonne entgegengeschritten. Ich bin auf Elefanten geritten und auf großen Galeeren gesegelt. Ich habe geliebt und ich habe verloren, und ich bin mit gestohlenem Feuer in einem vergoldeten Sarg nach Ägypten gekommen und dabei mit Göttern gewandelt.

Ich schaute auf, und die Hügelflanke ragte über der Tür des Serapeums auf, ein schwarzes Loch, das in die Erde hineinführte. Um nichts in der Welt, dachte ich, würde ich für immer durch diese Tür gehen wollen. Es gibt doch immer noch zu viel zu sehen. Noch bin ich den Nil nicht weiter hinaufgesegelt als bis nach Theben, noch habe ich meine Tochter nicht im safrangelben Schleier heiraten oder mein Enkelkind heranwachsen sehen. Ich kann die ägyptische Sprache nicht lesen und ich weiß nicht, wo die Sonne jenseits der Säulen des Herkules untergeht.

Ich weiß, flüsterte Isis. *Du willst leben.*

Da rann mir eine Träne die Wange hinunter.

Ich will leben, Herrin Ägyptens, dachte ich. Ich kann nicht anders, ich will leben. Tief holte ich Atem, und es schien, als löse sich etwas in meiner Brust.

Vor mir schritt Ptolemaios mit gesenktem Kopf feierlich dahin. Neben mir hob Bagoas das Gesicht den ersten Sternen entgegen, die am Himmel erschienen. Tränen glitzerten in seinen grünen Augen. Ich trauerte um einen König, der mein Leben verändert hatte. Er trauerte um den, den er geliebt hatte. Jetzt verstand ich das. Treue und Stolz hätten ihn nichts Böses über den König sagen lassen, seine Trauer jedoch rührte von Liebe her.

Und wie auch nicht, dachte ich. War es denn so seltsam, dass jeder, der ihm diente, selbst wenn er als Kriegsbeute in seinen Dienst geraten war, ihn am Ende lieben sollte? Wer auch immer Bagoas mit Narben gezeichnet hatte, Alexander war es nicht gewesen. Diese Trauer war echt.

Ich empfand keine Eifersucht, denn wie könnte ich? Ich war doch nach ihm gekommen, mit meinen eigenen Erinnerungen und meinen eigenen Narben. Über den trockenen Klippen flammte der Himmel im Westen noch immer mit den verblassenden Farben vom Dahinscheiden der Sonne.

Wir erreichten die Tür des Serapeums und Manetho

drehte sich zu uns um. Der Leichenkarren rollte an ihm vorbei durch die Tür und verschwand in der Finsternis. Im späteren Verlauf des Rituals würden wir ihn wiedersehen.

»Dies ist das Heim der Heiligen Stiere«, verkündete Manetho. »Seit mehr als tausend Jahren sind die Apis-Stiere hier zur Ruhe gebettet worden, wenn es für sie an der Zeit war, in den Westen hinabzusteigen, in die Hallen von Amenti. Werdet Ihr die Tore Amentis durchschreiten, Ptolemaios von Ägypten?«

»Ich werde sie durchschreiten«, antwortete Ptolemaios. »Ich suche Alexander, den Sohn des Philip.«

Ich sah, wie Bagoas die Brauen hochzog, weil Ptolemaios seinen Namen selbst hier und jetzt noch nach makedonischem Brauch nannte.

Manetho sah mich und Bagoas an. »Und werdet ihr ihn begleiten?«.

»Das werden wir«, antworteten wir wie aus einem Munde. Insgeheim hoffte ich, dass es nicht mehr viele Antworten geben möge, die nicht leicht zu erraten waren. Ein solches Ritual hatte ich nämlich noch nie erlebt, und mich hatte auch niemand darauf vorbereitet, so wie Manetho Ptolemaios unterwiesen hatte.

Manetho machte kehrt und führte uns hinein, unter dem mächtigen Türbalken hindurch, der aus dem Stein des Hügels gehauen worden war. Dies hier war kein ganz und gar von Menschenhand errichteter Ort, sondern eine von den Göttern geschaffene Höhle, so alt wie die Zeit. Wir waren in die Schatten getreten.

Wir gingen einen langen, abschüssigen Gang hinunter, der geradewegs in den Hügel hineinführte, mit gewölbter

Decke und breit genug, dass vier Mann nebeneinander gehen konnten. Ganz finster war es nicht. In regelmäßigen Abständen waren Öllampen auf Ständer gestellt worden, sodass sie ihr Licht auf die Wände des Ganges warfen. Einen Moment lang überlegte ich, warum man sie wohl so weit auseinander aufgestellt hatte, doch dann wurde mir klar, dass so Teile des Ganges im Dunkeln bleiben sollten.

Wir hatten erst eine kurze Strecke zurückgelegt, als eine junge Frau mit einer goldenen Waage in den Händen aus den Schatten trat und einige Worte mit Ptolemaios wechselte. »Ich bin die Gerechtigkeit«, sagte sie auf Griechisch, ein Zugeständnis, da Ptolemaios kein Ägyptisch sprach. »Jeder, der danach trachtet, das Schwarze Land zu regieren, muss geloben, Gerechtigkeit für alle walten zu lassen, die innerhalb seiner Grenzen wohnen. Werdet Ihr das schwören?«

»Das werde ich tun«, antwortete Ptolemaios, und sie trat zurück an die Wand.

Als wir an ihr vorbeigingen, ließ er mich zu sich aufschließen und sagte: »Mach dir doch nicht solche Sorgen, Lydias. So anders als die Mysterien von Eleusis ist das hier doch gar nicht, oder?«

»Ich weiß es nicht«, gab ich zurück. »Und ich wusste auch nicht, dass Ihr ein Eingeweihter seid.«

Ptolemaios senkte die Stimme. »Ich bin vor langer Zeit zum Eingeweihten geworden, als Alexander und ich junge Männer waren, in Athen. Thaïs war schon eingeweiht, und sie hat für mich gesprochen.«

»Oh.« Wahrhaftig, es gab vieles, was ich über Ptolemaios nicht wusste. Doch ich war auch nie in Eleusis oder anderswo in Griechenland gewesen. Und ich konnte mir auch nicht vorstellen, wie ein Mysterium aussehen sollte, das Frauen und Männern gleichermaßen zugänglich war.

Jetzt traten zwei wie Bauern gekleidete Männer vor und baten um Ptolemaios' Versprechen, über die Armen Ägyptens zu wachen, über jene, die sich für kargen Lohn auf den Feldern mühten. Wieder gab er sein Wort, und wieder gingen wir weiter.

Wir kamen zu einem breiten Quergang, wo ein weiteres lebendes Bild wartete, und bogen nach links in ihn ein. Durch die flackernden Lampen und die huschenden Schatten fühlte sich das Ganze seltsam an. Meine Nackenhaare stellten sich auf. Wir erreichten eine zweite, noch größere Kreuzung, und dort stand abermals eine Priesterin. Diesmal forderte sie Ptolemaios auf, seine Hingabe an die Götter Ägyptens zu bekunden. Meiner Meinung nach war diese Priesterin die Anbeterin, die ich heute Morgen gesehen hatte, allerdings trug sie jetzt eine schwere Perücke mit zahlreichen Zöpfen. In jeden waren goldene Perlen hineingeflochten. Sie bemerkte meinen Blick und bedachte mich mit einem kleinen, fast schon verführerischen Lächeln wie ein Mädchen auf einem Dorffest. Ich merkte, wie ich rot anlief.

Zu beiden Seiten dieses Ganges waren große Türbögen, die mit Steinblöcken zugemauert waren. Kunstvolle Gravuren darauf verkündeten etwas, das ich nicht zu deuten vermochte.

»Wir sind zum Gang der Stiere gekommen«, erklärte Manetho. Mit seinem Stab stand er in dem, der nach links führte. »Hier ruhen die Heiligen Stiere in ihren Grabkammern.« Er berührte den Türbogen zu seiner

Linken. »Hier ruht Apis, gestorben im dreiundzwanzigsten Jahre der Herrschaft von Ahmose Khnemibre, den ihr Amasis nennt. Dort neben ihm liegt Apis, gestorben im sechzehnten Jahre der Herrschaft von Nekatu. Und dort« – er deutete mit dem Kinn – »ruht Apis, der im fünften Jahre der Herrschaft von Alexander, dem Sohn des Amon, starb, den ihr den Sohn des Philip nennt.« Er hob die Arme, und die Lampen warfen seinen Schatten hoch aufragend an die Wand hinter ihm. »Hört, o Götter! Hört uns klopfen, denn wir kommen im Namen von Alexander, dem Sohn des Amon!«

Daraufhin trat ein junger Priester mit rasiertem Kopf vor und bot Ptolemaios ein Becken dar, damit er sich die Hände waschen und sie an einem Stück Leinen abtrocknen konnte. Danach schritt er an ihm vorbei und tat dasselbe für mich und Bagoas.

»Tretet vor das Angesicht des gewesenen Pharao«, sagte Manetho.

Wir gingen ein kurzes Stück den Gang hinunter. Einer der Bögen war offen, und in dem Raum dahinter stand der goldene Sarg auf dem Deckel eines Sarkophags aus grünem Granit. Der Sarg war offen, und ich hörte, wie Bagoas einen leisen Laut ausstieß.

Alexander lag da, als schliefe er, die Hände auf der Brust gekreuzt, genauso, wie ich ihn gesehen hatte, als ich nach der Eroberung des Leichenwagens in den Sarg geschaut hatte. Seine Hände sahen vollkommen lebensecht aus, wenngleich ein wenig wächsern, und im Lampenschein schien sein Gesicht eine gesunde Farbe zu haben. Er sah aus, als würde er jeden Augenblick erwachen.

Bagoas hätte nicht mitkommen sollen, dachte ich.

Bestimmt hatte er doch schon genug von all dem hier. Doch er rührte sich nicht, sondern stand nur stumm und ehrfürchtig da.

»Weihrauch und Myrrhe bringen wir dar, Gaben für einen König«, verkündete Manetho. Ein weiterer junger Priester kam mit einem Räucherfass herein und trug es langsam rund um den Raum. Der Rauch wand sich wie lebendige Ranken um Alexanders Leichnam.

»Gold bringen wir dar, eine Gabe für einen König«, fuhr Manetho fort. Er zog ein Diadem hervor, und ich sog scharf die Luft ein. Die Könige von Makedonien tragen Diademe, nicht die schweren Doppelkronen Ägyptens. Alexander hatte die Doppelkrone nur ein einziges Mal getragen, als er hier gewesen war. Für andere Anlässe hatte er sich ein Diadem machen lassen, einen schlichten Goldreif, wie die Makedonen ihn tragen, nur mit dem Kobrakopf, dem Uräus an der Vorderseite. Dieses Diadem hatte Manetho jetzt hervorgeholt und Alexander behutsam auf den Kopf gesetzt.

Bagoas schloss die Augen.

»Öl bringen wir dir dar, den Duft des Lebens.« Manetho hob ein kleines Glasgefäß in die Höhe und zog den Stöpsel heraus. Betörender Rosenduft erfüllte den Raum wie eine Sommerbrise. Er ließ einen einzigen Tropfen auf die Stirn des Königs fallen.

»Brot und Bier und das Fleisch von Vögeln bringen wir dir dar«, verkündete Manetho, als der junge Priester abermals vortrat, diesmal mit Speisen für ein Festmahl, gebratener Ente und anderen Leckereien, und sie zu Alexanders Füßen auf den Sarkophag stellte.

»Den Atem des Lebens bringen wir dir dar«, sagte

Manetho, und abermals schwang das Räucherfass seinen Rauch durch die Luft. »Wir bringen dir alles dar, was wir haben, unserem König und Gott.« Er legte die Hände vor der Brust aneinander.

Dann trat er einen Schritt zurück und wandte sich an Ptolemaios. »Dies alles tun wir mehr oder weniger ausführlich bei jeder Bestattung, auf dass alle, die die Tore von Amenti durchschreiten, in Erinnerung bleiben und mit allem Guten gesegnet sein mögen. Von diesem Punkt an jedoch weichen wir von dem ab, was für jeden Mann außer dem Pharao getan wird. Wir werden das Öffnen des Mundes vornehmen, wie es üblich ist, doch dann müssen wir Horus herbeirufen, der noch immer den Leib König Alexanders bewohnt, auf dass sein Ka und das des Gewesenen Pharao getrennt werden. Zuerst muss Ptha ihm Atem schenken.«

Ein älterer Priester trat vor, und Manetho machte ihm würdevoll Platz. Aus einem Kasten, dem sein Gehilfe ihm hinhielt, nahm er einen steinernen Meißel und begann dann einen langen Text aufzusagen, der nicht ins Griechische übersetzt wurde. Ich glaubte, Teile davon zu verstehen. »Erwache! Mögest du von Neuem ein Lebender sein! Mögest du jeden Tag erquickt sein, gesund und unversehrt …« Als er fertig war, berührte er mit der Spitze des Meißels ganz leicht Alexanders Lippen.

»Und sodann muss Sokar ihm das Augenlicht geben«, verkündete Manetho.

Der junge Priester trat vor und entnahm dem Kasten ein Stück kristallklaren Quarz und ein Stück schwarzen Obsidian. Auch er stimmte auf Ägyptisch ein langes Gebet an. Der Rauch aus dem Räucherfass hing dicht in dem kleinen Raum, und mir drehte sich davon alles im Kopf. »... mögen die Götter dich beschützen. Mögen sie jeden Tag ihren Schutz um dich weben. Mögest du die Augen öffnen und die Segnungen Ras schauen.« Behutsam berührte er jedes reglose Augenlid mit dem schwarzen Stein, dann mit dem hellen.

Ich blinzelte. Eigentlich sollte es hier drin doch warm sein, wo wir uns alle in dem kleinen Raum drängten. Und doch spürte ich, wie mir ein kalter Schauer den Rücken hinablief, als stünde jemand dicht hinter mir. Fast sah ich vor mir, wie Alexander das hier betrachten würde, nachdenklich und ein wenig erfreut, dachte ich bei mir. Fast sah ich vor mir, wie er jetzt wäre.

»Jetzt ist es an Euch«, sagte Manetho. »Dies hier muss der Sem-Priester tun. Nehmt das Messer.«

Der letzte Gegenstand in dem Kasten war ein kleiner, flacher Dolch. Die Klinge war dunkel und ein wenig fleckig, als sei sie von einer dünnen Ölschicht bedeckt. Ptolemaios hob den Dolch behutsam auf. »Was ist das?«, wollte er wissen.

»Aus Meteoreisen geschmiedet«, antwortete Manetho. »Wenn ich es sage, berührt seine Lippen damit.« Er räusperte sich und begann mit leichtem Akzent auf Griechisch: »Komm hervor, Alexander, Sohn des Philipp! Komm hervor, Horus! Kommt zu jenen, die Euch rufen, zum Sem-Priester, der Euer Sohn ist, zu denen, die Eurer harren. Kommt und sprecht. Lasst Euren Mund der Fesseln ledig sein. Kommt hervor, Alexander und Horus!«

Meteoreisen, dachte ich. Von den Göttern gestohlenes Feuer, so wie Prometheus es getan hatte. Hier gab es eine Schicht, von der Manetho nichts wusste, mehr als eine

Schicht. Und er wusste nicht, dass Ptolemaios blutsverwandt war, dass er sogar Alexanders Bruder war. Und er wusste … irgendetwas nicht. Ich hatte keine Zeit, auch nur in Worte zu fassen, was ich sagen wollte, ehe Ptolemaios sich vorbeugte und Alexanders Lippen sachte mit der Spitze der eisernen Klinge berührte.

Gestohlenes Feuer.

In meinem Kopf wirbelte es, der Raum drehte sich um mich. Die Lampen flackerten, ihre Schatten huschten über des Königs Antlitz.

Er war hier. Er stand hinter mir, ein wenig zur Seite versetzt, dicht hinter Bagoas. Sehen konnte ich nichts. Es gab keinen Leib, den ich berühren könnte, doch das Gefühl seiner Gegenwart, jenes Reine, Lebendige, das ihn belebt hatte und das nichts mit dem mumifizierten Leichnam in dem Sarg zu tun hatte, war da.

Alexander stand neben mir und ich wusste, worum er mich bat. An meiner Einwilligung konnte es keinerlei Zweifel geben. Ich war ein Gefährte, meine Eide banden mich über den Tod hinaus.

Ich merkte, wie sich mein Mund öffnete, hörte meine Stimme herauskommen, mit anderem Klang und anderem Tonfall als sonst. »Ihr habt mich gerufen. Warum?«

21

Das Öffnen des Mundes

Bagoas fuhr herum und furchte die Stirn, als frage er sich, ob dies irgendein Teil des Ritus' sei, den man vorher mit mir geprobt hatte, ein rituelles Aufsagen irgendwelcher Textzeilen. Ptolemaios, der das zweifellos für unwahrscheinlich hielt, sah mich an, als könne er nicht glauben, was er gehört hatte. Manetho, der wusste, dass dies nicht Teil der Vorbereitungen war, war derjenige, der mich ganz unverhohlen mit offenem Mund anglotzte.

»Wenn ihr mich ruft, warum seid ihr dann überrascht, wenn ich antworte?«, fragte ich. Oder fragte er. Vielleicht war »fragten wir« am treffendsten. Es war ein sehr seltsames Gefühl, als wäre Alexander zugleich neben und in mir. Ich konnte ihn hören, doch es war mehr als das. Es war, als hätte ich teil an seinen Gedanken, so als hätte er sie laut ausgesprochen, und sei doch vollständig von ihm getrennt. Ich war ich selbst und er war er selbst, obgleich er sich meiner Stimme bediente.

Obwohl du mir gestattest, mich deiner Stimme zu bedienen, dachte er in meinem Kopf. *Ich kann dich nicht zwingen, irgendetwas zu sagen oder zu tun. Und ich bin dir dankbar dafür, dass du es erlaubst.* Ganz kurz klang Alexander belustigt. *Für so etwas sind normalerweise Orakel zuständig und keine Reitersoldaten!*

Mein Gebieter, dachte ich, *Ihr habt keine Ahnung, wie viele sonderbare Dinge geschehen sind, seit ich an Eurer Bahre gestanden habe. Ich weiß nicht mehr, was ich bin.*

Manetho fasste sich als Erster und verbeugte sich. »Gelobt sei Alexander, der Herrscher der Zwei Lande, Geliebter des Amon, Erwählter des Ra. Gelobt sei Alexander, Pharao von Ägypten.«

Bagoas starrte mich ungläubig an.

Ptolemaios runzelte die Stirn. »Was geht hier vor?«

»Ihr habt mich gerufen«, antworteten wir. »Hattest du etwa keinen Grund dafür, Ptolemaios? Anscheinend hast du doch erheblichen Aufwand betrieben, um das hier zu bewerkstelligen.« Wir blickten uns in der Grabkammer um, betrachteten die Priester, die sich mit ihren Gerätschaften hier drin drängten, betrachteten Manetho mit seinem Gepardenfell über der Brust. Und natürlich den im Sarg liegenden Leichnam. Den anzusehen, behagte uns nicht recht.

Bagoas' Stimme war tonlos. »Das ist grausam und sinnlos.«

Der Teil von mir, der ich war, schreckte vor dem Zorn und dem Schmerz in seinen Augen zurück. Er dachte, ich täte ihm das zum Spaß an. Für Lydias verhieß das nichts Gutes.

So ist das also, wie? Alexander klang fast wehmütig.

Mein Gebieter, Ihr seid seit drei Jahren tot, antwortete ich. Es klang ein wenig wie eine Rechtfertigung.

Ich weiß, sagte er. *Und ich wünsche ihm kein Unglück. Er hat mir nie weniger gegeben als das Beste, was er hatte.*

»Lydias, was machst du da?«, herrschte Ptolemaios mich an. »Manetho, gehört das zum Ritual? Spielt er uns etwas vor? Habt Ihr das mit ihm geprobt?«

Manetho spreizte die Hände, sein übliches Selbstvertrauen war dahin. »Nein, Erhabener Gebieter. Nicht im Mindesten. Er ist Soldat, und ich habe noch nie gehört, dass dergleichen geschehen ist, wenn kein geschulter Priester oder eine Priesterin beteiligt war. In der Tat, wir haben doch Priester hier! Ich weiß beim besten Willen nicht, wieso der Pharao stattdessen einen Soldaten erwählen sollte.«

»Vielleicht, weil Eure Priester kein Griechisch sprechen«, erwiderten wir. »Außerdem verlasse ich mich lieber auf meine eigenen Männer.« Wir legten den Kopf ein wenig zurück, so wie Alexander es immer tat, wenn er mit jemandem sprach, der größer war als er. »Ptolemaios, was bringt dich und Bagoas hierher? Und was ist los?«

Ptolemaios' Mund öffnete und schloss sich.

»Erhabener Herr, Ihr solltet ihn genauso anreden, wie Ihr es sonst getan hättet«, sagte Manetho. »Wir haben ihn aufgefordert, zu sprechen, und wenngleich es ungewöhnlich ist, dass die Toten sich mit den Lebenden auszutauschen wünschen, kommt so etwas doch vor. Allerdings üblicherweise durch ein richtiges Orakel.«

»Ich soll mit ihm reden, als wäre er Alexander?«

»Das glaube ich nicht«, verkündete Bagoas tonlos.

»Ist es denn so seltsam, dass ich mit euch spreche?«, fragten wir. »Gibt es denn keine Riten und Gebete, die an mich gerichtet sind? Gibt es keine Menschen, die meinen Namen als den eines Gottes führen?«

»Der Pharao ist ein Gott.« Manetho fing sich etwas. »Horus wohnt in ihm. Und wenn er stirbt, wird er zu Osiris und wandelt in den Äußersten Westen. Ich habe noch nie mit einem toten Pharao gesprochen, obgleich ich Berichte über dergleichen gesehen habe. Seti ist besonders wortgewaltig, habe ich gehört.«

»Es gibt Menschen, die Euch als Gott anrufen, ja«, sagte Ptolemaios. »Ist das von Bedeutung?«

»Es sollte von Bedeutung sein«, entgegnete Manetho. »Deswegen beten wir ja vor Statuen – um den Gott darauf aufmerksam zu machen, wo wir sind, um sein umherstreifendes Bewusstsein auf uns zu richten. Der Gott Alexander ist so wirklich wie jeder andere.« Er sah uns an und zuckte die Schultern. »Und er ist immer noch gefangen, es steht ihm nicht frei, von hier nach Amenti zu ziehen, falls er sich dafür entscheidet.«

Unser Kopf zuckte abermals empor, angespannt wie ein Jagdhund auf der Fährte. »Falls ich mich dafür entscheide? Welche Wahlmöglichkeiten habe ich denn, Priester?«

Manetho holte tief Luft, den Blick fest auf uns gerichtet. »Dies sind heikle Fragen, mein Pharao. Doch wenn Ihr erst freigesetzt seid, ich glaube, dann habt Ihr die Wahl, hierzubleiben, als heraufbeschworenes Wesen, so, wie Ihr jetzt seid, und Euch von der Energie von Opfern und Glauben zu nähren.«

»Ein unsterblicher Held?«, fragten wir.

»Eher ein Daimon«, antwortete Manetho, »wenn ich Euer Wort richtig verwendet habe. Ein körperloser Geist, unverändert und unveränderlich, ein Wohltäter der Sterblichen.«

Wir nickten bedächtig. »Oder?«

»Oder Ihr könnt in die Hallen von Amenti schreiten«, erklärte Manetho. »Wo Ihr vor Isis und Osiris stehen werdet und Ma'at Euer Herz wiegen wird.«

Oder vor dem Tod und seiner Königin stehen und abermals aufs Rad zurückkehren, dachte ich ihm zu. *In dieses Leben zurückkehren, mit all seinem Schmerz und Kummer, wie Prometheus an die Bergspitze gekettet und jeden Tag aufs Neue verschlungen.*

Ich spürte, wie er in meinem Innern lächelte. *Die Welt besteht nicht nur aus Leid, Lydias. Gewiss kannst du das doch nicht behaupten, wenn Bagoas dein Freund ist?*

»Doch das ist eine Frage, die Isis Euch stellen sollte«, schloss Manetho. »Nicht ich.«

»Und welcher Frage wegen habt ihr mich dann gerufen?«, wollten wir wissen.

Ptolemaios sah uns in die Augen. Praktisch veranlagt wie immer, würde er das hier nehmen, wie es kam. »Um Euch zu bitten, die Herrschaft über das Schwarze Land und über seine Geschöpfe aufzugeben, auf dass sie von einem anderen übernommen werden kann.«

»Von wem?«

»Von Eurem Sohn. Alexander, Sohn des Alexander. Ich diene als sein Stellvertreter, bis er alt genug ist, um zu regieren«, sagte er ruhig.

Falls er regiert, dachte ich im Stillen. Dabei bemühte ich mich nach Kräften, diesen Gedanken für mich zu behalten, doch das war unmöglich.

Alexander war nicht überrascht, aber ich spürte, wie

ein Gefühl des Bedauerns ihn überkam. *Du hast nichts gesagt, was ich nicht schon wusste,* dachte er. *Bagoas hat mir viel erzählt in seinen leeren Stunden.*

Es tat weh, mir vorzustellen, wie Bagoas neben dem goldenen Sarg saß und Geschichten und Neuigkeiten und Hofklatsch für Ohren zum Besten gab, die nicht hören konnten.

Wir sprachen, und unsere Stimme war fest und unerwartet sanft. »Ein bisschen König sein geht nicht, mein Bruder.«

Bagoas' Kopf fuhr mit einem Ruck hoch und wir hörten, wie Manetho nach Luft schnappte.

Zu meinem Erstaunen standen Tränen in Ptolemaios' Augen. »Als du sechs Jahre alt warst, habe ich dir versprochen, dass ich dir niemals etwas wegnehmen würde, was dir gehört, dass ich dich niemals verraten oder mich gegen dich verschwören würde. Ich habe dir versprochen, dass du mein kleiner Bruder wärst und dass du nie Grund haben würdest, mir zu misstrauen. Ich habe es geschworen, Alexander!«

»Du nimmst mir nichts weg«, erwiderten wir. »Gar nichts.« Ich hörte, wie meine Stimme bebte, und schluckte. »Mein Sohn hat Ägypten nicht, und er wird es niemals haben. Persien könnte ihm gehören, und Makedonien, wenn Roxane stark genug ist. Du hast nicht verstanden, warum ich sie heiraten wollte, hast gesagt, sie wäre ungeeignet. Du hast nicht gesagt, sie ist genau wie deine Mutter, Alexander, obwohl du das gedacht hast. Glaubst du, ich wusste das nicht? Denkst du, ich hätte geglaubt, dass jemand Schwächeres und weniger Skrupelloses imstande wäre, unsere Kinder vor dem Tod zu bewahren? Ich wollte genauso wenig wie du erleben, dass meine Kinder ermordet werden.«

Bagoas rang nach Luft. Beinahe klang es wie ein Aufschluchzen.

»Roxane hat ihren Kampf auszufechten und du den deinen. Aus dem ganzen riesigen Reich ist Ägypten eine recht bescheidene Gabe.« Unser Blick begegnete dem von Ptolemaios und ein wehmütiges Lächeln spielte um unsere Lippen. »Du hast kein Erbe von unserem Vater erhalten, alles habe ich bekommen. Immer habe ich alles bekommen, seine Zuneigung, seine Mühe, sogar seinen Namen. Die meisten Männer würden einen jüngeren Bruder hassen, der alles hatte, während sie leer ausgingen. Und doch warst du treu, der treueste Bruder, der jemals gelebt hat. So nimm denn dies von mir an, als sehr spätes Erbe.«

Wir hoben die Stimme, wandten uns an Manetho und alle, die hier standen. »Ich gebe das Königreich Ägypten in die Obhut meines geliebten Bruders Ptolemaios, auf dass er herrsche und die Macht des Pharao ausübe, er und seine Nachkommen, die auf ihn folgen mögen. Genügt das?«

Manetho neigte den Kopf. »Ich glaube schon, Erhabener Herrscher.«

»Und möget ihr wissen, was für ein gutes Geschäft ihr mit Ptolemaios gemacht habt«, fügten wir lächelnd hinzu.

»Das wissen wir, Erhabener Herrscher«, versicherte Manetho.

»Bagoas.«

Er blickte zu uns auf, und ich sah, dass er schließlich doch glaubte. »Ich weiß«, sagte er.

»Du weißt es.«

»Gute Nacht, mein geliebter Gebieter«, flüsterte er.

»Schlaf wohl, mein Schöner«, sagten wir, und ich sah, wie seine Augen endlich überströmten. Bagoas schloss die Lider und hob das Kinn; das Licht spielte auf seinem Antlitz, und ich weiß nicht, ob es Lydias oder Alexander war, der den Schmerz spürte.

Wir wandten uns an Manetho. »Was tun wir, um loszulassen?«

»Ich rufe Horus aus Euch hervor«, antwortete er, »und wenn der Sem-Priester Eure Lippen mit dem Messer berührt, wird Horus aus Euch hervorkommen und in ihm ruhen.«

»Dann tut das«, sagten wir. »Und – Ptolemaios?«

»Ja?«

»Grüße Thaïs von mir.«

Ptolemaios schüttelte den Kopf und sah ausnahmsweise ganz und gar wie ein verdrossener großer Bruder aus. »Das werde ich tun, Alexander.«

Wir traten einen Schritt zurück und Manetho breitete die Arme aus und fing an, laut auf Ägyptisch zu sprechen. Es war sehr seltsam, denn wir verstanden Teile von dem, was er sagte, und verstanden es gleichzeitig doch nicht.

Ein bisschen habe ich hier in Ägypten gelernt, sagte ich stumm.

Dazu hatte ich nie Gelegenheit, antwortete er, während Manetho weiter und weiter redete.

Vielleicht beim nächsten Mal, dachte ich.

Ich spürte, wie ein breites Grinsen über sein Gesicht huschte. *Du glaubst also nicht, dass ich mich dafür entscheide, ein Daimon zu sein?*

Hätte ich erröten können, so hätte ich es getan, doch ich antwortete geradeheraus: *Mein Gebieter, hat das Orakel von Siwah, als Ihr ihm die Frage gestellt habt, ob Hephaistion ein Gott sein würde, nicht geantwortet, dass dem nicht so wäre? Dass er ein Held sei, aber er sei kein Gott. Ich glaube nicht, dass Ihr beschließt, dorthin zu gehen, wohin er Euch nicht folgen kann. Ihr seid ein Wind durch diese Welt, und ich glaube nicht, dass Ihr schon mit ihr fertig seid.*

Manethos Stimme wurde lauter, dröhnte in unseren Ohren.

Ich sehe dich wieder, Lydias von Milet, sagte er.

Ich wüsste nicht, wie Ihr das vermeiden könntet, antwortete ich.

»Jetzt«, sagte Manetho.

Ptolemaios hob die Klinge aus Meteoreisen, und als sie meine Lippen berührte, drehte sich der Raum und wurde schließlich dunkel.

Ich erwachte in Finsternis und sah die Sterne über mir ziehen. Lange wusste ich nicht, wo ich war oder was gerade geschah. Nur die dahinwandernden Sterne waren da. Dann wurde ich mir des Tappens von Hufen bewusst, das leise Trotten von Ochsen auf einer sandüberwehten Straße, und ich wusste Bescheid. Ich lag auf dem Karren, der Alexander nach Sakkara gebracht hatte. Gewiss waren wir jetzt auf dem Rückweg zur Stadtmauer von Memphis.

Jemand beugte sich über mich und ich sah, dass es Manetho war. »Was ist?«, fragte ich.

Er sah erleichtert aus. »Ah, Ihr seid wach. Wisst Ihr, wer Ihr seid?«

»Der Hipparch Lydias.« Ich versuchte, mich auf die Ellenbogen zu stemmen. »Wo ist Ptolemaios?«

»Er ist vorausgeritten, in die Stadt«, antwortete Manetho. »Gerade eben ist ein Bote gekommen und hat gemeldet, dass Perdikkas' Männer gesichtet worden sind.«

»Dann ist er unterwegs zur Mauer.« Ich setzte mich auf, obwohl die Welt um mich herum wegkippte. »Was ist denn los mit mir?«

»Einen Daimon in sich zu behausen erfordert sehr viel Energie«, erklärte Manetho. »Dass ein völlig unvorbereiteter Mann ohne jegliche Übung dergleichen fertigbringt, ist ehrlich gesagt ungewöhnlich. Normalerweise werden Orakel und ihresgleichen von Kindheit an geschult, jedenfalls in Ägypten. Ich habe noch nie erlebt, dass so etwas einem erwachsenen Manne widerfahren ist, noch dazu einem Soldaten. Ihr seid erschöpft, aber das ist nichts, was durch normales Ausruhen nicht kuriert werden kann. Ihr solltet etwas essen, eine Fleischmahlzeit, und Ihr solltet Euch zu Bett begeben.«

»Ich muss zur Mauer«, widersprach ich und klammerte mich dabei noch immer an den Seitenbrettern des Karrens fest. Es fühlte sich an, als hätte ich Blut verloren, obgleich ich keinerlei Wunden hatte.

»Das wirst du schön bleiben lassen.« Bagoas erschien auf der anderen Seite des Karrens. »Ptolemaios hat gesagt, du sollst dich ausruhen und dich ja nicht vor morgen bei ihm melden; du hättest für eine Nacht genug Dienst getan.«

»Bagoas.« Ich wusste nicht, was ich ihm sagen sollte. Ganz bestimmt hatte ich niemals die Absicht gehabt, ihm wehzutun.

»Sitz still und fall bloß nicht um«, wies er mich an. »Du bekommst etwas zu essen und schläfst dich aus, und morgen kannst du zu Ptolemaios.«

Sein Tonfall gestattete mir keine Antwort, die nicht vor Manetho und all den jüngeren Priestern zu einer sehr persönlichen Szene geführt hätte, also gab ich nach. Wortlos fuhr ich in dem Karren, als wir uns der Mauer von Memphis näherten, die weiß im Licht des abnehmenden Mondes schimmerte. Wie viele Tage waren vergangen? Acht? Der Morgen würde den neunten Tag bringen. Und was dann?

Das Rumpeln des Karrens war beruhigend, und fast wäre ich eingeschlafen, bevor wir Bagoas' Unterkunft erreichten. Er bat einen der Priester, etwas zu essen zu beschaffen, half mir hinein und bettete mich auf die Liege, als wäre ich schwer krank.

Ich sah ihn an, bereit, etwas zu sagen, ich weiß nicht, was. Doch der Priester kam mit zwei Schalen herzhafter Fischsuppe sowie Ziegenkäse, Brot und Bier zurück.

Der Duft des Essens war beinahe überwältigend. So, wie ich zulangte, hätte ich von einem zweitägigen Gewaltmarsch zurückgekehrt sein können. Die Fischsuppe war dick und gehaltvoll und duftete nach Dill und anderen Kräutern. Nie hatte ich etwas so Gutes gegessen, fand ich. Das Brot war genau richtig gebacken, und das Bier war kühl und gut bis zur letzten Neige. Essen ist Leben, dachte ich. Und ich habe Hunger.

Endlich stellte ich die Schale weg. »Bagoas«, begann ich. »Ich hatte keine Ahnung, was passieren würde, bitte glaube mir.«

Mit klaren Augen sah er mich an. Ein Ohrring baumelte von seinem einen Ohr, trotz des weißen ägyptischen Shenti, den er für das Ritual angelegt hatte. Der stand ihm gut, er brachte die Muskeln seiner Brust und seiner Arme zur Geltung. Eigentlich waren Perser ja sittsamer; nie hatte ich ihn ohne Hemd draußen herumlaufen sehen. »Es war nicht deine Schuld, Lydias.«

»Er wollte sprechen«, sagte ich. »Und ich wollte es ihm nicht verwehren. Wie konnte ich denn?«

»Natürlich hättest du es ihm nicht verwehren sollen«, erwiderte Bagoas.

»Ich hätte dir um nichts in der Welt wehtun wollen«, beteuerte ich.

Bagoas schüttelte den Kopf. »Lydias, ich weiß doch schon, dass er tot ist. Er ist seit drei Jahren tot. Glaub mir, das weiß ich.« Er erhob sich, schritt zur Tür hinüber und kam wieder zurück. »Er ist tot, und ich muss mir irgendetwas anderes suchen, was ich mit meinem Leben anfangen kann, oder sterben. Und ich habe keine große Lust auf den Tod. Ich will nicht sterben, nicht jetzt.«

»Bagoas«, setzte ich an und wusste nicht, wie ich fortfahren sollte.

»Es gab eine Zeit, da wollte ich sterben«, sagte er, noch immer mit dem Rücken zu mir. »Als ich jung war und dachte, der Tod sei meine einzige Erlösung. Verstehst du, ich bin nicht als Sklave geboren worden, und auch nicht als kleines Kind kastriert worden, zu jung, um mich daran zu erinnern. Ich wusste Bescheid, und ich habe dem Leben nachgetrauert, das ich hätte haben, dem Mann, der ich hätte sein sollen. Sogar noch mehr, als ich mein Los gehasst habe. Doch die Zeit ist dahingegangen, und da ich nicht starb, musste ich leben. Und im

Leben musste ich ein wenig Stolz und ein wenig Hoffnung finden.« Seine Schultern bewegten sich; es hätte ein Achselzucken sein können. »All das war vor langer Zeit, bevor ich mit Dareios' anderem Hab und Gut bei Alexander gelandet bin. Genau wie du habe ich mich selbst erfunden, habe jemand ganz anderen erschaffen als den Mann, als der ich geboren worden war, den Mann, den mein Vater seinen Sohn genannt hätte, ein Mann mehr wie Artashir.« Bagoas hob den Kopf, und in seinen Augen standen keine Tränen. »Ich bin kein Mann und ich bin nicht jener Mann. Ich bin Bagoas, der Alexander gehört hat. Aber jetzt muss ich wieder etwas anderes sein, und außerdem noch mehr, und ich weiß nicht, wie ich weitermachen soll.«

»Lass mich mit Ptolemaios sprechen, ob du nach Alexandria mitkommen kannst. Er braucht einen Haushofmeister, einen Palasthofmeister. Komme mit nach Alexandria, Bagoas.« Der Gedanke, er könnte den Tod in Erwägung ziehen, war mir nicht gekommen, doch dieser Pfeil war vorbeigeflogen, noch ehe ich auch nur gewusst hatte, dass er da war. »Du wirst gebraucht. Und es ist nicht deine Schönheit, die gebraucht wird, oder deine Anmut, sondern dein Verstand und dein Geschick im Umgang mit anderen. Ptolemaios braucht jemanden wie dich, wie den, der du jetzt bist, kein Traumbild davon, wer du hättest sein können oder wer du für Alexander gewesen bist.«

Er zögerte, und ich glaubte, zu wissen, warum. »Das ist keine Gefälligkeit, Bagoas. Du wirst wirklich gebraucht.«

Ich sah, wie er es im Geiste erwog. Langsam nickte er, und sein Blick wich nicht von meinem Gesicht. »Ich komme mit nach Alexandria, wenn …« Er hob die Hand. »Wenn ihr siegt und es noch einen Ptolemaios gibt, dem ich dienen kann. Wenn ihr siegt, komme ich mit nach Alexandria, falls Ptolemaios mich haben will. Aber er muss mich darum bitten, Lydias, nicht du. Ich will nicht, dass das zwischen uns steht, dass ich dir mein Auskommen verdanke.«

»Wenn wir verlieren, sind wir wahrscheinlich alle tot«, bemerkte ich.

»Nun ja, stimmt.« Perdikkas würde ihm wahrscheinlich auch nicht wohlgesonnen sein, schließlich hatte er Ptolemaios den Leichenwagen ausgeliefert. Bagoas kam mit einer Decke und deckte mich zu. »Dann müsst ihr eben siegen.«

Am Morgen traten wir Perdikkas gegenüber.

Bei Memphis ist der Nil ein gewaltiger Strom, sogar durch die Trockenzeit geschrumpft wie jetzt. Auch jetzt, kurz vor dem Nilhochwasser, war der Fluss noch für alle Schiffe befahrbar, bis auf die allergrößten und schwersten. Wir hatten Alexanders Leichenwagen während des Hochwassers nach Memphis gebracht, weil der Lastkahn außergewöhnlich groß und schwerfällig war, doch der normale Schiffsverkehr auf dem Fluss kam während der Trockenzeit nicht zum Erliegen. Direkt der Stadtmauer gegenüber war der Nil noch immer breiter, als selbst der beste Bogenschütze schießen konnte, und das Wasser war gut über eine Mannslänge tief.

Allerdings befand sich stromaufwärts von Memphis eine Insel, durch Palmen im Fluss verankert, die den Nil in zwei Hälften zerschnitt. Der westliche Flussarm war flacher, und während der Trockenzeit hielten Boote sich auf der Ostseite der Insel, wo das Wasser einem Mann selbst dann bis zum Hals reichte. Außerdem war das Westufer breit und flach und in fruchtbare Felder unterteilt, die die Stadt umgaben. In ein paar Monaten würde auf diesen Feldern Getreide grünen, jetzt jedoch lagen sie brach und warteten auf das Hochwasser.

Als ich am nächsten Morgen auf die Mauer kam, war bereits klar, was Perdikkas vorhatte. Durch die Insel vor Angriffen von unserer Flussseite aus geschützt, versuchte er, sein Heer an deren Ufer überzusetzen. Zwanzig oder dreißig Reiter waren bereits mit ihren Pferden hinübergeschwommen, und jetzt waren einige abgesessen, untersuchten die Ufer auf beiden Seiten der Insel und stocherten mit ein paar Sarissas im Fluss herum.

Ptolemaios stand neben Artashir, der den Kopf schüttelte.

»Wir müssten im Wasser stehen, um sie zu treffen«, meinte er. »Auf der Insel gibt es zu viele Bäume. Und wenn wir aufs Westufer hinausgehen, schaffen wir es trotzdem nicht, sie beim Übersetzen von der Ostseite auf die Insel zu treffen.«

»Andererseits«, bemerkte Ptolemaios, »heißt das, dass sie uns auch nicht treffen können. Meint Ihr nicht?«

Artashir schirmte die Augen gegen die aufgehende Sonne ab. »Nein, von der Insel aus können sie uns auch nicht treffen. Wenn sie sich auf dieser Seite sammeln, dann schaffen es ein paar Pfeile vielleicht bis ans Ufer, aber das ist das Äußerste an Reichweite. Treffen werden sie so niemanden. Das hier wird kein Bogenschützenduell, Herr. Am besten wäre es, wenn wir am Westufer bleiben und das Wasser zwischen der Insel und uns im Auge behalten. Ziele im Wasser könnten wir mit Leichtigkeit treffen.«

»Wenn sie versuchen, von der Insel auf unsere Seite des Flusses herüberzukommen.« Ptolemaios nickte.

»Guten Morgen«, sagte ich.

Ptolemaios drehte sich um. »Guten Morgen, Lydias. Geht es dir besser?«

»Bin wieder ganz der Alte, Herr«, erwiderte ich.

Ptolemaios lachte. »Das ist ja fast schon schade. Sonst hätten wir dich gut brauchen können!«

Artashirs Blick huschte zwischen uns hin und her.

»Ich fürchte, das ist etwas, was sich nicht wiederholen lässt«, sagte ich. »Nicht einmal des taktischen Vorteils wegen. Ich bin alles, was Ihr habt.«

»Dann wirst du eben genügen müssen«, meinte Ptolemaios.

Ich fand, dass er ausgeruhter und zuversichtlicher wirkte, als ich ihn während der letzten paar Wochen erlebt hatte. Wenn das Ritual sonst nichts bewirkt hatte, so hatte es zumindest Ptolemaios' Verfassung verbessert.

»Artashir hat gerade gesagt, er glaubt nicht, dass er sie vom Ufer aus treffen kann, während sie auf die Insel übersetzen«, meinte er.

Ich nickte. »Das sehe ich. Und wie sieht unser Plan dann aus?«

»Sie suchen nach einer Stelle, wo sie über den Fluss können, und wahrscheinlich werden sie eine finden. Das hier ist die flache Seite, und das Wasser ist auf dem tiefsten Stand.«

Wieder schaute ich zur anderen Seite hinüber. Der

Fluss strömte auf seinem niedrigsten Stand verhältnismäßig langsam zwischen seinen Ufern dahin. Jetzt war es an der Zeit. Das Wasser sollte doch steigen. Doch nichts deutete darauf hin, dass irgendetwas geschah. Er sah genauso aus wie an jedem anderen Tag, und nicht einmal meine glühendsten Hoffnungen konnten mir einreden, dass es am anderen Ufer höher stand. Ich sah kein Wunder geschehen.

Ptolemaios legte die Hände auf die Brüstung. »Wir werden ihm am Flussufer Widerstand leisten müssen. Dort haben wir einen ausreichend großen Vorteil. Sie werden aus dem Nil gewatet kommen und die Schlachtordnung nicht halten können. Und sie werden geradewegs in dicht gestaffeltes Fußvolk hineinmarschieren müssen. Das wird hart.«

»Und wir können sie unter Beschuss nehmen, sobald sie ins Wasser steigen«, fügte Artashir hinzu. »Ich kann ein paar von den ägyptischen Bogenschützen von den Mauern abziehen und sie hinter unseren Fußsoldaten aufstellen.«

»Das wird ihnen das Übersetzen schwer machen«, pflichtete ich ihm bei. »Aber sie haben immer noch die meisten von ihren Elefanten.«

»Das ist eine Aufgabe für Artashir und dich, oder?«, meinte Ptolemaios.

Ich schrak ein wenig zusammen. »Ich hatte gefürchtet, dass Ihr das sagt.« Reiterei gegen Elefanten, das war meiner Ansicht nach das Schlimmste, was man sich vorstellen konnte. Andererseits war schwere Reiterei mehr oder weniger das Einzige, was mit Elefanten fertigwerden konnte. Durch eine dicht gestaffelte Phalanx würden

Elefanten hindurchtrampeln und unglaublichen Schaden anrichten.

Artashir nickte finster. »Wenn wir auf die Mahuts und auf die Augen der Elefanten schießen, können wir es schaffen. Aber ich habe nur noch ungefähr dreißig berittene Schützen.«

»Dann lasse ich euch erst einmal warten und dann auf die Elefanten losgehen, wenn sie an Land kommen«, sagte Ptolemaios. »Lydias, für dich gilt dasselbe. Ich brauche euch beide gegen die Elefanten. Artashir hat nicht genug Männer.«

Ich nickte. »Wir sind bereit.«

Natürlich würde der Feind auch Reiter einsetzen, doch wenn die aus dem Fluss heraus durch eine bereits angetretene Phalanx waten mussten, war das weniger dringlich. Sollten wir uns Reiterei gegenübersehen, die bereits durch die Phalanx durchgebrochen war, dann hatten wir schlimmere Probleme als Elefanten.

»Es muss ihm richtig wehtun«, sagte Ptolemaios. »Wenn es sein muss, können wir uns in die Stadt zurückziehen, aber das können wir uns nur erlauben, wenn wir ihm so sehr zugesetzt haben, dass er keinen ernsthaften Angriff gegen Memphis führen kann.«

»Und er kann nirgendwo hin«, stellte ich fest. »Während wir Vorräte und Befestigungsmauern im Rücken haben.«

Artashir nickte. »Wir können es schaffen.«

»Dann los. Sorgt dafür, dass jeder gut zu essen bekommt. Vor Mittag wird Perdikkas nicht auf der Insel sein, und ich will nicht, dass alle sieben oder acht Stunden herumstehen, ohne etwas gegessen zu haben. Wir haben Zeit. Nutzen wir sie.«

Als ich die Stufen von der Mauer hinunterstieg, um Glaukos und den Truppenführern von dem Plan zu berichten, dachte ich bei mir, dass das typisch für Ptolemaios war. Jüngere, weniger erfahrene Heerführer würden sofort alle in voller Rüstung aufs Schlachtfeld schicken, um dort vom Morgengrauen bis zum Nachmittag in der Sonne zu stehen und unruhig, müde und hungrig zu werden. Ptolemaios würde genau in dem Moment aufs Feld geschlendert kommen, in dem es notwendig war, als hätte er überhaupt keine Eile.

Am späten Vormittag hatte Perdikkas all seine Männer bis auf die Nachhut auf die Insel verlegt. Wir sahen, wie die Elefanten den Flussarm durchquerten. Obwohl das Wasser hoch genug war, dass die Pferde schwimmen mussten, blieben die Rücken der Elefanten trocken. Von der Mauer aus erblickte ich einen, dessen Tragesänfte mit roten Vorhängen versehen waren. So etwas hatte ich schon einmal gesehen, in Indien.

»Ptolemaios.« Ich zeigte auf das Tier.

Er nickte. Er hatte dergleichen auch schon gesehen, Reittiere für erhabene Fürsten, oder öfter noch für Prinzessinnen.

Ich glaubte zu sehen, wie sich die Vorhänge regten, als versuche ein neugieriges Kind, hinauszuspähen. Er ist hier, dachte ich. Alexanders Sohn. Perdikkas wagt es nicht, ihn zurückzulassen.

»Zu den Waffen«, befahl Ptolemaios in gleichmütigem Ton. »Es ist Zeit.«

Ich hatte mein neues Pferd Perseus, und zusammen standen wir hinter der in Formation angetretenen Reiterei auf einem kleinen Hügel, wo ein paar Mandelbäume den Rand des Ackerlandes anzeigten. Die Sonne brannte herab, es war die heißeste Zeit des Jahres. Das Schwarze Land dörrte unter der Sonne.

Glaukos saß neben mir auf seinem Pferd. Wenn es an der Zeit war, würde er seinen Platz an der Spitze einnehmen. Zu meiner Rechten waren Artashir und seine berittenen Schützen, und zu meiner Linken standen die ägyptischen Bogenschützen in ihrer Leinenkluft gelassenen hinter unserem dicht gestaffelten Fußvolk.

Ptolemaios kam im Schritt an der vordersten Reihe des Heeres entlanggeritten und hatte sein Pferd dabei völlig unter Kontrolle. Den Helm hatte er abgenommen, und seine Stirn färbte sich in der Sonne allmählich rot.

»Jetzt kommt die Rede«, knurrte Glaukos verdrossen.

»Er wird es kurz machen«, versprach ich.

»Männer Ägyptens! Gefährten! Wir stehen gemeinsam vor Memphis, vor Alexander, der auf seiner Totenbahre ruht. Doch wir stehen vor noch mehr. Wir stehen vor Alexandria, vor unseren Häusern, unseren Familien.«

Unsere Reihen blieben stumm. Niemand brüllte. In diesem Moment begriff ich, wie genial er war. Alexander hatte Ruhm verheißen. Er hatte ein Abenteuer versprochen, wie die Welt es noch nicht gesehen hatte. Doch am Ende waren wir alle müde gewesen. Am Ende war es bis ans Ende der Welt für unsere sterblichen Füße zu weit gewesen. Ptolemaios versprach uns keinen Ruhm. Er versprach ein Zuhause am Ende des Weges. Indem er ihnen Land in Alexandria überlassen hatte, hatte er die Stimmung seiner Männer genau richtig eingeschätzt. Sie konnten sich als Bürger einer stolzen neuen Stadt betrachten, als Väter und wohlhabende Männer, nicht als Suchende, die für alle Zeit irgendeinem fernen Horizont entgegenstrebten. Er gab ihnen eine Zukunft, für die sie kämpfen konnten.

»Wir stehen vor dem, was unser ist. Gemeinsam.« Ptolemaios' Stimme trug weit, nicht schön, aber zweckdienlich, wie alles andere an ihm. »Lasst uns dies hier zu Ende bringen. Und dann heimkehren.«

Die Rufe begannen ganz hinten im Fußvolk, doch sie schwollen an, wuchsen zu lautem Jubel. Sarissaschäfte schepperten zur Begleitung auf Schilde.

Ptolemaios ritt die Reihe hinunter und durch das Heer, und wir jubelten ihm zu wie nie zuvor, als wäre er Alexander.

Als wäre er der Pharao.

Gesegnete Herrin Ägyptens, betete ich im Stillen, *bewahre ihn. Lass uns siegen.*

Ptolemaios kam zu uns. Sein Gesicht war gerötet.

»Das war gut«, meinte ich.

Er sah verblüfft und erfreut aus. »Danke.«

»Ah-ha!« Artashir schaute über den Fluss. »Sie haben etwas gefunden.«

»Eine flache Stelle, glaube ich«, sagte ich und hob die Hand über die Augen.

Sie schickten gerade eine Reihe Elefanten ins Wasser, ein kleines Stück stromaufwärts von uns, einer dicht hinter dem anderen. Sieben Stück. Unterdessen watete stromabwärts von den Elefanten ein Truppenführer in den Fluss hinaus. Das Wasser reichte ihm nur bis zur Taille.

»Sie haben eine Sandbank gefunden«, stellte Ptolemaios fest. »Und stellen die Elefanten flussaufwärts davon auf, um die Strömung zu brechen. Ich frage mich, ob –« Er brach mitten im Satz ab. »Ja, da.«

Stromabwärts von der Stelle, wo der Truppenführer stand, ritten zehn oder zwölf Reiter ins Wasser. Um die einzufangen, die fortgeschwemmt wurden, dachte ich. Sie mussten ja in voller Rüstung und mit eingelegter Sarissa hinüberwaten. Tatsächlich war mir, als ob der Fluss schneller floss, als ob die Strömung stärker war.

Am gegenüberliegenden Ufer formierte sich die erste Phalanx und schickte sich an, ins Wasser zu waten.

»Artashir«, sagte Ptolemaios.

Artashir nickte seinen Männern zu und machte sich daran, sie auf ihre Positionen zu schicken, um den Teil des Ufers unter Beschuss zu nehmen, wo sie herüberkommen würden.

Knietief im Wasser, hoben die Männer von Perdikkas' erster Phalanx die Schilde über die Köpfe.

»Spannen«, befahl Arthasir.

Wie eine einzige wurden sämtliche Sehnen zurückgezogen.

»Schuss.« Schwarze Pfeile schnellten über den Himmel und die Schlacht begann.

22

Flussgötter

Die ersten Salven waren wirkungslos. Da sie sich die Schilde über die Köpfe hielten, prallten die Pfeile, die von oben herabstürzten, zumeist klirrend von Stahl ab. Hier und dort schlüpfte einer durch eine Lücke zwischen den Schilden, richtete jedoch keinen großen Schaden an. Trotzdem, die Wirkung der Tatsache, unter feindlichem Beschuss zu sein, sollte man nicht unterschätzen.

Nach der dritten Salve gebot Artashir Einhalt. Sie kamen jetzt nahe ans Ufer, und die ersten Reihen unseres Fußvolks traten ihnen mit gesenkten Sarissas entgegen. Wie zwei enorme, dröhnende Kolosse trafen unsere Fußsoldaten und die ihren aufeinander. Das Getöse war gewaltig, das Klirren von Stahl und das Gebrüll der Männer, das Ächzen und Stöhnen, als sie sich gemeinsam abmühten, die anderen zurückzudrängen und manchmal im wahrsten Sinne des Wortes Schild gegen Schild stemmten.

Wir waren im Vorteil. Unsere Männer hatten festen Boden unter den Füßen, während die hinteren Reihen ihrer Phalanx knietief im Wasser standen, auf sandigem Grund. Langsam, eine Handspanne um die andere, begannen wir, sie zurückzudrängen. Die ersten unserer Reihen traten platschend in den Fluss.

Eine zweite Phalanx kam herüber, versuchte stromaufwärts von der ersten in Position zu gehen, und Ptolemaios verlagerte seine Schlachtreihe, um sie abzufangen.

Schild prallte am äußersten Rand des Nils auf Schild. Und unsere Männer begannen zu schieben.

Ich tätschelte mein unruhiges Pferd. Es roch Blut. »Noch nicht, mein Junge«, sagte ich. Kühl und gefasst wie Ptolemaios wartete ich und beobachtete die Schlacht. Über uns hatten sich Menschen auf der Stadtmauer von Memphis versammelt. Ich überlegte, ob Bagoas wohl auch dort war. Wahrscheinlich. Er würde zusehen wollen, würde nicht still irgendwo herumsitzen können, während das Schicksal seinen Lauf nahm.

Schritt für Schritt zwangen unsere Männer sie zurück, drängten sie langsam in den Fluss. Muskeln spannten sich, und von dort, wo ich saß, konnte ich Menschen und Metall ächzen hören, als unsere Soldaten mit aller Kraft schoben. Die beiden ersten Reihen standen jetzt im Wasser; der Fluss umströmte ihre Knöchel und trug ihr Blut mit sich fort. Die Gefallenen lagen unter den Füßen ihrer Kameraden. Noch konnte die Strömung sie nicht packen.

»In Formation antreten lassen«, sagte ich zu Glaukos.

Fragend sah er mich an.

»Er muss durchbrechen, Mann«, erklärte ich. »Das heißt entweder Reiterei oder Elefanten. Und für beides sind wir zuständig.«

Perdikkas entschied sich für die Reiter. Schon fast

bevor Glaukos an der Spitze der Formation angelangt war, waren seine Reiter im Wasser und wateten durch den Fluss, der den Pferden bis an die Brust reichte.

»Bereithalten!«, brüllte Glaukos und schaute kurz über die Schulter zu mir zurück.

Was?, dachte ich. Warten, bis sie aus dem Wasser kommen und sich formieren, bevor wir auf sie losgehen?

Ich hielt die Zügel in der rechten Hand und hob die linke, machte Glaukos auf mich aufmerksam. »Nach rechts!«, befahl ich. »Um das rechte Ende unserer Fußtruppen herum!« Ich zeigte auf den Anführer der äußersten linken Reihe. »Zum anderen Ende. Ganz nach rechts!« Es hatte doch keinen Sinn, Männer im Trupp zu haben, die hinter unserer eigenen Phalanx standen. »Um die Flanke herum.«

Ich trabte hinter ihnen die Schlachtreihe entlang. Draußen im Wasser waren Perdikkas' Männer schon halb über den Fluss. Wir mussten sie angreifen, wenn sie gerade begannen, sich zu formieren. Und bei der Geschwindigkeit, mit der ich das flache Wasser dahinströmen sah, würden sie keinerlei auch nur annähernd geordnete Formation einnehmen können, bis sie fast am Ufer angelangt waren.

»In Formation!«, schrie ich, und die Ilç gehorchte. Die Pferde waren widerspenstig, wollten lospreschen.

Glaukos sah erleichtert aus.

Wieder hob ich die linke Hand. Er hielt den Blick fest darauf gerichtet.

Beinahe am Ufer. Beinahe. Die Ersten waren in knietiefem Wasser, der Rest der Reiterei zog sich in langer Reihe auf der Sandbank über den Fluss. Beinahe.

»Vorwärts!«, brüllte ich. »Ptolemaios und Ägypten!«

Mit einem Satz schnellte Ptolemaios' Ilç geschlossen vor.

Perseus galoppierte ebenfalls an, und ich schwankte bei seinem unverhofften Losspringen. »O Scheiße!« Unbeholfen hantierte ich mit der Linken herum, versuchte, das Schwert zu ziehen und gleichzeitig Perseus herumzureißen. Er war ein gut geschultes Kriegspferd und hatte schon manchen Sturmangriff mitgemacht. Er wusste, sein Platz war mitten im Getümmel, und zurückbleiben würde er nicht.

Fluchend brachte ich ihn zum Stehen, ganz dicht am Fluss und direkt hinter den letzten meiner Männer. Ich brauchte meine ganze Kraft, um ihn zu halten und seinen Kopf scharf herumzureißen, damit er nicht in dieselbe Richtung schaute wie die anderen Pferde. Wodurch ich der Schlacht die Flanke bot.

»Du blöder Esel«, herrschte ich ihn an, als er nach rechts drängte und versuchte, wieder zu den anderen aufzuschließen. »Lass das!«

Zu nahe. Ich war zu nahe am Geschehen, und meine Männer hatten Lücken in ihre Reihen gerissen, während sie sich in kleinen Gruppen dem Feind stellten. Kaum gelang es mir, das Schwert zu ziehen und die Zügel in meine schwache Linke zu nehmen, als der erste der Feinde sich schon auf mich stürzte.

Er stieß gegen meine rechte Seite vor; jeglicher Schwung, den er gehabt haben mochte, wurde vom Wasser zunichtegemacht. Sein Pferd konnte nicht angaloppieren, und im Schritt hatte sein Angriff nicht viel Wucht. Ich fing seinen ersten Hieb ab und löste dann meine Klinge unter seiner Abwehr hindurch. Mein Stoß traf ihn in den fleischigen Teil der Schulter dicht unterhalb des Harnischs, bohrte sich in die Muskeln, während er versuchte, sein Pferd herumzuwerfen, von mir weg.

Und dann war er an mir vorbei und ich sah mich dem nächsten gegenüber, abwehren und zustoßen, abwehren und zustoßen, der Rhythmus von Stahl auf Stahl. Endlich kam ich durch und traf ihn hart genug auf den Handrücken, um Finger zu brechen und ihm das Schwert aus der Hand zu schlagen.

Perseus stolperte, und ich hielt mich mit der linken Hand fest. Dabei verpasste ich die Gelegenheit, und mein Gegner entkam.

Ich wendete Perseus, sodass er wieder zum Fluss schaute. »Du Idiot! So allmählich überlege ich mir das mit dir noch mal!«, grollte ich. Vielleicht war er ja einfach zu ungestüm für einen Mann mit einer verletzten Hand. Ich würde mir ein sanfteres Pferd zulegen müssen. Etwas Passendes für einen Krüppel.

Bei dem Gedanken grollte ich vor Zorn. Ich drückte ihm die Fersen in die Seiten und trieb ihn geradewegs ins Kampfgewühl.

Abwehr und Stoß und Hieb, der altbekannte Tanz. Perseus unter mir, und meine Welt auf die Länge meines Schwertes zusammengeschrumpft. Wo ich war, blühte der Tod. Ein paar Augenblicke lang gab es nichts anderes.

Und dann war ich aus dem Getümmel heraus und stand im Wasser, das Perseus ungefähr bis an die Sprunggelenke reichte. So ging das nicht, sagte ich mir. Ich musste besser sehen können, was geschah, musste mehr sein als ein Soldat. Ich konnte mich nicht einfach der Kampfeswut hingeben und alles andere vergessen. Ich trug doch die Verantwortung.

Rasch ließ ich Perseus ein paar Schritte zurücktreten und blickte mich um.

Links von mir kämpften ihre Fußtruppen im Wasser dicht am Flussufer mit unseren. Unsere vordersten Reihen waren vollkommen mit ihren verkeilt. Wir drängten sie langsam und unaufhaltsam zurück, das Wasser reichte den Männern in unserer ersten Reihe fast bis zur Hüfte. Brust an Brust, Schild an Schild rangen sie im Fluss.

Vor mir hatte unsere Reiterei die ihre flussaufwärts von den anderen im Wasser gestellt. Hier war es tiefer und das Wasser strömte schneller. Ich sah einen Soldaten vom Pferd stürzen, ob es einer von ihnen oder von uns war, vermochte ich nicht zu erkennen. Seine Wunde hielt ich zwar nicht für tödlich, doch das Wasser zog ihn hinab und davon. Die Strömung war stark.

Einen Moment lang starrte ich dorthin, und dann begriff ich, was geschah. Die vielen Menschen und Tiere auf der Sandbank zerstörten sie; Pferde und Elefanten rissen den Grund auf, und einmal aufgewirbelt, wurde der Sand von der raschen Strömung fortgetragen. Den Nil durfte man nicht unterschätzen, und Sie kämpfte für Ägypten.

In diesem Moment setzte Perdikkas seine Elefanten in Marsch.

Elefanten haben nichts gegen tiefes Wasser. Tatsächlich kann man in Indien, wo sie heimisch sind, ganze Elefantenherden wie Kinder in Wasser baden und planschen sehen, in das ein Mensch sich nicht hineinwagen sollte, wenn er kein Narr ist. Perdikkas' Elefanten, zwanzig an der Zahl, stürzten sich ins Wasser und hielten geradewegs auf die Reihen unseres Fußvolks zu. Seine eigenen Männer waren mit unseren verkeilt und würden sich ohne Zweifel nicht befreien können, doch das scherte Perdikkas nicht. Er hatte nie viel Sorge um das Leben anderer an den Tag gelegt, wenn es um den Sieg ging.

Zu meiner Linken, hinter den Fußtruppen, hörte ich Ptolemaios brüllen, doch ich konnte seine Worte nicht verstehen.

»Lydias Ilç!«, schrie ich. »Sammeln!« Wir mussten uns, so gut es ging, vom Feind lösen. Elefanten vom Boden aus zu bekämpfen ist fast unmöglich, und unsere Männer würden bis zum Hals im Wasser stehen, das den Elefanten überhaupt nichts ausmachte.

»Sammeln!«, hörte ich Glaukos' Stimme, ein Echo meiner eigenen.

Nicht alle unserer Männer würden sich lösen können, doch die, denen es möglich war, mussten es jetzt sofort tun.

Über mir ertönte ein Surren, und Artashirs erste Pfeilsalve flog über uns hinweg. Seine dreißig berittenen Schützen waren in dichter Formation am Ufer angetreten und zielten auf die Mahuts der vordersten Elefanten. Ihre Pferde standen, als wären sie aus Stein gemeißelt, waren jahrelang geschult worden, damit sie nicht zuckten und ihren Reitern den Schuss verdarben. Doch es waren so wenige. Es waren nur noch dreißig von ihnen übrig.

Jetzt waren etwa zehn meiner Männer um mich herum, formierten sich, als würde ich die Truppe anführen. Und der erste Elefant hatte uns fast erreicht; er pflügte durchs Wasser und riesige Fontänen spritzten unter seinen Füßen auf.

»Na schön, Männer«, sagte ich. »Ihr habt so etwas schon mal gemacht und wisst, wie es geht. Holt euch die Mahuts. Oder zielt auf die Augen. Und haltet Abstand zueinander. Wir müssen sie verwirren und ihnen aus dem Weg gehen.«

»Auf dem Trockenen ist das einfacher, Herr«, bemerkte ein Schlaukopf.

»Vögeln auch«, gab ich zurück. »Aber trotzdem nutzt man die Gelegenheit, wenn sie sich bietet.«

Sie lachten, so wie ich es beabsichtigt hatte. Man braucht Mut, um standzuhalten, wenn Elefanten auf einen losstürmen.

Und dann waren sie da. Das Leittier wühlte sich mit hoch erhobenen Stoßzähnen durch den Fluss.

Zusammen mit dem Schlaukopf wich ich nach rechts aus; Perseus preschte durchs Wasser. Die meisten Pferde können Elefanten nicht ausstehen, allerdings hatten unsere erfahreneren Kriegspferde schon früher welche gesehen. Ich war froh, zu wissen, dass er mich wenigstens nicht abwerfen und das Weite suchen würde.

Als ich an der Flanke des Elefanten vorbeischoss, schlug ich zu, doch mein Schwert drang nicht durch die dicke Haut. Was natürlich genau das Problem bei Elefanten war.

Wir waren ausgeschwärmt, so wie es sein sollte, ließen sie zwischen uns hindurchlaufen und alles an Hieben einstecken, was wir anbringen konnten. Jetzt schlossen wir uns hinter ihnen wieder zusammen, versuchten, sie zu umgehen und an die Mahuts heranzukommen.

Fast wäre ich vom Pferd gefallen, als der Elefant herumfuhr; seine Stoßzähne fuhren direkt über meinem

Kopf durch die Luft, als Perseus vor seiner Nase vorbeiflitzte. Das Tier trompetete wütend.

Schön und gut, dachte ich. Solange er Katz und Maus mit mir spielt, tut er nichts anderes. Ich hatte die Zügel in meiner unversehrten Hand und versuchte gar nicht erst, zuzuschlagen, sondern ritt nur wie ein Geist um ihn herum und unter seinem Kopf hindurch und machte ihn irre.

Mehr erzürnt über unsere Angriffe als ernsthaft verletzt, machte der Elefant kehrt und senkte den Kopf wie ein Stier.

Nicht weit entfernt saß Artashir wie eine Statue auf seinem Pferd. Nur sein Arm bewegte sich, während er seinen Bogen spannte und schoss, spannte und schoss.

Der Elefant ging auf ihn los.

Er hielt den Pfeil auf der Sehne, und nicht einmal seine Stute zuckte zurück. Ihre gespitzten Ohren zeigten auf den Elefanten.

Ich brüllte, trat Perseus heftig in die Seiten, und wir setzten dem Elefanten nach, preschten in vollem Galopp durch die Fontänen, die das gewaltige Tier emporschleuderte.

Er wartete zu lange. Er wartete, bis es zu spät war, wartete auf den Moment für den vollkommenen Schuss.

Und dann ließ Artashir den Pfeil los. Er flog schnell und genau und traf den Mahut in die Kehle. Blut spritzte aus durchtrennten Adern, und der Mann kippte nach hinten.

Endlich setzte sich Artashir in Bewegung, während das riesige, führerlose Tier auf ihn losstürmte. Sein kleines Pferd tat sich im Schlamm des Flussufers schwer. Es rutschte, strampelte und fiel auf die Knie.

»Schneller, Junge«, drängte ich und trieb Perseus an, sodass wir genau neben dem Elefanten waren. Mit aller Kraft schlug ich nach ihm.

Die Zeit dehnte sich. Alles schien eine Ewigkeit zu dauern, das Heben meines Armes, das tapfere Pumpen von Perseus' Beinen. Ohren, hatte Sati gesagt. Irgendetwas von Ohren.

Sie hatte es vor langer Zeit gesagt, doch ich hörte sie wieder, als sagte sie es jetzt, direkt hinter mir, mit einem Lächeln in der Stimme. *Die Mahuts schlagen sie auf die Ohren, um sie zu lenken.*

Ich schlug dem Elefanten, so fest ich konnte, mit der flachen Klinge aufs linke Ohr.

Er hob den langen Rüssel und schwenkte nach rechts ab, rauschte an Artashir und seinem Pferd vorbei, die im Wasser zappelten.

Direkt vor Artashir brachte ich Perseus zum Stehen. Er war vom Pferd gesprungen und versuchte, seine Stute dazu zu bringen, aufzustehen. So wie sie sich dabei bewegte und das rechte Vorderbein schonte, hatte sie sich meiner Meinung nach auf jeden Fall irgendetwas gezerrt.

»Danke.«

»Keine Ursache«, erwiderte ich. »Das war ein toller Schuss. So was schafft man nur einmal im Leben.«

»Wir wollen es hoffen«, meinte Arthasir.

Ich wendete Perseus und blickte über den Fluss. Mehrere weitere Elefanten wurden von unseren Männern beschäftigt und schwankten und platschten in einem wilden Getümmel im Wasser herum. Zu meiner Linken kämpfte unser Fußvolk noch immer verbissen, allerdings war am anderen Ende ein Elefant durchgebrochen und richtete Unheil in unseren Reihen an. Ptolemaios war dort unten. Ich sah seinen roten Helmbusch.

Die Sandbank war inzwischen bestimmt fast verschwunden. Männer mühten sich in brusttiefem Wasser. Leichen wirbelten in der Strömung, von ihrer Rüstung hinabgezogen, am Grund entlanggeschwemmt, auf Memphis und das ferne Meer zu. Während ich zusah, schrie ein Mann plötzlich auf und verschwand unter der Wasseroberfläche. Ich blinzelte. Kein Pfeil hatte ihn getroffen. Keiner unserer Soldaten war in seiner Nähe gewesen.

Das Wasser brodelte. Unter seiner Oberfläche wand sich eine Reptiliengestalt, graugrün und drei Mannslängen lang.

»O Herrin Ägyptens«, flüsterte ich und blickte hastig zur Stadtmauer von Memphis hinüber.

Das Gitter war hochgezogen. Sie hatten die heiligen Krokodile freigelassen. Und das Wasser war voller Blut.

»Alle Mann zurück! Alles zurück!«, brüllte ich. »Männer von Ptolemaios' Ilç! Raus aus dem Wasser! Alles zurück ans Ufer!« Ich ritt durchs Wasser auf meine Männer zu und brüllte aus vollem Hals: »Am Ufer sammeln! Alles zurück!«

Wir hatten ein Ufer, auf das wir uns zurückziehen konnten. Perdikkas hatte nur eine Insel, und der Weg dorthin war jetzt tiefer und sehr viel tödlicher.

Am anderen Ende der Reihen konnte ich auch Ptolemaios' Stimme hören. »Aus dem Wasser! Zurück!«

Ein zweiter Mann schrie auf, als er von einer unsichtbaren Gestalt hinabgezogen wurde; Blut und Fetzen seines Fleisches waberten im Wasser.

»Alles zurück!«

Perseus platschte auf das Ufer zu. Jetzt reichte ihm das Wasser bis zu den Schultern, jetzt nur noch bis zu den Sprunggelenken.

Ich hielt an. »Alle Mann zurück! In Formation!«

»Am Ufer sammeln, ihr Hurensöhne!«, röhrte Glaukos. Sehen konnte ich ihn nicht, aber ich hörte ihn deutlich durch das Getöse.

Perdikkas' Männer waren in heller Panik. Manche warfen Waffen und Harnische weg und schwammen wie wild auf die Insel zu. Einige schafften es sogar.

Andere stürzten auf uns zu, ließen Schwerter und Sarissas fallen und flehten um Gnade. Sie würden sich hundertmal lieber unseren Männern ergeben, als sich den Ungeheuern im Wasser zu stellen.

Nass bis auf die Haut stellte ich mich auf Perseus' Rücken und fühlte es wie einen Blitzschlag durch mich hindurchfließen, wie Regen in fernen Landen, die uralte Macht Ägyptens. Sobek, der Beschützer, verkörpert in all seinen Kindern, kämpfte für Memphis.

Ägypten hat Horus wieder, wisperte die Löwin neben mir. *Die Mächte gehorchen dem Pharao, unserem Sohn, unseren Händen auf Erden.*

Um Perseus' Beine herum spürte ich den Fluss anschwellen.

Die Strömung war rascher gewesen, doch jetzt kam das Wasser. Der Pegel des Nils stieg Fingerbreit um Fingerbreit an, gespeist von Regen, der vor neun Tagen tausend Meilen entfernt gefallen war.

Das Wasser stieg.

»Raus aus dem Wasser!« Ptolemaios' Pferd galoppierte am äußersten Rand der Flut dahin, bis an die Fesseln im

Wasser, während er die Reihen abritt. »Alle raus! Gewährt Gnade, wenn sie die Waffen strecken! Alles aus dem Wasser! Du da, ergib dich und du wirst verschont!«

Die Sonne ließ keinen Strahlenkranz um ihn leuchten und kein Gott berührte ihn mit Feuer, doch ich spürte, wie die Macht um Ptolemaios herum knisterte, fühlte, wie sie sich seinem Willen beugte. Pharao befahl, und Ägypten selbst antwortete.

»Aus dem Wasser! Lass das Schwert fallen, Mann. Gnade wird gewährt.«

Sie ergaben sich ihm, jetzt in Scharen von zehn, von zwanzig Mann, schleuderten ihre Sarissas von sich und warfen sich der Länge nach auf den trockenen Boden, wo doch zwei oder drei von ihnen ihn mit Leichtigkeit vom Pferd hätten zerren und töten können. Er war ein einziger Mann inmitten vieler von ihnen, doch niemand hob die Hand gegen ihn. Stattdessen warfen sie die Waffen weg und baten um Gnade.

»Gnade wird gewährt!«, schrie Ptolemaios. »Legt eure Waffen nieder und kommt aus dem Wasser!«

Der Fluss strömte jetzt schnell und gefährlich dahin. Krokodile schwammen in den Tiefen wie in der Finsternis zu Anbeginn der Welt. Männer, die fortgerissen wurden, tauchten nicht wieder auf.

Ich drängte mich zu Ptolemaios durch. »Alles in Ordnung?«

»Nicht einen Kratzer«, antwortete er. Er betrachtete mich von oben bis unten. »Du brauchst ein besseres Pferd. Ich habe dich da draußen herumkreiseln sehen.«

Ich spürte, wie mir das Blut ins Gesicht schoss. »Ich bitte um Entschuldigung, Herr«, sagte ich steif.

Er beugte sich vor und schlug mir auf die Schulter. »Dafür gibt es keinen Grund. Du hast deine Sache gut gemacht. Lass das Ende der Reihe da in Formation antreten. Mal sehen, was wir haben und wo wir stehen. Und schick Glaukos her, damit er sich um die Gefangenen kümmert. Davon werden wir eine ganze Menge haben.«

»Gnade für alle, die darum bitten?«, fragte ich. Das war nicht üblich, und ich wollte ganz sichergehen.

Ptolemaios nickte. »Gnade für alle. Treiben wir die Männer zusammen.«

Ich ritt wieder zur rechten Seite der Schlachtreihen zurück. Hinter ihrem Ende standen vier Elefanten erschöpft in dem Dattelpalmenhain am Rand eines Feldes. Ihre Mahuts waren tot, die Plattformen auf ihrem Rücken zu Kleinholz zertrümmert, doch keiner von ihnen schien ernsthaft verletzt zu sein. Ich beschloss, sie fürs Erste einfach in Ruhe zu lassen.

Glaukos und fünf oder sechs andere saßen noch zu Pferde und bemühten sich, die letzten unserer Männer aus dem Wasser zu holen, hauptsächlich Soldaten aus dem Fußvolk, die durch ihre schweren Brustharnische behindert wurden.

Ein kleines Stück weiter hatte sich eine Gruppe meiner Männer am Ufer gesammelt. Ihr Anführer rief: »Befehle, Hipparch?«

»Schafft die Verwundeten hinter die Stadtmauer. Gewährt allen Gnade, die darum bitten. Und geht ja nicht ins Wasser.«

»Das braucht Ihr nicht zweimal zu sagen«, erwiderte der Mann und grinste vor Freude. Es war jene seltsame

Euphorie, die Männer überkommt, wenn sie damit gerechnet hatten, zu sterben und stattdessen überlebt haben.

Auf der Insel harrte Perdikkas' Nachhut noch immer aus. Ein paar der Männer, die versucht hatten, zu uns herüberzukommen, hatten es zurück auf die Insel geschafft, doch jetzt konnten sie nirgendwo hin. Zu beiden Seiten strömte der Fluss schnell und stark dahin, bewacht von Sobeks heiligen Krokodilen. Das würde eine lange, kalte Nacht für sie werden, dachte ich bei mir. Und ohne Boote konnten sie nicht weg. Ich gönnte es Perdikkas von Herzen.

Ich zählte durch, zählte auch Verwundete und Gefangene und ging dann Ptolemaios Bericht erstatten.

»Ich habe vierhundertzwei kampffähige Männer, Herr«, meldete ich. »Außerdem achtundachtzig Verwundete und sechsundsiebzig ohne Pferd. Artashirs Pferd ist lahm, aber ihm ist nichts passiert. Ich glaube, seine Männer haben nicht allzu viel abbekommen. Dreißig meiner Männer sind mit Sicherheit gefallen, aber es fehlen auch welche.«

Ptolemaios nickte. »Der Fluss.«

»Ja«, pflichtete ich ihm bei. »Wir können stromabwärts nach Leichen suchen. Was tun wir heute Abend?«

Ptolemaios blickte kurz über das Wasser hinweg. »Wir warten«, antwortete er schließlich. »Die können ja nicht weg. Geben wir Perdikkas ein bisschen Zeit, um darüber nachzugrübeln, in was für einer Klemme er sitzt. Schafft die Verwundeten zu den Ärzten und sorgt dafür, dass alle eine anständige Mahlzeit bekommen und eine Nacht lang Ruhe haben. Morgen früh sind wir wieder wohlauf und Perdikkas nicht.«

»Da ist noch etwas«, sagte ich. »Glaukos und ich haben zusammen außerdem noch über achthundert Gefangene.«

Ptolemaios blinzelte. »Achthundert?«

»Ja«, betätigte ich. »Vor allem Silberschilde. Die haben die Vorhut gebildet, also waren die meisten auf unserer Seite des Flusses, als sie nicht mehr zurückkonnten. Wir haben so ziemlich die ganze Phalanx, bis auf ihre Toten.«

Ptolemaios stieß einen Pfiff aus. Die Silberschilde waren Alexanders Elite-Fußtruppen gewesen, alles kampferprobte Soldaten, die seit Chaironeia an all seinen Feldzügen teilgenommen hatten. Einige von ihnen hatten seit der Zeit von Alexanders Vater gedient. »Das macht dann wie viele? Die Hälfte aller Gefangenen, oder ein bisschen mehr?«

Ich nickte. »Ich würde sagen, fünfhundert. Die anderen dreihundert sind aus verschiedenen Einheiten. Ein paar von diesen, ein paar von jenen. Ich habe Gnade gewährt, wie Ihr befohlen habt, und angeordnet, dass ihre Verwundeten versorgt werden sollen.«

»Gut. Sie sind nämlich jetzt auf unserer Seite.«

Ich zog eine Braue hoch. »Ach ja?«

»Sie werden auf unserer Seite sein, wenn ich mit ihnen gesprochen habe.« Ptolemaios umfasste mein Handgelenk und ging an mir vorbei dorthin, wo die Gefangenen mit vor dem Körper verschränkten Händen am Rand des Feldes saßen und über den jetzt vollständig gefluteten Fluss hinweg zu Perdikkas' Bannern auf der Insel hinüberblickten.

Die sinkende Sonne warf Schatten über uns, als sie im Westen hinter Sakkara unterging. Über uns kreiste ein Wüstenfalke.

»Horus von Ägypten«, flüsterte ich.

Ich hob den Kopf und spürte den Wind des Sieges.

23

Der Handel der Ptolemäer

Ich träumte, und im Traum kämpfte ich wieder. Ich kämpfte nicht neben dem gefluteten Nil, sondern in den Straßen Alexandrias. Kriegsschiffe drängten sich im Hafen, Männer strömten mit Schwertern in der Hand an Land, während über uns unsere halbfertigen Bauwerke brannten. Flammen schlugen zum Himmel empor. Funkenschauer gingen überall um mich herum nieder, während ich Mann gegen Mann in unseren Straßen focht. Der ganze Halbkreis des Hafens stand in Flammen.

Ich suchte nach jemandem, doch ich wusste nicht, nach wem. Rund um mich herum loderte unsere Stadt.

Rauch wallte, beißend und dicht. In meinem Kopf drehte sich alles, meine Brust hob und senkte sich krampfhaft. Sie trat aus den Flammen hervor, eine in rote Funken gehüllte Frau mit dem Kopf einer Löwin. »Ptolemaios hat nach dem Feuer gegriffen«, sagte sie. »Und eine neue Welt stirbt bei ihrer Geburt.«

»Nein!« Ich rannte auf sie zu und schüttelte den Kopf;

meine Augen tränten. »Nein! Ich sage Euch, dies wird nicht sein!«

Ihre goldenen Augen waren voller Trauer. »So scheidet ein weiterer Großkönig dahin. So vergeht abermals ein Hätte-sein-Können.«

»Dies hier wird nicht sein, ich sage es Euch!«, schrie ich. »Das darf nicht sein!«

»Das entscheidest nicht du, Lydias von Milet«, erwiderte sie. »Das liegt bei Ptolemaios. Es ist seine Entscheidung, ob dies geschieht oder nicht.«

»Wir haben doch nicht verloren«, wandte ich ein. »Wir haben gesiegt.«

»Die Gefahr lauert nicht im Verlieren, sondern im Siegen«, sagte sie.

Ich stand neben ihr auf der brennenden Straße, doch die fliegenden Funken versengten mich nicht. »Warum träume ich das?«

»Es ist einer der Pfade der Zukunft«, antwortete sie. »Etwas, das sein könnte.«

Ich hob den Kopf, und es schien, als hätte ich immer gewusst, wie es gehen könnte. »Aber nicht unbedingt sein muss«, sagte ich. »Zukunftsvisionen sagen nichts Unausweichliches voraus. Die Götter sehen die Zukunft nicht.«

Mir war, als lächele die Löwin mich an und ihre gewaltigen Zähne schimmerten. »Nur Sterbliche sehen die Zukunft. Und du, Orakel, weißt, dass das, was du siehst, nur Pfade sind, Dinge, die durch den Willen der Menschen geändert werden können.«

»Dann lässt sich das hier ändern«, sagte ich.

»Wenn Ptolemaios annimmt, was ihm angeboten wird,

dann wird dies hier sein«, erwiderte sie. »Wenn er nach dem tödlichen Feuer greift. Es ist seine Entscheidung.«

»Ich weiß nicht, welche Entscheidung Ihr meint, Herrin.«

»Du wirst es wissen«, antwortete sie, und als verblasse der Traum, schien es mir einen Moment lang, als zerstöben die Rauchwolken wie in einem heftigen Wind.

Statt zu brennen, umgab eine weiße Stadt einen tiefblauen Hafen; grüne Parks glitzerten wie Edelsteine, während auf der Insel vor der Küste ein heller Leuchtturm strahlte, mit weißem Marmor verkleidet. Licht blitzte von seiner Spitze.

»Lydias? Lydias?« Bagoas rüttelte mich. »Du träumst. Wach auf.«

Ich schlug die Augen auf und lag in Bagoas' Zimmer in Memphis. Er saß neben mir, eine Hand auf meiner Schulter, die Stirn in besorgte Falten gelegt.

»Es ist nur ein Traum, Lydias. Wach jetzt auf.«

Ich blinzelte. Die brennende Stadt war mir so wirklich erschienen, so greifbar. Mein Herz hämmerte noch immer. »Krieg«, stieß ich hervor. »Krieg, der immer weiter und weiter und weiter geht. Und am Ende verlieren wir. Am Ende wird Alexandria brennen.«

Bagoas sah mich verständnislos an. »Es ist doch nur ein Traum, Lydias. Wenn ein Mann in der Schlacht war, kämpft er im Schlaf oft noch weiter, lange nachdem die Schlacht vorbei ist.«

»Ich weiß nicht, wie ich es verhindern soll«, stammelte ich. »Ich weiß nicht, welche Entscheidung.«

Bagoas streichelte meine Schulter, als wäre ich ein verschrecktes Pferd. »Ruhig, Lieber. Du hast geträumt und weitergekämpft, obwohl die Schlacht vorüber ist. Es ist vorbei. Ihr habt gesiegt.«

»Siegen ist gefährlicher als Verlieren.« Ich schwang die Beine aus dem Bett. »Ich muss Ptolemaios suchen gehen.«

»Wenn du dich dann besser fühlst«, meinte Bagoas. »Allerdings könnte es sein, dass Ptolemaios auch schläft. Es ist noch eine Stunde bis zur Morgendämmerung.«

»Er wird nicht schlafen.« Ich zog mich an, legte Harnisch und Schwert an und ging zur Stadtmauer.

Stromaufwärts auf der Insel konnte ich den schwachen Schein von ein paar Lagerfeuern ausmachen. Viel Brennbares gab es da drüben bestimmt nicht. Zu meinen Füßen schlummerte Memphis schweigend in der Nacht, Häuser und Tempel und Märkte und alles andere. Nur ein paar Lichter flackerten hier und dort, in den Tempeln und rund um den Innenhof im Haus des Lebens, wo die Verwundeten lagen.

Ich weiß nicht, wie lange ich auf der Mauer stand, halb wartend und halb träumend. Lange kann es nicht gedauert haben, bis Ptolemaios kam.

»Geht da drüben irgendetwas vor?«, erkundigte er sich, und ich riss mit einem Ruck die Augen auf. Zweifellos dachte er, ich wäre einfach nur müde.

»Soweit ich sehen kann nicht«, antwortete ich. »Ihre Feuer gehen allmählich aus.«

»Vor ein paar Stunden gab's da irgendeinen Aufruhr«, meinte Ptolemaios. »Die Wache hat gesagt, dort ist irgendetwas im Gange, aber aus dieser Entfernung, wer kann da schon erkennen, was.«

»Vielleicht sind ja nachts ein paar Krokodile auf die

Insel gekrochen«, sagte ich. »Das dürfte für einige Aufregung gesorgt haben.«

»Könnte sein.« Ptolemaios zuckte die Schultern. »In ein paar Stunden werden wir es herausfinden. Nach Sonnenaufgang setzen wir als Gesandtschaft mit Booten über und schauen, was Perdikkas aufzugeben bereit ist, um aus der Falle zu entkommen, in die er getappt ist.«

»Glaubt Ihr, er wird mit Euch verhandeln?«, fragte ich. Perdikkas war als starrsinnig und skrupellos bekannt.

Ptolemaios nickte. »Ich denke, er wird verhandeln. Sonst kann er weiter auf der Insel hocken. Oder er kann versuchen, ans Ufer zu waten. Das sind im Moment mehr oder weniger seine einzigen Möglichkeiten. Zumindest bis das Wasser wieder fällt. Wie lange dauert das für gewöhnlich, Lydias? Weißt du das sicher?«

»Zwei oder drei Wochen, nachdem das Hochwasser seinen Höchststand erreicht hat«, antwortete ich. »Ganz schön lange, um auf der Insel festzusitzen. Und im Dunkeln kann man es zwar nur schwer erkennen, aber ich bin mir ziemlich sicher, dass das Wasser immer noch steigt.«

»Länger als ein paar Tage wird er da nicht hocken können«, sagte Ptolemaios. »Er hat keine nennenswerte Verpflegung. Also lass uns sehen, ob er bereit ist, einen Handel einzugehen. Sag Artashir, ich möchte, dass er auch mitkommt. Mein Persisch ist nicht besonders gut, und ich brauche jemanden, der mit den persischen Truppenführern sprechen kann.«

»Ich sage ihm Bescheid, Herr«, versicherte ich. »Und es schadet ja auch nicht, jemandem aus dem Hause Dareios' des Großen dabeizuhaben. Sie können nicht behaupten, er wäre ein Niemand, der auf eine gute Gelegenheit aus ist, nicht, wenn er entfernte Ansprüche auf den Thron hat.«

»Ich weiß«, sagte Ptolemaios. »Und mit Roxane in Blutfehde liegt. Wir werden einfach sehen, wie sich das alles zurechtrüttelt.«

Zwei Stunden nach Sonnenaufgang brachen wir auf einem ägyptischen Schiff auf, einem jener Flussboote mit großem Dreieckssegel, die die Ägypter schon seit Menschengedenken gebaut hatten, und mit einem guten, erfahrenen Steuermann aus Memphis. Artashir und zehn seiner Schützen begleiteten uns, außerdem zehn Fußsoldaten, zuverlässige Männer, die ihr Handwerk verstanden und keinen Streit anfangen würden.

Der Fluss strömte schnell und tief dahin. Dreißig Ruderer waren nötig, um direkt flussaufwärts zu rudern, denn es wehte kein Wind, der uns vorangetragen hätte. Ich sah keine Krokodile unter der glatten Oberfläche, aber sie waren wohl noch da.

Sobald wir in Bogenschussweite kamen, riefen wir sie an: »Wir kommen in Frieden! Ptolemaios, der Satrap von Ägypten, möchte mit dem Regenten sprechen!«

Unter den Menschen am Ufer entstand Bewegung, und ich erkannte Polemon, der mir so erbittert nachgejagt war, als ich den Leichenwagen gestohlen hatte. Hinter ihm stand ein älterer, zierlicherer Mann, ein Gefährte namens Seleukos, einer der Anführer des Fußvolks. Er war einer der persischen Makedonen gewesen und hatte eine persische Adlige geheiratet, mit der er jetzt eine ganze Anzahl Kinder hatte. Nach dem, was unsere Gefangenen erzählt hatten, war er jetzt anscheinend Perdikkas' rechte Hand.

Jetzt beugte er sich aus der Menge hervor und rief uns über das Wasser hinweg zu: »Wenn Ptolemaios reden möchte, kann er gern an Land kommen und mit mir sprechen. Ich gewähre ihm sicheres Geleit und Waffenruhe.«

Ptolemaios stieg selbst in den Bug hinauf, als wir näher kamen. »Heda, Seleukos. Meine Männer kommen mit an Land.«

Seleukos schüttelte den Kopf. »Nein.«

»Zwanzig Mann inmitten eurer fünftausend?«, rief Ptolemaios zurück. »Sei doch nicht albern. Ich gehe hier das Risiko ein, nicht du.«

Polemon beugte den Kopf und sagte etwas zu Seleukos, der sich daraufhin aufrichtete. »Also gut, Ptolemaios. Einverstanden. Deine Männer können an Land kommen.«

Artashir und ich wechselten einen Blick. Wir würden vollständig umstellt und zahlenmäßig unterlegen sein. Andererseits kamen sie ohne uns nicht von der Insel herunter, und uns als Geiseln zu nehmen, war kein besonders guter Plan. Memphis würde im Austausch für Ptolemaios wohl kaum seine Tore öffnen.

Ptolemaios drehte sich um und senkte die Stimme. Er klang überhaupt nicht besorgt. »Artashir. Ich möchte, dass Ihr mit den Persern sprecht. Jeder, der zu uns überläuft, wird ehrenvoll behandelt und dient bei uns zu denselben Bedingungen wie meine anderen Männer. Ich verlasse mich darauf, dass Ihr die richtigen Worte findet.«

Artashir nickte.

»Lydias, halt die Augen offen. Wenn du Gelegenheit dazu hast, sprich mit den Mahuts der anderen Elefanten. Du hast doch früher mal ein paar von den indischen Sprachen gesprochen, nicht wahr?«

»Ja«, sagte ich. Das war fünf Jahre her, und ganz fließend hatte ich die Sprachen nicht beherrscht, doch es war wohl mehr, als den meisten anderen vertraut war.

»Überrede die Mahuts. Die Elefanten gehorchen ja nicht jedem. Wenn wir die Mahuts kriegen, kriegen wir auch die Elefanten. Versprich ihnen einen anständigen Sold und Land in Alexandria. Wir brauchen ein paar eigene Elefanten. Schauen wir doch mal, ob wir nicht ein paar anheuern können.«

»Wird gemacht«, sagte ich.

Langsam näherte sich das Boot dem Ufer; die Ruderer nahmen sich in Acht. Der Fluss war stark angeschwollen, und die Wurzeln der größten Bäume lagen jetzt unter Wasser. Das schadete ihnen wohl nicht. Das hier geschah gewiss jedes Jahr, und einige dieser Bäume waren Jahrzehnte alt. Allerdings würde der Boden des Bootes ganz sicher Schaden nehmen, wenn es dagegenstieß, daher ließ der Steuermann beim Anlegen große Vorsicht walten. Trotzdem konnten wir nicht direkt an Land gehen, sondern mussten fast bis an die Knie ins flache Wasser steigen.

Bei seiner kalten Berührung zuckte ich zusammen, obgleich ich genau wusste, dass das Blut und die Leichen inzwischen den Fluss hinuntergeschwemmt worden waren. Ich watete nicht durch unsere Toten.

Die Männer am Ufer sahen ziemlich mitgenommen aus, als hätten sie eine weitgehend schlaflose Nacht verbracht. Alle trugen volle Rüstung und Waffen, und das Lager hatte etwas Behelfsmäßiges an sich, als hätte der steigende Fluss es zusammengedrängt. Der Geruch von Tod schwebte darüber. Sie hatten nichts, wohin sie ihre Verwundeten bringen konnten.

Artashir und ich flankierten Ptolemaios, der eine rechts, der andere links. »Ich hätte gern den Regenten gesprochen«, sagte Ptolemaios freundlich zu Seleukos.

Seleukos hob das Kinn. »Perdikkas ist tot«, verkündete er knapp und zeigte mit dem Kopf in Richtung Lager. »Sein Leichnam liegt in dem Zelt da drüben. Du sprichst mit uns.«

»Ist er seinen Wunden erlegen?«, wollte Ptolemaios wissen.

»Das kann man so sagen«, erwiderte Seleukos trocken. »Er hat eine ganze Menge Wunden abbekommen, ehe wir fertig waren.«

Ptolemaios nickte. »Ich verstehe«, sagte er ruhig. »Das ändert einiges.«

»Perdikkas war ein Narr«, sagte Seleukos. »Wir sind bereit, uns mit dir zu einigen.«

»Was bietet ihr an?«, fragte Ptolemaios.

Hinten in der Menge entstand Bewegung, und Soldaten schoben sie nach vorn. Eine junge, noch immer schöne Frau. Ihr langes Haar löste sich aus den Kämmen, ihr aufwendig geschneidertes persisches Gewand war am Saum mit Schlamm beschmiert. Sie bekam einen Stoß und taumelte auf die Knie, ließ jedoch das Kind dabei nicht fallen. Ein kleiner Junge, ungefähr drei Jahre alt, schaute zu Ptolemaios auf.

»Die beiden hier«, sagte Seleukos. »Roxane und ihren Sohn. Wie übergeben sie dir und du kannst mit ihnen tun, was dir beliebt, als Gegenleistung für unsere Begnadigung, unsere Waffen und unsere Freiheit. Wir werden dich zum Regenten ausrufen.«

Mit glühenden Augen sah Roxane ihn an. Das Kind

an ihrer Schulter schien eher neugierig zu sein, als sich zu fürchten.

Artashir holte tief Luft.

Einen Moment lang schien es, als sei die Zeit stehen geblieben. Hier liefen alle Stränge dessen, was gewesen war und was sein könnte, zusammen und verließen diesen Ort wieder, um nie wieder zueinanderzufinden. Die brennende Stadt, die weiße Stadt am Meer, beides war in diesem Augenblick Wirklichkeit, beides war gleichermaßen wahrscheinlich. Die Götter selbst lauschten.

Wieder ergriff Seleukos das Wort. »Wir rufen dich zum Regenten aus, oder wenn du dich ihrer sofort entledigen willst, ernennen wir dich zum Großkönig. Mit unserer Unterstützung kannst du alles haben, das Perserreich, Makedonien, alles, was Alexander gehört hat. Antipatros ist ein alter Mann. Gegen uns alle kann er nicht bestehen.«

»Es gehört doch sowieso mir«, entgegnete Ptolemaios leise, doch seine Stimme trug weit genug. »All das ist doch mein, ob ihr es mir nun übergebt oder nicht. Ihr sitzt alle auf dieser Insel fest, bis meine Männer euch ziehen lassen. Wenn ich die Regentschaft will, bekomme ich sie. Wenn ich Großkönig sein will, dann kann ich das mit oder ohne euch werden.«

Und das konnte er wirklich, dachte ich. Ich konnte ihn mir auf dem Thron vorstellen, die Mitra auf dem Kopf. So konnte ich ihn mir vorstellen, in Babylon gekrönt. Dieses Feuer war für ihn zum Greifen nahe. Dieser Pfad lag deutlich sichtbar vor ihm.

Seleukos spreizte die Hände. »Mit uns geht es aber leichter als ohne uns, meinst du nicht? Meine Gemahlin ist Artashirs Base«, bemerkte er und nickte Artashir zu. »Du möchtest doch sicher lieber den persischen Adel hinter dir wissen. Das würde dich viel weniger kosten. Wenn wir dich zum Regenten ausrufen, bekommst du das ohne Kampf. Oder töte den Knaben und sei morgen Großkönig.«

Ich sah, wie Roxanes Blick von Seleukos zu Ptolemaios huschte. Sie war vor allem wütend und nicht im Mindesten eingeschüchtert. Alexander hatte Mut gefreit.

»Aber ohne den Jungen kannst du nicht Regent sein«, erwiderte Ptolemaios. »Ohne ihn führst du Krieg gegen Antipatros, und außerdem gegen Roxanes Sippe in Baktrien. Ganz zu schweigen davon, dass du dir Olympias zur Feindin machen wirst. Sie will nur eins, ihren Enkel auf dem Thron Makedoniens. Und meiner wirst du dir nie sicher sein können. Das Beste, was du tun kannst, ist, dich mit der edlen Roxane zu einigen.« Noch immer war sein Ton leicht und freundlich, als ginge es um irgendeine alltägliche Geschäftsangelegenheit und nicht um das Schicksal ganzer Königreiche. Nicht die geringste Anspannung zeigte sich in seinen Zügen.

»Stimmt«, meinte Seleukos. »Aber wenn wir dir den Treueeid schwören, bekommst du alles. Es ist alles dein, Ptolemaios.«

Ptolemaios senkte den Kopf, und ein kleines, wehmütiges Lächeln lag auf seinem Gesicht.

Sogar der Wind in den Bäumen erstarb. Hoch über uns drehte sich der Wüstenfalke in der Luft, kreiste und stieß herab.

Ich sah, wie der Schatten des Vogels über sein Gesicht glitt, und dann blickte er auf. Seine schlichten braunen

Augen leuchteten sehr hell. Die Welt setzte sich wieder in Bewegung.

»Es lebe Alexander, der Sohn des Alexander, Großkönig von Persien.« Er streckte Roxane den Arm entgegen, ergriff ihre Hand und zog sie auf die Füße. »Herrin, es steht Euch frei, zu gehen, Euch und Eurem Sohn, und allen Männern und Bediensteten, die Euch begleiten wollen. Ich habe nicht den Wunsch, Regent zu sein, und auch nicht Großkönig. Euer Sohn ist Großkönig, so wie sein Vater es vor ihm war, und würdigere Männer als ich sollen als Regent dienen und über seine Knabenzeit wachen. Obgleich ich sicher bin, dass niemand ihn so gut bewachen wird, wie Ihr es tut.«

Roxane starrte ihn an, ihre schmutzige Hand in der seinen. »Was?«

»Ihr könnt gehen, Herrin«, sagte Ptolemaios. »Meine Männer werden Euch und Euren Sohn ans Ufer geleiten, mit allen Soldaten und Bediensteten, die Euch die Treue schwören. Es steht Euch frei, nach Persien zurückzukehren, oder wohin auch immer Ihr wünscht.«

Seleukos glotzte mit offenem Mund. »Du gibst Persien auf?«

Ptolemaios zuckte die Achseln und blickte sich um, ein Blick, der die zerzausten Dattelpalmen und den angeschwollenen Fluss und den Himmel und vielleicht auch unsere weiße Stadt am Meer zu umfassen schien. »Ich brauche Persien nicht«, sagte er. »Ägypten genügt mir vollauf.«

Dann kniete er vor dem Kind nieder, das neben seiner Mutter stand. Drei Jahre alt, dachte ich, geboren, kurz nachdem ich Babylon verlassen habe. Der Kleine hatte die dunklen Augen und das dunkle Haar seiner Mutter, doch in der Form seines Gesichts war Alexander zu erkennen. Ich kannte diese Konturen. Ich hatte sie bei Chloe und ihren kleinen Brüdern gesehen.

»Und du, Alexander«, sagte Ptolemaios, »ich hoffe, wir begegnen uns wieder, von Mann zu Mann. Ich weiß, dass dein Vater sehr stolz auf dich wäre.«

Seleukos schüttelte den Kopf. »Du schlägst die Regentschaft aus?«

»Ja, das tue ich«, antwortete Ptolemaios. »Du und Antipatros und die anderen, ihr werdet euch schon irgendwie einig werden, da bin ich mir sicher. Das heißt, wenn du dann da bist.« Ptolemaios grinste. »Falls du irgendwie von dieser Insel herunterwillst, würde ich vorschlagen, du fängst an, mit der edlen Roxane zu verhandeln. Ich habe ihr freies Geleit zugesagt, nicht dir. Und sie ist wahrscheinlich zugänglicher für Vereinbarungen als die Krokodile.«

Roxanes Blick wich nicht von ihm. »Warum?«

Einen Augenblick lang dachte ich, er würde ihr eine einfache Antwort geben, doch er tat es nicht. »Weil wir besser sein müssen als das Schlimmste in uns selbst.«

Sie schüttelte den Kopf. »Das verstehe ich nicht.«

Sanft führte er ihre Hand zurück an ihre Seite und ließ sie los. »Weil es das ist, was Alexander getan hätte.«

24

Sothis steigt empor

So einfach war es natürlich nicht. Es galt, Verwundete zu versorgen und die Toten zu verbrennen. Am nächsten Tag führte ich einen Trupp flussabwärts. Wir hielten Ausschau nach Leichen, die von dem Hochwasser den Nil hinabgetragen worden waren, fragten Bauern entlang des Stroms, ob sie welche in ihren Feldern gefunden hätten. Fast bis nach Bubastis hinunter wurden wir fündig, und viele fanden wir auch nicht, ob sie nun von den Krokodilen gefressen, ins Meer hinausgeschwemmt oder irgendwo in den Sümpfen des Deltas verloren gegangen waren, um dort zu verfaulen. Manche fanden wir intakt, andere nicht. Sobeks Krokodile hatten sich satt gefressen.

Wir verbrannten sie auf Scheiterhaufen vor Memphis, und der schwarze Rauch stieg in den Himmel empor. Die Ägypter fanden das natürlich entsetzlich, denn für sie gibt es keine größere Gotteslästerung, als die Körper der Toten zu zerstören, doch sie wussten, dass es bei uns so Brauch war. Sie hielten Ptolemaios wohl für sehr ungehobelt, wie einen der alten Pharaonen auf den Mauern ihrer Tempel, der seine Siege anhand der abgetrennten Vorhäute seiner Feinde gezählt hatte.

Die Griechen und Perser teilten diese Ansicht nicht im Mindesten. Ptolemaios ließ die Asche eines jeden Mannes in eine Urne füllen, die mit seinem Namen versehen war, damit sie seiner Sippe und seinen Freunden in Persien übergeben werden könne. Jene, deren Namen wir nicht wussten oder deren Leichname nicht vollständig waren, verbrannten wir alle zusammen und begruben sie in Sakkara. Ein Stein auf ihrem Grab verkündete, dass sie Soldaten Alexanders gewesen waren. Ich glaube nicht, dass es ihm etwas ausmachen würde, seine Ruhestätte mit ihnen zu teilen, oder dass sie nach größerem Rum streben könnten, als bei ihm zu liegen.

Obgleich wir den Lebenden nicht gestatteten, die Stadt zu betreten, ließen wir Lebensmittel und Futter für ihre Tiere auf die Felder jenseits des Flusses hinausschaffen. Wir bewirteten sie, als sei dies eine Zusammenkunft teurer Verwandter. Sie aßen und tranken begeistert, denn ihre Verpflegung war dürftig gewesen. Und währenddessen mischten unsere Männer sich unter sie, unterhielten sich in ihren eigenen Sprachen mit ihnen und priesen die Vorteile, die es brachte, Ptolemaios zu dienen. Ja, das Soldatenleben ist ein unsicheres Dasein, doch wie viel weniger unsicher war es unter einem solchen Heerführer? Wie viel sicherer war es bei gutem Sold und reichlich Verpflegung, mit Freundesland unter den Füßen und ohne lange Märsche bis ans Ende der Welt? Wie viel besser war es, wenn der Sold reichlich und regelmäßig gezahlt wurde und umsonst ein Grundstück für ein eigenes Haus zu haben war, in Alexandria, wo man Bürger sein und etwas Handfestes besitzen konnte?

Ich war stolz darauf, dass am Ende alle Inder blieben. Achtundzwanzig Elefanten hatten überlebt, und vier weitere hatten keinen Mahut mehr. Alle achtundzwanzig Elefanten-Mannschaften berieten sich und beschlossen, als geschlossene Einheit zu bleiben. Ihre Heimat war tausend Meilen entfernt, durch Wüsten und über Berge, und durch das Herz eines Reiches hindurch, das sich im Krieg befand. Lieber bleiben, sagten sie, und ihr Glück hier versuchen. Und so wurde Ptolemaios' Elefantentruppe geboren.

Fast sechshundert der berittenen Bogenschützen blieben ebenfalls. »Glaubt ihr etwa, das Reich wird nicht in Bürgerkriegen auseinanderbrechen?«, fragte Artashir sie. »Glaubt ihr, wir werden nicht erleben, wie Sippe gegen Sippe kämpft?« Stattlich stand er in seiner seidenen Schützenkluft vor ihnen und sprach von Ehre. »Ich bin aus dem Hause Dareios' des Großen. Ihr wisst, vor Kyros waren wir nicht mehr als Stämme, nichts als wüste Männer, die wegen jedem kleinen Stückchen Land gegeneinander Krieg führten. Er hat uns zu einem großen Reich vereint, und Dareios hat es zum größten der Welt gemacht. Was wird geschehen, wenn wir wieder nach Stammeszugehörigkeiten zersplittern? Werdet ihr die Sippe eurer Mutter erschlagen, die eures Vaters? Werdet ihr gegen die Brüder eurer Gemahlinnen in den Krieg ziehen, oder gegen die Gatten eurer Schwestern? Das ist die Frage, die uns in Persien erwartet, denn täuscht euch nicht, das Reich zerfällt. Ihr wisst genauso gut wie ich, dass es nicht nur unehrenhaft ist, den eigenen König zu töten, sondern auch ein Verstoß gegen die Wahrheit. Was kann ein ehrenhafter Mann in diesen Zeiten tun, außer sich von dergleichen fernhalten und so dem Lichte dienen?«

So hatte ich es bisher nicht betrachtet, jetzt jedoch erkannte ich, dass es wirklich so war. Artashir und Amina, seine erste Gemahlin, stammten aus verschiedenen Häusern, und ihr Sohn stammte von beiden ab. Wem außer Ptolemaios von Ägypten konnte er ohne Verfehlung dienen?

Viele von ihnen schienen derselben Ansicht zu sein, denn beinahe die Hälfte trat in Ptolemaios' Dienste, um unter Artashir zu dienen, einem Adligen aus ihrem eigenen Volke.

Beim Fußvolk war es schwieriger. Viele von ihnen waren schon seit Jahren bei ihren Heerführern gewesen und hatten Familien in Babylon. Die meisten entschieden sich für die Heimkehr.

Alles in allem dauerte es neun Tage, bis sie das Ostufer des Nils in Richtung Norden hinaufmarschierten. Artashir und ein Geleitschutztrupp ritten mit und begleiteten sie zu Ägyptens uralten Grenzen.

Seleukos, Polemon und ein Gefährte namens Peithon hatten Roxane den Eid geschworen, vor allem anderen den Anspruch Alexanders zu unterstützen, des Sohns des Alexander. Seleukos und Peithon teilten sich die Regentschaft, bis alle Beteiligten zusammenkommen und einen neuen Regenten wählen konnten, so wie sie es an jenen ersten Tagen in Babylon getan hatten.

Ich ritt nicht mit, denn ich hatte in Memphis viel zu viel zu tun. Außerhalb der Stadt fand ich am Fluss ein paar alte, verlassene Baracken und machte mich daran, sie für die Krone zu erwerben. Dies wäre eine gute Unterkunft für die Elefanten, allerdings musste an den Gebäuden viel instand gesetzt werden.

Von der Mauer aus sahen Glaukos und ich sie abziehen, eine lange Marschkolonne, die sich neben dem angeschwollenen Fluss nordwärts wand.

Glaukos beugte sich vor und stützte die Ellenbogen auf die Mauerkrone. »Was glaubst du, wie lange überlebt der Knabe?«

»Ich weiß es nicht«, antwortete ich und schaute zur Mitte des Zuges, wo die Banner verkündeten, dass Roxane und ihr Sohn sich dort befanden. »Aber länger, als es vor ein paar Tagen der Fall gewesen wäre. Ptolemaios hat seine Aussichten verbessert. Und ich würde seine Mutter nicht unterschätzen.«

Glaukos spuckte über die Mauer und schaute dann nach unten, um sich zu vergewissern, dass er niemanden getroffen hatte. »Wen er nicht unterschätzen sollte, ist Seleukos. Diese Schlange hätte er nicht abziehen lassen sollen. Das wird noch Ärger geben, merk dir meine Worte.«

»Vielleicht.« Ich blickte an einem schönen Sommertag von der Stadtmauer von Memphis über das Niltal hinweg, und es war schwer, sich irgendetwas Schreckliches vorzustellen. »Aber wir können nicht jedes mögliche Ende vorhersehen, Glaukos.«

Glaukos sah mich von der Seite her an; ein ziemlich gespannter Ausdruck lag auf seinem bärtigen Gesicht. »Und was siehst du?«

Ich zuckte zusammen. »Was ich sehe?«

Glaukos grinste. »Glaubst du, ich weiß nicht, dass du von den Göttern berührt worden bist? So lange, wie ich schon unter dir diene? Glaubst du, ich habe das nicht gemerkt? Vor allem, wenn du solche Sachen gemacht hast wie Abwehrformation befehlen, noch ehe der Feind in Sicht war.«

Ich öffnete den Mund und machte ihn wieder zu.

Glaukos zuckte die Achseln. »Meine alte Tante daheim in Makedonien war auch ein bisschen so. Konnte einem sagen, wie das Wetter wird, und ob ein Baby ein Junge oder ein Mädchen wird. So sonderbar ist das gar nicht. Also, was siehst du, Lydias? Komm schon, Mann. Für einen Freund.«

»Stimmt«, erwiderte ich und lehnte mich neben ihm an die Mauer. Ich sollte ja eigentlich klug genug sein, mich alten Freunden gegenüber nicht zu verschließen, dachte ich. Das hatte ich in den vergangenen Jahren zu oft getan. Ich schaute auf den Fluss hinaus. Das Sonnenlicht flimmerte wie Funken auf der Wasseroberfläche. Die Funken tanzten, die Erinnerung an Feuer. Ich hatte es noch nie versucht, doch es war ganz leicht. Es war einfach nur Wissen.

»Es ist nicht vorbei«, sagte ich leise. »Wir werden wieder kämpfen, und wieder. Aber Alexandria wird nicht brennen und Ptolemaios wird nicht Großkönig sein. Hätte er den Thron angenommen, so hätte er ihn nicht gehalten, und indem er nach mehr gegriffen hätte, hätte er alles verloren, was wir hatten.«

Glaukos seufzte. »Schade. Er wäre ein verdammt guter Großkönig gewesen.«

»Ja«, pflichtete ich ihm bei. »Aber es ist wie beim Würfeln, Glaukos. Es gibt einen Zeitpunkt, wo man mit seinem Gewinn vom Tisch aufstehen muss.«

Er nickte. »Und wenn man zu lange bleibt, ist man hinterher schlechter dran als am Anfang. Ich für meinen Teil behalte lieber meinen Gewinn, als auf einen besseren Pott zu setzen.«

»Ptolemaios auch«, meinte ich. »Es werden sich Männer durch das Streben nach Alexanders Reich zugrunde richten. Besser nicht danach trachten.«

»Und was wird aus uns?«

»Ich weiß es nicht«, setzte ich an, doch dann sah ich Glaukos vor mir, wie er mit Silberfäden im Bart in einer belagerten Stadt ans Ufer stürmte, wie sich seine Männer zu meinen durchkämpften, um die Belagerung zu brechen. Ich sah das Meer vor mir, weiße, von Schnee gekrönte Berge, grüne, wogende Ebenen unter einem goldenen Sonnenaufgang. Höhlen unter der Erde in einem fernen Land. Und in diesem Moment wusste ich, dass unsere Geschichten nicht zu Ende waren. Wir standen am Anfang vom Rest. Nicht am Ende von Alexanders Welt, sondern am Beginn einer neuen.

»Wir kehren heim nach Alexandria«, sagte ich und schlug ihm auf die Schulter. »Wir kehren heim, Glaukos.«

Noch kehrten wir nicht heim. Eins gab es noch zu tun.

In Sakkara wurde gleich neben den Gräbern der heiligen Stiere ein ganz besonderer Tempel errichtet. Er würde fürs Erste Alexanders Leichnam beherbergen, bis die Befestigungsanlagen entlang der See in Alexandria genug Sicherheit gewährleisteten, um ihn dorthin zu schaffen. Der vergoldete Leichenwagen wurde ein letztes Mal dorthin gezogen, und dann wurden die Räder abgenommen, sodass er als innerster Schrein dort stehen konnte. Rund um den Tempel wurden Stelen errichtet, auf dass die Größten aller Zeitalter, griechische, persische und ägyptische weise Männer, den König umringen würden.

Die Statuen waren noch nicht fertig, als ich mit Bagoas durch diesen Kreis hindurchschritt. Drinnen ruhte Alexander in seinem goldenen Sarg, den Uräus noch immer auf der Stirn. Ich brauchte den Sarkophag nicht zu öffnen, um ihn zu sehen. Er war nicht mehr da. Wo immer er auch war, in Amenti oder in den Gefilden unter der Erde, oder ob er von Neuem hinter den Augen eines unschuldigen Kindes auf Erden wandelte, Alexander war nicht hier. Kein Daimon antwortete auf meinen Ruf.

Bagoas schien sehr ruhig zu sein, wenngleich in seinen Augen eine Andeutung von Trauer lag, über die er nicht sprach. Ich beugte und streckte meine Hand und rieb sie dort, wo sie schmerzte.

»Wie geht es deiner Hand?«, erkundigte sich Bagoas und furchte die Brauen.

Ich streckte die Finger, noch immer knotig und verkrümmt. »Besser«, antwortete ich. »Aber ich glaube nicht, dass sie je wieder ganz heil sein wird.«

Er legte mir die Hand auf die Schulter. »Das tut mir leid. Aber Ptolemaios wird dich nicht fallen lassen. Nicht nach all dem, was du getan hast. Du bist doch kein Pferdebursche mehr, der nicht mehr wert ist als die Arbeit zweier gesunder Hände.«

Ich nickte. »Ich weiß.« Ich hob die Hand und versuchte, sie zur Faust zu schließen. Es ging nicht, nicht ganz. »Und wenn das hier der Preis dafür ist, dann bin ich es zufrieden. Nicht viele Männer können von sich sagen, sie hätten einen Gott gestohlen.«

Ich hörte Schritte hinter mir und drehte mich um.

Ptolemaios stand im Eingang der Grabkammer. »Oh, Lydias. Dich habe ich hier nicht erwartet. Ich war auf der Suche nach Bagoas.«

»Ich bin hier.« Bagoas trat vor. »Wünscht Ihr, den König zu besuchen?«

»Nein, ich wollte mit Euch sprechen«, erwiderte Ptolemaios. Er zögerte. »Ich weiß, ich habe Euch versprochen, dass Ihr dem König für alle Zeit dienen könnt und dass ich Euch niemals von ihm trennen oder vom Dienst an ihm abberufen würde. Es widerstrebt mir also, Euch um einen Gefallen zu bitten, und ich verstehe es vollkommen, wenn Ihr ihn mir abschlagt.«

Bagoas' Miene war ausdruckslos. »Was wünscht mein Pharao?«

»Wärt Ihr bereit, eine Zeitlang nach Alexandria zu kommen? Ich brauche dringend einen Haushofmeister, der sich damit auskennt, wie Paläste geführt werden, und der dafür sorgen kann, dass alles glatt vonstattengeht. Ich würde Euch mit Freuden den Titel des Oberhofmeisters verleihen, oder jeden anderen, der Euch lieber ist, und Euch gut entlohnen. Ihr habt dafür gesorgt, dass an Alexanders Hof alles glatt gelaufen ist. Da ich jetzt anscheinend einen Hof habe, hätte ich es gern, dass Ihr dasselbe an meinem tut.«

Bagoas antwortete nicht; allem Anschein nach hatte es ihm die Sprache verschlagen.

Ptolemaios machte ein fast schon betretenes Gesicht. »Wenn Ihr natürlich lieber nicht mitkommen wollt, wenn Ihr lieber hier in Memphis beim König bleiben wollt, dann verstehe ich das. Ich dachte einfach, ich frage Euch mal.«

Bagoas fand die Sprache wieder. »Ich komme mit«, sagte er. »Es wird mir eine Ehre sein, Euch zu dienen.« Er warf mir einen raschen Blick zu und sah dann wieder Ptolemaios an. »Ich kann meinem Gebieter am besten dienen, indem ich dafür sorge, dass man ihn in guter Erinnerung behält und dass jene Zukunft, nach der er gestrebt hat, nicht mit ihm stirbt.«

»Alexander wird in Alexandria ruhen, in der Stadt, die er gegründet hat, sobald sein großes Grabmal vollendet ist«, sagte Ptolemaios. »Ihr reist ihm lediglich voraus, um seine Wohnstätte zu bereiten, so wie Ihr es so oft getan habt, als er noch am Leben war.«

»Und um seinem Bruder und seinen Neffen zu dienen, die ihm nachfolgen werden«, setzte Bagoas hinzu. »Ich komme mit nach Alexandria, Ptolemaios von Ägypten.«

So kam es, dass wir gegen Ende der Hochwasserzeit den Nil hinuntersegelten, nach Alexandria. Neben uns wich das Wasser zu beiden Seiten des Flusses allmählich zurück und hinterließ eine Schicht aus fruchtbarem braunem Schlamm. Auf den oberen Feldern, am weitesten vom Fluss entfernt, säten die Bauern Getreide und anderes aus. Sie hielten inne und winkten, wenn wir vorbeikamen, auf einem großen, rot und golden bemalten Schiff wie das der Pharaonen in alter Zeit. Ägypten hatte wieder einen Pharao, diesen stillen Mann von vierundvierzig Jahren, geboren in den Bergen Makedoniens. Ein sonderbares Schicksal, doch bisher ging anscheinend alles gut.

Ein neuer Anfang, dachte ich, während ich zusah, wie die ersten Sämlinge auf den Feldern keimten. Ptolemaios hat sich verändert, und Ägypten auch. Alexandria wird es für alle Zeit verändern, das Schwarze Land, das Rote Land und die Stadt. Tausend Stränge der Zukunft erstreckten sich an diesem Morgen vor uns, tausend schwindelerregende Möglichkeiten aller Dinge, die sein konnten.

Ich hob den Kopf und spürte die Sonne auf dem Gesicht. Ägypten hatte sein Versprechen mir gegenüber gehalten. Als ich seine Grenze überschritten hatte, hatte es mir versprochen, dass auch ich ein anderer werden würde. Ich hatte mich nicht davor gefürchtet, weil ich nichts zu verlieren gehabt hatte, jetzt jedoch, da ich neben Bagoas auf dem Schiff stand, ertappte ich mich dabei, wie ich zum ersten Mal seit Jahren über die Zukunft nachdachte.

»Was denkst du?«, fragte Bagoas und blickte auf das ergrünende Land hinaus. Der Wind zupfte an seinem Haar, ein paar Strähnen umwehten sein Gesicht, das noch immer wunderschön war, trotz seiner achtundzwanzig Jahre.

»Dass ich herausfinden sollte, welche Nummer sie in der Stadt auf mein Grundstück gestellt haben«, antwortete ich. »Und wo es ist. Ich werde ja wohl ein Haus brauchen.«

Etwas zu bauen würde lange dauern. Wir kehrten in ein Alexandria zurück, das voller Baugerüste und halb errichteter Gebäude war. Die Fundamente einiger Tempel waren gelegt und die Arbeiten an den großen öffentlichen Marktplätzen begonnen worden.

Das wuchtige, einer Stoa gleiche Gebäude, das als Palast gedient hatte, wurde vergrößert. Zwei Stockwerke mit einer Kolonnade blickten über eine lange, mit Sandsteinplatten gepflasterte Terrasse aufs Meer hinaus. Es sah schlicht aus, aber eleganter als vorher. Ein paar Pflanzen würden vielleicht helfen, dachte ich. Und die Aussicht auf Hafen und Meer war unglaublich.

Draußen auf der Mole war ein hölzerner Wachturm mit einem Leuchtfeuer errichtet worden, um Schiffe zu warnen, dass sie in flache Gewässer einfuhren. Ich hielt das für eine gute Idee, obgleich das Bauwerk sehr anfällig war, wenn es nur aus Holz bestand. Könnte man es befestigen und mit Waffen versehen, so wäre das eine gute Möglichkeit, jedes unerwünschte Schiff, das in den Hafen einlief, ins Kreuzfeuer zu nehmen.

Noch ein Vorhaben, dachte ich. Er würde ein ganzes Leben lang dauern, sie alle umzusetzen. Mehr als ein ganzes Leben.

Ich war erst seit ein paar Tagen wieder zurück und wohnte mangels einer anderen Unterkunft im Palast, als ich morgens zum Frühstück herunterkam und auf der Treppe Artashir begegnete.

»Artashir! Wann seid Ihr zurückgekommen? Ich dachte, Ihr hättet Roxane nach Pelusium geleitet?«, fragte ich.

»Habe ich auch«, antwortete er. »Aber sie ist fort, also bin ich nach Alexandria zurückgekommen, so schnell ich konnte. Gestern bin ich angekommen. Und ehrlich gesagt habe ich nach Euch gesucht.«

»Ihr habt mich gefunden.«

»Ich möchte Euch etwas zeigen. Habt Ihr viel zu tun, oder könnt Ihr kurz mit hinauskommen?«

»Nein, ich habe nicht viel zu tun«, sagte ich und folgte ihm die Treppe hinunter. »Was ist es denn?«

Am Fuß der Treppe drehte Artashir sich unter der

Kolonnade der Terrasse um. »Das da«, verkündete er fröhlich.

Eine wunderschöne Fuchsstute stand neben einer der Säulen, ihre roten Zügel waren darum geschlungen worden. Sie war zierlich gebaut und so dunkel, dass sie fast schwarz war, mit hochgewölbtem Schwanenhals und einem weißen Stern auf der Stirn. Jetzt spitzte sie die Ohren, sah mich mit ihren klugen dunklen Augen an und hob neugierig den Kopf.

Ich lachte. »Oh, was für eine Schönheit!« Dann trat ich in die Kolonnade hinaus, ging einmal um sie herum, um sie genau in Augenschein zu nehmen, und blieb vor ihr stehen. Hoffnungsvoll schnupperte sie an meinem Chiton herum, ein schlankes Vorderbein vorgestellt. Ihr glänzendes Fell leuchtete geradezu und kündete von Gesundheit, und ihre Mähne war zu winzigen Zöpfchen geflochten, jedes mit einem roten Band verziert. Ihr ganzer Körperbau zeugte von Schnelligkeit.

»Sie heißt Wüstenwind«, sagte Artashir und lehnte sich grinsend gegen eine der Säulen.

»Sie ist hinreißend«, stellte ich fest, ließ sie mit den Lippen in meiner Handfläche suchen und hob dann die Hand an ihren warmen Hals. Ihr Fell war wie Seide. »Euer neues Pferd, Artashir?«

Artashir schüttelte den Kopf. »Nein, sie gehört der Witwe eines meiner Männer, der vor Memphis gefallen ist. Ich habe gesagt, ich helfe ihr, einen Käufer zu finden, der ihr einen anständigen Preis bezahlt.«

»Das sollte Euch nicht schwerfallen«, meinte ich. Dann ging ich noch einmal um die Stute herum und bewunderte sie von Neuem. »Bei allen Göttern, sie ist wie gemacht fürs Rennen! Und ihrem Aussehen nach jung genug, um noch ein paar Fohlen zu bekommen, wenn jemand mit ihr züchten will.«

Artashir nickte. »Sie ist acht. Ein Schützenpferd, keiner von diesen sturen Riesenhengsten, auf denen ihr Reitersoldaten unterwegs seid. Sie ist rein auf Schenkelhilfen geschult. In der Schlacht braucht Ihr die Zügel nicht anzurühren.«

Mit einem Ruck sah ich zu ihm hinüber. »Was?«

»Ich habe gesagt, sie ist auf Schenkelhilfen geschult.« Artashir sah aus, als wäre er sehr zufrieden mit sich. »Was glaubt Ihr denn, wie wir das machen, vom Sattel aus mit dem Bogen schießen? Die Pferde müssen so geschult werden, dass sie die Zügel nicht brauchen. Ihr könnt sie Euch über den Arm hängen oder sie ihr über den Hals legen, ihr ist es gleich. Sie wird auf Eure Schenkel reagieren wie ein altgedientes Schlachtross. Ich habe sie heute Morgen zur Probe geritten und sie lässt nichts zu wünschen übrig, außer vielleicht ein bisschen mehr Kraft am Sprung.«

»Artashir«, begann ich, und es war mir peinlich, dass ich die Tränen wegblinzelte. Ich stand neben dem Pferd und schluckte.

Wüstenwind wandte den Kopf und sah mich an, die bildhübschen Ohren gespitzt.

»Meint Ihr, sie ist das Richtige für Euch, Lydias?«, fragte Artashir.

»Ich finde sie wunderbar«, antwortete ich.

Ich erwachte in der Stunde vor dem Morgengrauen und wusste, dass ich keine Ruhe mehr finden würde. Also ließ ich Bagoas weiterschlafen, wie eine Katze in seinem warmen Bett zusammengekuschelt, während ich aufstand und mich ankleidete.

Keine Geister, keine Albträume regten sich, keine Geschöpfe aus dem Roten Land suchten unsere Träume heim. Ägypten hatte einen Pharao und die letzte Stunde der Nacht barg keine Schrecken. Ich ging nach unten und trat auf die Terrasse hinaus.

Vor mir wogte die See gegen die Mole und wallte mit leisem Seufzen gegen die Felsen, die wir dort aufgehäuft hatten, dunkel und ruhelos unter dem mondlosen Himmel. Der Hafen war eine Sichel aus weißem Sand. Nur ein paar Lichter waren hier und dort zu sehen; in der Stadt, wo ein Kaufmann oder Handwerker sich noch vor der Morgendämmerung erhob, um sein Tagewerk zu beginnen, und im Hafen, wo drei Fischerboote Segel setzten, um weit draußen auf dem Meer zu sein, wenn die Sonne aufging. Auf der Insel schimmerte das Leuchtfeuer schwach und warnte sie vor den Untiefen.

Über mir erstreckte sich der Himmel klar und wolkenlos. Mehr Sterne, als es Zahlen gab, glitzerten in pechschwarzer Finsternis. Am östlichen Horizont stieg Sothis bleich und hell empor, folgte der Spur des Jägers und verkündete das Nahen der Morgendämmerung.

Ich holte tief und lange Atem und ließ ihn wieder entweichen, getroffen bis ins Mark.

Ein Trankopfer hatte ich nicht zur Hand, und Worte waren schwer zu finden. »Herrin Ägyptens, o Erhabene. Ich bin kein Priester oder Heiler oder Magier. Doch was ich habe, lege ich in Eure Hände. Helft mir, zu leben und im Leben Euer Werkzeug zu sein.«

Ich schloss die Augen und vernahm Ihre Stimme, als stünde Sie hinter mir, die Hand auf meinem Rücken, als wäre es die Stimme meiner Mutter, erfüllt von Liebe und Stolz. *Mein teurer Knabe, das warst du doch schon immer.*

Ich fühlte, wie sich Frieden über mich senkte. Kein Sieg, keine Atempause, sondern der bis ins Innerste reichende Frieden des Schwarzen Landes, still und sicher wie die Gebeine der Erde. Er füllte mich aus, und ich ruhte auf ihm wie ein Kind an der Mutterbrust. Kein äußerer, sondern ein innerer Frieden.

Ich weiß nicht, wie lange ich dort gestanden hatte, als ich hinter mir auf der Terrasse Schritte hörte und mich umwandte. Ptolemaios kam und trat neben mich; sein dunkler Chiton verschmolz mit den Schatten. Lange Zeit sagte er nichts, sondern stand einfach nur neben mir und blickte auf die Wellen hinaus. Im Osten zeigte sich ein schwacher rosiger Hauch und die Sterne verblassten. Die Fischerboote umrundeten die Insel, ihre Segel schimmerten vor dem dunklen Wasser.

Endlich ergriff er das Wort. »Lydias, hast du je ans Heiraten gedacht?«

»Eigentlich nicht«, antwortete ich. »Bagoas findet, ich sollte es tun. Aber viel darüber nachgedacht habe ich nicht.«

»Ich möchte, dass du Chloe heiratest.«

Ich drehte mich um und sah ihn an. »Was?«

»Heirate Chloe«, sagte er. »Du bist ein Mann von Ehre und ein gütiger Mensch. Und du bist stark genug, um sie zu beschützen. Du weißt ja, was für eine reiche Beute sie für einen ehrgeizigen Mann wäre. Er könnte Chloe ehelichen, sie als Alexanders Tochter ausgeben und nach dem Thron greifen.«

»Sie ist nicht Alexanders Tochter«, wehrte ich ab. »Das ist doch lächerlich.«

Ptolemaios seufzte. »Aber in Persepolis waren wir alle gut befreundet. Ja, Thaïs hat auf meinem Liegebett gesessen und Bagoas auf seinem. Aber Thaïs ist eine Hetäre, und wenn Alexander nach ihr verlangt hätte, wäre sie zu ihm gegangen. Das ist nicht geschehen, doch wie Aristoteles uns gelehrt hat, kann man das Negative nicht beweisen. Ich weiß, dass Chloe meine Tochter ist, und ich weiß, warum sie aussieht wie Alexander. Aber ein Mann, der Chloe in seiner Gewalt hätte, der Vater ihrer Kinder, könnte behaupten, was er wollte, und es gäbe viele, die ihm glauben würden. Und genauso wenig kann ich sie irgendeinem unerfahrenen Jüngling ihres Alters mit einer mächtigen Sippe überlassen, die dann dasselbe tun könnte.«

»Ich habe keine Sippe«, sagte ich bedächtig. »Und ich bin der Letzte, der nach Eurem Thron streben würde, Ptolemaios, erst recht nach dem von Alexander.«

»Und ich will, dass sie glücklich ist«, fuhr Ptolemaios fort. Wieder wanderte sein Blick zu dem Leuchtfeuer hinüber, das blinkte und erlosch, gelöscht, während das Licht der Morgendämmerung zunahm. »Ich will, dass sie jemanden heiratet, der sie wertschätzen und ihre Kinder lieben wird, und der ihr Respekt und Freundschaft entgegenbringen wird. Natürlich ist sie noch zu jung, und ich würde nicht wollen, dass du sie sofort ins Ehebett führst, aber ich verlasse mich darauf, dass du wartest, bis die Zeit gekommen ist.«

Ich blinzelte. »Das würdet Ihr mir anvertrauen? Ihr würdet mir Chloe anvertrauen?«

Ptolemaios zuckte die Schultern, doch in seinen Augen war etwas Tieferes. »Ich habe sie dir doch schon einmal anvertraut, oder?«

Ich schloss die Augen und erinnerte mich an eine wilde Flucht aus Babylon unter Ištars Mond, an jenes furchtlose Kind vor mir auf meinem Pferd, als wir vor Tod und Chaos ins Unbekannte flohen, von Alexanders Totenbahre zu einer Festung, die von Freund oder Feind gehalten werden konnte. Natürlich war sie nicht länger dieses Kind, sondern ein Mädchen im Übergang zur Frau, mit dem wachen Verstand ihres Vaters und dem Mut ihrer Mutter. Ein dynastischer Siegespreis für einen Gefährten von edler Herkunft. Ein Kind des Trosses. Die Tochter einer Hetäre, jetzt eine Prinzessin Ägyptens. Sie war sie selbst, eine Geschichte, die gerade erst begonnen hatte.

Ptolemaios legte mir die Hand auf den Arm. »Lydias«, sagte er, »näher kommst du dem Feuerstehlen nicht.«

Wir alle hatten während dieser Jahre danach gesucht, nach irgendeinem Überrest des göttlichen Funkens, nach einem Anflug von Gnade, einem Hauch des Schicksals von jenseits der Welt, hatten danach gesucht, wie ein Mann nach einem Traum sucht, nachdem er erwacht ist. Hier bauten wir es jetzt, in Mauern aus Stein, in einer Stadt, wo vorher keine gewesen war. Ptolemaios und ich, und auch Thaïs mit ihrer Laube aus nach Ägypten verpflanzten Rosen. Feuer hatte uns berührt, wie ein reinigender Blitz aus dem Himmel, hatte alles in seinem Weg versengt. Und in seinem Gefolge erblühten die Blumen.

»Ja«, sagte ich und öffnete die Augen. »Ich werde Chloe heiraten.«

Es endet, wie alle Geschichten enden.
Es war einmal ein Sklavenjunge, der Soldat wurde. Er diente einem unsterblichen Helden und dann einem würdigen Herrscher. Er kämpfte in epischen Schlachten, von einem Ende der Welt bis zum anderen, durch Schrecken und Schmerz und Zwietracht, in eisigen Bergen und von Geistern heimgesuchten Wüsten. Er wurde ein Heerführer und er heiratete eine Prinzessin von zweifach königlichem Blute. Und im Laufe der Zeit gebar sie ihm zwei Söhne und drei Töchter, und sie lebten zusammen in einer weißen Stadt am Meer.
Alle Geschichten enden so.

Danksagung

Es gibt eine ganze Anzahl Leute, ohne die dieses Buch niemals geschrieben worden wäre. Der allererste Platz auf dieser Liste gebührt Anne-Elisabeth Moutet, die beschloss, dass daraus ein Buch werden müsste, als ich meine erste Kurzgeschichte mit Lydias darin schrieb, und die mich die ganze Zeit unermüdlich ermuntert hat, weiterzumachen. Sie ist die Patin dieses Buches!

Außerdem bin ich Suzanne Griswold sehr dankbar, die mir bei Lydias' reiterlichem Können und seinem Umgang mit Pferden geholfen hat. Sämtliche Fehler gehen natürlich auf meine Kappe.

Es gibt noch viele andere, für deren Hilfe beim Schreiben von *Der Hüter des Feuers* ich zutiefst dankbar bin: Lesley Arnold, Gretchen Brinkerhoff, Katy Catlin, Mary Day, Danielle D'Onofrio, Phoebe Duncan, Lynn Foster, Imogen Hardy, Nathan Jensen, Tanja Kinkel, Anna Kiwiel, Wanda Lybarger, Kathryn McCulley, Anjali Salvador, Melissa Scott, Erin Simonic, Lena Strid, Jeff Tan, Casimira Walker-Smith und Robert Waters.

Außerdem danke ich meiner Lektorin Devi Pillai, die wieder einmal beschlossen hat, sich auf eine seltsame Reise mit mir einzulassen, und meiner Agentin Robin Rue.

Und am meisten muss ich mich bei meiner wunderbaren Lebensgefährtin Amy bedanken, die in letzter Zeit sehr viel Zeit mit Lydias verbracht hat!

Glossar

Abydos – Stadt in Ägypten zwischen Memphis und Theben, Standort zahlreicher Tempel, darunter auch das Oseirion.

Ambhi, Radscha – im Griechischen als König Omphis bekannt, Herrscher über ein indisches Königreich im nördlichen Teil des heutigen pakistanischen Punjab und Feind von Radscha Puru. Verbündete sich mit Alexander dem Großen und war noch etliche Jahre nach Alexanders Tod politisch aktiv, allerdings ist über sein weiteres Schicksal nichts bekannt.

Aigai – erste Hauptstadt des antiken Makedoniens.

Anahita – zoroastrische persische Gottheit des Wassers und gleichzeitig der Fruchtbarkeit, Vergöttlichung des den kosmischen Ozean speisenden »Weltflusses«.

Anbeterin der Bastet – ranghöchste Priesterin der Göttin Bastet in Bubastis.

Alexander III. von Makedonien (der Große) – geboren 356 v. Chr., Sohn König Philips II. und seiner Königin Olympias. Bestieg nach der Ermordung seines Vaters mit zwanzig Jahren den Thron und brach zu dem Feldzug gegen das Perserreich auf, den Philip geplant hatte. 334 v. Chr. schlug er am Granikos eine große Schlacht, bei der er die Kontrolle über den größten Teil der heutigen Türkei gewann, und ein Jahr später besiegte er Dareios III., den Großkönig von Persien, in der Schlacht bei Issos. Die Stadt Tyros fiel durch Belagerung, und Alexander zog als Befreier in Ägypten ein. 331 v. Chr. schlug er Dareios abermals entscheidend in der Schlacht von Gaugamela, wodurch ihm im Großen und Ganzen das gesamte Perserreich zufiel. Zu späteren Unternehmungen gehörten Feldzüge nach Baktrien und Sogdien sowie in indische Gebiete, die heute in Pakistan und Kaschmir liegen. Gestorben 323 v. Chr., kurz vor seinem dreiunddreißigsten Geburtstag, wodurch sein Reich ins Chaos gestürzt wurde.

Alexander IV. – Sohn Alexanders des Großen und seiner Gemahlin Roxane. Geboren im Herbst des Jahres 323 v. Chr., ein paar Monate nach dem Tod seines Vaters. Er regierte nur dem Namen nach als Großkönig.

Alexandria (Ägypten) – gegründet 334 v. Chr. von Alexander dem Großen, allerdings fand ein Großteil der Bautätigkeit eine Dekade später unter der Herrschaft von Ptolemaios I. Soter statt. Die erfolgreichste der vielen von Alexander gegründeten Städte wurde zu einer der großen Metropolen der antiken Welt und gilt bis zum heutigen Tage als wichtige Stadt des Mittelmeerraums.

Amenti – das ägyptische Land der Toten, regiert von Osiris und Isis.

Amina – Perserin von adliger Geburt und erste Gemahlin Artashirs.

Antipatros – makedonischer Adliger und Zeitgenosse Philips II., einer von Philips treuesten Gefolgsleuten. Als Alexander Makedonien verließ, setzte er ihn als Regenten ein, ungeachtet der ständigen Spannungen zwischen

Antipatros und Alexanders Mutter Olympias. Vater von Kassander, einem der Gefährten, und Eurydike.

Anubis – ägyptischer Gott der Totenriten und der Mumifizierung.

Arrhidaios – geboren 352 v. Chr., Sohn Philips II. von Makedonien und Halbbruder Alexanders des Großen. Da er der Sohn einer Nebenfrau war und als schwachsinnig galt, betrachteten ihn nur wenige als möglichen Thronfolger.

Artabazos II. – hoher persischer Adliger und einer der engsten persischen Vertrauten Alexanders des Großen.

Artashir – persischer Adliger und Gefährte, Befehlshaber des Trupps berittener Bogenschützen, die Ptolemaios die Treue halten. Enkel des Artontes, des Sohns des Heerführers Mardunaya und seiner Gemahlin Artazostre, einer Tochter Dareios' des Großen und daher von königlichem Blut. Verheiratet mit Amina und Rania.

Aschkelon – Stadt im heutigen Israel, die zu Alexanders Zeit unter persischer Herrschaft stand, heute Migdol Ashquelon.

Aspasia – griechische Philosophin, Rednerin und zweite Frau des Perikles.

Attalos – Reitersoldat Alexanders, unterstützt Perdikkas.

Auramazda – im Zoroastrismus der Schöpfergott, der zuerst die geistige und dann die materielle Welt erschaffen hat, verkörpert die Macht des Lichts, ist Schöpfer und Erhalter der Welt und der Menschheit und der Gott der Fruchtbarkeit der Lebewesen.

Babylon – eine der großen Städte der antiken Welt, südlich vom heutigen Bagdad gelegen. Ehemals Hauptstadt des Neubabylonischen Reiches und im 4. Jahrhundert

v. Chr. ein Herrschersitz des Perserreiches mit bis zu einer halben Million Bewohnern.

Bagoas – Eunuch und Höfling Alexanders des Großen. Anscheinend einer von Alexanders Lieblingen, so wie er angeblich ein Favorit Dareios' III. gewesen war.

Baktrien – Gebiet nördlich des Hindukusch, umfasste Teile des heutigen Afghanistan, Turkmenistan, Tadschikistan und Usbekistan. Zur Zeit der Alexanderfeldzüge eine persische Satrapie; die baktrische Reiterei war ein wichtiger Bestandteil des persischen Heeres.

Bastet – ägyptische Göttin, die oft die Gestalt einer Katze annahm. Göttin des Herdes, des Heims und der Geburt.

Berenike – Eurydikes Tante mütterlicherseits, begleitete ihre Nichte nach Alexandria, wo diese Ptolemaios heiratete.

Bessos – Verwandter Dareios' III. und Satrap von Baktrien, war maßgeblich an Dareios' Ermordung beteiligt und wurde später von Alexander hingerichtet.

Bubastis – Stadt im Nildelta, Zentrum des Bastet-Kults.

Chaironeia – durch den Sieg Philips II. 338 v. Chr. in der Schlacht bei Charoneia gegen die Allianz um Athen und Theben gewann Makedonien die Herrschaft über Griechenland. Erster Erfolg Alexanders auf dem Schlachtfeld, der die Reiterei seines Vaters befehligte.

Chiliarch – höchstes Reichsamt zur Zeit Alexanders des Großen, entspricht etwa dem des orientalischen Großwesirs. Zu seinen Lebzeiten von Hephaistion und dann von Perdikkas ausgeübt.

Chiton – von Männern und Frauen getragenes schlichtes, tunikaartiges Kleidungsstück.

Chloe – älteste Tochter von Ptolemaios und Thaïs, geboren 331 v. Chr.

Cyaxara – Tochter Artashirs und Aminas, geboren 325 v. Chr.

Daimon – zwischen Göttern und Menschen verortetes Geisterwesen wie eine mindere Gottheit oder ein der Anbetung würdiger Held oder auch Wachgeist eines bestimmten Ortes.

Dareios I. (der Große) – geboren 549 v. Chr., regierte Persien von 522 v. Chr. an als Großkönig und gilt als einer der bedeutendsten Großkönige des altpersischen Reichs. Gestorben 486 v. Chr.

Dareios III. – Großkönig von Persien, geboren ca. 380 v. Chr. Sohn eines jüngeren Nachkommen des achämenidischen (auch: altpersischen) Königshauses, bestieg 336 v. Chr. in Krisenzeiten den Thron, nachdem hintereinander mehrere Thronerben getötet worden waren. Nachdem er von Alexander zweimal besiegt worden war, wurde er 330 v. Chr. von einer Gruppe Adliger unter der Führung von Bessos gestürzt und getötet.

Deinokrates – griechischer Architekt zur Zeit Alexanders, maßgeblich an der Planung Alexandrias beteiligt.

Drypetis – jüngere Tochter Dareios' III., verheiratet mit Hephaistion.

Ekbatana – Bergstadt im heutigen Nordirak, Standort des Sommerpalasts der persischen Könige.

Elektrum – Münzlegierung aus Gold und Silber.

Epirus – Region im Südwesten der Balkanhalbinsel.

Erinnyen – griechische Gottheiten, laut Homer Rache- bzw. Schutzgöttinnen der sittlichen Ordnung.

Eunuch – ein meist vor dem Einsetzen der Pubertät kastrierter Mann. Eunuchen fungierten in einem Großteil der antiken Welt als Höflinge, Diener, Priester und Prostituierte, an manchen Orten stellten sie ein sowohl von Männern als auch von Frauen klar unterschiedenes drittes Geschlecht dar.

Eurydike – Tochter des Regenten von Makedonien Antipatros, Schwester Kassanders, später mit Ptolemaios verheiratet.

Gaugamela – Schauplatz einer Schlacht 331 v. Chr. im heutigen Irak in der Nähe von Mossul, in der Alexander der Große Dareios III. zum zweiten und entscheidenden Mal besiegte.

Gedrosia – Wüste im Perserreich, im heutigen Iran gelegen.

Gefährte – griech. Hetairos, enger Freund Alexanders, durch einen Eid an ihn gebunden.

Gefährtenreiterei – auch Hetairenreiterei, Alexanders berittene Elite-Kavallerietruppen, die ursprünglich ausschließlich aus Makedonen bestanden, die in der Heimat mit ihm gedient hatten, später jedoch durch Männer aus dem ganzen Reich ergänzt wurde. Die Gefährtenreiter trugen keine Schilde, sondern kämpften mit Speer und Schwert. Ihre Rüstung bestand aus Brustharnisch und Helm, manchmal wurden auch Beinschienen an den Unterschenkeln getragen. Sättel und Steigbügel wurden nicht verwendet, da beides noch nicht erfunden worden war.

Glaukos – Reiterführer von Hephaistions Ilç in der Gefährtenreiterei.

Halikarnassos – griechische Stadt an der Küste Kleinasiens in der heutigen Türkei.

Hephaistion (Sohn des Amyntor) – geboren um 356 v. Chr., wurde zusammen mit Alexander unterrichtet und war schon von früh an sein engster Freund und wahrscheinlich sein Geliebter. Eine Führungspersönlichkeit unter den Gefährten, der die Politik der Assimilation unterstützte, war er zugleich ein begabter Heerführer und wurde schließlich Chiliarch des Reiches. Vermählt mit Drypetis, der jüngeren Tochter von Dareios III., starb er 324 v. Chr. jung in Ekbatana. Die Ursache seines Todes ist unbekannt, und die Spekulationen reichen von Gift bis zu der eher prosaischen Hypothese Typhus.
Hetäre (Hetaira) – Kurtisane, wörtlich »Gefährtin«.
Hetairos – Gefährte.
Himation – rechteckiges Manteltuch, das den ganzen Körper umhüllte und auch als Kopftuch und Schleier getragen wurde.
Hipparch – Befehlshaber einer Ilç, später außerdem Titel eines Reiterei-Heerführers.
Horus – ägyptischer Gott, der oft als Falke oder als Mann mit einem Falkenkopf dargestellt wird. Der Sohn der Isis und des Osiris, der Prinz, der Ägypten von der Schreckensherrschaft seines Oheims erlöst und Frieden und Gerechtigkeit wiederherstellt. Der Pharao wurde oft als Wiedergeburt des Horus betrachtet.
Ilç – Reiterei-Einheit, je nach Truppenstärke ungefähr sechs- bis achthundert Mann.
Illyrien – Region auf der westlichen und nordwestlichen Balkanhalbinsel und im südöstlichen Italien.
Isis – ägyptische Göttin, Gemahlin des Osiris und Mutter des Horus, Königin des Himmels. Isis war eine der Hauptgottheiten des ägyptischen Pantheons und

wurde in der hellenistischen Periode zu einer Universalgöttin.

Issos – Schauplatz des ersten großen Sieges Alexanders des Großen über Dareios III. im Jahre 333 v. Chr. in der heutigen Türkei.

Ištar – babylonische und hethitische Gottheit des Krieges und der geschlechtlichen Liebe.

Jio – Lydias' Kindername.

Kalanos – indischer Weiser, der Alexander in Indien begegnete und beschloss, mit ihm nach Persien zurückzukehren, auf dass sie ihre Gespräche fortsetzen könnten. Er war hochbetagt und starb kurz nach seiner Ankunft.

Kamelfeste – kleine Befestigungsanlage an einer Furt über den östlichsten Nilarm.

Karien – antike Landschaft im Südwesten Kleinasiens in der heutigen Türkei. Zur Zeit der Alexanderfeldzüge persische Satrapie.

Kassander – Gefährte Alexanders, Sohn von Antipatros, dem Regenten von Makedonien und Bruder von Eurydike.

Khemet – das Reich Ägypten.

Kleomenes – Alexanders Statthalter in Memphis, Freund des Perdikkas.

Kleopatra von Makedonien – Tochter Philips II. und Olympias', einzige Vollschwester Alexanders des Großen.

Krateros – Gefährte Alexanders aus Schulzeiten und ein vertrauenswürdiger Soldat. Es wird gemunkelt, dass Alexander vorhatte, ihm die Regentschaft zu übergeben, doch stattdessen wurde er von Perdikkas verdrängt. Er fiel 321 v. Chr. im Kampf.

Lagos (1) – makedonischer Adliger und Gefolgsmann

Philips II. Er heiratete Arsinoe und war angeblich der Vater von Ptolemaios.

Lagos (2) – ältester Sohn von Ptolemaios und Thaïs, geboren 325 v. Chr. und nach Ptolemaios' Vater benannt. Von seiner Schwester Hoppel genannt, erreichte er das Mannesalter und gewann 307 v. Chr. ein Wagenrennen in Griechenland. Sein Besuch dort fällt mit dem des Ptolemaios zusammen; es ist wahrscheinlich, dass sein Vater kam, um ihn das Rennen fahren zu sehen.

Leontiskos – Ptolemaios' und Thaïs' jüngster Sohn, geboren 322 v. Chr. Im Jahre 306 v. Chr. geriet er bei einer Seeschlacht in Kriegsgefangenschaft und wurde von seinem Vater für eine gewaltige Summe freigekauft.

Lydias von Milet – Reiterführer in Hephaistions Ilç der Gefährtenreiterei. Anders als viele der Männer, mit denen er dient, ist Lydias kein Makedone, sondern Karer.

Ma'at – altägyptisches Konzept für Gerechtigkeit, Weltordnung, Wahrheit, Staatsführung und Recht, wurde durch eine Göttin verkörpert.

Magi – zoroastrische Priester, Auguren und Astrologen Persiens.

Makedonien – antikes Königreich im Norden Griechenlands.

Manetho – ägyptischer Priester des Toth und Unterstützer des Ptolemaios. Am besten bekannt für seine spätere Geschichte in Ägypten, in der er eine Übersicht über dreitausend Jahre Geschichte schuf. Moderne Archäologen sind verblüfft über seine akkuraten Datierungen, und es ist wahrscheinlich, dass er Zugang zu einer lückenlosen Dokumentenreihe hatte.

Mardonias (Mardunaya) – Sohn Artashirs und Aminas,

geboren um 330 v. Chr. und nach seinem Ururgroßvater benannt, einem Heerführer des Xerxes.

Medien – aus Teilprovinzen bestehendes Land im heutigen Iran.

Memphis – ägyptische Stadt an der Basis des Nildeltas, in der Nähe des heutigen Kairo.

Milet – Stadt an der ägäischen Küste Kleinasiens in der heutigen Türkei, zu Zeiten der Hethiter »Millawanda der mächtigen Mauern« genannt. Wichtige griechische Handelsstadt, zur Zeit der Alexanderfeldzüge unter persischer Herrschaft.

Mitra – Krone der persischen Großkönige.

Mysterien von Eleusis – Initiations- und Weiheriten, die die Gottheiten Demeter und Kore betrafen, benannt nach dem Demeterheiligtum in Eleusis bei Athen. Sie gehörten zum Staatskult der Athener.

Nektanebos II. – letzter Pharao Ägyptens vor der zweiten persischen Besetzung, regierte von 360–343 v. Chr.

Nisäer – alte Pferderasse aus Persien, berühmt für ihre Kraft und Furchtlosigkeit sowie ihre ruhigen Gänge. Größer als die meisten zeitgenössischen Rassen, waren sie kräftig genug, um in einer Schlacht einen gepanzerten Reiter zu tragen. Mit gewölbtem Schwanenhals wie die Araber der Neuzeit gab es sie in allen Fellfarben: Rappen, Braune, Rot- und Dunkelfüchse, Palominos und Schimmel. Ihr nächstes modernes Äquivalent könnten die spanischen Andalusier und Lusitanos sein.

Nysa – Stadt im Punjab, wo Lydias während Alexanders Indienfeldzug stationiert war.

Olympias – Königin von Makedonien und Alexanders Mutter. Sie lag häufig mit ihrem Gemahl Philip II. im

Streit, ebenso mit Antipatros, dem Regenten Makedoniens.

Osiris – ägyptischer Gott der Toten, Gemahl der Isis und Vater des Horus. Er ist der Herrscher über Amenti, den Äußersten Westen, wo die Toten leben.

Oxathres – jüngerer Halbbruder Dareios' III., ein persischer Adliger, der einer von Alexanders Gefährten wurde.

Pella – zur Zeit Philips II. und Alexanders des Großen Hauptstadt des antiken Makedonien.

Pelusium – alter ägyptischer Hafen nebst Festung in der Nähe des heutigen Port Said am östlichsten Rand des Nildeltas.

Perdikkas – Gefährte, enger Freund Alexanders und Befürworter seiner späteren Politik der Angleichung an besiegte Völker. Nach Hephaistions Tod wurde Perdikkas an dessen Stelle zum Chiliarchen ernannt, erhielt jedoch nicht Hephaistions volle Befehlsgewalt über das Heer, welche zwischen ihm und Krateros aufgeteilt wurde. Nach Alexanders Tod wurde er zum Regenten und zum engsten Verbündeten von Alexanders Gemahlin Roxane.

Persepolis – persische Hauptstadt, deren Palast von Alexander auf das Drängen von Thaïs, der Athenerin, hin teilweise niedergebrannt wurde.

Persische Königsstraße – von Dareios dem Großen angelegte Straße von Sardis nach Persepolis.

Phalanx – Fußvolk-Formation, in der Männer in dicht gestaffelter Marschordnung marschieren und exerzieren, in der hellenistischen Zeit für gewöhnlich mit Sarissas.

Philipp II. von Makedonien – geboren 382 v. Chr., einer der erfolgreichsten Könige Makedoniens. Während seiner dreiundzwanzigjährigen Herrschaft vergrößerte er das Reich durch eine Reihe militärischer Feldzüge, einschließlich der Siege gegen Athen und Theben in der Schlacht bei Chaironeia. Er hatte mehrere Ehefrauen, darunter Olympias, die epirotische Prinzessin, die die Mutter seines Thronerben Alexander war. Kurz bevor sein geplanter Feldzug gegen das Perserreich 336 v. Chr. beginnen sollte, wurde er ermordet.

Polemon – Gefährte und erfahrener Reitersoldat, dem Perdikkas treu ergeben.

Praxiteles – einer der bedeutendsten Bildhauer der griechischen Antike.

Ptolemaios (Ptolemaios I. Soter) – Heerführer und Gefährte Alexanders des Großen, später Satrap von Ägypten und dann erster Pharao der ptolemäischen Dynastie. Möglicherweise unehelicher Sohn Philips II. von Makedonien und damit Alexanders Halbbruder. Er wurde über achtzig Jahre alt und gründete den stabilsten und dauerhaftesten aller Nachfolgestaaten. In der Antike war er zudem für seine Memoiren bekannt, eine der Hauptquellen, wenn es um Alexanders Feldzüge ging.

Puru, Radscha – im Griechischen als König Porus bekannt, Herrscher eines indischen Staates im Punjab, dessen Hauptstadt in der Nähe des heutigen Lahore liegt. Er kämpfte in der Schlacht am Fluss Hydaspes (Jhelum) gegen Alexander den Großen und Radscha Ambhi und wurde besiegt, dann jedoch wurde er von Alexander begnadigt und wurde zu dessen Verbündetem. Im Jahre 317 v. Chr. wurde er getötet, als er Chandragupta Maurya gegen ein versuchtes Attentat verteidigte.

Rania – Inderin, zweite Gemahlin von Artashir.

Rotes Land – der Teil Ägyptens, der nicht von dem

alljährlichen Hochwasser oder der künstlichen Bewässerung beeinflusst wird, die Wüste.

Roxane – Tochter eines sogdischen Stammesführers. Sie wurde die erste Gemahlin Alexanders des Großen und Mutter seines Erben Alexander IV.

Sakkara – Hügelbezirk westlich von Memphis und Standort sowohl mehrerer Pyramiden als auch eines ausgedehnten Tempelkomplexes, einschließlich der Gräber der Apis-Stiere.

Sardis – Hauptstadt der persischen Satrapie Lydien in der heutigen Türkei.

Sarissa – Spieß, der vom Fußvolk beim Kampf in der Phalanx eingesetzt wurde. Zu Alexanders Zeiten etwa vier Meter lang und von einer Speerspitze gekrönt. Eine mit Sarissas bewaffnete Phalanx galt als unaufhaltsam, allerdings war das Exerzieren damit für Manöver und für den Kampf von entscheidender Bedeutung.

Sati – Lydias' Gemahlin, die in der Wüste von Gedrosia zusammen mit ihrem Sohn Sikander umkam.

Satrap – persischer Titel für den Gouverneur einer Provinz (Satrapie), den Alexander der Große für seine regionalen Regenten übernommen hatte.

Schlacht am Hydaspes – 326 v. Chr. zwischen den Truppen Alexanders des Großen und denen des indischen Königs Poros am Fluss Hydaspes, Alexanders letzte und verlustreichste Schlacht.

Schwarzes Land – der Teil Ägyptens, der durch das Nilhochwasser oder durch künstliche Bewässerung beeinflusst und durch reichhaltige Erdablagerungen durch den Fluss fruchtbar ist, bezeichnet auch ganz allgemein Ägypten als Ganzes.

Scythia – Land der **Skyten**, die eurasischen Steppen nördlich des Schwarzen Meeres im heutigen Südrussland und der Ukraine von der unteren Wolga und dem Kuban bis zum Dnister.

Seleukos – Gefährte, der nach Alexanders Tod Perdikkas unterstützte.

Sem-Priester – Funktionstitel vom »Hohepriester des Osiris«, definierte sich über die Tätigkeit der Sem-Priesterschaft in den Totentempeln.

Serapeum – Begräbnisstätte der heiligen Apis-Stiere.

Serapis – ägyptisch-hellenistischer Gott, seit Ptolemaios I. als integrativer Reichsgott etabliert. In ihm sind Züge der ägyptischen Gottheiten Osiris, des Apis-Stiers, sowie der griechisch-römischen Hauptgötter Zeus-Jupiter und Hades-Pluto verschmolzen.

Sethos I. (Seti) – ägyptischer Pharao, Vater von Ramses II., regierte von 1290 bis 1279.

Shenti – um die Taille gewickelter Schurz aus Leinen.

Sidon – Stadt im heutigen Libanon, zu Alexanders Zeit unter persischer Herrschaft, begrüßte Alexander als Befreier.

Sikander – Lydias' Sohn, der im Alter von zehn Monaten in der Wüste von Gedrosia umkam.

Silberschilde – aus Veteranen gebildete Elite-Phalanx Alexanders.

Sisygambis – Mutter Dareios' III.

Siwah – Oase in der westlichen Wüste Ägyptens, wo das Orakel von Amon haust. Alexander der Große befragte es, als er in Ägypten war, und es stand beim König in hohem Ansehen.

Sobek – ägyptischer Krokodilgott, der unter anderem über Gerechtigkeit auf Erden herrscht.

Sogdien – historische Bezeichnung für einen Teil Zentralasiens (heute Teile Usbekistans, Tadschikistans, Kirgistan und Kasachstans), zur Zeit der Alexanderfeldzüge eine persische Satrapie.

Sothis – Sirius, der Hundsstern. Sein Aufgehen über dem östlichen Horizont kurz vor Sonnenaufgang kündete in Ägypten den Beginn des Nilhochwassers an.

Stateira – ältere Tochter von Dareios III., Gemahlin und Königin Alexanders des Großen. Nach seinem Tod wurde sie ermordet.

Stoa – an Rück- und meist auch an den Schmalseiten geschlossene Halle, deren offene Front durch Stützen, meist in Form von Säulen, gegliedert ist.

Susa – persische Residenzstadt im heutigen Iran.

Tehwaz – Pferdehändler aus Milet und Jios Besitzer.

Thaïs, die Athenerin – für ihre Schönheit berühmte Hetäre. Sie war viele Jahre lang Ptolemaios' Lebensgefährtin und begleitete ihn auf Alexanders Feldzügen. Am bekanntesten ist sie dafür, Alexander dazu angestiftet zu haben, den Palast von Persepolis während eines Banketts dort in Brand zu stecken, als Vergeltung dafür, dass die Perser im Jahrhundert zuvor die Akropolis niedergebrannt hatten. Thaïs und Ptolemaios hatten mindestens drei Kinder, die das Erwachsenenalter erreichten.

Theben – ehemalige Hauptstadt Ägyptens, in Oberägypten südlich von Memphis gelegen.

Tote Stadt – die heute als Amarna bekannte Grabungsstätte bzw. die Stadt Achet-Aton, die im 14. Jahrhundert v. Chr. von dem ketzerischen Pharao Echnaton erbaut worden war. Nach dem Tod des Pharaos wurde die Stadt binnen weniger Jahre aufgegeben.

Toth – ägyptischer Gott des Wissens und der Weisheit.
Uräus – ägyptisches Symbol der Königsherrschaft, der aufgerichtete Kopf einer Kobra, üblicherweise an der Vorderseite eines Kopfputzes oder eine Krone getragen.

Um die ganze Welt des
GOLDMANN Verlages
kennenzulernen, besuchen Sie uns doch
im Internet unter:

www.goldmann-verlag.de

Dort können Sie
nach weiteren interessanten Büchern ***stöbern***,
Näheres über unsere ***Autoren*** erfahren,
in ***Leseproben*** blättern, alle ***Termine*** zu Lesungen und
Events finden und den ***Newsletter*** mit interessanten
Neuigkeiten, Gewinnspielen etc. abonnieren.

Ein ***Gesamtverzeichnis*** aller Goldmann Bücher finden
Sie dort ebenfalls.

Sehen Sie sich auch unsere ***Videos*** auf YouTube an und
werden Sie ein ***Facebook***-Fan des Goldmann Verlags!

www.goldmann-verlag.de
www.facebook.com/goldmannverlag

GOLDMANN
Lesen erleben